HARRIET CALOIDY ✻ TAGTRAUM AFRIKA

HARRIET CALOIDY

TAGTRAUM AFRIKA

AUF DER HOCHEBENE DES LEBENS

Bibliografische Information
Der Deutschen Bibliothek

Die Deutsche Bibliothek verzeichnet diese Publikation in der Deutschen Nationalbibliografie; detaillierte bibliografische Daten sind im Internet über http://dnb.ddb.de abrufbar.

© 2005 Alle Rechte liegen bei der Autorin
Herstellung und Verlag: Books on Demand, Norderstedt
ISBN 3-8334-2945-3

Das Grillenlied
oder
Was sucht Na'anya in Afrika?

IDYLL

Spur im Staub
Von Frauen und Wasserfrauen in Afrika

REISEMONOLOG

Noch einmal vorm Vergängnis
Von Kusinen und Tanzträumen
unter dem Harmattan

KURZROMAN

Die Eukalyptusschaukel
Afrika, ein Tagtraum

EPISODEN UND ZWISCHENSPIELE

Das Grillenlied

oder

Was sucht Na'anya in Afrika?

IDYLL

Häuschen im Tropenmond

Als es vollendet war und dastand, lehmgelb inmitten der grünvioletten Berge; als der Traum sich erfüllt hatte wie ein voller Mond, der durch die Dämmerung ins schwarze Laub der Eukalyptusbäume steigt; als das Erträumte, kubisch, viermalvier, strohgedeckt mit Pyramidendach, umwuchert von wilden Malven, von dichtem Elefantengrase mannshoch umstanden in geziemendem Abstande wegen der Schlänglein, der Unwetter wegen in weiterem Halbrund umgeben von Drachenbäumen und Kokospalmen; als es endlich, gegründet auf graurosa Bruchstein, den Urhügel abseits des Dorfes krönte und bewohnbar war, da –

– da saß gegen Abend auf dem winzigen Verandaviertel, zu Füßen glatt und kühl Zement, im Rücken rauh das Backsteingemäuer, warm vom Tage und der festgehaltenen Glut der Oktobersonne, eine Frau saß da allein und nicht mehr jung.

Sie sitzt in ihrem tropischen Arkadien
      und wartet –
          wartet worauf?

Worauf wartet, wer das Ziel erreicht hat? Was lange Jahre hindurch leuchtende Zukunft war, ist eingeholt; Vergangenes sinkt noch tiefer in den Treibsand der Zeit; die Gegenwart sitzt und putzt sich die Fingernägel mit einem silbernen Taschenmesserchen. Welt west ab; Dasein wundert sich. Es ist so stille. Kein Hund kläfft; keine Ziege meckert; kein Blecheimer klappert vom gastlich nahen Gehöft herauf; weder Kinderlachen noch Weinen, und kein Rufen und Schimpfen der Frauen fährt dazwischen... Nicht einmal die Grillen fiedeln im Gras. Die warme Dämmerung verdichtet sich zu leibhaftigem Wohlbefinden. Es breitet sich aus zwischen nackten Füßen in antiken Sandalen und locker aufgebundenem Narzissenhaar, silbergraudunkelbraun und leicht wie das Faltengewand, das von den Schultern herabfließt knöcheltief, ein Festgewand für hochgestimmte Stunden, darin das Dasein sich aalt im Fraglosen. Hinter dem Backsteingemäuer, innen, wo die Wände verputzt und geweißt sind, warten ein Bett und Schlaf, des Lebens Hauptmahlzeit...

Was blieb, was bleibt an Lust, an Sucht
                zum Rückwärtsschleichen
                              Sichverdichten, Einsammunkeln?

Das Fraglose und die Verwunderung, eng umschlungen, runden sich um das beinahe Leere der Erfüllung, umrandet von einem Rest Warten, unbestimmt ins Unbestimmte.

*

Fast schon im Dunkeln liegt unten das Gehöft, dieweil es auf dem Hügel noch beinahe hell ist. Schöne Abendstunde. Der Himmel blaut ab ohne Wolkenrosenrot. Er wölbt sich, empfindsam blaß und durchsichtig auf nichts hin. Ihm die Tiefe eines Symbols anzudichten bedürfte es eines Farbadjektivs, kristallin wie aus einem Fantasy-Roman: amethyst. Das Glück ist nüchtern. Es widerstrebt dem Rausche. Es streift bisweilen schon die Ränder des Kieselsäuerlichen. Zurückgewichen sind die Abgründe; verstummt die Sirenengesänge; es dunkelt trunken die Seele nicht mehr. Dahin. Hinab. Vergangen.

Die Zeit steht still, umringelt von Abendstimmung. Der Augenblick verweilt ein wenig ratlos. Wo ist, im Verdämmern der wilden Malven, was da einst war an Abendphantasien und Abendmythen? Der Erfüllung fehlt etwas. Es fehlt das spitze Eisnadelflimmern, das einsame, am weiten Gewölbe. Es fehlt der Abendstern – *chryseon phaos Aphrogeneias*...

Es fehlt die leere Rundung eines Sichelmondes jung und schmal. Eine sehnsüchtig leere Barke nahe beim Abendstern, in flachem Bogen abwärtsdriftend im Sechsachteltakt, ‚Schöne Nacht, o', ‚meine Seele, ein Gondellied', die offene Rundung füllend mit den Träumen der späten Jahre...

Wenigstens ein halber Mond müßte aus dem Drachenbaum gekrochen kommen, graugrünes Licht zu geben den Grillen für zehrende Gesänge. Aus dem Elefantengrase könnte eine junge Wildkatze schleichen, in eine Falle gehen und das Fell, schwarz-weiß gefleckt, würde die hohe Giebelwand eines Ateliers im fernen Europa zieren mit dem Flair der wunderbaren Jahre. Mitten in die Langatmigkeit pedantischer Dingbeschreibungen springend in Erinnerung bringen Savanne unter dem Harmattan und die zweite Reise nach Mbe...

Jenseits des Tales ist der Horizont hoch. Auf dem Höhenrücken nach Westen stehen Krüppelakazien. In die nackten Schattenrisse müßte ein junger Sichelmond sinken, sich verhaken und hängenbleiben, eine Hängematte aus Binsen, Bast und Silbergras für besinnliche Schaukelphantasien am späten Nachmittag des Lebens. Fünfundfünfzig oder wenig darüber. Eine Hängematte wie einst in der Fliederlaube der Kindheit, dort bei den Sternen hinterm Wegesrand...

Dort bei den Krüppelbäumen jenseits des Tales hängt weder ein Hängemattensichelmond, noch flimmert ins verjährte Wunderbare spitz und kalt der Abendstern. Aber die Erinnerung daran, abblassend, unberauscht, hängt da herum. Der Himmel gen Westen ist leer.

Der Himmel ist blaßviolett und leer. Es fehlt das delirierend Poetische von einst, Waldlandtrockenzeitfieberwirrnis auf Pappe, Hochformat, Öl, dunkelblau und türkis, ‚Astarte ou le goût de l'absolu', zum letzten Mal in diesem Leben Sichelmond und Abendstern auf gespannter Distanz verfangen im schwarzen Eukalyptuslaub, wipfelnah.

Es fehlte fernerhin ein voller Mond, so rund und schön wie im Liede. So banal und so unnahbar. Allen Gaffern offenbar, und wie haben im Verschwiegenen Metaphern ihn umbuhlt, abgelebte und jungerfundne, ihn bewundert, beschimpft, ‚monströser Fufukloß', und wieder bewundert, wenn er, fürstlich, ein Fon in wallender Agbada, aufging hinter den Bergen von Bandiri, ‚rund vor gebändigter Sehnsucht'. Wenn er durch die Wipfel des Regenwaldes quoll, papayarot und wie berauscht, er, der Unnahbare, er, schuld an allem Elend, Rotz und Tränen im zusammengeballten Taschentuch, damals, auf der Veranda von Ndumkwakwa. Bis er schließlich, poetischer Manipulation erliegend und weil es ein coup de théâtre so wollte, eines Abends aufstieg als riesiger Kürbis über dem Tanzplatz drüben im Dorf, eine maisbreigelbe Aura um Trommel und Trommler am Kraterrande – über dem Berge von Bausi ging er auf in eine unermeßlich blaue Nacht, steigend über dem Tanzwirbel und dem Lärm, hinein in das lauernde Laub des Mangobaums, das schwarze, das den Weißgeschrumpften schluckte, schräg von hinten...

Ohne Metaphernzwang, unbeobachtbar schräg hinter dem Häuschen, muß er inzwischen hier und jetzt über dem Berge von Bausi aufgegangen sein, als die Sonne unterging an der Schulter des Ahnenbergs. Er ist hörbar geworden: die Grillen sind auf einmal da – wie lange schon? Die kurze, die amethystene Dämmerung ist vergangen; die Nacht wird anders blau. Das Poetische in seiner Vollendung verbirgt sich linker Hand ums Eck. Über das Strohdach muß er steigen langsam und in würdevoller Leibesfülle, ehe er leicht und weiß und wie emporgeworfen über die Höhen des Himmels rollt. ‚Der Mond, die weiße Perle...'

Er wird, wie ein Verwöhnter und Umworbener, auf sich warten lassen. Friedlich rinnt inzwischen die Zeit dahin und das Warten – aufseufzend und mit beiden Händen fährt es sich durchs Haar, ordnet des Gewandes Falten neu und sinkt zurück ins stimmungsvoll Besinnliche.

Besinnliches Zeitzubringen. Wo ließe ein Bild sich finden; ein Bild für das Dasein an einem Ort wie diesem, im Abseits der Berge von Mbe. Für eine tropische Idylle, rundum eingezäunt von den Träumen abwärtsgleitender Jahre. Ein Sinnbild, anschaulich, eine festliche *theoria* und wie zum Malen.

Beflügle dich, Phantasie! Du, Eule der Minerva, du noch nicht. Gleite, Seelenvogel, du, blaugefiedert, hinab und über das Dach des Gehöfts hinüber zum Ahnenberg. Von dort, einen Nachtvogelschrei entfernt, verschaffe dir Überblick. Auf einer Krüppelakazie laß dich nieder, auf gleicher Höhe wie das Häuschen allhier, spähe umher und was siehst du mit Nachtvogelaugen? In gerader Blickrichtung zum Urhügel her muß es sich offenbaren. Das Bild zum Malen:

Hinter Baum und Strauch am Osthange des Hügels geht der Mond auf – für Seelenvogelaugen runder und gewaltiger als jede Wirklichkeit. In der laubvergitterten Rundung erscheint als Schattenriß ein Kubus mit Pyramidendach. Und gleitet unaufhaltbar von oben herab durch das mondene Hellrund hinab ins Dunkel der Nacht...

Der Palazzo

Um wie viele solide Lehmziegel, handgeformt, luftgetrocknet, wirklicher ist das stattliche Haus unterhalb des Urhügels! Behäbig hingebreitet liegt es auf grasigem Sattel, ein Denkmal der Gebeseligkeit vergangener Zeiten. Das tägliche Leben hat sich in sein Inneres zurückgezogen, unter ein flach ansteigendes, flach abfallendes Wellblechdach, zwischen steinpfeilerverstärkte Mauern – sechs Räume, manche so groß wie das kleine Haus auf dem Urhügel. Über dem Abhang der Nordostecke, auf festungshaft ragendem Fundament aus dem graurosa Bruchstein der Umgebung, erhebt sich das Privatgemach des Hausherrn und blickt mit vergitterten Fenstern zum Urhügel herauf. Der siebente Raum, eine Wohnhalle für die

Großfamilie, so groß wie alles übrige zusammen – ein Palazzo fürwahr. Der unvollendete Traum so vieler Jahre, einzigartig bislang in dieser Gegend und ein wenig abseits vom Dorf, das drüben auf bewaldetem Kraterrande im Halbrund wuchert wie ein Hexenpilz.

Unten im Palazzo sitzen sie an dem langen Brettertisch, vermutlich wie üblich: die Großmutter, die Tanten, ein alter Onkel, der Vetter mit seinen beiden Frauen, und am Kopfende der Hausherr, zu seiner Linken eine um zwanzig Jahre jüngere Gattin. Die Kinder groß und klein hocken, bis auf das jüngste am Busen der Mutter, auf dem noch unzementierten Lehmboden bei Hund und Federvieh. Man ist unter sich. Im trüben Licht zweier Buschlampen sitzt man beisammen und vertilgt schweigend den Maisbrei, den Reis oder die braunen Bohnen. Bisweilen sitzt als Gast dabei die Fremde, Na'anya. Eher selten. Die Weiße zieht es vor, Mahlzeiten allein einzunehmen. Man respektiert es: Na'anya muß denken. Lesen und schreiben und denken muß sie. Ungestört für sich will sie sein mit einer alten Schreibmaschine und viel Papier.

Ist es nicht sonderbar? Gewiß, Na'anya ist keine beliebige Fremde. Sie ist eine Wohltäterin des Dorfes, geehrt mit dem Ehrentitel einer ‚Lady of Mbe'. Müßte sie sich als solche nicht so oft wie möglich unter die Leute mischen, mit ihnen reden und sie ausfragen? Statt dessen sitzt sie in einem winzigen Häuschen und schreibt. Könnte sie das in Europa nicht viel bequemer? Sonderbar ist das. Etwas dergleichen murmelt vielleicht und wenn man nach der Mahlzeit noch zusammensitzt, der alte Onkel, und die Tanten haken nach mit allerlei Vermutungen. Der Vetter wird fragend den Vetter ansehen. Der aber, der Hausherr, hüllt sich in Schweigen.

Solches Hausherrenschweigen könnte Raum schaffen dem Gedanken: vielleicht sitzt Na'anya vor ihrem Häuschen und wartet, in einer Nacht wie dieser...

Daher es denn sein könnte, daß etwas später, wenn der Mond sich anschickt, über das Strohdach zu steigen, langsam, als falle es ihm schwer; in der einen Hand das Buschmesser (wozu? scheucht nicht der Mond die Schlänglein?), in der anderen eine ebenso überflüssige Taschenlampe – daß der Herr des Palazzo, bedachtsam einen Schritt vor den anderen setzend, den schmalen Pfad zum Hügel hinanstiege, angelangt auf der Veranda, ‚Good evening, Na'anya', sich schwerfällig niederließe auf dem Brett, neben das faltenreiche Gewand, Buschmesser und Taschenlampe umständlich zwischen die ausgestreckten Beine deponierend, um alsobald, den breiten Rücken gegen das abkühlende Gemäuer gelehnt, in abwartendes Schweigen zu fallen wie in einen Haufen ausgedroschenes Reisstroh.

Das Schweigen

Das große Schweigen zu zweit allein. Denn was gäbe es noch zu reden? Auf der Veranda ist Raum für Palaver im Quadrat. Auf dem Brett gegenüber hätten, bei nahezu Knieberührung, noch beide Dorfhäuptlinge Platz, wofern sie sich je herbeiließen, Na'anyas Gäste zu sein bei Tag. Nun aber ist es Nacht. Nun aber scheint der Mond so hell auf diese Welt. Da könnte es enge werden für zwei allein, Frage neben Fragezeichen. Aus dem Schweigen würde ein Schlänglein schlüpfen und schillern und schlängeln durch Höhlen und Nebenhöhlen alle der Jahre von Anfang an, durch abgrundnahe Möglichkeiten und jede Klamm des Mißverstehens.

Es säßen zweie da reglos und reichlich resigniert; selbstbesonnen und leicht verstellt Na'anya; mit einem guten Gewissen gepanzert der Herr des Palazzo. Während der gute Mond so stille steigt und die Grillen die alte Beschwörung zelebrieren. Hörst du? Sie fiedeln ein Carmen, das einst Sinn verwirrte, nun aber allenfalls die Suche nach schönen Worten beflügeln könnte, um sie einem Texte einzuweben.

Wenn da also einer käme, der Grund genug hätte, sich um einen Gast zu kümmern, und man säße so in der hellen, merklich abkühlenden Nacht, schweigend unter der schiefen Ebene der Grillenlieder, und zu vier Füßen, nackt in Sandalen, schliefe der matte Widerschein der Nacht auf blankem Stahl, und hinter sich hätten beide, der Wohlgeerdete und die wurzellos Fremde – beide hätten hinter sich zweimal sieben Jahre und das rauhe Gemäuer eines Backsteinhäuschens; und dahinter, einladend, ausladend und selbst als bloße Vorstellung unvorstellbar, ein Anakoluth – man säße da also und keiner kriegte den Mund auf, sei es aus Vorsicht, sei es aus Trägheit oder aus Einsicht ins Aussichtslose, da würde Na'anya, denn auf dem Urhügel ist sie Gastgeberin, sie würde sich schließlich ins Innere des Häuschens begeben und zurückkommen mit einem Glas kaltem Tee und einer Handvoll Gebäck, Maismehl und Erdnußbutter, flach und rund und fast so fad wie Oblaten, und die Zeremonie würde sich wiederholen, vielleicht hilft's beim Zeitzubringen –

‚Here is something for you. Take, eat. Drink' –

– Deine Frau hat gekocht, stundenlang; du hast dich sattgegessen und Wasser vom Bach getrunken. Hast dir den Bauch zu Abend vollgeschlagen, wie es sich gehört, hierzulande. Dies hier ist anders zusammengerührt, im Handumdrehen und wenig. Gebacken in der heißen Mittagssonne, eingetrocknet zu reiner Sinnbildlichkeit, plattgedrückt und beinahe nichts. Der Tee ist Schwarztee, aufgehellt mit Zitrone, ohne Honig, säuerlich. Iß, trink, damit der Höflichkeit Genüge getan ist und du wenigstens dafür und zu einem Dankeschön den Mund aufkriegst, du Verspäteter und Verjährter – ‚Thank you, Na'anya' – und sackt zurück. Ein reiner Tor noch immer oder verstockt? Einer, der noch immer nicht weiß, woran er ist und es lieber los wäre? Wenn nicht so vieles andere daran hinge, Zement und Sperrholz und eine ganze Straße samt Brücke über den Fluß – ach, und das Poetische einer tropischen Vollmondnacht, präludiert von einer schönen Abendstimmung, amethyst und so – dahingegeben an eine späte Vergeblichkeit?

Spät wohl; aber vergeblich? Wären steigender Mond und Grillengefiedel nicht ein idyllischer Rahmen für Besinnung darauf, was auf dem Grunde des Schweigens liegt an Abgesunkenem? An Erwartungen und Enttäuschungen; an Fragwürdigkeiten bis hin zu solchem Beieinandersitzen in einer Nacht wie dieser – wenn da einer käme und man säße so im Mondenschatten unter dem Strohdach, knabbernd am trockenen Maisgebäck der Höflichkeit; nippend am kalten Tee der Resignation. Ein Rahmen wäre es für das Fragwürdige. Ein Rahmen für die einzige Frage, die gestellt werden müßte und nicht gestellt wird – du schwarzer Parzifal hinten den sieben Bergen der Savanne! Muß die Besinnung unerlöst und monologisch bleiben, zersägt vom Fiedeln der Grillen?

Das Grillenlied

Tropisches Grillengefiedel. Schrill bis ins Jenseits der Wahrnehmung, das Bewußtsein tangierend mit ungleichen Parallelen. Es dringt ins Ohr und ins Gefühl straff gespannt und mit scharfen Kanten, metallen. Etwas wie ein dünngewalztes Silberblechtrapez sägen sie mit monomanem Singsang aus der Nacht, ins Dunkelblau schräg gegen die Himmelswölbung gestellt. Ein paar Sternlein, winzig, blaß und weit verstreut, zwinkern einander zu. – Wenigstens ein Stimmungsbild. Wenn schon, was es besagen könnte, den Bach der Jahre hinab ist...

Sie fiedeln und singen, die Grillen im Gras. Was für ein Lied? Was wiederholt ihr Singsang an Ungesagtem? Sie singen und fiedeln eine einzige Frage, die ungefragte:

> Tsi-tsirr, Tsi-tsi-tsar, tsi tsi-tsirr tsi tsi-tsirr,
> Tsi-tsi Tsirra tsi tsirr tsi tsirr ?

> Warum, Na'anyá, bist du hier und allein,
> Eine Fremde in fremdem Land?

Mit einer einzigen Frage müßte der Herr des Palazzo das Schweigen durchbrechen. Zwei Worte würden genügen. Nicht der Lawinenüberhang an Sagbarem würde damit losgetreten. Nicht der Roman eines Auf- und Ausstiegs, zweitausend Seiten pedantischer Prosa, die Geröllmassen eines halben Jahrhunderts würden herabrollen. Bewahre. Die Gesteinsproben von zehn, zwölf Elementarsätzen würden genügen. Eine Handvoll, hingehalten auf flacher Hand. Sieh her.

(Look, I was poor like you. I came from a village like yours. My father died in war when I was seven. I escaped by a hair's breadth. As a refugee I starved, I suffered. In school, I worked hard. I succeeded. I qualified. I did not follow up a possible career. I came to Africa to help you people. And now I want to stay – in this place.)

Etwas der Art. Die auslösende Frage indes, nie ist sie gestellt worden im Gegenzuge zu all den Fragen, die durch Jahre hin Anteilnahme bekundet haben. Nichts dergleichen. Nie. Keine zwei Worte. Warum nicht?

Ach, warum wohl. Was hätte der Frager von solchen Fragen? Ließe sich damit der Palazzo vollenden, das Gemäuer verputzen innen und außen? Würde verständnisvolle Anteilnahme den Fußboden der Wohnhalle zementieren, Sperrholzdecken im Kinderzimmer einziehen, Lamellenfenster in die vergitterten Fensterhöhlen setzen, Möbel zimmern oder gar einen Kamin bauen für die kalten Nächte der Regenzeit? Pragmatisch geradeaus denkt man in dieser Weltgegend und nicht um idealistische Ecken herum. Auch der Herr des Palazzo, in so mancher Hinsicht eine verführerisch erfreuliche Ausnahme, erweist sich in dieser Hinsicht als autochthon durch und durch. Die Einsicht schmeckt säuerlich.

Die ungestellte Frage – ruht sie auf dunklem Grund? Ruht da nichts? Aus welchen Bedenken ist das Schweigen gemacht? Aus Ratlosigkeit? Argwohn? Aus schierer Gleichgültigkeit? Ist es vorsichtig und klug – klug auf den eigenen Vorteil bedacht? Es wäre begreiflich. Nur und allzu. Der Argwohn auch. Was will Na'anya – letztendlich? Bleibt nicht gar manches, was sie tut, undurchsichtig nach rückwärts und nach vorwärts? Was treibt sie hierher? Was ist vorstellbar? Was undenkbar?

Dorf, Kindheit, Wohlergehen

Hat nicht, als ahnte sie etwas vom Argwohn und den banalen Verdächten der Leute, Na'anya eines Tages sich bemüßigt gefühlt, ihre Wohltätigkeit zu begründen? Warum gerade für dieses Dorf? ‚From a village like yours' – angedeutet hat die Fremde, daß dieses Dorf sie erinnere an das Dorf ihrer Kindheit.

Das Dorf und die Kindheit – ein weiter Sprung zurück. Und doch so künstlich nicht, so unwahrscheinlich, wie es auf den ersten Blick scheinen könnte. Der große Bogen von hier nach dorten, zu den Sternen hinterm Wegesrand, wo die alte Zeit liegt... Es müßte nur tief genug gegraben werden durch verschüttete Bewußtseinschichten bis auf den sandigen Grund der ersten Eindrücke. Nichts Ungewöhnliches. Sehnsucht zurück nach Frühkindlichem, wofern es schön und friedlich war.

Merkwürdig nur, daß ein ‚Dorf der Kindheit' sich nicht im Waldland unten fand. Sieben Jahre lang nicht, und gab es der Dörfer nicht wenigstens zwei, drei zur Auswahl? Wenn schon die rauchgeschwärzten Rundhütten nicht rund um das alte Fachwerkhaus inmitten eines schönen Parks, warum dann nicht, etwas nordwärts, zwischen verfallenen Teeplantagen ein altes, grauwackiges Kolonialschloß mit trutzigem Viereckturm und Kamin? Warum fand es sich so weit entfernt, in den Bergen der Savanne?

Dazu die Unähnlichkeiten! Der Sand, gewiß. Aber so archaisch wie das Hexenpilzdorf drüben auf dem Kraterrande war das Dorf der Kindheit nicht. Es gab Elektrizität, und das Wasser wurde nicht vom Bach geholt. Es lag auch nicht in den Bergen, es lag in einer Tiefebene und kannte lange Winter. Es glich dem Bergdorf in der Savanne wie – die Vergangenheit der Gegenwart gleicht. Wie der Garten der Kindheit dem wilden Walde gleicht *nell' mezzo del cammin'*.

Bliebe mithin an Unbegreiflichem allein die Inspirationskraft eines bunten Bildchens? Etwas, das den Wunsch zur Obsession steigerte und verschärfte – ein Zufall? Willkommene Erklärung des Wunsches, das Dorf hinter den sieben Bergen mit eigenen Augen zu sehen. Ein buntes Bildchen war's auf Glanzpapier, vermutlich in einem Missionsblättchen: das vollkommene Idyll. Strohgedeckte Pyramidendächer über fensterlosen Kuben aus Lehm, sonnengelb zwischen dem zerschlissenen Hellgrün der Bananenstauden; der Blick durch einen Hohlweg, sandig, von Grantblöcken gesäumt, hinab ins Unterdorf. Und rings ein Horizont von veilchenblauen Bergen...

Wie unerwartet? Es war nicht irgendein Dorf. Es war – es ist das Dorf einer anderen Kindheit, anders und ähnlich nur sieben Jahre lang. Hier durfte ein Kind aufwachsen in tiefem Frieden, ärmlich, aber nicht elend. Ohne zu hungern, ohne zu frieren und ohne Bedrohung durch gewaltsamen Tod. Der Mutter Hütte war ein Ort zum Sichverkriechen. Der Maisbrei mangelte nie. Das ganze Dorf war ein Spielplatz. Eine Schule gab es auch, eine kleine. Eine größere im nächsten größeren Dorf. Zur höheren in der Provinzstadt zwar hat es nicht gereicht. Es fehlten die Geldmittel. Aber schließlich, arbeitsam und zielstrebig, war nach langen Jahren doch ein angesehener Beruf erreicht samt Dienstwohnung in einer größeren Stadt. Der also Arrivierte indes, er liebt sein Dorf. Er kann darüber reden zu jeder Tages- und Nachtzeit und sogar beim Bergesteigen. Reden konnte er darüber unter dem Blinken des Abendsterns, so lange es darum ging, mit zweifelhaften Segnungen der Zivilisation, mit Wellblech und Zement, mit Asphalt und Generatoren das Idyll zu stören, das einer Fremden so sehr am Herzen liegt.

Ja, am Herzen liegt es. Das Idyll.

Jenseits des Idylls liegt die autochthone Wirklichkeit.

Sie liegt da samt allem, worum es dem Dorf geht. Es geht ums Wohlergehen. Der achtbare Herr des Palazzo, er hängt an seinem Dorf. Die matrilineare Sippschaft, sie hängt an *ihm*. Das Wohlergehen aber hängt auf weitere Sicht ab von jungen Leuten, die es weiterbringen sollen und zu diesem Zwecke erst einmal herauswollen aus dem Dorf. Nicht in die Plantagen an der Küste, wie noch die Väter und Großväter, sondern in die staatlich und stattlich bezahlten Berufe nach westlichem Vorbild. Einen weißen Hemdkragen wollen sie tragen statt schwere Kopflasten bergab, bergauf. Das Buschmesser wollen sie nicht mehr schwingen, sich nicht mehr abplagen in den Feldern. In einem Büro wollen sie sitzen. In Akten blättern und Formulare ausfüllen ist angenehmeres Zeitzubringen. Dazu ein Haus in der Stadt mit allem Komfort, Elektrizität, Kühlschrank, Fernsehgerät – ein Ziel, aufs innigste zu wünschen. Und ein eigenes Auto steuern statt in altersschwachen Taxis über Land zu holpern oder in vollgestopften Kleinbussen zu schwitzen und rücksichtslosen Fahrern ausgeliefert zu sein. Erst auf die alten Tage zieht man sich zurück ins heimatliche Dorf, wo man sich Jahre zuvor schon ein Haus gebaut hat. Das ist dann die Entwicklung des Dorfes, die sich beschleunigt, je mehr Söhne und Töchter es so weit bringen, daß durch Beziehungen Straße, Elektrizität und Wasserleitung zustande kommen. Es bedarf dann keiner Fremden, keiner Weißen mehr, die sich in einem Häuschen über dem Palazzo festsetzt, um daselbst ihr Privatidyll zu pflegen.

So ist es. Der Herr des Palazzo ist ein verführerisches Beispiel dafür, wohin es bringen kann, wer ins Tiefland hinabsteigt und sich westliche Bildung aneignet, gerade so viel, daß sie autochthonen Traditionen nicht allzusehr in Quere kommt mit fremden Wertmaßstäben. Hat er es nicht so weit gebracht, daß Na'anya kam, erst Spendengelder für eine Straße sammelte und dann ihr eigenes Geld für den Bau des Palazzo ausgab? Beziehungen zählen. Die Hoffnung, daß weitere Gelder bergauf fließen werden, dampft aus jeder Schüssel Reis, die als Geschenk vom Dorf herüber oder vom Palazzo herauf gesandt den Gast ernährt. Der Palazzo jedoch, während des jährlichen Urlaubs vom Eigentümer bewohnt mit Weib und Kindern, ist unvollendet. Warum? Schweigen. Man spricht nicht mehr über verweigerte Rechenschaft. Darüber, daß Zweckgebundenes – nun, nicht geradezu veruntreut, aber doch auf undurchsichtige Weise verwendet wurde. Was eine Fremde in ihrer Naivität als selbstverständlich voraussetzte, blieb aus. Blieb auch auf Anforderung hin aus. Mag Na'anya sich zusammenreimen, wie die Sache lief; wohin das Geld sich verlief. Die Großfamilie half beim Hausbau. Gut. Und dann? Dann stellte sie Ansprüche. Der reisbauende Vetter baute sich ein neues Haus. Neffen und Nichten besuchten eine Weile die höhere Schule. Der Sohn des Dorfes hat damit für das künftige Wohlergehen des Dorfes gesorgt. Das müßte Na'anya doch verstehen nach so vielen Jahren im Lande und verheiratet mit einem Mann, der Dinge dieser Art feldforschend zu Wissenschaft gemacht hat. Sie müßte es verstehen, und nicht so tun, als –

– ach, und ob sie es versteht! Sie wäre nachgerade imstande, den Wohlergehensbetrachtungen einen pathetischen Monolog hinzuzufügen und entgegenzusetzen. Zu sagen, wie sie selbst die Dinge sieht aus idealistisch verbogener Narzissenperspektive, die sich bisweilen und wer weiß, wenn kein guter Geist davor bewahrt, ins Zynische zu verzerren sich anschicken könnte. Die Säure der Enttäuschung, frißt sie nicht hier und da bereits die Ränder des Wunderbaren an? Wem freilich wäre geholfen mit einem solchen Monolog? Einer Frau allein, die, angeheimelt von vermeintlich eigenem Schicksal in autochthoner Gestalt, als Fremde Fremdem sich entgegenwarf, um am Ende festzustellen, daß sie in selbstgestellte Fallen ging. Eine naive Idealistin ohne solide Menschenkenntnis, ohne ethnologische Vorstudien oder Nachhilfestunden, auf eigene Faust Erfahrungen sammelnd wie Pilze im Wald. Da fand sich unverwunderlicherweise auch einiges Ungenießbare. Etwas aus dem Hexenpilzring drüben auf dem Kraterrande.

Das Idyll ist eng verknüpft mit dem Wohlergehen des Dorfes. Die Leute, sie nehmen wie Kinder nehmen. Das ganze Dorf nimmt. Der Herr des Palazzo nimmt. Genauer: er nahm. Er nahm, sagte ‚Thank you, Na'anya' und fragte nie: Warum? Warum gibst du? Und du – warum fragst du nicht? Aus Kindlichkeit? Aus Gleichgültigkeit? Aus Verschwiegenheit, die zu durchschauen glaubt?

Fragen, auf ewig ungestellt. Ungestellt die einzige Frage, die genügen würde. Muß es nicht nachdenklich stimmen? Müßte eine Fremde sich nicht die Mühe machen, nachzudenken die Gedanken dessen, der nicht fragt? Und sogleich einen Anfang damit machen hier, auf winziger Veranda, wartend, unbestimmt ins Unbestimmte? Einen Anfang machen bei der Fragwürdigkeit des Häuschens, über dessen Dach ein tropischer Vollmond steigt? Steigt und steigt und schrumpft...

Villa und Atelier und ein Sommergast

Das Häuschen auf dem Urhügel, es ist gedacht – was sonst. Gedacht ist es als Schreibklause; eine Eremitage für ein paar Jahre, bis das große Memoirenwerk abgeschlossen ist. Hier beginnt das Murmeln des alten Onkels nach Tisch. Das Häuschen, gebaut von Na'anyas Geld, samt der Gastlichkeit des Dorfes, sie sind gedacht als Dank für gewährte Entwicklungshilfe, gewiß. Fragwürdig bleiben Häuschen und Gastsein einer Fremden, eben dieser, dennoch. Und warum?

Weil es eine Graue Villa gibt und etwas wie ein Atelier in einem reichen Land Europas, aus dem Na'anya stammt und kommt und da ist. Villa und Atelier: der Herr des Palazzo kennt beides. Vor Jahren, als es in der großen Stadt Berlin noch eine berühmte Mauer zu besichtigen gab, schickte Na'anya einen Flugschein. Der Sohn des Dorfes kam und war Gast einen ganzen Sommer lang. Gast in einem grauen Vorkriegskasten, versteckt in einem großen Garten mit hohen Bäumen. Da war es sehr wohnlich, und man sah, wer da wohnte. Die vielen Bücher, Kunstwerke, Schallplatten und wieder Bücher. Zwischen den vielen Büchern wohnte der Herr der Grauen Villa schon damals die meiste Zeit allein, schrieb, dozierte und verdiente den Lebensunterhalt für zwei. Denn Na'anya hatte sich ein paar hundert Kilometer weiter südlich eingerichtet, kümmerte sich um eine alte Mutter und schrieb nebenher und schrieb und schrieb...

Es war irgendwie einzusehen, das mit der Mutter und daß Na'anya deswegen nur wochenweise in der Grauen Villa wohnte und ausnahmsweise einmal einen ganzen Sommer lang. Der Gast fühlte sich ungeniert wohl in Haus und Garten und auf Besichtigungsausflügen. Wohler als im Goethe-Institut, wo er Kopfschmerzen und von der deutschen Sprache nicht viel mitbekam. Abends saß man zu dritt bei Bier und Geplauder. Draußen auf der Terrasse vor den dämmernden Rosenrabatten oder drinnen bequem in den Sesseln. Das große Zimmer im Halbdunkel; ein Teppich, goldbraune Medaillons; Brücken maisgelb, berber und kaffeebraun auf abgetretenem Parkett; ein hundertjähriges Großmutterbüfett mit Spiegelaufsatz und verschnörkelten Schnitzereien; Stille vom Garten her und man saß da friedlich zu dritt, Allgemeines, Ungenaues und Harmloses plaudernd. Man kannte einander seit sieben Jahren.

Der Berliner Sommer und die Jahre davor, das waren die fetten Jahre gewesen, da Na'anya selbstverdientes und erspartes Geld verschenkte mit vollen Händen. An einen nicht nur, nein-nein, auch an andere. Aber an den einen doch das meiste. Es waren wundersame Zeiten...

Ja, wundersam. Goldbraunbeige getönt wie Savanne bei Sonnenuntergang. Vanillegelb und kaffeebraun umhäkelt mit exotischen Illusionen; illuminiert von smaragdgrünem Glanze; ein Vexierspiel, halb noch geglaubt, halb schon durchschaut, traumwandelnd auf ein Ziel zu, dessen Konturen schon erkennbar waren: kubisch, viermalvier. Es liegt noch einmal sieben Jahre zurück.

Damals nahm Na'anya den Gast vor dem Rückflug mit ins Süddeutsche, um ihm daselbst das Atelier zu zeigen. Am Rande einer größeren Stadt stieg man in ein modernes Reihenhaus hinauf in ein großzügig ausgebautes Dachgeschoß. Eine küchenlose Kunstklause, Bücher auch hier, handgeknüpfte Brükken, selbstgemalte Bilder, auch ‚Astarte ou le goût de l'absolu'; von der hohen Giebelwand sprang das Wildkatzenfell, und vor dem großen Fenster ging die Sonne unter über Gärten und freiem Feld. Auf einem alten Kippsofa im Südzimmer übernachtete der Gast. Am Morgen versuchte man zu reden über Dinge, die in Briefen nicht zu formulieren waren und in der Grauen Villa auch nicht. Es wurde unerquicklich. Na'anya machte Vorwürfe. Der Gast, mühsam beherrscht, wehrte sich mit der Kraft eines unbeschädigten Gewissens. Von Rechenschaft, überwiesene Gelder betreffend, war auch die Rede. Der Gast flog zurück mit vollen Koffern. Danach begann es zu bröckeln und abzublättern. Begreiflich, daß man darüber noch immer nicht reden mag. Und gewißlich nicht reden würde, sollte einer sich bemüßigt fühlten, heraufzusteigen, in einer Nacht wie dieser, während der Mond über das Strohdach steigt...

Fragwürdig wird das Häuschen auf dem Urhügel samt der Bewohnerin jedoch und vor allem durch Gleichzeitigkeit mit einem Campus am Kilimandscharo. Dort lehrt und forscht als Gast der Herr der Grauen Villa. Während er dorthin flog, flog Na'anya hierher. Für die Mutter ist derweilen gesorgt. Na'anya kam und ist da. Und wie lange will sie bleiben? Eine Trockenzeit lang ginge wohl an. Selbst durch eine Regenzeit hindurch könnte man den Gast versorgen mit allem Lebensnotwendigen (und das Strohdach ist ja innen mit Wellblech abgefüttert). Aber länger als ein Jahr – zwei Jahre, drei? Was, wenn sie krank wird, hier im Abseits? Schreiben könnte sie doch viel gesünder und bequemer in Villa oder Atelier, oder auch in einem schönen Campus am Kilimandscharo. Fragen, würdig, gestellt zu werden. Und niemand stellt sie. Keine einzige. Keiner stellt die Frage, die das Grillenlied fiedelt, unermüdlich...

Die wunderbaren Jahre

Einsames Munkeln solcher Art und nach innen hin würde weithin das äußere Schweigen ausfüllen, wenn da einer käme und sich niederließe auf dem Brett neben Na'anya. Es wäre nicht eben gemütlich. Aber vernünftiger als Ungehöriges zu fragen oder Vorwürfe zu wiederholen und zu riskieren, daß ein Besonnener noch einmal damit droht, die Beherrschung zu verlieren. Es wäre nicht schön. Es wäre – das endgültige Ende. Und während der Mond noch immer die Zeit damit zubringt, über das Strohdach zu steigen, bliebe, festgeklebt auf dem Brett, unterschwellige Enttäuschung auf beiden Seiten. Auf Seiten des Gastes, der nicht ganz zufällig eine Frau ist, käme hinzu eine stille Gereiztheit ganz anderer Art als die Irritation zu Anfang einer Episode, die zum Roman ausuferte, der nun nicht weiß, in welcher Gegend und Gemütsverfassung er versanden soll. Denn es ist Sand. Trockener, vom Harmattan wohlig erwärmter Savannenlandsand. Sumpfiges ist nirgends weit und breit. Und war auch nicht zu der Zeit, da jedes nahe Schweigen ein Abgrund schien. Der Herr des Palazzo ist eines Palazzo nicht unwürdig. Selbst wenn er über abgezweigte Gelder Auskunft verweigert. Selbst wenn er in der einen oder anderen Nacht neben Na'anya auf der Veranda sitzt und seinerseits so tut, als ob – er nichts dafür könne. Als ob der Roman durchweg Na'anyas Erfindung sei.

Der Roman der wunderbaren Jahre. Wunderbar in jedem nur denkbaren Sinne. Ja, bisweilen und warum nicht auch in einem undenkbaren. Ein Roman wie erfunden für einsames Rückwärtsschleichen in einer Nacht wie dieser.

Wohlan und schleiche, einsame Seele, zurück in die Jahre in Ndumkwakwa, unten im Regenwald, mit allem Auf und Ab, Hin und Her und ‚Shall we dance?' Gedenke der ersten Reise nach Mbe, lyrisch-dramatisch und zum Glück begleitet von einem nachsichtigen Ehemann, der Verfängliches ins Ironisch-Scherzhafte abzubiegen verstand. Zwei Jahre später die zweite Reise, allein und mitten ins Abenteuer. Besteigung des steilen

Berges von Bausi, begleitet von jungen Reisbauern, Na'anya im himbeerlila Oxfordhemd, sportlich, Mitte vierzig; sonntags in wallendem Festgewand, ebendemselben, das hier über die Veranda fließt, Reden haltend vor Dorfältesten und Häuptlingen in traumwandlerischer Sicherheit; hausend, allein, in einem baufälligen Häuschen auf dem Kraterrande, verzaubert wie in einem Märchenschloß, sieben Tage lang. Und wieder zwei Jahre später der dritte Besuch, wieder allein, drei Wochen lang; euphorisches Bauen am Palazzo, Pläne für einen Kamin, Träumereien daran im voraus.

Tagträume frühlingsgrün wie Elefantengras in der Regenzeit – wuchernd, weit über Kopf und Baumwollhütchen; raschelnde Dickichte, unübersichtlich; Irrgärten im wohlumgrenzt Ungewissen. Tagträume beim Lehmziegelformen in glühender Februarsonne; beim Steineklopfen, hammerschwingend; beim Reisworfeln im Tal. Tage, Wochen, Jahre horizontumfassend erfüllt von Fata Morganen unter dem Harmattan; ein staubrosenfarbener Glanz lag über der falben Savanne und über dem ruhelosen Umherreisen, wochenlang und allein. Das Jahr in Mbebete und wie eines Tages, in der Morgendämmerung, die Füße von allein den Weg fanden, zwanzig Kilometer querfeldein durch den Staub der Trockenzeit, unter Dezembergluten stundenlang; das Glück der Erschöpfung, rosenrot eingestaubt anzukommen und auszuruhen in dunkler, in kühler, in gastlicher Kammer. Es träumte ins Aschgoldene und ins Abendsternflimmern hinein, in alles Mögliche, bisweilen auch Unmögliche, umgeben von genau Abgezirkeltem; von begrenzter Illusionsfähigkeit neben einem, der, noch immer ‚pflückend aller Vorzüge Wipfel', glänzte durch Rechtlichkeit und wohlverstandenes Eigeninteresse.

Das wäre der *sogenannte* Roman, so genannt, weil so gelebt, aber so noch nicht verwortet und daher – uneigentlich. Eigentlich, wirklicher, schöner und runder wäre etwas, das sich vom gelebten Leben ab- und aufheben würde wie ein voller Mond, der durch die Dämmerung – und so weiter.

Der Palazzo ein Torso. Der Roman ein Torso. Ein Steinbruch für Novellistik vielleicht. Runde zehn Jahre zurück und fast vergessen liegen in den Schubladen monotone tausend Seiten, den Tagebüchern nachgeschrieben unermüdlich, abgebrochen im September eines schlimmen Tages und Jahres. Nein, nicht hier, nicht jetzt daran erinnern. Idyll und Seelenruhe mögen nach Möglichkeit ungestört bleiben. Abgedrängt bleibe es, aufbewahrt für Späteres, vielleicht. Für eine Nekyia.

Noch leuchten die wunderbaren Jahre. Noch liegt im Nachmittagsglanz die weite Savannenspielwiese der Träume bei Tag und mit offenen Augen. Sie hat freier Erfindung mehr Spielraum gewährt als das brav und bieder gelebte Leben. Spielraum und Stoff, staubrosenrot. Stoff für Stilübungen, schielend nach dem vollendeten Kunstwerk. Und inzwischen? Inzwischen hat sich aus der Fülle und Vielfalt eine unbescheidene Auswahl von dreihundert Seiten eitel zwischen zwei Buchdeckel gedrängt, leider, ja, in der Eile des Aufbruchs zurück unter den Harmattan. ‚Altes, Abgelebtes' - ?

Unter dem Harmattan

Eine ‚Spur im Staub' führte da entlang, nahe am Äquator. Ein Reisemonolog durch bunten Staub, voraus- und zurücktastend und wie vorsichtig ausweichend, wie lyrisch langatmig, wie oberlehrerinnenhaft – Gedichtinterpretation und Kulturphilosophie vorgetragen werden, Landschaft als ‚lange geliebte' beschrieben und das Eigentliche umgangen wird von einer Reisenden, ‚Nonne in Räuberzivil', die zwischenhinein und um abzulenken Brautgeschichten erzählt. Das unbezwingliche Kriechtier, es kriecht im Staub, ringelt sich durch die roten Rispen der Cassia, läßt eine Spur zurück zwischen den Zeilen. Altweibermärlein sollen Unerklärliches erklären. Und eine Wasserfrau, die nicht schwimmen kann, sitzt an einem Wasserfall und raunt einem tumben Jägersmann allerlei von weit her Geholtes ins Ohr, indes der Vollmond über die Berge rollt...

‚Noch einmal vorm Vergängnis' möchten der Kusinen gleich zweie blühn. Beide Mitte Vierzig, was Wunder. Und zugleich mit Anstand über die Runden kommen, ohne Kokain und ohne Eskapaden. So honorabel, so biedermeierlich, so gebildet und so verklemmt. Schwarzer Tango auf dreizehnter Etage, am Rande der Großstadt, wiederum nahe am Äquator; ein schöner Maurice in Mauve und ‚etwas wie ein Mönchlein' im Hintergrunde. Ein Roman? Eine Klettenkette von Frustrationshistörchen. Eins klebt am anderen und das wahre Leben ist, wie so oft, nur in Tagträumen realisierbar, ‚nachts in der Bar' etwa, in allen Ehren, nach der Melodie und Sage ‚Sohn der Savanne'. In einem letzten, siebenten Kapitel endlich Exotisches. Ein großes dörfliches Tanzfest bei Nacht (und natürlich geht wieder ein Vollmond auf) im Abseits der Berge, von der einen der Kusinen der anderen zugedacht, ausufernd zum kuriosesten und abstrus sublimsten aller Tag- und Dämmerträume.

Auf einer ‚Eukalyptusschaukel' schließlich schaukeln Tagträume schwerfällig teils und dann auch wieder dithyrambisch über einen Fluß und in ein Tropengewitter, bis das Bild aus dem Rahmen fällt. Der Abendstern zwinkert, die Listenflechtende, bunten Thrones. Ein Seelenvogel, blaugefiedert, eingesperrt im Käfig des europäisch Gewöhnlichen, zwitschert Nostalgie zurück nach Afrika; eine böse Kollegin zischelt düstere und zynische Afro-Orakel dazwischen. Es wird politisch-ideologisch ungemütlich. Salz an die lyrische Suppe, Pfeffer in den Vollmondvanillepudding.

Sodann und wie es so geht, monatelang die vergebliche Suche nach einem Verlag. Für so etwas. Nach Tanja, Ernest, Nadine, Doris, and the rest. Von Mr. Kurtz ganz zu schweigen. Weder Kolonialidylle mit Farm in Afrika und melodramatischem Ausgang; noch Nashörner und Jagdsafari samt Hatari über den grünen Hügeln Afrikas, bei den Momella-Seen; weder nobelpreisreife kulturpolitische, noch psychopathologische Schwarz-Weiß-Probleme, und auch kein scharlachroter Gesang aus dem Senegal. Statt dessen diese – diese Backfischträume. Harmlose

Abenteuer der Innerlichkeit; auf biederes Maß zurückgestutzte *midlife crisis*; ein irritierlich triviales Frauenthema von pathetisch-sentimentalem Zuschnitt und wie verirrt in ein falsches Jahrhundert. Ein Konglomerat aus altmodischem Tugendpathos und romantischer Überspanntheit. Ein billiges, von einem empfindlichen Gewissen freilich eben noch zu billigendes Narkotikum und Kompensat. Großer Gefühlsaufwand, viel Lärm und Grillengefiedel um so gut wie nichts. Nein, keiner will's. Zwischen die Buchdeckel kriecht es hastig und verschämt auf eigene Kosten. Und wieder ab nach Afrika. Hier sein und bleiben, selig verschollen.

Selig verschollen in den Schubladen alle übrigen Idyllen am Rande des Absturzes. ‚Trockenzeitfieber' im Wechselrahmen einer Kur- und Endmoränenlandschaft. Mittagsfinsternis, Beschwörung einer Rückkehr. ‚Wieder hat ein Mond sich gerundet' – die Obsession der Wiederholung. Ferner und am Rande Gedichte; was sich so ergibt. Das kürzeste und beste im Konjunktiv, die Muse ein Anlaß aus Melasse, zäh und klebrig, die Poetin narzißtisch um sich selbst gewickelt, krisenhaft verliebt in ein Daseinsgefühl, das sich an Landschaft verlor, in diesen Gegenden hier oben, inmitten wogender Savanne, sich klammernd an Krüppelakazien und wilde Malven, weil anderes zum Glück unzugänglich blieb.

Zum Glück. Fürwahr.

Alles übrige, weit umfangreicher, macht den Umfang der Rechtfertigung des Daseins aus an diesem Ort. Heraufgetragen als Kopflast hat die größte der Schubladen gerade Platz unter dem Bett. Der große Aluminiumkoffer. Fotomechanisch geschrumpft für leichteren Flug über Alpen, Mittelmeer und Sahara, geschrumpft auf ein Viertel der ursprünglichen Papiermassen, verbirgt es sich unter dem Bett: gebündelt, fünf Teile, fünfzehn Kapitel, des bisherigen Lebens erste Hälfte. Eine Kopflast – das ganze Dorf hat's gesehen. Na'anyas Bücher. Na'anya will ein Buch schreiben. Das Innere des Häuschens ist eigens dafür eingerichtet. Nahe am Bett Tisch und Stuhl vor dem Fenster, das hinab zum Palazzo sieht. Schreiben wird Na'anya – nicht über den Reisanbau im Tal und die Schwierigkeiten der Vermarktung; nicht über Doppelhäuptlingsschaft und Ahnenfeste; nichts über matrilineare Verwandtschaftssysteme – da mögen die Ethnologinnen wildern. Hier soll ins Reine und zu Ende geschrieben werden der Roman eines Auf- und Ausstiegs. Das, was in dreißig Monaten standegekommen ist im Hin und Her zwischen Grauer Villa und Atelier, seit der Rückkehr vom Jacaranda Campus mit Blick auf den Kilimandscharo. Afrika als Mitte und Rahmen. Zweitausend Seiten statt zehn kurze Sätze (‚Look, I was poor like you ...') sollen hier überarbeitet und nach Möglichkeit vollendet werden. Die fernere Frage, was am Ende wichtiger wäre – das gelebte Leben und daß es einen Sinn gehabt hat in sich selbst, oder ein Häuschen auf dem Urhügel in den Bergen von Mbe als Denkmal (Lehm! Stroh!) und Erinnerung an eine Weiße, die hier eine Weile ihr Wesen trieb, oder aber ein dickes Buch, das keiner liest – mag fürs erste unentschieden bleiben, suspendiert zwischen Mond und Strohdach und näheren Aufgaben.

Träume und Traumata

Komm, guter Mond so stille. Noch unsichtbar hinter dem Häuschen, links ums Eck, aber über alle Zweifel erhaben, ist er unterwegs seit geraumer Weile. Langsam ist er heraufgestiegen, keineswegs schwerfällig. Nein, schwerelos steigt er herauf. Schon ist der Schatten des überhängenden Strohdaches merklich zurückgewichen. Schon rieselt die kühle Kokosmilch über die Brüstung der Veranda, zerfließt auf dem Zementboden und das harte Grau erweicht unter der milden Helle der Nacht. Schon baden die Füße, nackt in Sandalen, in einem schmalen Streifen aquatischem Licht. So, schräg von hinten, aber unaufhaltsam, müßte auch das Licht der Selbsterkenntnis kommen, nicht zu hell, nicht zu grell, und die Schatten überhängender Fragwürdigkeiten zurückschieben.

Aufsteigen aus der Vergangenheit müßte das altersmilde Licht der Selbsterkenntnis und erkennen, daß es kindisch ist, Jahre lang oder auch nur eine halbe Nacht zu warten auf eine einzige Frage, um die eigene Lebensgeschichte zu erzählen, und sei es auch nur in zehn Elemantarsätzen. Dem Erzählen ohne Zuhörer, dem Monolog müßte vielleicht eine kritische Selbstbefragung voraufgehen. Wie macht man das? Nach welchem Fragebogen? Wären Weisheit und Einfalt nicht einfacher? Einfalt und Weisheit sollten träufeln aus den Verwundungen und Wundern des so weit gelebten Lebens. Hören sich Trauma und Traum rein zufällig zum Verwechseln ähnlich an? Das Fragwürdige der Gegenwart, das Häuschen und was darinnen ist und drum herum, hat sich hervorgezaubert nicht nur aus dem Zauberzylinder der wunderbaren Jahre und der Träume; es klebt auch hier und da verkrustetes Blut aus alten Wunden. Aus alten, lebensbedrohenden, längst vernarbten, und aus neueren, weit harmloseren, die noch schwären. Auch das veruntreute Vertrauen schwärt noch. Dergleichen bleibt am klügsten unangetastet. Sinnvoller wäre es, die Spur der Wunder wiederzuentdecken, die am Lebenswege blühten. Und noch blühen zu dieser Stunde, wenngleich vorübergehend ein wenig entfernt, in einer andren Ecke Afrikas.

Komm, guter Mond so stille, und sage mir: Wieviel versteht eine Frau, alternd ohne Widerstreben, von ihrer späten Sehnsucht nach einem Häuschen mit Garten? Nicht in heimischen Landen und nicht irgendwo, nein hier, in den Bergen von Mbe. Nahe am Äquator, mit ein wenig Wald und viel Gras. Seele, sagt sie, habe sich an Landschaft verloren. Das soll vorkommen. Warum aber gerade an eine so dürftige? Was sucht die Seele auf kahlen Hochflächen, im dürren Gestrüpp, im verrenkten Geäst der Krüppelakazien? Was umschwirrt sie wie ausgehungert das bißchen Blütenviolett der wilden Malven? Wickelt sich in den warmen Staub des Harmattan wie in eine festliche Agbada und riskiert in graugrün verhangener Regenzeit ein Bein zu brechen auf nassen Pfaden bergab und bergauf. Vielleicht ist es der Glanz der Übergangszeiten, darin so viel Seele versinkt und sich wiederfindet glückverwirrt. April und Oktober – wie selig azurüberwölbt berauscht sich das Grünviolett der Waldreservate an hingegebener Seele ganz! Das frischaufsprießende Smaragdgrün der wogenden Hügel, wie beflügelt es Daseinsgefühl *epi kymatos anthos* ins Halkyonische! Stürme und Gewitter fahren einher; aber hinter ihrem Rücken wölbt sich ein überirdisch hoher Himmel bei Tage und bei Nacht schauern die Sterne herab...

Es ist wahr: von hohen Oktoberhimmeln, wilden Malven und Krüppelakazien hat Na'anya nie öffentlich geschwärmt. Wer sollte so etwas verstehen? Es geht die Leute auch nichts an. Landschaftserlebnis wäre das eine. Und wie steht es mit dem Dorf der Kindheit, der eigenen, das die Erinnerung hier wiederfinden will? Was ginge es einen Schweigenden an, wenn er käme und so fort?

Das Dorf der Kindheit – ein langer Gedankenstrich. Hier soll es wiedererstehen auf dem Papier. Hier und diesseits der wunderbaren Jahre, die vergangen sind. Liegen die Erinnerungsbilder nicht dicht unter der Schwelle? Die breite Dorfstraße, die Strohhalme, wie Runen im warmen Sommerstaub. Lagen sie da von der letzten Ernte, die eingebracht wurde, August vierundvierzig? Der gelbgraue Sand im Sandkasten zum Sandkuchen backen und wie er zerfiel, und der in der Sandgrube hinter dem Schloßpark, wo die Sonne durch lichtes Gebüsch flimmerte und die Brennesseln wucherten. Die Kohlstrünke im Hühnerhof, warum bleibt so etwas – Abgepicktes, Skeletthaftes? Dann die Fliederlaube im Garten der Großeltern und die Tante, die ein Mondlied sang und *ihn* zum ersten Male heraufbeschwor am Bette eines kleinen Mädchens, das da krank lag, ,Leise, Peterle, leise, der Mond geht auf die Reise...' War es der Mond, der eines Abends düsterrot aufging hinter den Wiesen? War es die Sonne, die so unheimlich unterging? Wie wenig später alles übrige unterging, die alte Zeit samt dem Garten der frühen Kindheit. ,dort bei den Sternen hinterm Wegesrand...' Das ist das eine. Es waren friedliche sieben Jahre, und sie sind nicht verlorengegangen in den Labyrinthen der Erinnerung.

Was danach kam und hängen blieb in kindlicher Erinnerung – in den Brombeerhecken die silbernen Streifen, die vom Himmel torkelten, aus dem auch die Bomben fielen, und wie tief die Flieger flogen, im Mai; die kaum belaubten Wälder und die Straßengräben, in die man rannte, um sich zu verstecken; später die Wiesen mit Sauerampfer und die Kartoffelschalen aus den Abfalleimern der Einheimischen und das hohle Gefühl im Magen. Daran zu denken ist nicht gesund. Es ist ein Anfall, wer weiß, von Altersschwäche. Gedankenflucht. Flucht – freilich. Vielleicht und letztlich bis herauf in diese Berge, nahe am Äquator... ‚Weit ist der Weg zurück ins Hei-mat-land, so weit, sooo weit...' nach der gleichen Melodie wie ‚Pack up your troubles in your own kitbag' – und noch einmal: wen allhier sollte das interessieren? Auch dich nicht, braver Mann, unten im Palazzo.

Komm, guter Mond so stille. Vielleicht doch eher noch eine Runde Mondscheinlyrik. Impressionen von Mond und Mondenschatten (‚Es geht ein Mondenschatten als mein Gefährte mit...'). Wiederholen das Unwiederholbare und die Sprachlosigkeit der Mondnächte, so viele es ihrer waren. Der eine Mond und die vielen Monde. Der von Mbebete, hinter vergitterten Fenstern und Rosenrankengardinen. Der von Bandiri, über der Latrine unter den Bumabäumen, in frühester Morgenandachtsfrühe. Der Mond von Ndumkwakwa, umtrommelt und angeheult, vergeblich. Der Mond von Ndele über dem Kongofluß und den Wirren eines verworrenen Campus. Der über einem friedlichen Jacaranda Campus, in dunstiger Dämmerung ein bleiches Phantom über dem Elephantenrücken des Kilimandscharo am Horizont. Der Mond hinter den hohen Douglastannen der Grauen Villa zu Berlin und über dem Dachfenster des Ateliers in Babingen zur Kirschblütenzeit. Und der Sommer- und Septembermond aus der Jugendzeit zu zwein, auf dem Nixentopf von Bleuron als Spiegelei gebraten, hinter den Pappeln am Paddelbootfluß, horizontausfüllend verewigt, Öl auf Malkarton, großformatig für den Rest des Lebens von da an und trotz allem, Bleibendes. Möge es bleiben bis ans Ende.

Wäre es denkbar? Das Memoirenwerk aufzufädeln an der Perlenkette aller Mondnächte, deren Licht die Erinnerung noch erhellt? Würde der Zauber nicht erlöschen aus Mangel an Adjektiven und Vergleichsmöglichkeiten? Und Anleihen – nein. Nicht Mond soll Sinnbild sein, sondern *Haus*. Hausen muß der Mensch ein Leben lang, der unbehauste zumal. Wo und wie, das ergäbe Stadien auf dem Lebenswege.

Ein uraltes Großelternhaus mit Fliederlaube; ein Fluchtwagen mit Pferden davor; verlauste Flüchtlingslager und frostklirrende Notunterkünfte; eine überfüllte Tantenwohnung; die Mutterhöhlen Weinberghäuschen, Baracke und enge Sozialwohnung; Studentenbuden jahrelang und endlich selbstmöbliert das eigene Zimmer, das sich auch in einem Ehegehäuse einrichten läßt, bestehe dasselbe aus zwei Stübchen unterm Dach oder in einer geräumigen Appartementswohnung; stehe es auf Steinpfeilern verandaumrankt im Regenwald Afrikas oder als Bungalow aus Beton und Glas im fremdgewordenen Heimatlande. Sei es eine Mansarde in Schwabing oder ein Stübchen in Mbebete; eine graue Vorkriegsvilla in Berlin oder ein Atelier in Babingen – hausen muß der unbehauste Mensch. Hausen muß er von Mutterleibe an. Daher im Anfang eine Kate am Müthelsee aus dem Mutterroman und, aufs Ende zu, ein Häuschen in den Bergen von Mbe.

Hausen – wo und wie: ein Haus ist ein Leitmotiv aus handfestem Material, Holz, Stein, Lehm, Zement. Handfester als Mondlicht und Träume. Und dennoch keine bleibende Statt. Daher im Prinzip, in der Mitte und am Ende wichtiger als ein Haus ein Gehäuse sein soll. Ein Gehäuse für zwei aus Grund-, Treu- und Glaubenssätzen, ausgestattet mit einigen wenigen Traumrelikten. Ein Gehäuse nach der Deukalischen Flut, eine Arche, in Afrika zu landen und vielleicht auch am Parnaß nicht zu scheitern. Was kann aus dem Memoirenwerk werden in einem, in zwei, in drei Jahren seligen Verschollenseins? Drei Jahre in den Bergen von Mbe verschollen die eine Hälfte; drei Jahre am Kilimandscharo öffentlich wirkend die andere. Und alle drei Monate ein Brief. Ein Lebenszeichen und –

Warum, Na'anya – ?

Sieh an, wer da kommt. Der Herr des Palazzo, er hat sich aufgerafft. Bedachtsam, einen Schritt vor den anderen setzend, steigt er den schmalen Pfad zum Urhügel herauf, begleitet von einem Mondenschatten. Spät kommt er, doch –

‚Good evening, Na'anya.'

‚Good evening. Sit down.'

‚Thank you.'

Und wie weiter? Die Grillen fiedeln. Sie umfiedeln das Schweigen zu zweit. Zu zweit allein auf einem Brett, auf winziger Veranda, Herz und Herz gar unvereint zusammen. Das Schweigen, es schwebt herab vom steigenden Mond, ein dunkelblaues Cape, bestickt mit kaum spürbarem Flimmern, innen drinnen. Seidenleicht wie Na'anyas Festgewand legt es sich um mehr und weniger Schulter und schmalen Zwischenraum. Es hüllt ein, beide. Und so ist es eine Weile auszuhalten. Bis Na'anya sich erhebt, sich ins Haus begibt und zurückkommt.

‚Here is something for you.'

‚Thank you, Na'anya.'

Und zurück ins Schweigen.

Der gute Mond so stille, er ist inzwischen, erbleichend und ein Frösteln zwischen noch bleicheren Sternen, vollends über das Stroh gestiegen. Der muskatviolette Schatten – Muskat und Veilchen, Farbenduft – weicht zurück und gibt Raum der poetischen Kokosmilchflut, die da steigt, höher und höher – von nackten Füßen in Sandalen über den silbergestickten Saum eines dunkelbraunen Festgewandes neben sandbeigen Beinkleidern, weiter bis zur Biegung der Knie, darüber eine schmale goldgestickte Borte sich legt. Ein alter Kittel aus Waldlandtagen. Das Grün, smaragden bei Tageslicht, ist abgeblaßt zu Reseda. Und Hände liegen ruhig ermüdet neben Händen, die sacht an einem Ringe drehen, der, seit langen Jahren erfüllter Wunsch, auch mancherlei harmlose Wünsche darüber hinaus erfüllt. Das milchige Licht kriecht empor über Breitgewölbtes und Flachgehügeltes unter überschwänglicher Stickerei, hier wie dort. Es steigt bis an den Rand des Halsausschnittes, schmiegt sich an Helleres dunkelgesäumt, an Dunkleres hell und gleitet aufwärts über Kinnvorsprung und Schweigen von Mund zu Mund weiter über Jochbögen und halb gesenkte Lider. Hier steht es still. Es kann nicht weitertasten nach Brauen, Stirn und Haaransatz hart und weich. Es stößt an das Strohdach, fließt zurück und dringt, vorbei an Iris stahlblau und umbra in Pupillen, die einen kleinen weißen Mond widerspiegeln müßten, wofern der Blick sich darum bemühte. Der Blick bemüht sich nicht. Er fließt nach innen, indes die fühlende Brust in Kokosmilch badet. Die Stirn bleibt beschattet vom Stroh eines tief herabgezogenen Daches.

Und die Grillen singen das Grillenlied, sie zelebrieren die alte Beschwörung mit hypnotisierender Monomanie. Tsi-tsirr, Tsi-tsi-tsarr – Warum, Na'anya, bist du hier und allein...

‚What about the garden, Na'anya?'

Der Garten. Richtig. Wie der *sogenannte* Roman begann, so soll er, vorläufig, enden. Ein Garten wie unten im Waldland, eher noch schöner, soll angelegt werden rings um das Häuschen auf dem Urhügel. Über den Garten ließe sich reden lang und breit und unverfänglich. Ein Garten ist längst geplant, aber noch nicht durchgesprochen in allen Einzelheiten und Schwierigkeiten. Daß Na'anya noch einmal einen Garten haben möchte, kann der Herr des Palazzo verstehen. Rettiche und Radieschen, Zäune und Mäuerchen und vielleicht auch eine Gartenlaube mit Hängematte: darüber ließe sich reden wie einst, vor zweimal sieben Jahren. Ein Garten umgäbe das Häuschen zudem mit einem äußeren Kreis von Sinn – mit Gemüse nämlich und leichterer Gartenarbeit. Gemüse ist gesund. Tagein, tagaus und zwölf Stunden lang am Schreibtisch sitzen ist nicht gesund. Schwere Gartenarbeit wäre auch nicht gesund. Dafür gibt es Hilfe aus dem Dorf. Hilfe aus dem Palazzo gibt es beim Wasserholen vom Bach im Raffiagebüsch. Jeden Morgen werden zwei kleine Mädchen, zehn und zwölf, mit großen Emailleschüsseln auf dem Kopf heraufsteigen und ihre Last in die bereitgestellten Eimer schütten. Es ist an alles gedacht. Die da an alles gedacht hat und noch vieles mehr zu bedenken hat, sie wird vormittags Wörter säen und Manuskripte jäten; gegen Abend Kohl pflanzen und Tomaten ernten. Schwere Geistesarbeit, leichte Gartenarbeit. Als erstes freilich muß ein Anfang gemacht werden mit dem Garten der Kindheit auf Papier.

‚It's getting late. We discuss the garden to-morrow.'

‚I will be going to town very early to-morrow.'

‚To return when?'

‚Sunday night.'

‚Bring me a letter from Kilimanjaro.'

‚I can try. Good night, Na'anya.'

‚Good night.'

Keine Anrede mehr wie einst. Formelles wäre abweisend; Vertrauliches nicht mehr aufrichtig, seit das Vertrauen brüchig geworden ist.

Namenlos und wie er gekommen ist, langsam und schwerfällig und dennoch leicht und leiblos wie der Schatten neben ihm steigt der Herr des Palazzo wieder hinab und zieht einen langen Gedankenstrich hinter sich her. Schief sieht das Mondgesicht auf ihn herab. Nachdenklich folgt ihm der Blick Na'anyas, und er weiß es.

Er weiß es. Und bildet sich manch anderes ein.

Die Grillen fiedeln dem Schatten nach, der kurzgeschrumpft über farbloses Gras hinrunzelt, hier und da ins schwarze Gebüsch sich krümmt und schließlich um eine Biegung verschwindet. Der Herr des Palazzo zieht sich zurück in das große Haus, das Na'anya ihm gebaut hat.

Die Grillen fiedeln das Grillenlied. Das Grillenlied, das da singt und sägt ‚Warum, Na'anya - ?'

Es singt und sägt an der Frage, die das Häuschen auf dem Urhügel in Frage stellt. Den Lehmkubus viermalvier samt Strohdach aufhebt ins Fragwürdige. Aufhebt in ein Bild, zu betrachten mit Nachtvogelaugen von drüben herüber, vom Ahnenberg: das Häuschen – ein Schattenriß im aufgehenden Mond.

◄►

Spur im Staub

Von Frauen und Wasserfrauen in Afrika

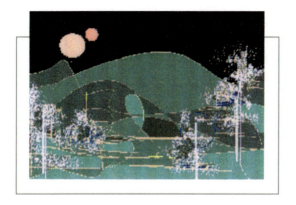

Reisemonolog

I Der bunte Staub

Dunkelsüßbitter und klebrig ist die Versuchung. Dunkel wie dunkelstes Afrika. Süß wie der eingebildete Duft von Exotischem – Cassia? Bitteres beigemischt als Reiz ernüchternder Reflexion: vorweggenommener Nachgeschmack.

Dunkelsüßbitter. Wie poetisch. Wie banal. Vor allem aber: wie klebrig ist die Sache. Es klebt zwischen Silberpapier und zwei Fingern, um die graugrünverschleiert der Blick irrt, ratlos, und es sammeln sich Speichelreste – einfach ablecken?

Wenn es so einfach wäre. Wenn aber nicht? Wenn es ein Risiko wäre und reine Unvernunft? Wie kann das Einfache so kompliziert sein. Denn es schieben sich dazwischen und verhindern den Genuß Vorstellungen von Hygiene, mitgeschleppt vom fernen Europa bis hierher, wo in Äquatornähe alles so bodenständig verstaubt, verschwitzt, verschmutzt und Wasser außer Reichweite ist. Wasser! Am Abend erst zu haben oder spät in der Nacht, wenn der Wasserfall von Wafanga vorübergerauscht und überholt sein wird.

Wasser. Eine Handvoll würde genügen; zwei Hände voll wären Überfluß hier und jetzt und in der Mittagshitze, unterwegs am Straßenrand der langen Reise, im reglos flachen Schatten des Wellblechschuppens, Zeit absitzend, die nicht vergehen will. Sie zieht sich hin, zähe, verdickt und legt sich über das Gesicht wie warmer Lehm, der erstarrt. Hinter einer Maske mit geschlossenen Lidern sinkt das Bewußtsein ab, schweift suchend durch flimmerndes Halbdunkel und findet sich wieder in einem Tagtraumbild. Es steigt auf wie hinter Moskitogaze: der Bach unter Bambuspalmengebüsch. Schatten tiefgestaffelt, hellgold und dunkelblaugrün gefleckt wie ein Pantherfell – da lauert es, leicht ins Abseits gerückt, das Glück, und füllt sich in Hände, die den Genuß dunkelumrandet hinhalten. Wasser, kühl und verführerisch in trockener Januarglut – das Mögliche, ein Hingehaltenes, eine Versuchung. 'Let me drink – '. Das ist die Hitze, die halluziniert. Der Durst ist erträglich. Das Klebrige ist das Problem.

Abwischen – wohin? Kontrastreich in ein weißes Taschentuch? So reinlich zusammengefaltet, so entsagungsfarben umhäkelt lilalich, wohlverwahrt in Taschentiefen – für eine Befleckung zu schade, einfach und nebenbei am Straßenrand. Ins Staubbraun der Reisekleidung hingegen ließe es sich wischen unauffällig ton-in-ton. In die altmodisch weiten Beinkleider. In die enge, strenge durchgeknöpfte Kasackhülle. Ins Dunkelbraun einer langärmeligen Batistbluse. Ganz unauffällig neben Benzin- und Ölflecken; zwischen Spuren von Hundekot und Bohnenbrei, vermischt mit Staub vom staubigsten Staube, ließe es sich beiläufig abwischen, Fleck zu Fleck...

Verschmutzte Kleidung – so unappetitlich wie unvermeidlich, unterwegs in der Fremde. In einem Lande wie diesem. Benzin- und Schmierölflecken eignet Reisekleidung sich an, wenn unterwegs eine Weiße geistesabwesend an einem kollabierten Vehikel lehnt, an dessen Infarkt der Fahrer seine Kunst als Mechaniker versucht. Das war oben am Nsuni-Paß. Alles übrige: Spuren des Gastseins von Ort zu Ort, von Abend zu Abend. Spuren der Anpassung und familiären Entgegenkommens. Befleckte Reisekleidung als Zeichen der Erfahrung, wortwörtlich, vieler hundert Kilometer in wenigen Wochen, etappenweise und wie in Trance – woher, wohin? Es ist so wichtig nicht. Aber es ließe sich, ausweichend in Reisebeschreibung, dieses und jenes aneinanderfügen zu einem Prosarahmen für lyrisch getönte Innerlichkeit.

Woher? Aus winterlich verschneitem Mitteleuropa in die feuchtwarme Großstadt am Südatlantik. Sodann durch die grasgrüne Tiefebene nordwärts ins Landesinnere auf allzu gerader Asphaltstraße, die, gesäumt von Elefantengras und Bananenplantagen, von Bretterhütten und Autowracks, das einzige Risiko der Reise ist, auch da noch, wo die Steigungen und die Kurven sich ins Gebirgige hinaufziehen: ein Dahinrasen stundenlang mit angehaltenem Atem – stillesitzen, beten und Glück haben. Eine andere Art von Glück als kühles Wasser im Raffiaschatten der Talgründe. Ein erster tiefer Atemzug erst da, wo die Straße endlich zu Ende ist und die holprigen Pisten sich winden. Wie erholsam ist das gemächliche Voranrucken im Geröll; das blinde Entlangschnüren im tiefaufwölkenden Staub wie wohlig und fast einschläfernd. Bis einem abgefahrenen Reifen die Luft entweicht; bis das tuckernde Motorenherz aussetzt. Dann übergibt sich das Vehikel und würgt ein gerütteltes und gründlich eingestaubtes Übermaß an Reisenden hervor, und die Leute sind beinahe froh. Vertreten sich die Füße. Treten aus. Breitbeinig die Männer am Wegesrande; ins nächste Gebüsch gehockt die Frauen. Das Befremden einer Mitreisenden aus der Fremde ist längst verjährt. Sie muß nicht und sie braucht nicht. Sie verzichtet sogar auf eine Plastikflasche mit lauwarmem Tee. Sie steht herum und sieht sich stehen, etwas abseits und bisweilen ohne Aussicht auf sehenswürdige Landschaft; dumpf durchdrungen von zwiespältigem Staunen beim Anblick einer schrottreifen Karosserie, deren technische Innereien, Drähtegedärm und gußeiserne Organe, heraushängen und freiliegen bisweilen auch während der Fahrt. Was gibt es zu verbergen, so lange die Kiste läuft und die Leute mitfahren, weil Besseres nicht unterwegs ist in diesen Gegenden? Überlandtaxis: für Einheimische ein ganz gewöhnliches Reisen. Ungewöhnlich und Teil des Abenteuers ist es hingegen für eine, die da umherreist als Fremde in diesem Land – wohin?

Ja, wohin?

Ein Ziel überholt das andere; Unterwegssein ist alles. Reisen um des Reisens willen – *public transport* in des Wortes Doppelbedeutung – you feel *transported*: hinweggetragen über die Entfernungen und hingerissen, sobald die Gefahr der Raserei vorüber ist und das gemächliche Gerappel im Geröll anfängt. Das Schlaglochgehoppel, das wiegende Einsinken von einer Fahrspur in die andere: da beginnen die Tagtraumekstasen. Da suhlt sich die Seele im warmen Wonnepfuhl des Daseins-in-diesem-

Lande, wo zwischen gelbem Gras und immergrünen Raffiagründen ein ewig Unzulängliches sich zum letzten Male ereignet unter dunstig verhangenem Himmel und allerlei Vorwänden. Wie losgelassen spielt die Sprache weiter, die hier gesprochen wird seit kolonialen Tagen – von *transport* zu *trespassing* zu *passage* to – whereto? Wohin soll es führen? Reisen, hierzulande, um wo zu landen? Zu landen oder zu stranden auf den Flügeln eines diffusen Hochgefühls, das nach Staub schmeckt.

Nach Staub und endgültigem Abschied.

Was wird bleiben?

Staubspuren im braunen Gabardine. Eine Gedankenspur von überholten Idealen aus der Zeit der Cassiablüte und einem schwierigen Gedicht. Die nacherzählte Spur von unglücklichen Geschichten. Und die Spur einer verklärten Landschaft. Bleiben wird eine Weile der Staub, der das Hochgefühl und die Reisekleidung behaftet mit Erdenwirklichkeit. Staub, der festsitzt im Gewebe; fester als Schmieröl und Benzin, Bohnenbrei und alles übrige. Durch und durch vertraut mit dem bunten Staube ist das dunkle Baumwollzeug; eingeweiht in die Farben dieser Erde – trockenes Ocker von leichthinwehendem Sand und schwer anstehendem Lehm; das vielfache Rot des tropischen Laterit, Rost- und Rosenrot und Anmutungen wie verkrustetes Blut, wie veraschende Holzkohlenglut. Dazwischen und überall auf den Landstraßen der getrocknete und wieder zu Pulver zerfallene Schlamm der Regenzeit in allen Grau-in-Grautönen – es hat sich eingenistet, es hat Spuren hinterlassen bis hinein in tiefere Seelengewebe, das Gemisch aus warmem, bunten Staub und Augenblicken wie dem am Nsuni-Paß oben, als das Vehikel zum anderen Male kollabierte und Landschaft sich offenbarte. Es wird bleiben.

Bis ans Ende ihrer Tage wird eine Reisende auf der Paßhöhe stehen, geistesabwesend an ein Fahrzeug gelehnt. Reglos im porösen Geröll des Felsgesteins wird sie stehen und das Bewußtsein verlieren an eine Landschaft, die in abgestufter Tiefe hingelagert liegt, durchtränkt von warmer Schläfrigkeit, verschleiert vom Harmattan, umarmt von einem weiten Horizont. Benommen nahezu und wie in einem Höhenrausche gleitet der Blick hinab in weitschweifenden Schleifen; steigt in Spiralen, als jubelten Lerchen im kreidigen Sonnendunst; schwankt in Ellipsen zwischen Berg und Tal und wirft sich in schrägen Abstürzen von der Höhe des Passes hinab in die Tiefen der Raffiagründe, um wiederaufsteigend die wogende Hoch- und Hügellandschaft abzuweiden in unersättlicher Sehbegier, die breiten Täler und gewölbten Höhenrücken, die gelb und baumlos in der Sonne dörren. In die Mulden ducken sich die Gehöfte der weit verstreuten Siedlungen mit dem Blinken der Wellblechdächer durch Eukalyptusgrüppchen, wo einst Wälder wogten bis hinüber zu den rauchvioletten Andeutungen der Gebirge am Horizont, den der Harmattan verhängt mit staubfeinem Sand, der von der Sahara herunterweht bis fast an den Äquator und den rötlichen Schleier webt, der dich umhüllt – geliebtes Grasland in der trägen Trance der Trockenzeit; Vertrautes, das fremd bleibt, sich hinhält und verweigert in unnahbarer Nähe und dem Werben der Worte widersteht mit dem kargen Reiz von dürrem Gras...

*

Es ist erträglich im Schatten des Wellblechschuppens. Auf den Betonstufen der Laderampe sitzt es sich gut. Es sitzen da die Reisenden, die wenigen, die weiterwollen und auf ein Taxi warten. Dort drüben, das ist der fast leere Marktplatz der Ortschaft, die vor sich hindöst in der prallen Januarsonne, nachmittags gegen zwei. Zu dieser Stunde streunen nicht einmal Katze oder Hund. Es scharrt kein Huhn; es schleift keine Ziege den abgerissenen Strick durchs staubgraue Gestrüpp am Straßenrand; es schnüffelt kein Schwein in den Abfällen, die so natürlich herumliegen, wie sie anfallen, von der Bananenschale bis zum Fischgerippe, vom sauren Maisbreirest bis zum unkenntlichen Kleintierkadaver – wo das hinfällt oder überfahren wird, da bleibt es liegen. Dörrt in der Sonne dem Staube entgegen; verwest beklemmend schnell. So ungeniert öffentlich verwandelt sich Abgelebtes und Übriggebliebenes wieder der Erde an in einem Klima, in dem auch Viren sich wohlfühlen und vermehren. Sie sind überall – sicher nicht nur in der Einbildung. Kein angenehmer Gedanke. Es stört die Vorstellung vom Lande als lange Geliebtem...

Diese nicht einmal Kleinstädte. So wenige es ihrer gibt in einem bäuerlichen Lande – sie wecken abweisende Gefühle, wenn man als Fremdling kommt, so von den Paßhöhen herab und zumal. Wie häßlich ist das stillos Zusammengewürfelte aus Wellblech, Zement und Bruchstein. Wo gibt es hier noch handgeformten Backstein? Der Beton ist fortschrittlicher. Als Trophäen des Fortschritts schwingen sich durchhängende Drähte von einem rohen Holzmasten zum anderen längs der breiten Hauptstraße, wo Lager und Läden sich drängen, geschäftstüchtig, gewinnsüchtig aneinandergereiht. Der Bretterbudenmarkt ist umstellt von dröhnenden Bierbars und stinkenden Tankstellen. Das meiste steht herum im Rohzustande, hier und da flüchtig übertüncht, blau, grün, rot zwischen Pop und Pastell. Malerisch? Lokalkolorit? Ein trockenes Lachen. Das hier? Es breitet sich aus wie eine Krätze, die das Land verunziert mit hastig erweiterten Marktflecken. So kann gewißlich nur eine Fremde denken, die hier nicht ihr Brot verdienen muß, sondern Geld ausgibt (und daher nicht unwillkommen ist). Die jedoch im übrigen etwas sucht, das sich nicht beliebig am Straßenrande findet. Und in solchen Flecken, nicht Dorf, nicht Stadt, schon gar nicht.

Was die landesfremde Sehnsucht sucht, ist nur mühsam zu finden. Es liegt im weit Abgelegenen und beinahe Unzugänglichen. Im weit Zurückgebliebenen und nahezu Unmöglichen, hoch und tief in den Bergen liegt es, an einem Orte, wo der Sand, unberührt von Blech, Beton, Benzin und Schmieröl, noch reinlich erscheint. Dörflicher Sand und Lehm, nächtens betaut von Mondlicht, kühl und jungfräulich, daraus handgeformt ziegelrot und ockergelb die fensterlosen Würfelhäuser wachsen, deren Pyramidendächer noch mit Gras gedeckt sind. Dort, im dichten Schatten der Mango- und der Avocadobäume; im lichten Schatten des sichellaubrauschenden Eukalyptus; daselbst und nirgendwo sonst in diesem zwiespältigen Lande ist noch zu finden, was einem europaentwöhnten Gemüte als einfach, ursprünglich und wie eine Verheißung erscheint –

'Da hin, da hin möcht' ich.'

Weder beruflich noch zum Vergnügen. Eine Touristin? Nur dem befristeten Visum nach. Für den überseeischen Tourismus mit Kamera vor Bauch und Busen und Komfortansprüchen ist das Land zum Glück noch immer zu unterentwickelt. Hier hat eine Reisende keine Kamera, sondern Augen. Augen und den tiefbeseelten Blick von innen. Das ist der romantische Luxus der Innerlichkeit, die da lebt von dem, was sie verzehrt – von einer Seh- und Sehnsuche nach etwas, das sich entzieht. Sei es die Landschaft am Nsuni-Paß; sei es ein Dorf in entlegenen Bergen. Sei es das, woran ein solches Dorf zum letzten Ziel der Reise werden kann und das Grasland insgesamt zum geliebten sich verklärt. Etwas, das bewegt und das Unterwegssein hinzieht und das Warten auf ein Taxi randvoll ausfüllt mit aschviolett getönter Innerlichkeit. Nein, keine Touristin. Hier sitzt und wartet – *Na'anya* als *revenant*.

*

Einsam, nicht alleine. Die Mitreisenden, sie sitzen da auch und warten und lenken gelegentlich ab. Nicht so sehr die Männer. Zwei ältere, hagere Gestalten in kaftanähnlichen Gewändern und mit fesähnlichen Kopfbedeckungen; vermutlich Moslems, wenn das Gebetsschnüre sind, was sie da, offensichtlich meditierend, vor sich hinhalten; man weiß, daß der Islam vordringt in dieser Gegend. Nicht diese gleichgültigen Gestalten also, hockend auf den höchsten Stufen, in schicklichem Abstande von der Fremden, nicht sie lenken zwischendurch ab, sondern die Frauen und Kinder. Unten am Fuße der Stufen, wo der Schatten langsam wächst, sitzen sie im Halbkreis zur Gruppe vereint und setzen der Sehnsucht nach dem Absoluten so viel Fleisch und Leiblichkeit entgegen, daß die selbstbezogenen Stimmungen und Bilder immer wieder umkippen und die Gedanken den Blicken folgen die Stufen hinab.

Es sind der Frauen zwei – oder sind es ihrer schon drei? Die eine mittleren Alters, füllig, fast schwammig ausladend unter der roten Polobluse und dem blaugelb gemusterten Tuch, das die Hüften umwickelt, den Bauch und die Beine: eine typische Mammie. Auf dem Haupte thront, vermutlich ihr bestes Stück, eine kunstvolle Drapierung aus schwarzem Tuch, durchwirkt mit Gold- und Silberlamé. Das wäre eine Matrone. Vierzig? Mithin könnte die jüngere Frau ihre Tochter sein und schon einiges über zwanzig. Wohlgerundet, aber nicht fett. Eine helle Bluse, ein buntes Wickeltuch; auf dem Kopfe ebenfalls etwas Buntes, weniger pompös. Im Rückentuche hängt ihr ein Kleinkind; auf dem Schoße schläft ein drei- bis vierjähriges Mädchen, erkennbar am Ringlein im Ohr. Zwischen beiden Frauen eine mollige Halbwüchsige, Erdnüsse enthülsend. Ist das noch ein Kind? Ist das schon eine Frau? Ist es die jüngste Tochter der Älteren oder die älteste der Jüngeren? Sind sie zu fünft oder zu sechst oder hocken da schon sieben Leben beieinander, nahe der Erde und dicht bei den unwiderleglichsten Realitäten? Ist das Kind im Rückentuche schon entwöhnt, so wäre da wieder Raum und Recht für das nächste. Und wäre die Halbwüchsige schon vierzehn und gehörte sie zur fortschrittlichen Schuljugend, dann hat sie möglicherweise ihre ersten Erfahrungen schon auf eigene Faust im Elefantengrase gesammelt und die erste, ungewollte Schwangerschaft könnte schlimm ausgehen.

Wie das so geht, in diesen modernen Zeiten.

Oder wäre sie noch eine Mary aus alten Zeiten, die das Kind behalten will? Oder eine Tana, die nur den Verlobten los sein will? Eine Mercy, die sich kühl rechnend aufbewahrt für die goldene Gelegenheit? Eine Suzanna von Wube Kaburi ist es wohl jedenfalls nicht. Nein, kann es kein zweites Mal geben in diesem Lande, eine Lilie wie sie – ach, alle die alten Geschichten. Und seit neuerem die neueste, mit aufreizenden Hüften und rosenholzfarbenen Zierblenden über prachtvollen Brüsten in der Abendkühle. Was für eine Versuchung. Was für eine Willensstärke im Widerstehen. Und wie lange noch? ‚So kommt die Jahreszeit der Cassiablüte / Und aufgestaute Leidenschaften lauern durchs Schattenblätterdach...'

Das Kleinkind fängt an zu quengeln. Die Mutter schiebt das schlafende Mädchen der Großmutter zu, dreht das Kind im Rückentuch nach vorn, öffnet die Bluse und zwängt eine große, pralle Brust hervor; ein dunkelrundes, nahezu numinos anmutendes Stück ihres Fleisches, größer als der Kopf des Kindes – ein Realsymbol nährenden Weibseins. Und während sie da sitzt und säugt, verliert sich der Blick ins Ausdruckslose, in den Staub zu ihren Füßen. Was ist es, das den Blick abwenden will? Warum ruft selbstloses Hingegebensein an eine Naturnotwendigkeit Abwehrgefühle hervor? Noch immer, nach so vielen Jahren, fühlt sich – wer oder was? das Schicklichkeitsempfinden? der seinem Naturursprunge entfremdete Geist? – er oder es fühlt sich zwiespältig berührt trotz des Wissens, daß solche Öffentlichkeit hierzulande keineswegs peinlich ist, sondern eine Selbstverständlichkeit. In naiver Leiblichkeit der Erde näher. Naiver, ursprünglicher als in anderen, dem Untergange zutreibenden Traditionen. Da unten, das wäre, nun nicht lyrisch-erotisch, wie in einem schwierigen Gedicht, sondern in mütterlich-realistischem Sinne: ‚Bewußtsein aufgesaugt von Körperschwere / Wie Ahnenlibation von glühendheißem Herd'.

Währenddessen hat die ältere Frau das schlafende Mädchen zwischen die angewinkelten und weit gespreizten, vom blaugelben Wickeltuche umspannten Beine genommen. Wie Baubo sitzt sie da, urmutterhaft, da hilft auch das Tuch nicht viel. Schamlos? Das macht die Perspektive einer anderen Gesittung und Ästhetik. Da unten aber – was sich da schweigend, mit kleinen, trägen Bewegungen abspielt, das ist: die einzige wahre Wirklichkeit dieser Welt. Die Substanz allen Bewußtseins, aller

Kultur und Geschichte und nichts Neues – Frauen, die Kinder kriegen und aufziehen und sich darin selbstverwirklichen. In den Augen dieser *wirklichen* Frauen, die ihr Selbstbewußtsein aus Bauch und Brüsten beziehen; aus leibeigenen Reproduktionsmitteln, deren unbezweifelbarer Zweck es ist, dem Staube und dem Tode Trotz zu bieten in geduldiger Fruchtbarkeit – in ihren Augen wäre die Fremde, oben auf den höchsten Stufen, wo auch die Männer sitzen, sie wäre – eine Null. Eine Frau, die keine Kinder haben darf oder will oder kann, wird man mitleidig und mit Befremden betrachten, wofern sie nicht mit Verachtung bedacht wird, wie in allen primitiv-gesunden Kulturen: *na empty one* – eine taube, eine hohle Nuß. Vielleicht sogar eine Hexe. In seltenen Fällen etwas aus der Volksphantasie – eine Wasserfrau etwa.

Dann gibt es freilich noch die weißen ‚Schwestern'. Ihnen wird ein scheues Mitleid zuteil, vermischt mit einer gewissen Achtung und dem Eingeständnis, daß so etwas im Grunde unbegreiflich bleibt. Aber wie gut, daß es sie gibt. So lange sie nämlich helfend eingreifen im Krankheitsfalle und als Hebammen, selbstlos auf andere Weise als selbstloses Muttertum. Wie gut, daß sie sich um das Wohl fremder statt eigener Kinder kümmern. Nichtsdestoweniger ist und bleibt es eine unnatürliche, eine wesenswidrige Daseinsweise für eine Frau. Daher kommt es, daß selbst da, wo die römische Variante des Christentums vorherrscht, es kaum einheimische Ordensschwestern gibt.

Der fremden Ordensschwestern hingegen, dienend in einem Entwicklungslande, gibt es nicht wenige, und bisweilen reisen sie auch allein. Ob das einer der Gründe ist, warum die Fremde so unbehelligt reist? Zum einen fällt sie, obwohl eine Weiße, in der staubbraunen Verkleidung kaum auf; und wenn, dann allenfalls dadurch, daß sie sich ein teerosenfarbenes Seidentuch, bedruckt mit schwarzen Hieroglyphen, vor Mund und Nase bindet und das helle Baumwollhütchen tiefer in die Stirn zieht, wenn die bunten Staubwolken durch die lose klappernden Fenster und Türen des Fahrzeuges dringen. Wohlverhüllt von Kopf bis Fuß reist hier eine in der größten Hitze. Das feste

Schuhwerk ist geeignet für lange Wanderungen da, wo die Pisten aufhören. Eine hochgeschlossene Hemdbluse; die langen Schlotterhosen und darüber der Kasack, in dessen tiefen Seitentaschen das Wichtigste sich leibesnah und diebstahlsicher unterbringen läßt, Geld und Reisepaß, eine Landkarte und ein rotes Taschenmesser; ein Bleistiftstummel und ein Tagebuch in Postkartenformat. Und neben einem folienversiegelten Erfrischungstüchlein mit Alkohol für den Desinfektionsfall: das unbenutzte weiße Spitzentaschentuch.

Wenn man die Reisende, selten genug, anredet – woher, wohin? gibt man ihr den Ordens- und Krankenschwesterntitel: ‚Sister, you come-out for who-side?' Vielleicht hält man sie für eine Nonne in Räuberzivil. Denn auf flacher Brust, an mattgoldner Großvateruhrkette und gut sichtbar, hängt ein altes Messingkreuz. Es glänzt schon längst nicht mehr. Das dünne Gold ist abgeblättert von einem traditionsreichen Bekenntnis in quadratischer Form – stilisierte Lilien zwischen gezipfelten Balken und eine winzige Taube, die mit ausgebreiteten Flügeln nach unten tropft wie eine Träne. Wie eine Erinnerung an längst vergangene Tragödien aus Urvätertagen. Vielleicht wirkt es wie ein Ordenssymbol, und man läßt die Fremde, wie eine Ordensschwester, rücksichtsvoll in Ruhe.

Mit dem Gefühl, daß es gut ist, in Ruhe gelassen zu werden; sei es wegen einem Vätererbe von Messingkreuz; sei es wegen einem teerosenfarbnen Seidentuch mit schwarzen Hieroglyphen; sei es auch wegen der staubbraunen Vermummung mit hellem Baumwollhütchen und streng geschlossenem Mund fast unterm Krempenrand – mit dem Gefühl des Anders- und Abgesondertseins und daß es gut ist, in Ruhe gelassen zu werden, haben Blick und Gedanken sich wieder zurückgezogen vom Allgemeinen des Daseins am Fuße der Stufen und sich dem Eigenen und Eigentlichen zugewandt.

Das Eigentliche verbirgt sich hinter Vermummung und abwehrendem Kreuzgehänge. Tief innen simmert vor sich hin eine elegische Stimmung. Die Tagträume sind querstreift mit dem

Aschviolett des Abschieds, noch ehe das Ziel erreicht ist. Das diffuse Hochgefühl, hervorgerufen von dem nahezu erotischen Reiz einer Landschaft, die über Täler und Höhen hin nichts anderes zu bieten hat als dürres Gras, wirft sich ausweichend einem Dorfe in entlegenen Bergen entgegen, erwartungsvoll, seit Jahren schon und nicht seit gestern erst –

'Da hin, da hin möcht ich –'

Zum dritten Male und allein: für drei Wochen. Vielleicht nutzt es sich ab, bei genauerem Hinsehen und Nachdenken. Vielleicht werden auf dieser Endstation Sehnsucht, zwischen Ziegen und Hühnern und alle den Leuten, die sich um das weiße Huhn scharen in der Erwartung, daß es goldene Eier lege in den romantisch reinlichen Sand – vielleicht werden die Energien, die das Umherreisen bislang nicht erschöpfen konnte, sich verzehren. Eine fragwürdige Verschwendung von Zeit und Geld? Reisen zur Verschleierung des Ziels? Reisen als Symptom einer *passion inutile*? Einer nutzlosen Leidenschaft, typisch für ein übermüdetes Kulturgefühl, das alles schon erreicht und überholt hat, was auf dem Boden des Gewohnten steht, und daher und nunmehr ein Unmögliches umkreist, spielerisch sich selbst aufs Spiel setzend im Umkreis des Unerreichbaren, Spuren kunstvoll prägend und verwischend im bunten Staub, von lyrischen Seufzern betaut: 'Was wir sind, ist nichts. Was wir suchen, ist alles' – ? Oder: 'The desire of the moth for the star' – ach, Shelley; ach, Hölderlin. Ach, der Wunsch von wer weiß wem und woher: 'Let the desire survive, if grace cannot be granted to one single moment of – ' wer wüßte, was.

Das Geheimnis einer schönen Seele. Wenn es wie aus Glas und einsichtig, wenn es leicht zu begreifen wäre? Zu dieser Jahreszeit der Halbschatten und der unmerklichen Übergänge; so eingeengt, aufrecht und streng, in ein Ausnahmedasein mit Prinzipien – könnte es, kann es nicht, muß es nicht tagträumend umkippen ins versucherisch Dunkelsüßbittere?

Da geschieht es, daß mitten im Sinnieren; mitten in der Seele Selbstbefragung nach Ziel und Wesen einer diffusen Sehnsucht und rastlosen Reisens, ein Magen zu knurren beginnt, als sei er eingeweiht in romantische Ironie. Knurrt in der Tat und vernehmlich. Was Wunder. Seit dem Frühstück sind fast sieben Stunden vergangen. Es war karg auf die Versicherung hin, man brauche nicht viel – eine große Tasse schwarzen Tee, der längst durch alle Poren verdunstet ist; ein Stück Weißbrot, ein hartes Ei. Für unterwegs zwei Bananen und eine Handvoll Erdnüsse. Damit hat sich das erste Hungergefühl um die Mittagszeit besänftigen lassen. Blieb übrig die 'eiserne Ration', gedankenlos zu oberst in die Reisetasche gestopft, die auf dem Dach des Taxis in der prallen Sonne lag.

(Eine kleine, einst weiße Flugreisetasche, die alles schluckt und faßt, was für ein- bis zweiwöchige Reisen mit unregelmäßiger Rückkehr zu einem Standquartier notwendig ist – von der überflüssigen Zahnbürste bis zum unentbehrlichen Schlafsack aus vier Meter hellgrünem Polyester; Waschzeug, Unterzeug, leichte Sandalen und, straff zusammengerollt nicht größer als ein Knäuel Wollsocken für kalte Nächte, ein seidenleichtes, bodenlang fließendes, weites Gewand, dunkelbraun und silbergestickt, das nach jeder Ankunft in einem gastlichen Hause aus der männisch Verkleideten eine Dame macht. Zumindest etwas Frauliches. Ein mattes Dunkelbraungewebe. Als wollte die helle Haut sich anverwandeln.)

In der prallen Sonne hat die angebrochene Tafel Schokolade sich wohlig erweichend auf dem Repräsentationsgewande ausgebreitet. Es fällt gar nicht auf. Aber der Versuch, die zerlaufene Masse mit zwei Fingern zu entfernen, ergibt das Problem: wohin mit dem dunkelsüßklebrigen Zeug?

Erwogen wurde das Abwischen an Hosen oder Kasack, zumal beide außer Benzin- und Ölflecken bereits Spuren von Speiseresten an sich tragen. Spuren von Kinderhänden, die im Küchenabfall, in Hundekot und Bohnenbrei wühlten, um dann schüchtern oder zutraulich auf der Eltern Geheiß hin den Gast zu begrüßen, der von staubig-heißer Straße ins abendlich kühle Haus tritt. Eine Fremde, die so grau und streng durch eine Brille blickt und wie abwehrend Schokolade in täppisch tastende kleine Hände drückt. Die eine Nacht bleibt oder zwei; die so viel mit dem Vater zu reden hat, während die Mutter schweigend dabeisitzt, wenn sie nicht gerade in der Küche eine besonders gute Mahlzeit zubereitet. Eine Fremde, die kommt und geht und zum Abschied ein neues Kleidchen schenkt oder etwas zum Spielen. Ein wunderliches Wesen, bald wie ein Mann, bald wie eine Frau; mit langen Haaren von ganz unbestimmter Farbe. Ein Wesen, das plötzlich im Gespräch verstummt, wenn der verglaste Blick auf nackte Babybäuche fällt; auf verschmierte Rotznasen und in große, feuchte, pupillenlos abgründige Schwarzbeeraugen, die sich zu ihr emporwundern...

...während hier der gleiche Blick, graugrün verhangen, noch immer ratlos um das Problem der Schokoladenfinger irrt. So klebrig; so dunkelglänzend und so bittersüß vorweggenossen. Es könnte so einfach sein, wenn die lächerliche Furcht vor Viren nicht wäre. Die vernünftige Furcht, die Nein sagt – laß es sein und bleiben. Widerstehe. Beherrsche dich. Wie gewohnt. Reglos sitzen bleiben, wenn das Abwischen an Hosen oder Kasack über ein Erwogenwerden nicht hinauskommt. Mag der Magen knurren. Das ist erträglich wie der Durst, der von Wasser träumt. Vielleicht kommt es wieder. Es läuft jedenfalls nichts davon, und alles ist gleich-gültig, diesseits des Ziels. Durch den Staub der Straßen fahren oder auf den Betonstufen einer Laderampe sitzen, gilt gleich. In dem einen oder anderen Hause als Gast ankommen oder wieder abreisen, gilt gleich. Dieses reden oder jenes, gilt gleich. Alles Kommen und Gehen, alles Fahren und Warten, alles Erreichbare ist uneigentlich. Vielleicht wird, sobald es erreicht ist, auch das Ziel der Reise uneigentlich sein. Allein die Unmöglichkeit des Verweilens an einem Ort, der sich verweigert, reizt die Einbildungskraft. Eines Ortes, einer Nähe, die sich entzieht und im Sichentziehen Bilder nach sich zieht und zum Erscheinen bringt, Durstbilder, vergittert wie hinter Moskitogaze, Luftspiegelungen über dem Savannenhochland der Seele in dieser Trockenzeit –

– tiefgestaffelten Raffiapalmschatten, helldunkel gefleckt wie ein Wildkatzenfell, seitwärts am Wege nach Bunang. Mannshohes, speerspitzes Gras und ein Bach, über weiße Kiesel rinnend verheißungsvoll wie ein Lächeln: ein Ort des möglichen Glücks für den, der es zu schöpfen wüßte mit unverrücktem Gemüt und langsamen Händen, um es hinzuhalten, dunkelumrandet, hellgrundig; kühles Wasser, tropfend – geschöpft, um zurückgeschüttet zu werden. Muß man sich nicht beherrschen können an einem Ort wie diesem und niemanden in Versuchung führen? Auch sich selber nicht. Eine weiße Reisende, das weiß hier jeder, wird nur abgekochtes Wasser trinken. Oder verzichten. Damit keine Zweifel aufkommen und Andersgemeintes etwa sich einmischt. Schütte es zurück. Laß es verrieseln im Zwielicht einer bloßen Möglichkeit; im kühlen Anhauch einer Nähe, die ein Kräuseln erzeugt auf der trockenen Haut und im vegetativen Nervensystem. Die Hungergefühle abdrängt und Durst vergessen läßt in einem lange erwarteten Herzklopfen, das endlich kommt, anapästisch andrängend, um später vielleicht einmal Worte zu finden in imaginären Apostrophen –

'Let me drink / From the cup / Of your hands // In the halfshade of your / dark- / ling / – ' 'eyes' oder 'face'; jedenfalls aufs Ende zu stolpernd, katalektisch, und der Weigerung vorweg gewiß wie einer Selbstermahnung –

‚No, Na'anya.'

Und nichts ist, als was nicht ist. Es fällt heraus aus der Wahrnehmung dessen, was vor Augen ist, Marktplatz, Straße, Stufen, Staub und Weibsein. Und bei also abgeschattetem Bewußtsein – geschieht es.

Süßherb, genußvoll eingespeichelt, gleitet es über die Zungenwölbung am Gaumen vorbei und dringt ins Bewußtsein. Das Problem hat sich, vorbei an jeglicher Vernunftkontrolle, von selbst gelöst. Die dunkle Verlockung ist in den Mund geraten; die Sache ist abgeleckt. Da ist nun nichts mehr zu machen. Notfalls etwas aus der Reiseapotheke hinterher. Der Rest der braunen Masse läßt sich bedächtig aus dem Silberpapier quetschen und schälen und lecken und zergeht lustvoll im Munde. Ein knurrender Magen gibt sich damit fürs erste zufrieden.

*

Das wäre der rechteckige Prosarahmen um die labyrinthischen Lyrismen der Innerlichkeit samt den Stilbrüchen der Reflexion. Nahe am Äquator, daher es so heiß ist; in einer beliebigen Kleinstadt, die abweisende Gefühle weckt; in der Savanne und zu einer Jahreszeit, da der Harmattan die Hitze über den Höhen mildert; auf den Betonstufen einer Laderampe, im Schatten eines Wellblechschuppens, wo es sich gut sitzt, sitzt eine Reisende, staubbraun vermummt, wartend auf ein Überlandtaxi. Wartend seit mehr als einer Stunde schon, und es kann noch lange dauern, bis ein Taxi sich sehen läßt, das bereit ist, die Gegend anzusteuern, in welche die Reisenden wollen, und die Fremde zumal.

II Zeit der Cassiablüte

Es kann noch lange dauern. Die Männer, stoisch und reglos, meditieren. Die Frauen, das Mädchen, die Kinder, sie dösen, schlafen, enthülsen Erdnüsse mit trägen Bewegungen. Die Lehmmaske der Zeit beginnt zu bröckeln, bröckelt ab und legt bloß ein Gefühl des Ungenügens.

Dazusitzen im warmen Schatten; im Auf- und Absteigen der Tagtraumbilder; hin und wieder abgelenkt von Markt und Straße und vom angehäuften Weibsein am Fuße der Stufen; von Gedanken bewegt, die zurück- und vorauswandern, und bisweilen kreisen und flattern, als suchten sie einen grünen Zweig, sich darauf niederzulassen – es geht wohl eine Stunde lang, aber kaum länger. Was jenseits der Sprache steigt und sinkt, wabert und fließt, hat den unbestimmten Drang, sich zu verfestigen; als Bild statt zu wabern, als Gefühl statt zu fließen sich zu substantivieren: Sagbarem sich unterzuschieben, in Worte und Wendungen zu kriechen, an Buchstaben sich zu kleben und haften zu bleiben auf Papier. Womit ließe die weitere Zeit sich zubringen? Ganz einfach: mit einem schwierigen Gedicht. Es muß sich nur finden lassen.

Von den abgeleckten Schokoladefingern in die Wirklichkeit zurückgeholt, fängt die Reisende an zu kramen. Kramt in den Taschen des Kasacks. Bedächtig und geduldig und sehr langsam kramt sie, als könnte jede Bewegung ihr Vorhandensein verraten. Erst in der einen, dann in der anderen Tasche kramt sie geraume Weile. Das rote Taschenmesser kommt zutage; die Landkarte, ein Abstraktionswunder haarfeiner Linien und exakt verstreuter Pünktchen; das Miniaturtagebuch, dunkelblau eingebunden mit hellblauen Schwalbenschwingen zwischen goldgepunkteten Wolken, dahinter größere Geldscheine sich verbergen lassen; dann der Bleistiftrest, 'das bißchen Graphit', daran die Worte sich materialisieren. Schließlich kommt zum Vorschein das Gesuchte, sorgfältig zusammengefaltet, beidseitig bedruckt und hellgrün.

Ein sehr helles Grün – wie das mannshohe Grün am Bambuspalmenbach. Fruchtbarkeitsgrün. 'Green means fertility' – für wen? Und es auch noch zu wiederholen, als hätte jemand es überhören können im *small talk* der Gäste ringsum in den Plastiksesseln. Die Fruchtbarkeit des Geistes hat es jedenfalls nicht befördert, das künstliche Grün des Examenspapiers, und der Kandidat ist durchgefallen. Begreiflich das mürrische Schweigen; der düstere Blick und das Ausweichen. In leibhaft geballter Schwerfälligkeit: Mißtrauen und Widerstreben weit über das Übliche an Zurückhaltung hinaus. *Demure*, überreif, mürbe ist der Mann. Endlich dann doch: zögernde Hände, die es dem Drängen und Abverlangen Na'anyas – ‚Let me have it. Let me see. Let me try. Give me' – waagerecht und flach wie eine rechteckige Patene, hinhalten.

Ein schwieriges Gedicht. Der Kandidat ist redlich gescheitert. Vielleicht an Metaphern nicht nur. Gescheitert auch als *Candidus*, wenn die Sprache denn wieder spielen will. Candidus zum einen: ein Aufrichtiger, der es vorzog zu schweigen, weil das Einfache auch in diesem Falle kompliziert ist. Candidus zum anderen bei anderer Gelegenheit: weißgekleidet wie ein Operettenprinz, mit silbernen Knöpfen am Jackett, überm Bauch. Ihm zur Seite als große Dame, in faltenwallendes Dunkelbraun gehüllt, Na'anya. Ein thronend Ehrengastpaar, umgeben von großem Gefolge, festlich festgehalten für immer, schwarz-weiß auf Zelluloid, fürs Erinnerungsalbum.

Gescheitert also an diesem Examensgedicht ist der Kandidat. Rein gar nichts ist ihm eingefallen zu dem tiefsinnigen Kernsatz, der zur Kommentierung ausersehen war:

The ripest moment is saddest encounter.

Vielleicht hat es ihm zu viel gesagt. Vielleicht ging es ihm so nahe, daß er sich wehrte mit der reinen Leere des bereitgestellten Papiers. Er wußte freilich auch mit anderen Fragen wenig anzufangen. Ein externes Abitur, das hierzulande viele junge Leute nachzuholen versuchen. Aber auch hoffnungslos Überalterte. Das ist nun freilich traurig, zu scheitern an einer Reifeprüfung aus – Überreife.

Es gibt zu denken, das Scheitern des Kandidaten. Die Überalterung nicht nur; mehr noch die zähe festgehaltene Hoffnung, es doch noch zu schaffen. Ein Examen zu schaffen trotz der knapp bemessenen Zeit, die zur Vorbereitung bleibt, wenn man so gewissenhaft der Berufung folgt und seinen Pflichten obliegt wie dieser und nur wenige seinesgleichen. Und dann ein Gedichtanfang so unmöglich wie dieser:

As if men hung here unblown
Their mildewed buds of love like pollen –

Muß so etwas nicht stocken lassen? Wie soll ein Kandidat in zwanzig Minuten begreifen, beschreiben und beurteilen, was eine, die, seit fünfundzwanzig Jahren mit Literatur als Wissenschaft beschäftigt, in mehreren Tagen und während stundenlangem Warten auf Taxiplätzen nicht gänzlich und sicher durchschaut hat?! Oder wäre es denkbar, daß einer begriff beim ersten Überfliegen, und ihm nicht der Verstand stockte, sondern ein Gefühl für Geziemendes sich sperrte und auf Distanz ging: *das* geht zu nahe!? Darüber schreibt man keine Interpretation, und zu Examenszwecken schon gar nicht – ? Da läßt man sich lieber durchfallen. Begreiflicher würde, warum das Gedicht einem Widerstrebenden so mühsam zu entwinden war. Denn was geht das alles Na'anya und gerade *sie* an?

Fürwahr, was geht es sie an. Wie leicht die Einfühlung fällt, im nachhinein. Einfühlung, die sich über das Gedicht legt wie ein Schleier, der nicht verhüllt, der durchsichtig macht. Zumindest Konturen erkennen läßt. Vielleicht wird es damit und diesmal gelingen, dem Gedicht auf die Spur zu kommen und Sinn zu verfolgen bis zur letzten Zeile. Denn Zumutung und Schwierigkeit bleiben. Es hat sich gesperrt zwei Tage lang. Es war wie verriegelt. Die Ironie des Einfachen?

Die Form ist mittelmäßig, der Autor nicht angegeben. Nicht das Mindeste an Hintergrund- und Vorwegwissen. Das macht der Glaube oder Aberglaube an Werkimmanenz. Preisgegeben ist das Gedicht der voraussetzungslosen Interpretation; den Stimmen der Innerlichkeit, und der Sinn wird ein Spiel von jedem Druck der Luft; ein Barometer der Stimmungen. Das fremde Gedicht wird zum Gefäß für der eigenen Seele Rinnsal oder Überfluß. Der aufgespürte Sinn kann eine falsche Fährte sein im Dickicht der Worte. Das alles müßte bedacht werden und anderes mehr...

Das Gedicht als Spur zum Beispiel – wie ist es entstanden und was war es, das da Sprachspuren hinterlassen hat? War es der Leidenschaften wilde Jagd, die wahllos Worte aufs Papier geworfen hat, wenige Zeilen im Vorübergaloppieren, atemlos beglückt, qualvoll umgetrieben? War es Besinnung im nachhinein, die sich sorgfältig Wort um Wort zusammengesucht hat? Und ist das nun ein schlechtes Gedicht aus heißem Gefühlsüberschwange oder ein gutes Gedicht aus kühl distanziertem Kalkül? Könnte es auch etwas gänzlich Mittelmäßiges sein? Hervorgedrängt aus dumpfem Getriebensein, nachträglich künstlich verschnörkelt? Oder hat der Dichter oder Dichterling gar nichts durchlitten und lediglich in moralischer Absicht eine Lehre erteilen wollen, mit ein paar Metaphern, unglücklich genug, jonglierend? Wobei ihm auch noch zwei Zufallsreime unterlaufen sind. Spur wovon ist das Gedicht?

Das ist nun freilich nicht gefragt. Es wäre bereits: Thema verfehlt. Ob gut oder schlecht oder mittelmäßig: das will eine der Examensfragen wissen. Eine Falle für den Fall, daß etwa auf den ersten Blick sich erkennen ließe, was nunmehr erst am dritten Tage sich nahelegen will: daß hier ein weiteres Beispiel von strophisch gedruckter Prosa vorliegt, die sich von normaler Schreibe nur durch die Verworrenheit und das Gekünstelte der

Bilder und Vergleiche unterscheidet. Eine Falle für den Fall, daß der Autor ein halbwegs berühmter sein sollte...

Trotzdem. Und trotz aller Ratlosigkeit, die zwei Tage lang durch das Metapherndickicht irrte auf der Suche nach einer Sinnlichtung: es ist ein Gedicht, das gerade richtig kommt. Zu dieser Zeit, auf dieser Reise, und überhaupt. Die sieben Strophen zu drei bis fünf Zeilen in freien Rhythmen können dem Fluktuieren der Bilder und der Gefühle einen Halt geben und den Träumen ein Gerüst, daran entlangzuranken. Der Unbekannte, ob Dichter oder nicht, dichtete ein gutes Werk.

Denn eine Dichterin – ? Kaum denkbar. Die kleine Mollige da unten; Mary, Mercy, Tana und auch Suzanna: hatten alle Sinnvolleres zu tun, als Gedichte zu machen, und wären sie noch so schlecht. Und June? Steckt mitten drin im Gedicht. Was sonst hätte den Kandidaten so kopfscheu gemacht, wenn nicht die neueste – die letzte? – der Brautgeschichten. Von einer Brautgeschichte her müßte das Gedicht aufzuschlüsseln sein.

Im Warteschatten des Wellblechschuppens ist der Ort, wo, statt Erdnüsse zu enthülsen oder Suren zu beten, der Sinnspur eines Gedichts nachgespürt werden soll. Möglichst ordentlich eins nach dem anderen bedenken, Assoziationsketten knüpfen, Metaphern entwirren und bis zu dem Punkt gelangen, an dem die Gedanken bislang immer wieder abgeschweift sind, beim ersten Überfliegen schon und bei jedem Schimmer von Verstehen, der nach und nach das Sinndunkel erhellt hat. Und mit dem ‚bißchen Graphit' eine Hand beschäftigen, um auf den letzten Seiten des Tagebüchleins Gedanken durch Stichworte anzubinden. Beginnend mit den Aufschwüngen einer übergreifenden Lebensphilosophie, kreisend um Liebe und Tod.

*

Liebe und Tod – am Ende nicht erst, am Anfang schon und fast zu pathetisch für ein formal mittelmäßiges Gedicht, läßt sich das Thema erkennen und wirkt wie erratisches Urgestein unter dem verfilzten Gestrüpp der Metaphern. Der Titel assoziiert Tod und läßt kaum eine andere Interpretation zu: *Erde zu Erde* ist die Bestattungsformel, die sich mit den christlichen Kirchen über den Kontinent verbreitet hat, und bestattet kann nur werden, was gestorben und tot ist. Vom Sterben und von einem Leichentuch ist fernerhin die Rede in den beiden letzten Strophen. Der Gedanke ‚Tod' steht am Anfang wie eine große schwarze Zypresse, ernst und feierlich. Von Liebe und Liebeswerben aber ist gleichfalls die Rede und sogar von Leidenschaft. Um das Symbol des Todes bildet sich eine dunkelrotglühende Aura, und es drängt ungerufen herbei ein ganzer Schwarm von Bildungserlebnissen und füllt das purpurdunkle Rund – Tristan und Isolde rauschen auf, die hier niemand kennt; eine Glückserfahrung, die nur im gemeinsamen Tode enden kann. Und Ruder rauschen und ein Meer von fliehenden Galeeren spiegelt sich im dunklen Auge Kleopatras, die Antonius verrät. Romeo schwört beim Mond, dem wandelbaren, und Julia wehrt hingerissen ab. Eine 'Weise von Liebe und Tod' durchzieht den Okzident in den höheren Regionen der Minne und des Sangs; Liebesleidenschaft als einziger Abgrund, darein so Mann wie Weib freiwillig sich wirft, angesaugt von Verheißungen des Absoluten und der Endgültigkeit. Als könnte diese vernunftwidrige Seelenverfassung nur im Schatten der Gefahr und des Todes sich voll entfalten – der *amour-passion* als Fieberkrankheit zu rauschhaftem Tode; ekstatisch, ehebrecherisch, unbedingt; ins Grenzenlose eines absoluten Gefühls hinauskatapultiert und zerschellend an den Sternen...

Kommt zum Glück nicht überall und alle Tage vor. Damit könnte keine Gesellschaft überleben. Das Gedicht auch nicht. Das wird deutlich, nun, da ein Weg sich bahnt durch den Wildwuchs der Metaphern, durch lockere Assoziationsgefüge und Satzkonstruktionen, die unbeholfen wirken. Das Gedicht will nicht eine absolute, vom Leben sich lösende Liebe verherrlichen. Im Gegenteil. Hier ist der Tod metaphorisch und das

Leichentuch nur ein Vergleich. Den Tod erleiden sollen nicht die Liebenden, sondern die Liebe, oder richtiger, die Leidenschaft: ‚Wir wollen sie sterben lassen...'

Das ist schon irgendwie beruhigend. Es regt jedenfalls nicht weiter auf. Was den Kandidaten vermutlich kopfscheu gemacht hat und wo nun sicher die famose June dahintersteckt, das sind die ersten Strophen mit einer verworrenen Schilderung von Allzubekanntem. Es siecht dahin, es müht sich ab, und 'aufgestaute Leidenschaften lauern'. Selbsterlittenes brachte den Kandidaten zum Verstummen: Liebe als Siechtum und Brautwerbung als Mühsal. Das alles verpackt in Metaphern, die befremden, geradezu grotesk wirken:

Als ob hier Männer hingen, unerblüht,
Die Liebesknospen mehltaukrank, wie Pollen,
Spät eingefangen, feucht und aufgequollen
In einem Regentropfen, oder wie die Träne
Die eine Fiebergrube kühl durchschauert.

Eine verworrene Als-ob-Logik. Wer beim ersten Blick die vegetative Verhüllung durchschaut, das poetische Feigenblatt sozusagen, der könnte zudem, was sich zeigt, in höchstem Maße peinlich finden. Darüber macht man doch keine Worte, und erst recht kein Gedicht. Und recht hat er, der so denkt, auf seine Weise. Und die Interpretation soll sich bescheiden; weder deutend in der ‚Fiebergrube' wühlen, noch allzu analytisch in der Quelle der Qual waten, die im Fieberfeuchten frösteln macht. In dieser Gegend beginnt der Unsinn, Bilder zu entbildern und den Reiz der Verschleierungen zu zerstören. Was heimlichster Ort ist, soll es bleiben. Wozu würden sonst Bilder bemüht, und muteten sie noch so grotesk an.

Bleibt der Vergleich, der das Verstehens verstellte zwei Tage lang: Sollen Männer ‚hängen' wie Blütentrauben von Busch und Baum? Oder hängen sie, die Hände in den Hosentaschen, lethargisch herum? Wozu dann ‚als ob'? Hier hat die Vergleichslogik einen Knick. Die Sachhälfte baumelt irgendwo im Leeren.

Was deutlich wird, ist Siechtum – von Mehltau feucht und aufgequollen Knospen ‚wie Pollen, wie Blütenstaub', der nicht zum Bestäuben kommt – auch nicht der geradeste Vergleich. Als hätte hier ein Biologielehrer gedichtet oder einer, bei dem die Pollenanalogie auf der Schulbank besonders eindrücklich haften blieb. Ein Regentropfen assoziiert sodann eine Träne, Frösteln, Fieber und eine ‚Grube', eine ‚Falle' – etwas, in das man erschöpft fällt? Abgrund? Hölle? Mag offen bleiben, was *pit* hier bedeuten soll. Am besten alles miteinander.

Als Paraphrase, umschreibend das, was einer, den es angeht und, so weit die Einfühlung reicht, allzu peinvoll am eigenen Leibe verspürt, um es der Peinlichkeit des Wortemachens auszuliefern zu Examenszwecken, käme in Frage: das Liebessiechtum, davon die erste Strophe spricht, ist ein Zustand qualvoller Lethargie, der alle Lebenskraft hemmt und an der Entfaltung hindert. Es schimmelt wie Mehltau über eine Knospe hin. Es fühlt sich an wie Fieberfrösteln, wie ein Abgrund von Glut und Eis – ein wohliges Elend. Es widerfährt so Mann wie Weib, wenn auch mit gewissen Unterschieden, allüberall auf der Welt und seit Urzeiten. Wenn es dergleichen nicht gäbe, wo nähmen Lyriker und Romaneschreiber ihr Lieblingsthema her? Und eine Reisende, wartend auf ein Taxi im Schatten eines Schuppens, ja, wahrhaftig, mitten in afrikanischer Savanne – eine Reisende wüßte nicht, womit sie die Zeit zubringen sollte.

Mit der zweiten Strophe. Sie beschreibt das Liebessiechtum mit einer kryptischen Abbreviatur; als Bild ähnlich grotesk, wie die unerblüht hängenden Männer: ‚Köpfe in Körper gesaugt'. Das muß man sich vorstellen: der Körper ein offener Schlund, ein Strudel; der Kopf wird hinabgesaugt und weg ist er. Kopflos hängt der Rest herum. Wie läßt sich das übersetzen? ‚Bewußtsein aufgesaugt von Körperschwere' – als ob Bewußtsein nur im Kopfe residiert. Aha, der Kopf ist gar nicht weg, sondern vom Körper und seiner Erdenschwere verschluckt; da haben wir es – Körperbewußtsein. Das groteske Bild zeigt tiefen Sinn: der Körper ist sich dessen, was er will, wohl bewußt. Nein, nicht *wohl*, viel eher qualvoll ist er sich seiner bewußt. Es wühlt in den Eingeweiden. Das tut das Gedicht nur andeutungsweise, unter dem Schild und Schutze der Metaphern.

Das Gedicht bringt zwei weitere Vergleiche, um zu zeigen, wie stark der Sog nach unten und innen wirkt. Vergleiche, die endlich auch zeigen, wo wir uns befinden – alle miteinander: die Examenskandidaten; der eine, durchgefallene, insbesondere. Sodann diejenige, welche, mit rosenholzfarbenen Plüschblenden über herausfordernden Brüsten, dahintersteckt. Schließlich eine Fremde, als *Na'anya*, ehrenbetitelt, umherreisend und einem Zögernden nichts als das grüne Papier abverlangend, um ein Gedicht zu interpretieren. Noch einer? Der Unbekannte höchstwahrscheinlich, der Dichter.

Wer war er? Wer ist er? Aus den Vergleichen läßt sich nach einigem Zögern schließen, daß er ein Afrikaner sein muß. Er drückt sich in einer westlichen Kultursprache aus, weil anderes nicht gedruckt wird. Er hat etwas zu sagen, Allgemeinmenschliches. Aber es ist verwurzelt in einem besonderen Kulturboden, wo Libation, Trankopfer für die Ahnen, einen Vergleich hergeben kann. Wie das Urinieren am Straßenrande auch. Er vergleicht also:

Bewußtsein aufgesaugt von Körperschwere
Gleichwie Urin von ausgedörrter Erde
Wie Ahnenlibation von glühendheißem Herd
Bei Aschenresten und verdorrtem Blütenblatt.

Das ist nun alles schön erdennah, Asche, Herd und die Erde selbst, hartgedörrt. Gelber Lehm und heißer Sand – brennend heißer Sand da, wo kein Schatten hinfällt.

Da, ganz in der Nähe, ist auch das Strohdach über dem Herd und die schützende Höhle tut sich auf, der Würfel aus Backstein, fensterlos, die Mutterhöhle hinter der hohen Schwelle; da sind die Bambuspritschen an drei Wänden entlang, kaum zu erkennen in der Düsternis, und das Gestell für den ärmlichen Hausrat, und der verräucherte Lattenrost, wo Mais und Feuerholz lagern und darunter, auf dem nackten Boden: drei Steine und dazwischen die Holzkohlenglut im Halbdunkel ringsum, unter dem großen Eisentopf, in dem der dicke Maisbrei quillt, und ringsum hockt die Geduld der Frauen und der Hunger der Kinder und des alten Großvaters. Der kann nicht mehr mit auf die Jagd gehen. Neben ihm steht eine Kalebasse mit Palmwein. Der Rauch beißt in die Augen. Der Maisbrei ist gar. Wie feierlich ist der Anlaß? Tut er es nur, weil ihm sonst nichts Sinnvolles mehr zu tun bleibt? Der alte Mann gießt aus der großen Kalebasse in eine kleine und schüttet daraus einen Schluck in die Holzkohlenglut und es verzischt; und noch einen Schluck und noch einen, damit es hinuntersickern kann in die Erde und zu den Toten, die nicht tot sind. Ein Trankopfer für die Ahnen, auf daß es der Nachkommenschaft wohlergehe auf Erden...

Eine kultische Zeremonie. Eine Metaphorik, die Kulturkolorit in das Gedicht bringt und Feierlichkeit. Das Besondere und Erhabene neben dem Alltäglichen und Niederen: dem Urinieren auf die Erde, wo Mann geht und steht. Man sieht, wie die Erde es aufsaugt, heiß und gierig. – So fühlt es sich an, das Dahinsiechen an Liebesleidenschaft: der Verstand verdampft, der Wille verzischt. Der Körper in seiner Erdenschwere glüht in allen Graden der Leidensmetaphorik – die Hitze, das Fieber, das Brennen, die Brunst. Es muß ausgehalten und erduldet werden. Warum? Weil es die Sitte so will. Hier haben wir ein pädagogisches Gedicht. Wahrlich bestens geeignet ad usum delphini und zu Examenszwecken. Mag der Anfang schockieren oder befremden; es wird alsbald aufgefangen durch Moral und Rituale. Alle Qual wird vernünftig und veredelt auf ein Ziel hin und durch das Wissen: es muß so sein; es gehört sich so. Das Herumhängen hängt nicht im Leeren; die Zeit des Siechtums ist erfüllt mit Sinnvollem: mit der Mühsal einer Brautwerbung, so weit der Väter Sitte noch befolgt wird. Die dritte und vierte Strophe lassen es erraten:

So kommt die Jahreszeit der Cassiablüte
Und aufgestaute Leidenschaft, sie lauert
durchs Laubendach.

Es kommt die Zeit, da alle Mühsal hinfällt
Wie irdenes Gefäß, wie Porzellan zerbricht.

Wir mühten uns mit Liebeswerben ab.
Wie qualvoll war der Panzer der Verpuppung
Der zwischen den Besuchen wuchs
Den übrigen und diesem nun –

Der Stau und das Werben lassen keinen Zweifel: hier ist ein Ritual im Gange. Nicht nur einer, zweie mühen sich ab. Schwerfällig und wortkarg der Mann, 'June – ?' Wo steckt sie? Sie steckt schweigend in sich selbst. In ganzer aufreizender Leiblichkeit und in einem nougatfarbnen Plüschpullover. In der Abendkühle, und die Nacht ist nah. Noch ist nichts entschieden. Hier im Gedicht dagegen befinden sich beide auf einmal schon im Perfekt und blicken zurück. Die Cassia blüht. Die Mühsal ist vorbei. Der ‚Panzer der Verpuppung' zerbricht – etwas überraschend, und die Bilder des Zerbruchs muten gesucht an. Die Verpuppungsmetapher hingegen ist gut. Der herkömmliche Zwang zum Warten, der Triebverzicht, der durchgestanden werden muß: wie ein Insekt, das in völliger Freßaskese von der Raupe sich zum Schmetterling wandelt, so, in der qualvollen Einengung durch Brauch und Sitte, sind die beiden vorbereitet worden auf das, was jetzt kommt – in der endlich gekommenen Zeit der Cassiablüte.

Cassiablüte – eine Interpretationsmühsal zwei Tage lang, und die Lösung bleibt unsicher. Zunächst und rein formal. Wenn das Als-ob zu Beginn irgendwo über zwei Strophen und syntaktisch verworrene Vergleiche hinweg einen Anknüpfungspunkt finden soll, kann er nur hier gesucht werden. Das Liebessiechtum ist zu Ende, sobald die Zeit der Cassiablüte kommt. Was mehltaukranke Knospe war, darf sich nun entfalten. Sodann. Das Liebeswerben zielt doch wohl auf Hochzeit und Ehe? Es wird nirgends ausdrücklich gesagt. Es muß erschlossen werden von den Ahnen her, auch wenn sie sich unter einer Libations-Metapher verstecken. Wo Ahnen wichtig sind, da sind wichtiger noch die Nachkommen. Wer sich den Ahnen verpflichtet weiß, der liebt über sich hinaus. – (Ein Nebenproblem wäre der triviale flower/bower-Reim. Ein literarisch altertümliches Boudoir kann nicht gemeint sein, selbst wenn der Dichter auf dem Wege zu höherer Bildung Shakespeare oder Tennyson lesen mußte. Eine Gartenlaube? Paßt nicht in Mais- und Cassavafelder. Gemeint sind vermutlich Laubhütten aus Raffiapalmwedeln. Ein ‚Laubendach', durch welches nachdichtend das Lüftlein eines leichten Rhythmus wehen mag.)

Nun kommt ‚die Zeit der Cassiablüte', und es beginnt die Verlegenheit, das Eingeständnis des Fehlens solider Kenntnisse in tropischer Botanik. Es beginnt das Herumraten auf gut Glück. Cassia? Cassia – ein Gewürz, ein Duft, eine Akazie? Kein Wörterbuch, kein Lexikon, und der Begriff schweift blind umher. Schweift ab und hinab ins Waldland und läßt sich nieder auf einem Tulpenbaum. Er steht vor einem alten Kirchlein nahe an der Dorfstraße – steht er noch oder wurde er inzwischen gefällt, um die Straße zu erweitern? Er blühte zu Beginn der Trockenzeit, Jahr für Jahr, fünf Jahre lang. Blühte im Oktober, im sechsten, wie endlich entdeckt. Blühte hoch im Wipfelblau den Übergangsstürmen entgegen und warf, nächtlich durchbraust und durchschauert, sein flammendrotes Hochzeitsglück büschelweise herab, und am Morgen lag es wie ein Teppich vor der Kapelle, ausgebreitet für Füße, die sich bemühten, drei Jahre lang, vier, zu wandeln auf geradem Pfade, herüber und hinüber, vorbei an dem Tulpenbaum...

Für einen *rite de passage* wäre Oktober die richtige Zeit. Aber ist ein Tulpenbaum der richtige Baum? Auf welchen Baum gehört die Cassiablüte? Und der Begriff beginnt von neuem zu schweifen, schweift über die Höhen der Savanne und läßt sich nieder auf einsamen Krüppelbäumen, die malerisch an kahlen Graslandhängen stehen, wo sie standen im Dezember vor – ach wie vielen Jahren? Standen in staubdürrer Landschaft, lobloses Geäst in den kreidig bleichen Himmel streckend, und dicke, schwarze Schoten baumelten daran. Der Blick nahm es mit im Vorüberfahren, und der Landrover zog eine dicke Staubwolke hinter sich her... Wann grünt und blüht das? Während der Regenzeit müßten sich frühlingsgrüne Fiederblättchen entfalten mimosenzart, und Blütenrispen müßten blühen blaßgelb, orange und geranienrot, wie sie blühen allhier vor dem inneren Auge, hervorgelockt von dem Wunsche: das Grasland grünen zu sehen! Einmal über die rollenden Höhen wandern, tagelang, und nicht allein, frühestens zur späten Maienzeit... Das ist die Zeit, wenn die Taxis im Schlamm steckenbleiben und die Fußpfade Rutschbahnen sind, bestens geeignet, sich ein Bein zu brechen. Daher es fürs erste einfacher ist, sich das Ersehnte nur vorzustellen, in Gedanken stehenzubleiben, den Kopf in den Nacken gelegt, die Augen erhoben hinauf ins lichtgrün schattende Blätterdach, waagerecht gegittert in durchscheinenden Schichten. Da hängt es in lockerem Rispengeriesel, ein Anhauch von Glück und Nähe, Schmetterlingsblüten akazienhaft, geranienrot, ein leuchtend helles Rot im gefiederten Hellgrün vor traumhaft tiefem Himmelsblau –

'You know the name?'
'No, Na'anya.'

Noch eine Halluzination?

Ob das Vorgestellte Cassiablüte ist, bleibt ungewiß. Leute mit westlicher Schulbildung hierzulande kennen kaum noch Namen von Bäumen, daran nichts Eßbares wächst oder das zu Bauholz nicht taugt. Was zu nichts nütze ist, das braucht auch keinen Namen. Und was liegt daran, zu wissen, was Cassia ist und ‚Zeit der Cassiablüte' bedeutet? Als bloße Jahreszeitangabe mag die Unkenntnis hingehen. Sollte es aber Tieferes bedeuten, wäre Symbolisches gemeint, dann entginge Sinn und damit Wesentliches. Lauert hier das Mißverständnis? Müßte hier nicht das Nachforschen beginnen, zugleich mit dem Bemühen, den Namen des Gedichteverfassers in Erfahrung zu bringen, später, irgendwann?

Weder später noch irgendwann. Wesentlich ist und soll bleiben, was sich hier und jetzt dem Verstehen öffnet. Was sich verschließt, mag verschlossen bleiben. Ein Gedicht muß sich aneignen lassen auf je-eigene Weise. Sinn ergibt sich, wenn es sich auslegen läßt nach dem Bedürfnis des Auslegenden. Überdies und zudem: Läßt sich im Nichtwissen, im Irrtum sogar, im Wahn dem Eigentlichen nicht bisweilen näher sein als in äußerlichen Richtigkeiten? Das Philosophem geht, zugegeben, ein bißchen weit; aber es geht. Was das Gedicht auf diese Weise der Einfühlung hergibt, läßt sich hinnehmen und in eigenen Worten wiedergeben. Was nicht, mag es für sich behalten. Hier ist kein Examen zu bestehen. Hier ist ein Gedicht – Vorwand und Zeitvertreib.

‚So kommt die Zeit der Cassiablüte': mit einem letzten, mit diesem Besuch zu dieser Zeit ist auf einmal alles anders geworden. Syntaktisch eine unauffällige Peripetie. Was davor liegt, *war* – es ist nicht mehr: die Mühsal der Brautwerbung, die immer neuen Besuche, die immer neuen Geschenke, das immer neue Palaver um die endgültige Zusage von Seiten der Familie. Vor allem aber die Qual des Hingehaltenseins in nächster Nähe des Ersehnten. Vorbei. Ihr dürft.

Und mit welcher Chiffre des Glücks feiert das Gedicht den erlösenden, den reifsten Augenblick? Himmelhohes Jauchzen? Erfüllungsrausch, überschäumende Gefühle? Eine weisheitliche Sentenz legt sich darüber, flach und hart wie ein Brett –

Der reifste Augenblick ist traurigste Begegnung
Vollzogen ohne Plänkelei
Gedenkend anderer Zeiten
Einer Liebe, die nun ablebt.

Das kommt wieder unerwartet. Als schnappte die Spannung zurück. Als bliebe von der Qual und Mühsal nichts zurück als eine große Schlaffheit und Erschöpfung. Ob die beiden nun, als Verlobte, endlich miteinander ins Bett dürfen; ob die Hochzeit schon in vollem Gange ist: es ist alles ganz traurig. Eine Liebe, soeben noch qualvoll lebendig, gibt Ruhe, ist still, lebt ab. Warum wohl? Was für einen Essay hätte der Kandidat schreiben sollen in zwanzig Minuten?

'*Der reifste Augenblick ist traurigste Begegnung.* Die Liebe von Mann und Frau ist eine ernste Angelegenheit. Beide haben eine große Verantwortung. Sie wollen eine neue Familie gründen. Es ist eine große Aufgabe. Es ist schwer für die Frau und für den Mann. Der Augenblick ist reif, weil die Familie der Braut ihre Zustimmung gegeben hat. Der Augenblick ist traurig, weil mit der Hochzeit die Pflichten beginnen. Das ist der Ernst des Ehelebens. So sehe ich die Sache.'

Das ist des Kandidaten Stil. So hätte er schreiben können. Kurz, knapp, abgehackt; ohne rhetorische Verschnörkelung, ohne psychologische Raffinessen. So enttäuschend trocken und pragmatisch. So moralisch steif und vom Ernst der Stunde durchdrungen. Wie ein Holzklotz säße er da, als Bräutigam auf dem Podest unter dem Schattendach, wo das Brautpaar im Freien thront. Schweigend und reglos beide. Wie die Präfiguration eines Ahnenpaares. Nicht nackt freilich und mit Rotholz eingerieben, vielmehr ganz in Weiß, beide angepaßt an importierte Vorbilder. Eingehüllt in feierlichen Ernst säßen beide da.

Trauer ist der herbe Kern der reifsten Frucht. Melancholie der Erfüllung.

Da sitzen sie, Braut und Bräutigam, im Gedicht. An die kaum vergangene Zeit des Werbens, die bei aller Qual und Mühsal offenbar auch Plänkeleien, die erotische Bedrängnis überspielend, kannte, daran denken beide wie an ‚andere Zeiten'. Es liegt dahinten. Es will oder soll sterben. Etwas wie eine stumme Zwiesprache vollzieht sich zwischen den reglos Thronenden, während sie die Feierlichkeiten über sich ergehen lassen: das Singen, das Trommeln und Tanzen, das Essen und Trinken und Fröhlichsein aller Gäste, der Familien, der Nachbarn, des ganzen Dorfes, das da Zeuge ist, wie zweie sich einreihen ins Allgemeine. Stumme Zwiesprache der eben noch leidenschaftlich Liebenden; Besinnung auf das, was nicht dauern kann; was nur Übergang war von einem Stadium auf dem Lebenswege zum anderen. Nur Mittel zum Zweck, die Liebesleidenschaft:

'Wir wollen sie sterben lassen.
Laß Spinnweben ein Gespinst
Über ihr Antlitz ziehen...

Eines Morgens tropft der Tau
Erde zu Erde, Schleier, Leichentuch
Hingebreitet über diesen Staub
Der unsrer Füße Liebesspuren trug.'

Hier häufen sich noch einmal die Bilder und verdichten sich zu Symbolen. Die Spinne, ist sie nicht ein Sinnbild der Weisheit in manchen Stämmen des Graslandes? Die Erd- und Orakelspinne webt indes keine Spinnweben; also wäre das eine falsche Spur. Aber weise soll es wohl sein, die qualvoll-ruhelose Liebe sterben zu lassen; ihr die Züge der Leidenschaft zu verhüllen. Dann wird die Symbolik elliptisch und kryptisch – Tau tropft, ‚Erde zu Erde', Schleier und Leichentuch zugleich. Was könnte gemeint sein? Gewoben aus Tautropfen, befruchtende Feuchtigkeit, breitet sich über die Erde als ruhenden und tragenden Grund allen Lebens und über die Liebenden zugleich das Gespinst einer Wirklichkeit, die der Leidenschaft zum Leichentuch wird, zugleich aber, ‚eines Morgens', das Geheimnis enthüllt: daß neues Leben zu erwarten ist. Damit ist das Eigentliche, das Ziel ist erreicht.

Als Leichentuch über den Erdboden gebreitet, löscht der Tautropfenschleier zugleich der Liebenden Fußspuren im Staub. Das einander Nachlaufen ist endgültig vorbei. Der reifste Augenblick fordert Reife für neue Wirklichkeiten. Hier gibt es kein Verweilen bei Sinnlos-Schönem, glück- und tränenfunkelnd wie ein Sternenhimmel, dem die Motte, mit einem lächerlich kurzsichtigen *goût de l'absolu*, entgegentaumelt. Hier herrscht der Blick für das Erdennahe zwischen Frau und Mann. Das Ziel der Liebesmühen ist erreicht. Es war schön und es war eine Plage. Es ist vorbei – vorbei – vorbei.

*

Wieviel Zeit ist vergangen?

Der Schatten ist weitergekrochen, von den Stufen in Richtung Straße und Markt, der sich ein wenig belebt hat. Ein paar Leute laufen und lungern herum. Auch ein Hund, ein Huhn kommt hier und da hervor, wie erschöpft von der Hitze, die immer noch brütet, aber nicht mehr erschlägt. Die Straße bleibt leer – bis auf die eine schwarze Ziege, die aus dem jenseitigen Grabengestrüpp steigt und gemächlich herüberwandelt und den abgerissenen Strick hinter sich herschleift im Staub...

Am Fuße der Stufen hat sich nichts verändert. Selig schläft der gesättigte Säugling im Rückentuche der Mutter. Die Großmutter wiegt das Vierjährige noch immer sanft zwischen den gelbblau verhüllten Beinen, und die Mollige enthülst unermüdlich Erdnüsse. Der große Korb scheint unerschöpflich. Träumt sie dabei? Vom Elefantengras hinter dem Schulhof oder von Tanzmusik nachts in der Bar? Und die alten Mannen nebenan – wie in Trance lassen sie die hellen Perlen durch das Dunkel ihrer Hände und zwischen den Finger hindurch gleiten, ohne die Fremde und ihr Papier, so weit ersichtlich, zu beachten.

Es liegt dicht vor Augen, Papier und Bleistiftgekritzel, Stichwort an Stichwort gereiht und durchaus lesbar, zwei Seiten eng gedrängt zwischen hellblauen Schwalbenschwingen und goldgepunkteten Wolken auf Dunkelblau. Liegt auf staubbraun verhüllten Knien und links daneben, festgehalten von ehelich beringter Hand, verdeckt das hellgrüne Papier alles ringsum, wenn es dicht genug vor die entbrillten Augen gehalten wird.

Das grüne Papier, imprägniert mit der Magie der Druckerschwärze, die hier ein Liebesgedicht durchbuchstabiert und dabei Zeit und Energien in sich gesaugt hat. So ist das endlich gefaßt und festgemacht. Das Flirren und Flunkern der Tagtraumbilder ist eingefangen vom Bemühen zu verstehen, wo ein Kandidat nur scheute und durchfiel. Die Einfühlung hat sich hineingefüllt in das Wortgefäß und ist verschiedentlich übergeschwappt. Das Bedürfnis nach ein wenig lyrischem Versmaß hat herumgemodelt an der Holprigkeit der ersten wortgetreuen Übersetzungsentwürfe; hat geglättet und verbessert. So läßt es sich lesen.

Ein Liebesgedicht soll es sein. Mit einer weisheitlichen Sentenz in der Mitte. Solche Resignation zur Erde hin und zum Sterben der Leidenschaft – ist eine solche Quintessenz nicht traurig? So ein Rest Essig im überschäumenden Mischkrug der Möglichkeiten, Rausch, Traum, Visionen und Sehnsucht nach dem Absoluten – hier ist nichts davon zu haben. Kein sinnloses Vergeuden von Energien; alles zielgerichtet. Nach offenbar nicht zu umgehendem Liebessiechtum und den Mühen der Brautwerbung die Hochzeit und damit hat sich's. Was man hat, das hat man: Leibhaftiges und damit die Zukunft über sich selbst hinaus. Ist das am Ende nicht schlicht vernünftig?

Ach, und wo bleiben die Unvernunft und das Wunderbare? Die Zwischentöne; das Wenige, das genügt, diesseits von Elefantengras und Ehebett? Die Handvoll Wasser, hingehalten im grüngold geklöppelten Raffiapalmschatten. Hingehalten und zurückgeschüttet. Das hellrote Blütengeriesel im Laubgefieder der Krüppelbäume, cassiaduftend in namenlos glückhafter Nähe auf den kargen Höhen von Mbe-Mbong-on-the-Ridge. Und eines Abends, in einem baufälligen Häuschen, an einem wackeligen Tisch, eine blakende Buschlaterne, ein Buch und noch ein Gedicht – ein Versuch, eine abgewehrte Versuchung.

    Shall we try?
    Well, I don't know.
    I'll read. *Let us go now, you and I –*
    Sorry, I think I'm tired. We can try tomorrow.

Morgen, übermorgen, in einer Woche, später einmal, überhaupt nicht mehr und nie. Und so fällt man bei der nächsten Gelegenheit eben durch. Was war's? *The Lovesong of Alfred Prufrock –*

    I'm growing old; I'm growing old
    I'll wear the bottom of my trousers roll'd –

Wie kann man Examenskandidaten hierzulande so etwas zumuten. Da ist das brave Erde-zu-Erde-Gedicht trotz kryptischer Bilder doch sinnvoller, und es ist noch nicht einmal alles zu Ende gedacht. Der Kurz-Essay zu der Sentenz vom ‚reifsten Augenblick' müßte ausführlicher formuliert werden. Statt moralischer Elementarsätze über 'große Verantwortung' und 'Pflichten der Ehe': etwas mehr Rhetorik und Abstraktion. Das kann auch gleich schriftlich festgehalten werden – das autochthone Selbstverständnis des Gedichts und das fremde Befremden darüber, daß in diesen Breiten Liebende offenbar nichts wissen oder wissen wollen von Höhenrausch und Schwebezuständen, von Gleitflügen und jähen Abstürzen; zu schweigen ganz von Mysterien einer anderen Art von Resignation – 'Ach, in den Armen hab ich sie alle verloren.' 'Weil ich nie dich anhielt, halt ich dich fest.' 'Du, dem ich's nicht sage...' Das verfeinerte Gefühl wäre eine Idee zu schief und vor allem: zu pathologisch. Hier fährt kein 'Streetcar named Desire'. Hier wird ein klappriges Taxi angezockelt kommen. Das erotisch differenzierte Gefühl, es paßt in diese Gegend wie das 'Boudoir' ins Cassavafeld. Surrealistisch.

Ein Essay also. Wie eine Fremde die Sache sieht.

'Die Weisheit und der tiefe Ernst des Gedichtes liegen darin, daß eine romantisch-absolute Forderung nach Fortdauer der Liebesleidenschaft in weiser Bescheidung nicht erhoben wird: afrikanischer Realismus will nicht halten, was von selber vergeht. Es soll nur Mittel zum Zweck sein. Hochzeit und Brautnacht sind ein Ende von etwas. Ein metaphorisches Sterben findet statt. Hier reißt kein erotischer Rausch zwei Leidenschaften samt der ihnen verhafteten Körperlichkeit in den Tod. Das Ideal ist ein bewußtes Sterbenlassen der umtriebigen Liebe in den höheren Zweck der Ehe und der Nachkommenschaft hinein. Zurück bleibt eine unbestimmte Trauer. Im Rückblick des 'reifsten Augenblicks' erscheint die vergangene Mühsal verklärt: es war doch auch schön. Voller Eigenleben. Fortan geht es um des eigenen Lebens Weitergabe; um den höheren Wert und das vorrangige Recht der Ahnen und der Ungeborenen.'

Das formal anspruchslose Gedicht umgreift damit den weitesten Sinnhorizont dieses Landes nicht nur, sondern des ganzen Kontinents und der Mehrheit der Menschheit insgesamt. Unbekümmert um müderer Völker Angstvisionen von Bevölkerungsexplosionen und Folgekatastrophen.

*

Damit könnte es vorläufig sein Bewenden haben. Das Warten indes hat noch kein Ende. Und gibt das Gedicht nicht noch manches her im Blick auf das Ziel der Reise? Macht die Vorstellung sich nicht von selbst, dem Taxi vorauf, hinauf in die Berge von Mbe? Ist nicht Zeit genug vorhanden, sie einzuholen?

Wo die Piste zu Ende ist, beginnt der Fußpfad, eine Stunde bergab, eine bergauf in mondheller Nacht. Drei Wochen Verweilen, allein unter Leuten, die sich wundern. Drei oder vier Jungbauern, die Pidgin verstehen. Drei Wochen Mais, Reis und braune Bohnen; Wasser aus dem Kraterquell, allmorgentlich heraufgeschleppt von kleinen Mädchen; abends Besucher, die stumm herumsitzen und bewirtet sein wollen; und nachts das offene Gebälk über dem Doppelbett in der Schlafhöhle. Tagsüber, wenn alles in den Feldern arbeitet, wird die Fremde allein im Haus sitzen, beschäftigt mit Büchern und ihrem Tagebuch, lesend, schreibend, wartend auf den Hausherrn, daß er komme. Daß er komme und man gemeinsam weiterbaue an dem großen Hause jenseits des Tales, am Ahnenberg. Wird die Erwartung durchhalten; ein Traum sich erfüllen? Und wenn nicht – ?

Nicht daran denken. Statt dessen der Versuchung nachgeben, sich vorzustellen, wie das Leben der Neuvermählten aussieht, die da oben zu Hause wären. Es sich vorstellen nach den wenigen Eindrücken, die bislang und während kürzerer Besuche ins Bewußtsein gedrungen sind, ohne die geringste Absicht, Einzelheiten zu erforschen. Es geht nicht um Ethnologie.

'Denn was da umtreibt, wohnt auf einem andern Stern...'

Das Dorf also. Ein ärmliches Dorf in abgelegenen Bergen; die Lehmhäuser in abschüssigem Oval um den Kraterrand herum gelagert; der Sand ein Pastell in allen Tönungen, elfenbeinweiß, mangofarben, rostrot; Hühner und Ziegen und die Scharen nacktbäuchiger Kinder, die zwischen den Gehöften im Schatten der Bäume spielen. Am Rande, etwas abseits, ein neuerbautes Häuschen, vielleicht schon nicht mehr strohgedeckt und würfelförmig, sondern länglich und mit Wellblech; Fensterhöhlen, mit Holzläden davor; drei enge Räume, eine Außenküche, eine Latrine: das Domizil der Neuvermählten.

Und nun das tägliche Leben – ein Idyll? Kurz ist die Zeit der hibiskusroten Liebesleidenschaft gewesen, die nach Erfüllung lechzte wie Staub nach Tau und Regen; wie heiße Holzkohlenasche nach Ahnenlibation. Jetzt ist der tägliche Hunger da, der sich, vermutlich nach anfänglicher Großfamilienhilfe, selbst versorgen muß. Das erfordert ein Stück Acker und mühsame Hackarbeit. Über der täglichen Mühsal aber wölbt sich der Wunsch, das Leben zu verlängern hinein in die nächste Generation. Kinderlosigkeit: das einzige metaphysische Problem hierzulande, trotz darübergestülptem Christentum. Der Wunsch nach baldigem Nachwuchs gibt jeder Nacht Sinn. Ein Kind – ein Kind ist wichtiger als ein Mann. Das hat die Geschichte mit Mary gezeigt, und die mit Tana letzlich auch. Aber hier ist ein richtiger Ehemann vorhanden, und die Neuvermählte ist sich ihrer Pflichten bewußt.

In früher, noch kühlgrauer Morgendämmerung erhebt sie sich und steigt, einen Eimer auf dem Kopf, hinab zur Kraterquelle und balanciert die schwere Last langsam wieder hinauf. Dann macht sie Feuer zwischen den drei Steinen im Küchenschuppen hinter dem Haus und wärmt das Wasser in einem großen Aluminiumtopf, damit der Mann sich waschen kann. Der macht sich dann auf und davon. Geht auf die Jagd; sitzt im Rate der Männer und palavert Dorfpolitik; oder er begibt sich in die Farm und rodet, wenn es etwas zu roden gibt. Hat bei sich ein geflochtenes Körbchen mit ein paar Bananen und Erdnüssen darin. Die einzige Hauptmahlzeit gibt es erst am Abend.

Die Neuvermählte indes nimmt Korb und Hacke und wandert aufs Feld, es vorzubereiten für eine Frucht, die da wachsen soll. Vielleicht nimmt sie eine Kalebasse mit Wasser mit. Und hackt gebückt viele Stunden lang. Auf dem Weg zurück am späten Nachmittag liest sie unterwegs Reisig und Holzstückchen auf und trägt die Last nach Hause aufrecht auf dem Kopf. Dann macht sie wieder Feuer und fängt an, zu kochen, damit der Mann zu essen hat, wenn er nach Hause kommt. Und dazwischen ein Besuch, der kommt oder den sie macht in den Abendstunden. Und so Tag für Tag.

Und im Vergehen der Wochen harrt sie der Dinge, die nun mit ihr vorgehen sollen – der *res gestae* nicht der großen Feldherren und auch nicht der kleinen Dorfhäuptlinge, sondern des Höhlendunkels im Mutterschoß, in der Bewußtlosigkeit des Naturgeschehens, das sich in ihr vollzieht, ob sie will oder nicht. Natürlich will sie und ist stolz darauf, wenn sie endlich weiß, daß sie Mutter wird. Und während der Mann leichtfüßig seinen Beschäftigungen in alle Richtungen hinaus nachgeht, geht sie aufs Feld, so lange es geht, bleibt im engen Kreis von Haus und Dorf und fühlt sich ganz und gar nicht als gefangenes Haus- und Muttertier. Sie weiß, wie lebenswichtig sie ist und was alles von ihr abhängt. Wenn nur alles gut geht. Denn es steht unter diesen Umständen Leben auf dem Spiel, das eigene wie das neue. Der Sinn des Lebens liegt in der Leibhaftigkeit der Selbstverwirklichung. Durch sie als Mutter fließt die Quelle des Lebens. Die Quelle der Weisheit, die durch Bücher fließt, fließt anderswo und weit entfernt.

Unentbehrlicher als einer Frau der Mann ist einem Manne die Frau. Was nützt ihm ein Haus ohne eine Frau darin? Was nützen ihm Besitz an Land und Vieh und Waffen, wenn er keine Frau hat, die ihm Zukunft ermöglicht? Darum muß der Mann sein höchstes Gut erwerben mit großer Mühe und viel Geld; denn alles hat seinen Preis. Aber nein, der Brautpreis ist kein

Kaufpreis, wie man Vieh kauft. Ein Zeichen der Wertschätzung soll es sein. Der Mann muß etwas opfern, wenn er Rechte erwerben will von der Familie, die das Mädchen aufgezogen hat. Dem Mädchen wird Lebenssinn ermöglicht durch den Mann, der sie erwirbt. Im Grunde aber – im Grunde sind wichtig nur die Kinder, und der Mann ist Mittel zum Zweck. Was wäre eine Frau ohne Kinder? Eine gescheiterte Existenz. Eine Null eben – 'na empty one'. Mutter sein: es ist so selbstverständlich wie das Baumeln der schwarzen Schoten im Geäst der Krüppelbäume, wenn die roten Blütenrispen verblüht sind...

So sind die Denkbewegungen zurückgetrudelt in den Bannkreis des Gedichts – afrikanische Lebensphilosophie in Briefmarkenformat, einfach und erdnah. Erde zu Erde: weit über den Sinn einer christlichen Bestattungsformel hinaus ist es eine Daseinsformel. Die Liebesleidenschaft, als Naturtrieb von der Erde stammend, will das Natürliche und Irdische, nämlich vergehen und sich erfüllen in einem neuen Leben von der gleichen Erde. Solche Sehnsucht kommt von keinem andern Stern; sie ist weder selig noch sehnt sie sich nach 'höherer Begattung'. Einem erdnahen Realismus ist sie zugetan, der da weiß: es sind Kinder die einzige Möglichkeit des Triumphes über den Tod. Nur auf diese Weise läßt es sich leben und überleben, wie mühselig auch immer. Da bleiben keine überschüssigen Energien für den Luxus der Triebsublimierungen ins erotisch Raffinierte und Schöngeistige. Die erotische Poesie, die Muße hat, schöne Gefühle zu kultivieren, sie kann keine Wurzeln fassen in einer Erde, aus welcher sie nicht gewachsen ist. Und was sich an dergleichen von außen her einprägen will, das bleibt nicht. Es ist – Spur im Staub, die der Harmattan verweht.

Was bleibt, ist die autochthone Resignation zur Erde hin. Auf dieser Erde, zu der alle Kreatur zurückkehrt, erfüllt sich des Menschen Sinn und Bestimmung, indem er sich einfügt in den Rhythmus der Generationen. Die Erde *ist*. Sie ist die erste, letzte und einzige Wirklichkeit, die keinem Zweifel unterliegt. Absolut; von keiner Transzendenz bedingt. Das Leben ist ein Geschenk der Ahnen, die von der Erde her machtvoll wirken und die Liebesleidenschaft zur Nachkommenschaft verpflichten. Wenn die Leidenschaft nicht stirbt, so bleibt sie allein. Wenn sie aber stirbt, so trägt sie viel Frucht. – So wiederholt sich die alte Melodie von der ewigen Wiederkehr des Gleichen und immer Neuen, dessen das Leben nicht müde wird. Es wächst nach wie das grüne Gras in jeder Regenzeit, und blüht und stäubt und reift, bis es wieder zu Erde wird, davon es genommen ist.

Verstehen und Verständnis sind nicht Einverständnis.

Freilich gibt es weiße Frauen in Schwarzafrika, deren Einverständnis bis zur den Graswurzeln gehen kann. Sie bekommen nicht nur Kinder; sie bestellen auch ihr Feld mit der Hacke; ordnen sich in polygame Häuptlingshaushalte ein und schreiben dann ein Buch darüber. Dergleichen liegt hier fern. Fremd trotz allem Verständnis bleibt dem eigenen Lebensgefühl die pragmatische Weisheit eines Landes, das einen *amour-passion* zu wecken und zu beflügeln, aber nicht zu erwidern weiß. Es müßte sich denn ein handfester Nutzen damit verbinden. Und was wäre das für eine Liebe, die um materieller Vorteile willen liebt? Eine verzichtbare. Eine Leidenschaft, die sich ins Leere vergeudet; eine Blütenrispe, die blüht um des Blühens und des Duftes willen – wie nutzlos. Reifster Augenblick wäre die Erkenntnis einer schönen Täuschung und die Traurigkeit davon. Reifster Augenblick der Abschied von der romantischen Vorstellung, daß im Schweigen mehr als Gleichgültigkeit oder Scheu sich ausdrücken könnte. Daß wenigstens eine Ahnung – zu was Ende?

Was bleibt? Hinter dem Nsuni-Paß das Dorf, das abgelegene, ärmliche, kleine als Großsymbol eines Konglomerats von Sehnsucht und Vergeblichkeit und Etwas, das hinwegträgt über den Staub und hinauf zu den Sternen, wo Unverwelkliches blüht und ewig stäubt. Sternenstaub des Absoluten; des Schönen, Wahren und Guten. Die große metaphysische Idee des Abendlandes – eine Illusion?

III Brautgeschichten

Über die Berge rollt der Vollmond. Jede Kurve nimmt er mit; verschwindet, ist mal hier, mal da – eine große Honigmelone; ein blasiger Maisfladen, an den schwarzen Himmel geklatscht. Auf und ab hüpft er über die Berge, rechtsherum, linksherum, in gemäßigtem Trott und höher hinauf ins Gebirge. Vereinzelt an den Hängen flackern, von rötlichem Rauch umwölkt, die Grasfeuer der Trockenzeit. Schein und Widerschein wechseln mit dem torkelnden Mondgesicht im ungenauen Grau der Nacht. Das Taxi rumpelt im Geröll dahin.

Es kam spät; nur die Dunkelheit war pünktlich. Die Leute stiegen ein, gemächlich, die Fremde zu vorletzt, und irgendwann ist man auch losgefahren. Und wird irgendwann auch ankommen. Die einen werden endlich zu Hause sein; andere sich aufmachen, um weiterzuwandern in der wunderbaren Kühle vor Mitternacht, im Vollmondschein und nicht allein – 'Es zieht ein Mondenschatten als mein Gefährte mit...' Schon fängt das Träumen von neuem an und wird Melodie.

Eine Gruppe von jungen Leuten aus dem Dorf wird Na'anya empfangen am Bergsporn von Ubum; da, wo der Fußpfad anfängt. Einsam und alleine, wie es ihr am liebsten wäre, wird man einen Gast und Fremdling nicht durch die Nacht wandern lassen. Das Dorf weiß, wer kommt, und jemand muß die Reisetaschen tragen, vor allem die größere mit den Extras für drei Wochen. Außer dem Mondenschatten wird Na'anya ein paar rüstige Begleiter mit Kopflasten haben bergab über den Fluß und hinauf in die Berge von Mbe. Nach zwei Stunden Mühsal die glückliche Erschöpfung, erinnerlich von früheren Besuchen; ein kurzes Willkommen, spät in der Nacht; ein paar Dorfälteste, ein paar Matronen, und endlich Wasser. Wasser aus der Kraterquelle die Kehle hinab ohne Furcht vor Viren. Wasser gegen das Verstaubte, Verschwitzte und Verklebte. Und dann ein Bett.

Ein breites Bett unter offenem Gebälk, endlich Schlaf und nichts sonst. Und nichts umsonst. Umsonst ist nur der Wasserfall, der nutzlos in die Tiefe stürzt, an der Wegbiegung bei Wafanga...

Das Taxi rumpelt gemächlich dahin. Eingeklemmt ganz hinten in einem alten Peugeot sitzt die weiße Mitreisende zwischen der molligen Halbwüchsigen und der Mammie mit dem Kleinkind. Die mittlere Reihe teilt sich die ausladende Matrone, das kleine Mädchen zwischen den Knien, mit den beiden hageren Mannsgestalten. Vorn neben dem Fahrer zwei junge Burschen, die an der Tankstelle einstiegen, an der man noch lange zu warten hatte. Zwei Stunden kann die Nachtfahrt dauern. Der Mond war bald nach Anbruch der Dunkelheit da, als ständiger Begleiter zu allen Seiten. Er wechselt die Richtung, herüber und hinüber, ganz nach den Launen der Gebirgspiste, während das Vehikel langsam voranruckt. Wie eine Rappelwiege. Die meisten scheinen zu schlafen oder zu dösen. Das Schweigen ist dicht und wie warme Wolle; es engt nicht ein. Es polstert das Wageninnere mit wohliger Geborgenheit. Das macht freilich auch die tastende Bedachtsamkeit des Vehikels. Aber schlafen, auch nur dösen? Wie sollte es möglich sein in einer Nacht wie dieser, da die Entfernungen wachsen ohne Spuren im Geröll; und Denkspuren, die ein Gedicht hinterließ, sich tiefer in die Gehirnwindungen einzeichnen, indes andere Spuren sich zögernd verlieren im Seelengekröse...

Die Piste ist steinig, hier und da gesäumt von großen Felsblöcken; dazwischen fingert dürres Gestrüpp; sonst ist alles kahl ringsum, und die Schwärze der Nacht vermischt sich mit dem Mondlicht zu einem gleichgültigen Grau, das kaum einen Schatten wirft. Böschungen gibt es, aber keine Abgründe. Das Plateau steigt langsam an. Die Abgründe sind weiter weg – oben am Nachthimmel und innen desgleichen, in den verschiedenen Hohlräumen der organisierten Materie, die atmet und fühlt und Wärme ausdünstet. Draußen muß es schon recht kühl sein um diese Jahreszeit und hier oben, wenn die hohen Tagestemperaturen zur Nachttiefe abfallen.

Wie schmal macht die wohlige Enge. Noch schmaler als was der enge Kasack umfaßt. So geborgen und doch wie an den Rand des Daseins gedrückt; ein beinahe Nichts an Leibhaftigkeit zwischen der Molligen zur Rechten und der Mutter mit Kind zur Linken. Wer würde hier wohl als erste das Anrecht auf Leben aufgeben, wenn es ums Überleben ginge im Falle eines Unglücksfalles? Was freilich sollte Schlimmes passieren in einer Nacht wie dieser...

In einer Nacht, da der Mond an einem anderen Ort den Schatten des Vordaches auf die sandige Türschwelle wirft, darauf ein anderer Schatten lag, Mondnacht um Mondnacht, viele Monde lang, tiefviolett und wie durch Kristall hindurch gebrochen, ein amethystener Schatten und konzentrierter Rest von etwas, das bis an diese Schwelle gelangte, bis zu der verriegelten Tür vordrang, lautlos wie auf Flügeln der Fledermaus über Meer und Wüste, und wie ein Panther, dunkeltraumblau gefleckt, den ovalen Rasenplatz übersprang als letztes Hindernis vor dem blaßrosa Hause, das da einsam steht, umrankt vom dürren Geranke einer Passionsblume überm Fenstersims unter niederem Wellblechdach, und auf der Schwelle niedersank in den fahlen Sand, erschöpft vom Glück des Angekommenseins, und liegenblieb. Überschreiten wird die Schwelle – die nahe Zukunft. Das endliche Ende der Mühsal und der Qual. Eine Zukunft wie das warme, rundliche Fleisch zur Rechten, halb Kind noch, halb schon Weib, das weiß, was es will, nachts in der Bar oder abends in der Abendkühle...

Das wissen sie offenbar alle. Mary hat es vermutlich gewußt und sich davongemacht mit dem Kind. Mercy hat es ganz sicher gewußt und ihr Ziel erreicht auf andere Weise. Tana hat es am Ende auch gewußt und vielleicht sogar gemerkt, was los war und Spuren gesehen im Sand; vollmondnächtliche Spuren wie von etwas – nicht ganz Geheuerem. Einzig Suzanna hat in ihrer Unschuld vermutlich nicht gewußt, was auf sie zukam. Da fing es an, das düstere Schweigen, das mißtrauisch verdruckste und kopfschmerzenbehaftete Ausweichen, das lethargische Herumhängen bei nachlassenden Leistungen. Das war die eine, jahrelang hingezogene Geschichte. Und daneben alle die anderen, die auch nicht glücklich enden wollten. Und jetzt – die letzte? Weiß sie, was sie will, June mit den rosenholzfarbenen Zierblenden in der Abendkühle? Weiß, was er will, der, den es angeht?

May the torment end.

Begreiflich; auch ohne Examensgedicht. Das Siechtum, und wie lange schon. Die Mühsal des Brautpalavers nach alter Vätersitte. Die jahrelange Suche nach der Richtigen im Gestrüpp der Wirklichkeiten von heute, da die Ideale der guten alten Zeit irgendwo unterwegs auf der Strecke bleiben, seit der Fortschritt sich voranfrißt in *rapid social change* und auch die Bräute nicht unberührt läßt in jedem nur denkbaren Sinne. Ein Fortschritt, der mit Fragezeichen versieht, was einst selbstverständlich war. Schon lange fallen die Dinge auseinander, und man sagt: die Gesellschaft verändert sich. Ein bißchen zu schnell für manche, die da nicht mitkommen. Oder bewußt Widerstand leisten, und wunderliche Gestalten sind darunter. Knorrige Charaktere mit nahezu unmöglichem Profil. Mit den Bräuten kommen sie in Schwierigkeiten; denn sie suchen – eine von gestern. Eine richtige. Suchen und suchen, von einer Enttäuschung zur anderen, dieweilen das Land sich entwickelt – wohin?

Bald wird diese Piste zur Straße erweitert und asphaltiert sein und von Autowracks gesäumt wie die große Süd-Nord-Route. Bald, ach, allzu bald; und jedermann sehnt sich danach; und manche pochen darauf wie auf ein unabdingbares Recht. Verschulung, Verstädterung, Bürokratisierung, Industrialisierung und bald auch die Blechlawinen – unaufhaltsam. Nur wer schon alles hat und überhat, kann es sich leisten, nostalgisch zu werden. 'Wie war es doch im Land vordem / So ur-romantisch unbequem...' Es ist ja unbequem wahrhaftig noch immer, mitten im Schock und Schub nach vorn, wo eine Fata Morgana des Besseren lockt. Besser für wen? Um welchen Preis? Und wer hat ihn zu zahlen? Fragen mag man füglich: Was hat der Fortschritt den Frauen gebracht? Entbindungsstationen. Verringertes Risiko. Auch Schulbildung, die sie wegholt von Acker und Hacke. Es wird in sie investiert; denn der Brautpreis hält sich durch, und die Schule kostet Geld. Wer eine gebildete Frau erwirbt, zahlt mehr. Er hat eine Mitverdienerin erworben – oder eine Anspruchsvolle. Auf jeden Fall aber und vorbehaltlos: eine Mutter seiner Kinder. Seiner? Das ist nicht immer eindeutig. Denn Kind ist Kind. In dieser Hinsicht ist das Ideal intakt geblieben. Und im übrigen? Unabhängiger ist sie als Frau nicht geworden. Hatte sie früher nicht sogar bisweilen mehr Macht und Ansehen, weil sie es war, die das tägliche Brot produzierte und oft auch die Märkte beherrschte? Und heute? Es ist schwierig und zuweilen ganz verworren in diesen Zeiten des Übergangs. Was das Gedicht als ideal und richtig darstellt, das hält der Wirklichkeit nur noch selten stand. Mary, Mercy, Tana – vielleicht auch June. Eine Geschichte nach der anderen könnte das zeigen...

Geschichten für *African Writers*. Eine Fremde gehen sie eigentlich nichts an. Gehen sie Na'anya etwas an, weil sie lange genug im Lande war? Da läßt sich doch manches erfahren, zufällig und nebenbei. Manchmal mag es auch Einmischung gewesen sein, unter der Maske der Menschenfreundlichkeit. Denn wie die Dinge nun einmal lagen und liegen und sich verwirrten, da war Allzumenschliches involviert, und die Motive spalteten sich. Fremd freilich sind sie alle geblieben; nicht nur persönlich unbekannt wie Mary und Mercy; auch Suzanna aus der Nachbarschaft blieb fremd. Ein Wesen aus einer anderen Welt.

Vielleicht ließe trotz aller Vorbehalte manches sich nacherzählen. Brautgeschichten aus dem gelebten Leben als Gegengewicht zu den anspruchsvollen Idealen des Erde-zu-Erde-Gedichts. Erzählen aus einer Sicht, die trotz aller Distanz nicht gänzlich darüber schwebt. Wenn aber – wem und wozu? Der grauen Nacht? Dem torkelnden Mond? Der langsam voranruckenden Zeit, damit sie nicht leer vergeht.

*

Die Geschichte mit Mary – wie einfach wäre es, sie gänzlich zu erfinden. Typisch genug ist sie und verjährt auch. Zwölf Jahre ist es her. Und die Krise, merkwürdiger Zufall, fiel in eine Zeit, als weit weg anderswo eine andere Krise Gestalt annahm; so typisch anders und völlig vorbei am Sinn einer Vorbereitung für Afrika – 'Ich könnte auch noch die Sterne / Fassen in mir, so groß / Scheint mir mein Herz, so gerne / Ließ es ihn wieder los, / Den ich vielleicht...'

Nicht abschweifen. Die Mary-Krise hat offenbar symbolische neun Wochen gedauert, von Mitte Februar bis kurz vor Karfreitag im April. So lange immerhin brauchte ein Gewissenhafter, sich selbst und die Sache zu prüfen. Dann aber war der Entschluß reif. Reif und bitter; unnachsichtig. Nach solcher Enttäuschung – zwölf Jahre lang nichts. Fast unvorstellbar, in diesem Lande und überhaupt. Und daher wohl und deshalb.

Wie viel muß hinzuerfunden werden, um aus den wenigen Scherben das Ganze zusammenzusetzen, das damals zu Bruche ging? Nichts als drei, vier schriftliche Notizen, knapp, aber genau datiert. Über Besuche und Geldgeschenke, zwei Jahre lang; die Geburt des Kindes; der Entschluß. Der Name der Braut voll ausgeschrieben. Und im übrigen nur die Bemerkung im nachhinein, unterwegs am Straßenrande; an der breiten Biegung nach Mbam, wo die Taxis tanken und eine Streusiedlung liegt: hier habe Mary, ‚my former fiancé, eine Weile gelebt; da drüben habe sie eine Bar gehabt. ‚She was stubborn.' Das ist alles. Es genügt. Es ist nicht schwer, die Geschichte in groben Umrissen sich vorzustellen. Ganz prosaisch; trockenes Lokalkolorit und ein bißchen Soziologie. Was sich nicht vorstellen läßt und offen bleiben muß, sind die psychologischen Feinheiten. Das ist etwas für African Writers, die sich auskennen; nicht für eine dilettierende Fremde, die sich die Geschichte in Gedanken zu Faden schlägt, eingeklemmt zwischen Molly und Mammie in einem klapprigen Vehikel.

In einer Nacht, die durch Geröll und Vollmond rumpelt...

Mary also, die älteste der alten Geschichten. – Mary Em ist die Tochter eines angesehenen Mannes aus einem größeren Dorf, der nicht nur seine Söhne, sondern auch die Tochter zur höheren Schule schickt. Sie ist fünfzehn oder sechzehn und verlobt mit einem jungen Mann aus dem Nachbardorf. Ein braver Junge; aber arm. Für ihn konnte die Familie das höhere Schulgeld nicht aufbringen. Er hat sich irgendwie durchgeschlagen und auch angefangen, ein Häuschen zu bauen, eigenhändig und wie es sich gehört, wenn man heiraten will. Die Gegend ist ländlich; das Internat eine Tagesreise entfernt. Alles geht seinen richtigen Gang, fast zwei Jahre lang; vom Brautpalaver bis zu den seltenen Besuchen im Internat. Da bekommt Mary von ihrem Verlobten Geldgeschenke, damit sie sich Kleider kaufen kann. Mit siebzehn, je nachdem auch erst mit achtzehn, wird sie ihre Ausbildung abschließen, heiraten und vielleicht später eine gut bezahlte Anstellung finden. Eine lange Wartezeit; und wie muß man sich das Internatsleben vorstellen?

Früher waren die Mädchen mit sechzehn längst verheiratet und hatten schon das erste Kind. Jetzt drücken sie die Schulbank zusammen mit den jungen Burschen. Kann das gutgehen? Welche Sitten sollen gelten in diesen neuen Zeiten? Wie soll das Jungvolk, das da täglich hautnah beieinandersitzt, von einander Abstand halten? Die Maiden platzen aus den Nähten ihrer Schuluniformen; die Jünglinge sind angespannt auf der Pirsch und halten es nicht mehr aus. Die Lehrer haben andere Interessen als Moral zu predigen. Es würde vermutlich sowieso nicht viel nützen. Das Elefantengras am Rande des Schulhofs ist zu nahe; die Verlockung zu groß.

Mary, wie manch andere Schülerin, wird schwanger. Nicht von ihrem Verlobten, was ja immerhin denkbar und fast in Ordnung gewesen wäre. Nein; einfach so. Damals behielten die Mädchen ihre ungeborenen Kinder noch, obwohl man sie von der Schule verwies. Später, und das ist nun bis heute so, fingen sie an, abzutreiben, und manche sterben an den Kräuterabsuden. Mary also hatte ihr Zufallskind und mußte die Schule verlassen. Der Verlobte – er rang offenbar mit sich, neun Wochen lang. Dann löste er die Verlobung. Einer, der es mit den alten Idealen hält. Er will eine richtige Braut; zumindest nicht eine mit dem Kind eines anderen. Ist er nicht im Recht? War es einsame Entscheidung, auf Mary zu verzichten? Hat die Familie ihn unter Druck gesetzt? War Liebe mit im Spiel und bittere Enttäuschung oder nur gekränkter Besitzerstolz? Und Mary? Was bewog sie dazu, mit irgend einem Schulkameraden ins Elefantengras zu gehen? Die schiere Ahnungslosigkeit? Die Ungeduld? Die Neugier? Die Unlust, sich ausschließlich an den einen Mann zu binden? Mit höherer Schule und ehrbarer Ehe ist's nun vorbei. Aber sie hat ein gesundes Kind. Das nimmt sie ernst. Das ist wichtiger als der Mann, der sie nun nicht mehr will. Den sie betrogen hat mit einem anderen. Dieser Andere scheint in solchen Fällen völlig nebensächlich zu sein. Der Kindesvater existiert einfach nicht.

Mary wäre nun also eine 'Gefallene'. Mit ihrem Kind und ihrer angekratzten Ehre zieht sie in den Marktflecken an der Durchgangsstraße; an der Biegung nach Mbam. Vielleicht hatte sie da entfernte Verwandte. Sie erwirbt ein Stück Ackerland und bringt sich und das Kind irgendwie durch. Es gibt Männer, die ihr gefallen und denen sie gefällt. Da gibt es Geld und Hilfeleistungen. Vielleicht hat sie mit dem einen oder anderen eine Zeitlang und versuchsweise zusammengelebt. Bis sie ihn oder er sie fortjagte. Eine Eigensinnige. Eine Bar hat sie aufgemacht; da mußte sie ein Holzhäuschen haben. Da war sie Frau Wirtin; und hat sich vermutlich noch zwei oder drei Kinder dazu 'geleistet' von verschiedenen Vätern. Von keinem läßt sie sich sagen, was sie tun oder lassen soll. Wenn sie alt ist, werden ihre Kinder für sie sorgen. Ob sie noch immer dort wohnt, an der Biegung nach Mbam – ?

Mary, eine 'verlorene Tochter'? Für Moralisten vielleicht. Ob sie darüber lachen würde, Mary, das eigenwillige, das starke, das unabhängige Weib? Große Mutter und Hetäre. Oder wäre das feministische Romantik als bunter Schleier über dem grauen Elend der Freiheit? Freiheit als Anrüchigkeit – eine 'freie Frau' ist eine Hure. Und was braucht eine Frau, um in solcher Freiheit zu bestehen hierzulande? Ein Stück Acker, ein Häuschen und vor allem: Kinder. Dazu eine gute Gesundheit und Selbstvertrauen. Mary, die Mutter ihrer Kinder ohne angeheirateten Vater: ein matriarchales Ideal? Ein Fragezeichen.

Und das alles, weil einer den Entschluß faßte, so eine nicht zu heiraten. Und so eine Geschichte herausgesponnen aus dem Wortkargen und dem, was viele Jahre später nachlässig und offenbar völlig vergessen herumlag zwischen alten verschimmelten Schulbüchern und zerfledderten Heften. Die Vergangenheit, angefressen von Ratten und Kokrotschen, fand sich in einem wackeligen Regal in einer Schlafkammer, einem Gast zur Verfügung gestellt. Und Na'anya, die Ehrenwerte, umherreisend in der Gegend und ein paar Tage zu Besuch, liegt da eines hellichten Tages bäuchlings quer über dem Bett auf pantherfellgefleckter Acryldecke über lindgrünen Leintüchern, vor sich den Wust von Schulheften und anderen vergammelten Papierprodukten, und blättert sich durch die Langeweile des Wartens auf ein Mittagessen und durch fromme Sprüche für jeden Tag, sieben auf jeder Seite. Und findet hier und da eine handschriftliche Notiz, kaum eines flüchtigen Interesses wert, Bangloses oder Unverständliches. Dann aber auch Persönlicheres, das rührend wirkt und Vertrauen erweckt in die Charakterfestigkeit eines ärmlich lebenden jungen Menschen mit christlichen Idealen und dem Willen, emporzukommen auf rechtlichen Wegen. Ansätze, tastende Versuche zu etwas wie einem Tagebuch? Kaum. Es läge sonst nicht so offen herum. Und Na'anya liegt lesend mit gutem Gewissen auf dem Bauche und blättert und reimt sich schließlich die Geschichte mit Mary zusammen aus knappen Notizen und noch knapperen Bemerkungen, die später einmal während einer Fahrpause an den Wegrand fallen. An der breiten Biegung nach Mbam.

Und wie weit mag es noch sein bis zur Biegung nach Wafanga? Ein Wasserfall ist ein erhebender Anblick bei Tag und für Leute mit Kamera, die sich, selten genug, in diese Gegend verirren. Wie anders mag es in die Tiefe stürzen bei Nacht und im Mondenschein, wenn niemand am geländerlosen Absturz steht?

Rauschende weiße Wasser stäubend über Felsgestein hinab in eine Schlucht, sie ziehen anders in die Tiefe als das graue Meer im Julirieselregen...

*

Die Geschichte mit Mercy und das Abenteuer Ngonekang: das eine nicht ohne das andere. Wo Mercy nicht hin wollte, da wollte Na'anya – den Unglücklichen, den Sitzengelassenen wenigstens besuchen am Ende der Welt. Und so setzte sie, abzweigend vom Weg zum Flughafen und in den Heimaturlaub; sie setzte, begleitet immerhin von einem gutwilligen Ehemann und nicht allein, setzte sie den Fuß mutig vom festen Lande in den Einbaum, der da auf dem Wasser schaukelte. Sie stieg mit beiden Beinen und weichen Knien in einen ausgehöhlten Baumstamm mit Außenbordmotor und beladen mit Cocoyams, Bier und Passagieren. Dann brauste das aus dem kleinen Hafen und durch die mäßige Brandung hinaus aufs graue Meer. Das war der Atlantik. Ein majestätisches Wort, das mit seiner Bodenlosigkeit den weiten Horizont erfüllt und die landverhaftete Seele mit Schaudern. So naß, so grau, so unbegrenzt...

Und das Boot, mit weitem Abstand von der Brandung, begann gemütlich zu tuckern und tuckerte ungemütlich lange Stunden der Küste entlang Richtung Ngonekang. So viel Wasser, so wenig Holz. Und so wenig schwimmen können wie der Unglückliche aus dem Grasland... Ach, zehnmal lieber Geröll und Schlaglöcher; hundertmal lieber das stundenlange Gezockel durch die mondverschwommene Nacht, als das bordnah schwappende Nichts-als-Wasser; die bodenlos naßgraue Nähe der endlosen Wasserfläche mit der Küste als dünn zerfasertem Strich hinter dem Regengestrichel. Und wie langsam es sich vorwärts bewegt. Wieder das Atemanhalten, wie auf der großen Asphaltstraße; diesmal, weil der Sog der Tiefe so unheimlich bremst... Eine Ewigkeit bis Ngonekang, und das alles, weil eine Braut es sich anders überlegte und Nein sagte, als es so weit war.

Die Geschichte ist auch schon zehn Jahre her und nicht weniger typisch für Bräute hierzulande. Wiederum gibt es nur wenige Andeutungen; alles übrige läßt sich unschwer ausmalen. Mercy – ebenfalls Tochter aus besserem Hause; ebenfalls höhere Schule. Aber sie, anders als Mary, weiß, was sie ganz gewiß nicht will: ein uneheliches Kind. Vermutlich nicht aus moralischer Überzeugung, sondern aus kluger Berechnung; denn in besseren Kreisen wird der Wert der Braut weiterhin am Ideal der Jungfräulichkeit gemessen. Mercy will offenbar hoch hinaus. Die Promiskuität an der Schule, das wahllos-wilde Durcheinandersexen, wird ihr nicht zur Versuchung. Sie träumt von *high life* in der großen Stadt und an der Seite eines Prestigegatten. Mercy liegt auf der Lauer nach einer *golden opportunity*, die sich in Gestalt eines höheren Beamten durchaus in ihr Provinznest verirren könnte.

Trotzdem hat sie eingewilligt in die Verlobung mit einem Stammesgenossen, der unten im Waldland auf einen Beruf zu studiert, der zwar Prestige, aber nur lächerlich wenig Geld einbringen wird. Sie taktiert. Sollte sich die erhoffte Taube nicht blicken lassen, will sie wenigstens den Spatz in der Hand haben. Der Spatz ist ein nicht unansehnlicher Jüngling von spröder Intelligenz; introvertiert, abstrakt, etwas bockig und mit eigener Meinung. Etwas nicht Alltägliches, das Na'anya imponiert. Und die Zeit vergeht; zwei, drei, vier Jahre. Alle gehen zur höheren Schule; Mercy auch. Sie will ihr Abschlußexamen gut bestehen. Und Zeit gewinnen.

Dann ist es aber eines Tages so weit. Beide haben ihr Examen bestanden und man könnte heiraten. Der Verlobte drängt darauf; verständlich. Auf welche Weise hätte Mercy sich wohl herausgewunden, wenn ihr nicht zugefallen wäre, was schon manche Braut zum Anlaß genommen hat, Nein zu sagen? Vom sehr gut bestandenen Examen weg wird der Verlobte nicht in die Stadt versetzt, nach welcher Mercy sich sehnt, sondern in das letzte Kaff am Ende der Welt: in die Mangrovensümpfe am Meer. Da, wo es nach Brackwasser und krepierten Fischen stinkt; wo Ratten, Schmuggler und Wasserpolizei durcheinanderwimmeln und der Alkohol in Strömen fließt. Dahin also? 'Nein', sagt Mercy unbarmherzig. Ohne mich. Und löst die Verlobung.

Vermutlich war ihre Familie einverstanden. So etwas ist wirklich nichts für eine Tochter mit höherer Schulbildung. Und der versetzte Bräutigam, was will er machen? Folgt er der Weisung seiner Vorgesetzten nicht, wird man ihn entlassen. Beziehungen hat er keine. Er muß es hinnehmen wie ein Verhängnis. Liebte er Mercy oder brauchte er nur eine Frau? Hat er gelitten oder war's ihm am Ende gleichgültig? ‚Besser jetzt als später', soll er gesagt haben, mit einem Anflug von Stoizismus. Und zog ab in die Mangrovensümpfe von Ngonekang, wohin Na'anya ihm eines Tages nachzog, mitleidvoll. Denn der Ärmste war zweifelsohne unglücklich. Er klagte; er fühlte sich verlassen und verbannt. Wie hätte Na'anya kein Herz haben sollen? Sie faßte sich eins und wagte sich aufs Meer...

Und Mercy? Mercy – so ließe sich ihre weitere Karriere ausspinnen – Mercy findet durch Beziehungen einen der begehrten Sekretärinnenjobs. Sie spielt die Unnahbare; wobei 'unnahbar' einen gewissen Seltenheitswert hat. Und eines Tages ist es wirklich so weit: der Traummann erscheint, unbeweibt. Mercy setzt Charme und Tugenden gezielt ein und schafft es. Der Umworbene will sie, und die Familie hat nichts gegen den Stammesfremden. Er wird eines Tages in die Hauptstadt ziehen; vielleicht sogar ein paar Jahre in diplomatischen Diensten im Ausland verbringen; samt Gattin und Kindern selbstverständlich. Mercy wird das Leben einer großen Dame führen. Die Ehe, die gesellschaftliche Stellung des Mannes macht's möglich. Auf Liebe kommt es dabei nicht an. Aber treu wird sie ihm bleiben aus kluger Rücksicht selbst dann noch, wenn es ihm einfallen sollte, eine Geliebte oder eine zweite Frau zu nehmen; denn Polygamie ist gesetzlich gestattet in diesem Lande. Für Mercy ist die Ehe eine Sache des Sozialprestiges, und warum nicht. Es hat gute Tradition. Es ist vernünftig. Es ist ein Vorteil für die Kinder und auf der ganzen Linie. Auf Parkett und Teppichboden spielen oder wenigstens auf Linoleum ist hygienischer als in Schmutz und Staub und auf nacktem Lehmboden mit Hühnern, Hunden und Ziegen die Kindheit zu verbringen. Da mag der abgeschobene Verlobte sehen, wo er bleibt. Er hat ein Pech gehabt, das so selten gar nicht ist. Mercy aber hat von Anfang an gewußt, was sie wollte, und die Familie ist stolz auf die erfolgreiche Tochter.

So könnte es gewesen sein.

Und so kam es, daß Na'anya, die nicht schwimmen kann und Angst hat vor dem Wasser, sich hinauswagte aufs Meer und in die Mangrovensümpfe... Wunderliche Welt. Wunderliche Gemütszustände, und selten so wohlig geborgen wie in dieser Nacht im Taxi, auf dem festen, gerölligen Boden eines Hochplateaus in der Savanne – wo? Wann kommt der Wasserfall von Wafanga? Verknüpft für immer mit der ersten Reise nach Mbe, als der Abgrund so nahe schien am hellen Mittage und die Geschichte mit Suzanna das Unglück verdoppelte..

*

Die Geschichte mit Suzanna. – Ach, wie soll ihres Unglücks gedacht, wie soll eine Unglückliche gepriesen und beklagt werden in einem hohen Lied der Tugend und der Treue? Schwarze Lilie von Wube Kaburi – die große Liebe, die große Tragödie. Da ist nun gar nichts zu erfinden oder auszuspinnen. Es wurde miterlebt aus nächster Nähe; und die sich da eingemischt hat, die Fremde, die Nachbarin, wollte es glauben und auch wiederum nicht wahrhaben – daß es dergleichen geben könne hierzulande. So heloisenhaft; so sittenstreng, so vorromantisch...

Großes Pathos? Empathie? Eine verwickelte Geschichte, auch bei aller Vereinfachung. – Suzanna ist die Tochter eines armen Mannes, der Palmwein zapft und sonst nicht viel taugt. Die Mutter rackert sich ab in der Farm und auf dem Markt, damit wenigstens die älteste Tochter die höhere Schule besuchen kann. Suzanna ist nicht sonderlich begabt, müht sich redlich der Mutter zuliebe; bleibt sitzen; macht weiter; wird älter als üblich auf der Schulbank, ein tugendhaftes Mädchen aus Überzeugung, nicht aus Berechnung, wie man im nachhinein wohl sagen kann. Damit ist sie eine Ausnahme an der großen Schule, wo, wie überall, Promiskuität zum Schüleralltag gehört.

Warum ist Suzanna nicht längst verlobt, fragt sich mancher. Fragt sich auch die weiße Frau im Campus, der die Geschichte so merkwürdig nahegeht. Suzanna wohnte in der Nachbarschaft; ein scheues Wesen ohne üppige Reize; so untypisch. Außerdem ist sie fromm und singt in einer frommen Jugendgruppe mit statt tanzen zu gehen. Will sie denn keiner? Arme, tugendhafte Suzanna.

In das große Dorf, das ländlich vor sich hindöst, wird ein Lehrersmann versetzt; einer für die Primarschule, für die Kleinen also und daher ein 'kleiner' Lehrer. Einer von der braven und schwerfälligen Art. Gesetzten Alters, ja eigentlich schon überaltert; um die dreißig und noch unverheiratet. Er kommt; die Kinder lieben, die Kollegen schätzen ihn; Achtung erwirbt er sich allenthalben durch Besonnenheit und Hilfsbereitschaft. Er hat auch mit der Jugendgruppe zu tun und trifft dort Suzanna.

Das Mädchen beginnt bald darauf zu kränkeln... Man schickt sie ins Krankenhaus; es läßt sich nichts feststellen. Die weiße Frau aus der Nachbarschaft kümmert sich ein wenig um sie; 'irgendwie' interessiert sie der Fall. Es dauert nämlich nicht lange, da wird auch der kleine Lehrer krank. Das geht Na'anya im Grunde auch nichts an; aber die Sitte erfordert es, daß man Kranke besucht, ob es ihrem Zustande zuträglich ist oder nicht. Die Sache zieht sich hin; mal ist die eine krank und mal der andere, mal alle beide zur gleichen Zeit. Und das geht zwei, drei Jahre so und ohne medizinische Diagnose. Das ist doch höchst merkwürdig. Man wird doch nicht von nichts auf solch undurchsichtige Weise krank. Suzanna wird die Schule nicht mehr schaffen. Sie muß auch bereits vierundzwanzig sein – ein unmögliches Alter.

Da wird es der Honoratiorin an einem Abend im November mit verhaltener Stimme und stockend kundgetan, das Geheimnis. Etwas, was offenbar alle wissen, nur die Almosen spendende Fremde nicht: Suzanna ist seit vielen Jahren verlobt. Sie ist verlobt mit einem Stammesgenossen, der, ein ehrenwerter junger Mann, in einer anderen Provinz seinem Beruf nachgeht und sich darauf verläßt, daß Suzanna in der Obhut ihrer Mutter und beschäftigt mit der Schule ihrem Eheversprechen treu bleibt. Das Brautpalaver ist nach guter alter Sitte abgeschlossen. Nach dem Examen soll geheiratet werden. Ein Examen aber ist nicht in Sicht.

Da ist nun alles klar. Auch wenn sich im einzelnen nichts beweisen läßt. Aber wer eine Schwäche und ein Gespür hat für unglückliche Liebe... Und plötzlich ist auch das Bild wieder da, und das Fragezeichen darüber: Was haben denn die zwei da zu palavern? ist weg. Das Bild, flüchtig und aus einiger Entfernung über die Hibiskushecke hinweg wahrgenommen, erfüllt sich mit Sinn. Die kleine Szene auf den Stufen vor der Kirche, nach dem sonntäglichen Gottesdienst: Suzanna, die Hände hinter dem Rücken, an einen Stützpfeiler des Vordaches gelehnt, Kopf und Augen gesenkt, und vor ihr, zwei Stufen oder drei tiefer, der kleine Lehrer, zu ihr aufblickend. In aller Öffentlichkeit auf dem großen Platz und auf den Stufen des Gotteshauses. Jeder, der wollte, konnte es sehen.

Der kleine Lehrer, ahnungslos, muß irgendwann angefangen haben, um Suzanna zu werben. An diesem Sonntag, dort auf den Kirchenstufen, hat er sie gefragt (und die weiße Frau war – sie war neugierig genug, nachzufragen) – ‚I asked her a certain question'. Suzanna sagte ihm, wie die Dinge stehen: ich bin vergeben. Da war es schon zu spät. Für beide. Eine traurige Geschichte, die nachgehen kann. Bis zum Wasserfall von Wafanga. Genügt nicht ein Minimum an Phantasie und Einfühlung, um sich so etwas zu eigen zu machen?

Dann kommt das Bohren in der Frage: gibt es so etwas wirklich, hier, in dieser von Realismus und Pragmatismus auf Grundtatsachen und Nützlichkeiten festgelegten Mentalität – kann es das geben: die Tragödie der selbstlosen Liebe, die nichts will, als dem Geliebten, der Geliebten, auf dem dornigen Pfade der Tugend zurechthelfen? Corneille in Afrika? Rousseau? Es muß grausam gewesen sein und zum beinahe Verzweifeln. Endlich eine, die in wortlos-reinem Leiden seine Liebe zu erwidern weiß; die den gleichen alten Idealen nachstrebt; die ihm überall hin folgen würde, in die dürre Felsensteppe hoch im Norden oder in die Mangrovensümpfe unten am Atlantik. Die ihn nehmen würde ohne Berechnungen – da ist der Riegel eines bereits gegebenen Wortes vor und läßt sich nicht zurückschieben, ohne Ideale zu zerbrechen. Suzanna könnte ihr Versprechen zurücknehmen; aber der, welcher sie liebt, wird sie in der Tugend der Treue bestärken. Er wird einem anderen Manne die Braut nicht nehmen. Er wird nicht tun, was man ihm getan. Und krank werden von solch strenger Tugendübung...

Die Weiße, die Nachbarin, Na'anya, die sich viel Mühe gemacht hat mit der kranken Suzanna, wird geladen zur Hochzeit, die eines Tages stattfindet ohne Schulabschluß. Der kleine Lehrer wird auch geladen. Er läßt sich entschuldigen: er sei krank. Kein Kraut ist gewachsen gegen diese Krankheit... Darüber läßt sich im Dahinwandern lange nachdenken, an einem heißen Dezembertage, vorbei an fahlgrauem Elefantengras und einer namenlosen Staude, die da purpurblau am Wegrande verblüht ist, in den staubdürren Felder von Wube Kaburi. Die Hochzeitsgäste streben schweigend dem Hochzeitsgehöft zu. Sie pilgern dahin unter der Glut der steigenden Sonne. – Dann, in dem Lehmkirchlein, die Braut: langes weißes Kleid und Schleier; weiße Handschuhe bis zu den Ellenbogen; und im Arm ein ungefüger Strauß aus Blättern und Gräsern –

– weh mir, wo nehm ich, wenn es also glüht, die Blumen und wo den Schatten eines Trostes... Um diese Jahreszeit gibt es weder das eine noch das andere – Schatten, der kühl genug wäre und ein Trost. Es gibt nur die Nächte, die kalt sind und wo ohne Mond und Stern alles in trostlosem Dunkel versinkt...

Steif sitzt die Braut da und sehr ernst. Nicht der leiseste Schimmer eines Lächelns. Ernst auch der Bräutigam, ein sympathischer junger Mann, dem es irgendwann dämmerte, daß ein anderer verzichten mußte. Das läßt sich schließen aus dem verschlüsselt-verschnörkelten Denkspruch der gedruckten Einladung. Glück hat er gehabt, der Bräutigam. Die Braut aber, wem gehört sie nun, eigentlich und wirklich? Wessen wahre Braut ist sie? So kann vermutlich nur fragen, wer seine Wurzeln nicht in dieser Erde hat. Eine Fremde, die zwar lange Jahre im Lande war, aber nun, nur noch besuchsweise umherreisend, Staub und Probleme aufrührt und gleichzeitig darüberschwebt.

Während die Zeremonie abgewickelt wird und die beiden endgültig aneinandergekettet werden, schweifen die Gedanken ab und hinüber zu dem anderen, der zwanzig Kilometer entfernt krank in seinem Häuschen liegt, das seit langem auf eine Frau wartet und darüber schon wieder zu bröckeln beginnt. Und eine stellvertretende Qual sickert durch – mit dem Schweiß, der ausbricht in der stickigen Backsteinenge im Gedränge der Gäste – zu viel Einfühlung tut nicht gut. Und es wäre schwer zu sagen, wessen Leiden mehr zu Gemüte schlägt – ob das Leiden der Braut, die ein mögliches Glück endgültig zu Grabe trägt; in eine Ehe, die überschattet bleiben wird vom Sieg der Tugend. Oder soll eine Fremde, die sich eingemischt hat, als sei's aus Menschenfreundlichkeit; soll sie sympathisieren mit dem Leiden dessen, der diese Braut auf dem Wege der Tugend bestärkt hat und den sie auch um dieses Verzichts willen liebt?

So liebt es sich über den Abgrund der Unmöglichkeiten hinweg. Und ein dorniges Kränzlein von unbeantwortbaren Fragen rankt sich um die Geschichte. Suzanna, eine Braut, die in zwei Teile zerfällt, in Liebe und Tugend? Eine falsche Braut? Ein am Traualtar betrogener Bräutigam, dem der Körper zwar gehören wird, aber nicht das Herz? Es läßt sich Liebe doch nicht erzwingen; aber wer fragt nach solcher Liebe? Vermutlich niemand. Vermutlich macht nur eine Fremde sich solche Gedanken, wühlend in Gefühlen der Vergeblichkeit, als wären es die eigenen... Unter den Festgästen sitzt sie danach im Hochzeitsgehöft, trinkt eine warme Limonade und macht ein bißchen Konversation. Und weiß nicht, was sie der Braut zum Abschied sagen soll...

...eigentlich und im Grunde, arme Suzanna, darfst du ein bißchen glücklich sein, obwohl alles so traurig ist, für dich. Es bleibt dir etwas Schönes für immer: einer hat dich geliebt um deiner selbst, um deiner Tugend willen. Nicht, um endlich eine Frau im Haus zu haben, die ihm Essen, Kinder und Sozialprestige schafft. Einer, der auf dich verzichtet hat, weil er dich liebt. Einer, der vielleicht ahnt, daß er einer Frau wie dir nie mehr begegnen wird. Beneidenswerte Suzanna, die du von dergleichen Gedankenlandschaften im Hintergrunde, von ihren Gründen und Abgründen nichts weißt...

Das war die Geschichte mit Suzanna.

Wie weiter? Die Nachtgedanken müssen sich erst einmal losreißen. Nicht hängen bleiben im Gestrüpp eines Mitgefühls, das zwiespältig bleibt wie es war – von Anbeginn. Dann wieder ein Gedankensprung nach vorn: der Wasserfall von Wafanga, wo ist er? Wo bleibt er? Irgendwo linker Hand hinter einer Mauer von Gestrüpp und Felsgestein, wo die Piste scharf nach rechts biegt, wie erschreckt von dem großen verborgenen Rauschen – da müßte er doch wenigstens zu hören sein in der Stille der Nacht und die Geräusche des Taxis übertönen. Und das Rauschen der stürzenden Wasser müßte – es müßte ins Gefühl zurückrufen die Bestürzung, die vormals da vorüberfuhr, auf dem Rückweg der ersten Reise nach Mbe...

*

Das ist die Geschichte mit Tana. – Das große Tanzfest. Die Hitze. Das plötzliche Flimmern vor Augen, das Rauschen im Kopf, die Nacht in Mah und der merkwürdige Malariaanfall danach. Noch eine gescheiterte Brautsuche; zur Abwechslung ohne langen Brautroman. War die Braut nicht fast ein Zufall? Ein schmerzlicher Zwischenfall. Abrupt und wie panikartig folgte die Geschichte auf das Unglück mit Suzanna.

Die große Liebe war von einem anderen Stamm gewesen. Nach den alten Idealen muß die richtige Braut zu finden sein im eigenen Stamm, und die Familie muß behilflich sein, sie zu finden und zu erwerben.Vor allem dann, wenn der Kandidat schon in vorgerücktem Alter ist und noch immer zögert. Da muß von der Großfamilie nachgeholfen werden.

Hilft solche Nachhilfe? Die Mädchen von heute, sind sie nicht, mit so raren Ausnahmen wie Suzanna, ein Risiko und ein Problem? Man meint, man habe sie erworben auf rechtliche Weise; man meint, man habe ihr Wort zu allem Brautpalaver hinzu, und nun könne man sie sich zurechtbiegen und erziehen, vor allem, wenn sie noch so jung sind – da entwischen sie doch noch im letzten Augenblick, und alle Mühe, alle kostbare Zeit, das ganze Theater bis hin zu so etwas wie einer öffentlichen Brautschau – war wieder einmal umsonst.

Eine Brautschau, wenn es denn eine war, läßt sich verbinden mit einem großen Tanzfest zu Ehren von Gästen, die zum ersten Male in die entlegenen Berge heraufgestiegen sind. Das ganze Dorf versammelt sich im Häuptlingsgehöft. Der ältliche Häuptling, in bunt gesticktem Staatsgewande, eine schwarzweiße Igelmütze auf dem Kopf, auf den Knien ein krummes Zeremonialschwert, sitzt, umgeben von alten Mannen, einer Art Ältestenrat, unter dem Vordach des Häuptlingsgehöftes. Unter einem besonderen Schattendach sitzen die Gäste und ein zweisprachiger Sohn des Dorfes, der ihnen hin und wieder etwas erklärt. Dann fängt das Tanzfest an, nachmittags um drei, und dauert. Die Sonne brennt, die Musikinstrumente lärmen, der Staub wirbelt: die verschiedenen Gruppen tanzen eine nach der anderen ihre Gruppentänze. Stundenlang...

Schließlich, gegen Abend, als Höhepunkt der Vorführungen, die Altersgruppe der heiratsfähigen Mädchen. Die 'Mannbaren' tanzen. Die jungen Männer, um die es geht, verstecken sich wohl irgendwo unter den Zuschauern. Etwa zehn Mädchen tanzen; zögernd erst, dann schneller, immer wilder, und eine große Wolke aus rötlichem Sand hüllt sie ein. Zwanzig federnde, stampfende, wirbelnde Füße, nackt zum Rhythmus der Trommeln und Rasseln der Kalebassen; allen voran und am wildesten die Vortänzerin: im Bersten begriffen, saftstrotzend, eine pralle Schöne, sechzehnjährig, die prachtvoll erblüht in einer Wolke aus dampfender Lebenslust. Barhäuptig, mit dichtem Wuschelhaar. Die Tradition hätte nichts erfordert als ein Lendentuch, knielang. Auf daß man sehe: geschaffen für Männerhände und Kindermünder – Brüste wie Papaya, wie nahrhafte Jams, zum Spielen und Stillen geeignet wunderbar. Diese hüpfende Zwillingslust hat fremde Prüderie in schwarze Büstenhalter gezwängt. Wenigstens nicht in lachsfarbene, denkt es auf der Bank der Ehrengäste; denn da sitzt Na'anya zur Rechten des Interpreten. Der ist auf einmal so gut wie stumm. Und es ist mühsam, zu begreifen, was da vor sich geht.

Und es dauert. Und es nimmt kein Ende. Das Stampfen und Strampeln; das reihenweise Vor- und Zurückschnellen, Sich-Ducken und Emporstraffen schweißglänzender Mädchenkörper. Gesichter wie Masken, ohne Bewußtsein. Nichts als Hingabe und Hörigkeit, dem Rhythmus der Trommel gehorchend. Geballte Lebenskraft, totale Verausgabung. Und eine Fremde sitzt und sucht nach einem Begriff, mit dem das Verschwenderische, der Lebenstaumel, die Erschöpfungslust sich fassen und begreifen ließen – vergeblich. Da versucht sie sich vorzustellen einen Dorfältesten und was er den Brautschauenden zu sagen hätte, wenn nicht alles so selbstverständlich wäre, daß Reden überflüssig sind.

'Seht her, ihr jungen Männer. Ihr Unbeweibten. Wieder ist eine Handvoll, ein starkes Bündel junger Mädchen herangereift. Mit dieser Handvoll läßt sich dem Tode trotzen. Damit läßt sich von neuem ein Stück Leben gewinnen. Seht her, ihr, die es angeht! Entschließt euch! Nehmt die Mühen des Brautpalavers auf euch. Geht den Weg der Väter und des rechtmäßigen Brauterwerbs zu Ehren des Dorfes und der Ahnen. Und dann feiert das Fest, holt sie in euer Haus, das noch leer steht; schwängert sie und tut eure Pflicht, damit das Dorf lebe und nicht sterbe. Warum zögert ihr; warum wartet ihr so lange zu – du vor allem! Überreif. Vermehrt aufs Zehnfache könntest du schon sein. Pack endlich zu! Worauf wartest du noch?'

Worauf und dann – und dann das Unbegreifliche. Es stemmt sich empor gegen die Erdenschwere, erhebt sich wie gegen massiven Widerstand. Steht in voller Größe, samt Bauch und barhäuptig; steht im Angesicht aller ringsum, und nach einem letzten Zögern – Zögern, warum? – wenige vorsichtig abgezirkelte Tanzbewegungen. Füße nackt und bloß und wie aus dunklem Urschlamm gezogen, zeichnen träge Spuren in den hellen Sand, und eine plötzliche Fremdheit schaudert auf, ein Windstoß, der zwei Kontinente auseinandertreibt. Eine, die Begriffe sucht, begreift überhaupt nichts mehr.

Was sich da langsam wieder niederläßt auf die Bank der Ehrengäste und alles ringsum – das Tanzen, die Leute, der Sand und die sinkende Sonne – es beginnt, sich zu drehen. Eine siebenfache Unwirklichkeit; ein Rauschen in den Ohren, ein Flimmern vor den Augen. Angespannte Höflichkeiten; Stokkendes; Verknäultes, heiß und kalt und feucht. Wie ein unerwartetes Fieber. Indes die Mädchen tanzen, tanzen, tanzen...

In Wirklichkeit – nicht ganz so. Es war schon alles, Tanzfest und Reden, vorbei und Nacht. Man saß im Hause des Gastgebers bei Buschlampenlicht. Mehr Schatten als Licht. Man trank ein Bier und redete dies und das, zu dritt. Da trat das Mädchen, die Vortänzerin, herein und wurde vorgestellt – als Braut. Da erst hakte es aus. Ja, gut und glücklicherweise, es wurde aufgefangen und abgebogen. Allenfalls eine Spur von Peinlichkeit. Aber etwas vom Unterwarteten fiel in den Sand vor der Schwelle, und blieb da liegen. Und am nächsten Morgen lag es hingetropft, wie Tau vom abnehmenden Monde herab. Dann der Abstieg gegen Mittag, ganz verschleiert und 'wie aus der Welt'; die Nacht in Mah, in dem alten, verlassenen Gästehaus, zu dritt. Am nächsten Morgen die rote Amaryllis am Fuße des Bumabaums, und eine blasse, mühsam akklimatisierte Rose, an die eine Verstörte sich klammerte auf dem Rückweg, vorüber am Wasserfall von Wafanga.

Tana hieß sie oder so ähnlich, und die Richtige wäre sie gewesen, so weit sich das von den Normen der Tradition her beurteilen läßt. Zugesagt hatte sie nach einigem Hin und Her und schließlich doch. Aber auch diese Schöne hatte schließlich keine Lust zur ehrbaren Ehefrau, und das Ideal hatte wiederum das Nachsehen. – Wie es kam? Na'anya, wiedergenesen von dem merkwürdigen Fieberanfall, hat keine Nachforschungen angestellt. Eines Tages klopfte es an die Tür des Arbeitskabinetts und die Nachricht kam ohne Umschweife herein: ‚Tana is pregnant.' ‚By you?' ‚No.' Das war alles.

Alles übrige ist allbekannt. Die Koedukation ist eine Falle für die Mädchen. Früher hatten sie keine Wahl und es gab kaum Versuchungen. Sie wurden früh genug verheiratet, gelegentlich auch gegen ihren Willen. In manchen Stämmen nahm der Häuptling sich, was ihm gefiel, und es mußte als eine Ehre angesehen werden. Auch der Urälteste konnte sich noch ein junges Mädchen nehmen, wenn er nur reich genug war. Gar mancher junge Mann, der arm war, hatte das Nachsehen. Da ist nun eine Zeit der Rache gekommen; die Zeit der jungen Burschen, die sich die Mädchen gleich auf der Schulbank schnappen und sich mit ihnen ins Elefantengras schlagen, da, wo es noch wächst. Wo es nicht mehr wächst, in den Städten, gibt es genügend Winkel hintenherum und bei den Tanzbars, wo man alle beide Augen zudrückt, wenn zwei sich verdrücken wollen. Das ist das süße Leben, das nach Coca-Cola, Bier und stark parfümierter Vaseline duftet. Das wahre Leben, nachts in der Bar und tagsüber in den Korridoren und um die Ecken der Schulgebäude und besonders der Internate. Die Romanschreiber wissen, wie leidenschaftlich einfach es sein kann: 'They coupled on their feet' – irgendwo, wo die Lust gerade unbezwinglich wird. Auf etwas dergleichen wird sich Tana eingelassen haben.

Ist die Geschichte damit erledigt? Ach nein, nicht ganz. Nicht so völlig für eine, die als Fremde und Ehrengast das große Tanzfest über sich ergehen ließ; die Hitze trotz Schattendach; die Hieroglyphen im Sand; das Bier bei blakender Buschlampe und schließlich die Braut. Zurückgekehrt ins Waldland, legte Na'anya sich alsbald hin mit Fieber und phantasierte hinter zugezogenen Vorhängen zwei Tage und Nächte lang. Von Zeit zu Zeit kommt es wieder: Tana tanzt im heißen Staub und gibt sich hin einer Lebenslust, die aus allen Poren dampft. Zupakken. Warum soll sich das ins Leere vergeuden? Eine unbegreifliche Trägheit, die da sitzt und zuschaut – wird sich erheben und darüberlegen, überreif, zweckvoll, gedämpft und mit väterlichem Ernst. Traurigste Begegnung. Tana wollte nicht. Tana tanzt. Vielleicht geschah es nach einem Tanzabend in einer Bar, they coupled on their feet, und das Kind war da. Die Lust des Lebens hat sich erfüllt, auch ohne die Schwerfälligkeit einer Ehe. Von Zeit zu Zeit kommt es wieder: Tana tanzt...

Das war die Geschichte mit Tana, an die der Wasserfall von Wafanga erinnert; und das Taxi rumpelt und rüttelt dahin, wohltuend und geradezu inspirierend, wo andere nur dösen. Alle die alten Geschichten – es schleift wie eine lange Schleppe durchs Geröll und über die wachsende Entfernung hin. Festgemacht weit da hinten, über zwei Tage und drei Nächte hinweg, an einem einsamen Haus mit dürrem Passiflorageranke unter niederem Blechdach; durch ein Gedicht und durch viele Jahre hindurch. Und nun – ?

*

Was wird aus *June* für eine Geschichte werden? Noch kann niemand wissen, wie es enden wird. Ob eine Hoffnung im Begriff ist, sich zu erfüllen; ob sie wieder trügen wird. Weiß diese June, was sie will? Sie ist jedenfalls ein Typ eigener Art, weder mit Mary vergleichbar, noch mit Mercy; vom Unglück Suzanna ganz abgerückt. Vielleicht ist sie ein Tana-Typ mit höherer

Schulbildung. Denn June tanzt für ihr junges Leben gern. Natürlich nicht halbnackt im heißen Sand und in entlegenen Bergen. June liebt schöne Kleider und das Tanzen nachts in der Bar; am liebsten in der nahen Stadt. Tanzen ist schöner als Schule. Das ist doch wohl ganz in Ordnung; jedenfalls nicht weiter schlimm. Wer tanzt denn nicht gerne? Nun, ein achtbarer Mann vorgerückten Alters, der da seit einem Jahr um sie wirbt. Wenn er wenigstens wohlhabend wäre; oder gut verdienen würde. Aber so ein braver Lehrersmann mit schmalem Gehalt und der seinen Beruf auch noch ernst nimmt... Da kann eine bessergestellte Familie nicht sehr begeistert sein, wenn so einer mit Brautpalaver ankommt. Da nützt der beste Leumund nichts. Ja, was hat einer davon, wenn ihm so gar keine Laster nachzusagen sind; weder Unterschlagungen, noch Weibergeschichten, noch Alkoholexzesse. Und der dazuhin ein viel zu gerades Rückgrat hat, um Karriere zu machen in diesem Lande.

June denkt vermutlich sehr realistisch an das beschränkte Leben, das auf sie wartet, wenn sie diesen Achtbaren, womöglich gegen den Widerstand der Familie, heiratet. Ein Haufen Kinder, wenig Geld und irgendwann wieder eine Versetzung und wer kann wissen, wohin und in welches Kaff. Kann ja sein, daß sie sich irgendwie geehrt fühlt; vielleicht auch angezogen von dem väterlichen Manne. Aber Liebe? Kann ein junges Mädchen solch einen Patriarchen lieben? Sie sieht doch, wie er mit den Halbwüchsigen, den Kindern von Verwandten, die bei ihm leben, umgeht: streng und gerecht. Sie sieht und hört es, wenn sie zu Besuch kommt an den Wochenenden. June ist kaum älter als die älteste Nichte dieses Mannes. Wird er sie auch so behandeln? Wird er ihr das Tanzen verbieten?

Hier fängt die Einfühlung an und das Ausmalen. June denkt an die eleganten Teens und Twens, die sonn- und feiertags durch die Straßen der nahen Stadt flanieren und die man in den Bars treffen kann. Die so hinreißend tanzen und so hinreißend flirten. Und was für Karrierepläne sie im Kopf haben! Und was für schöne Augen sie machen können – kein Mädchen kann schönere machen. Eine dunkellockende Verheißung ist darin, und dazwischen die Spannung und das Flackern der Gefahr. Das Herz hüpft in den Hals, aufregende Gefühle entstehen da und dort – das alles möchte June noch eine Weile genießen, ohne sich aufs Spiel zu setzen; denn leichtfertig ist sie nicht. Aber festlegen will sie sich auch nicht. Ob sie bisweilen, um ihre Macht zu erproben, spielt mit dem würdigen Mann? Behandelt er sie nicht wie eine Tochter? Ist er nicht auf sie angewiesen? Braucht er nicht eine Frau dringend und bald-bald-balde?

June mit ihrem gewaltigen Busen und gewichtigen Hüften; so prädestiniert, so exemplarisch Weib. Achtzehn Jahre, eine wohlbehütete Tochter aus gutem Hause. Ein junges Mädchen ohne Erfahrung, aber doch wohl mit Phantasie. Da muß sie doch sehen und spüren, wie sie den Mann in Bedrängnis bringt. Warum hat sie wieder den nougatfarbnen Plüschpullover an, unter dem sich alles so aufreizend hervordrängt? Warum läßt sie das Haar auf einmal so wild und voluminös, wie einen Turban aus pechschwarzer Nacht, um sich herumstehen, statt es, in Zöpfchen geflochten, züchtig unter einem Kopftuch zu verhüllen? Er blickt mürrisch, der Mann, und rückt hinweg aus ihrer Nähe. Genießt sie es? Ist sie naiv? Stellt sie seine Geduld auf die Probe, oder weiß sie im Grunde gar nicht, was sie will? Eine qualvolle Verpuppung – für beide? So hingehalten im Ungewissen, bedrängt von Berührungsphantasien, die durch jede zufällig-absichtliche Nähe flackern – zermürbend. Für den Mann zumindest, längst überreif für den 'reifsten Augenblick'.

Da sitzt er zusammen mit anderen Männern vor dem Haus in der Abendkühle und tut so, als beachte er sie nicht. Die Nachbarn wissen, daß er um das Mädchen wirbt; somit ist es selbstverständlich, daß sie hin und wieder herüberkommt und sich ein wenig zu schaffen macht im Hause – ein bißchen bäckt, ein bißchen kocht und Bier bringt, wie es sich gehört für ein Mädchen, das eine brave Hausfrau werden will. Dann gehen die Leute; die Halbwüchsigen sind längst in ihren Kammern; man ist zu zweit allein und die Spannung steigt. Aber hier hat einer sich fest in der Hand. Das ist fast noch unheimlicher und aufregender als die Zudringlichkeit der Jünglinge in der Tanzbar. Und seine Wortkargheit macht jedes Wort gewichtig:

'June – ?'

Wie lange kann es so unentschieden weitergehen? Wann wird June wissen, was sie will? Wird sie immer wieder die Entscheidung auf die Familie zurückschieben, als deren einzige Tochter sie sich zweifellos sehr viel vorteilhafter verheiraten könnte? Oder wird sie eines Tages die Familie vor vollendete Tatsachen stellen? Wie verwickelt ist die Geschichte, die da seit einem Jahre mühsam voranruckt und immer wieder zurückrutscht? Was ist da, hintergründig, im Spiel? Ist es vorstellbar?

Vorstellbar ist alles mögliche. Und manches Unmögliche auch, in einer Nacht wie dieser. Der Wasserfall müßte jetzt ganz in der Nähe sein; der Mond ist gerade nicht da; hat sich hinter überhängende Felsen verkrochen. Mannshohes Gestrüpp steht wie wegelagernd im geisterhaften Grau der Nacht, und die Geschichte bekommt einen Knick, wie die Piste, die da plötzlich scharf nach Osten biegt. Ist das ein Rauschen jenseits des Gerumpels? Haust so eine auch im Wasserfall von Wafanga?

Vorstellbar wäre ein heimlicher Argwohn; ein abergläubischer Verdacht. Vorstellbar sind alte Weiber in der Nachbarschaft, die alle vorhandenen Köpfe schütteln. Ergraute Köpfe, darinnen ein Wust von phantastischen Vorstellungen geistert, an die kein vernünftiger moderner Mensch mehr glaubt und June auch nicht. Warum haben manche Männer kein Glück mit den Frauen? Warum laufen ihnen immer wieder die Bräute weg? June, sieh dich vor! Irgendetwas stimmt da nicht.

June hört vielleicht mit halbem Ohre hin und lacht. *Too funny.* Oder – sollte doch etwas daran sein? Gibt es nicht gewisse Anzeichen, hier und da und überhaupt? Und wenn wirklich – ?

Das wäre der Knick in der Geschichte.

IV Die Wasserfrau

Wasserfrauen in Afrika – ein Kapitel für sich. Sie lassen sich nicht so nebenbei fassen und festhalten, fangen und zu Faden schlagen beim Gerumpel eines Taxis im Geröll. Aber sie gehören dazu, in einer Nacht wie dieser, die Geschichten, die man sich erzählt über diese evasiven Phantasiewesen. Wenigstens ein paar poetische Schuppen von ihrem Fischschwanz, ein paar Episoden von dem, was die Leute, die alten Weiber im besonderen, sich erzählen, lassen sich hier einzustreuen ins Brautpalaver.

Und was erzählen die Leute? Verworrenes. Oder verwirrt es sich erst im Kopfe einer Fremden, die hier nicht ethnologisch recherchiert, sondern zufällig und nebenbei alles mögliche aufgeschnappt hat im Laufe der Jahre, wenn alte Leute, und Frauen zumal, beisammensitzen und sich laut Gedanken machen über ungewöhnliche Ereignisse oder Zustände?

Da hat zum Beispiel eine junge Frau, die schon als Kind sich merkwürdig benahm, die Männer im Dorf verrückt gemacht, aber keiner konnte sie haben – das muß eine *mami-wata* gewesen sein. Vielleicht eine Tochter des Meerkönigs, denn diese Variante spielt unten an der Küste. Aus der Geschichte ist zu schließen, daß es unter den Wasserfrauen auch – zeitweilig? – zweibeinige gibt.

Da ist ein junger Bursche auf die Jagd gegangen im Wald, den Fluß entlang, und hat ganz ungewöhnliches Glück gehabt nicht nur einmal, sondern immer wieder – da hatte eine *mami-wata* die Hand im Spiel. Und eines Tages ist er verschwunden. Der Fluß schwemmte ihn wieder an.

Da hat ein anderer an entlegenen Quellen Kräuter gefunden, die gegen schlimme Krankheiten halfen und ist ein berühmter und reicher Medizinmann geworden. Die Heilpflanzen kann ihm nur eine *mami-wata* gezeigt haben. Der Mann hatte aber Pech mit allen Frauen nacheinander.

Da ist einer aus dem Grasland ins Waldland hinunter gezogen, arm, aber gesund und munter. Dort hat er jahrelang in einer 'white man's farm' gearbeitet – sei es in einem Garten oder in einem Buchladen. Jedenfalls ist er eines Tages ins Dorf zurückgekommen mit viel Geld, aber gemütskrank. Da muß ihm eine *mami-wata* über den Weg gelaufen sein, vermutlich eine von den zweibeinigen.

Diese *mami-wata*, das sind also keine harmlosen Wasserwesen, die sich, hübsch und nackt, mit Plätschern und Schwimmen vergnügen. Harmlos sind sie auch in anderen Erdteilen nicht. 'Halb zog sie ihn, halb sank er hin', das gilt überall in solchen Fällen. Die Wasserfrauen, und hier fängt das Nachphantasieren an, liegen auf der Lauer, dicht unter einer harmlos scheinenden Oberfläche. Das Lauern liegt in ihrem Wesen, das vieldeutig schillert, wie der geschuppte Schwanz. Sie hausen an der Mereskuste, in Flüssen und Seen; manchmal auch in Felsenquellen oder in einem Wasserfall, der steil über nacktes Gestein in die Tiefe stürzt. Vielleicht begegnet man so einer auch in den Raffiagründen, wo ein Bächlein über Kiesel rinnt, kühl überschattet, verführerisch in trockener Januarglut...

Wie sehen sie aus? Anders als die Frauen hierzulande? Das ist kaum anzunehmen, von den zweibeinigen jedenfalls. Und die mit dem Fischschwanz? Die kann man sich ausmalen mit langem, schlängelnden Haar, algengrün. Es hängt um sie herum wie das Flechten- und Lianengewirr von den uralten Bäumen im Urwald. Und dazwischen glänzt es wie ein verirrter Sonnenstrahl, ein dünnes Geflimmer, grün und gold; grau und silbrig im Mondlicht. Wie jung oder wie alt sie sind, wäre wohl schwer zu sagen. Wahrscheinlich sind sie nicht ganz jung und unerfahren. Ihre List und Tücke, davon gelegentlich die Rede ist, lassen vermuten, daß sie eine alterslose Übergangserscheinung sind: weder jung noch alt, sondern in labilem Gleichgewicht dazwischen und deshalb so gefährlich. Ihre Haut ist feucht und kühl. Von ihren Augen hat noch keiner erzählt. Vermutlich schillern sie unergründlich. Denn was ließe sich erkennen im graugrünen Zwielicht von Wasser und Wald?

Weiter. Wenn die Wesen schon nackt sind, muß man – Mann! – sich die Reize ihrer Nacktheit vorstellen. Oben herum sind sie, wie die Dichter sagen, deren Phantasie eine tastende Hand ausstreckt, zierlich gerundet. Zierlich und unnachgiebig, vergleichbar vielleicht mit Guavafrüchten, deren blasses Grün sich eben ins Lichtgelbe färbt. Sie halten sich jedoch meist züchtig verhüllt. Wozu hätten sie sonst das lange Lianenhaar. Hier tut sich ein reizvolles Spielfeld auf für taktile Träume, und auch der Augen Lust würde sich da gern tummeln. Unten herum und wie es sich für diese Abart von Wasserfrauen gehört, sind diese Wesen ganz wesentlich Fisch bis herauf zum Nabel: ewige Jungfrauen. Mann kann nicht. Kann nicht mit ihnen schlafen.

Nun muß man sich vorstellen, was passiert, wenn ein Mann, ein braver, unbeweibter, sich in die Nähe eines solchen widernatürlichen Naturwesens verirrt. Vielleicht zu Beginn der Trockenzeit, wenn die nächtlichen Stürme brausen und der Tulpenbaum blüht. Da gerät er, nicht ganz von ungefähr, sondern auf der Jagd nach Fisch oder Wildbret zum Lebensunterhalt; er gerät im Walde flußaufwärts in die Nähe eines Wasserfalls. Er stellt eine handliche Falle auf, nahe beim Wasser, weit genug entfernt von den stürzenden Fluten und dem großen Brausen und schweift ein Stückchen weiter. Findet weiter nichts, kommt enttäuscht zurück und siehe: in der Falle – nun, es zappelt darin kein Fischotter, falls es die hier gibt; aber dicht dabei sitzt, augenscheinlich ein wenig nervös, aber sonst sehr beherrscht und mit beinahe strenger Miene – eine Wasserfrau.

Sie sitzt auf einem großen Stein und blickt den Jäger und Fallensteller, der da zögernd und sprachlos ans Wasser tritt, von oben herab und wie gesagt: beinahe strenge blickt sie ihn an. Gar nicht verführerisch. Was ist da passiert? Nun, die Falle ist zugeklappt und hat der Wasserfrau, die aus Neugier oder Langeweile angeschwommen kam – hat ihr ein winziges Stück der linken Schwanzflosse eingeklemmt. Das kommt davon. Da oben sitzt die Wasserfrau; nach unten schweift elegant ihr Fischschwanz, und da liegt die Falle, ein Stück weit ins Wasser gezogen. Da hilft alle Magie nichts; sie kriegt die Falle, die starken Eisenbügel, die da zugeschnappt sind, nicht mehr auf.

Verstört von diesem Abenteuer und verträumt zugleich macht sich der brave Jägersmann und Fallensteller auf den Weg nach Hause, die leere Falle über der Schulter, zwischen zwei Fingerkuppen eine silbrig glänzende Fischschuppe. Verwirrt hat er sich hinabgebückt und die Falle geöffnet. Aufseufzend zog die Wasserfrau den elegant geschuppten Schwanz heraus und schwamm davon. Am Fallenbügel festgeklebt blieb das winzige bißchen – Unwahrscheinlichkeit. Ist eine Schwanzflosse geschuppt? Mit so einer silbrigen Unwahrscheinlichkeit zwischen den Fingern zieht er seinem Dorfe zu, und wenn die Geschichte mit rechten Dingen zugehen soll, dann muß ihm noch auf diesem Heimweg eine prächtige Gazelle vor die Flinte kommen. Denn die Pfeil-und-Bogen-Zeiten sind längst vorbei.

Wie geht die Geschichte weiter?

Der fette Jagderfolg und das hautdünne Schuppensilber werden den braven Mann unweigerlich wieder in die Nähe des Wasserfalls bringen. War die Wasserfrau vielleicht ein Tagtraum? Die Sonne steht hoch; der Himmel über dem Fluß ist blau; die Füße suchen einen Weg am steinigen Ufer entlang; die Augen spähen umher. Bald rauscht der Wasserfall ganz nahe und da – da sitzt sie wieder. Vor der stürzenden weißen Wasserwand sitzt sie mitten im Fluß, wo das Wasser noch brodelt. Auf einem großen schwarzen Felsen, der aus den Fluten ragt, sitzt sie. Zu weit weg, als daß sich erkennen ließe, ob sie strenge blickt oder milde; ob sie noch immer verärgert ist oder nicht. Was nun? Hin zu ihr? Der Fluß ist nicht tief, nur ganz schön kalt. Von einem Stein zum andern und watend kann man ihr ein Stück näher kommen. Aber was redet man mit so einer? Vielleicht läßt sie sich versöhnen oder bestechen mit einem

Geschenk – mit dem Fell der Gazelle vom ersten Mal? Mit einem geräucherten Schlammbeißer?

Sie sitzt wie auf der Lauer; aber erkennen läßt sich nicht viel – sie sitzt im Gegenlicht. Am besten und vorsichtshalber nicht weiter. Wer weiß – was hat sie vor? Sie hebt einen nackten Arm, eine aufglänzende Hand, und in hohem Bogen und zielsicher wirft sie etwas herüber. Es trifft, und der Mann steht wehrlos. Es rutscht ihm in das offene Hemd, schaudert tief hinunter und verschlägt ihm den Atem – ein glitschiges kaltes Fischlein. Wie neckisch. Was bezweckt sie damit? Der brave Fallensteller hat jedenfalls keine Lust, oder nicht den Mut, weiterzugehen. Er macht kehrt. Er macht sich davon, verstört. Und wieder, auf dem Heimweg, die unverhoffte fette Beute, die ihn das Schaudern fast vergessen läßt.

Nun ist es schon geschehen. Zum dritten Male macht er sich auf zum Wasserfall und findet, was er sucht, nach kurzem Umherspähen. Das Wasserweib sitzt auf einem Felsvorsprung in halber Höhe. Er wagt sich hin, vorsichtig kletternd, sich klammernd an Stein, Gewurzel und Gezweig. Wagt sich bis nahe in ihre Nähe und an den Abgrund. Tief unten linker Hand das schäumende Wasser, da, wo die Wasserstürze von rechts oben herab aufschlagen. Um das fremde Wesen herum ist grüngoldrötliches Lichtgeflimmer, das von rückwärts durchs Schattenblätterdach überhängender Bäume fällt. Die Sonne steht nämlich schon im Westen. Er pirscht sich langsam und immer näher heran – vielleicht ist es doch eine Sinnestäuschung; etwas, das plötzlich verschwindet, wenn man zu nahe kommt.

Es verschwindet aber nicht. Nun sitzt er ganz nahe und wagt einen festen Blick geradeaus. Mitten ins goldgrünflimmernd umrandete Augendunkel, das ihn ansaugt. *Moment mystique.* Ist es ein Wachtraum? Er sitzt und wagt nicht, das nahe Wesen anzurühren. Er ist schon eingesponnen und atmet kaum. Sitzt da, stumm und steif wie ein Stück Holz, und sieht hinab in den Abgrund. Wie lange? Vermutlich, bis sie ihm bedeutet, zu gehen. Denn das naturwidrige Weib unternimmt ihrerseits auch nichts. Sie sitzt genau so stumm und steif. Ein Rätsel.

Da klettert er gehorsam zurück und findet auf dem Heimweg die gestellten Fallen voll. So etwas bringt in die Wirklichkeit zurück: ein Stachelschwein, zwei Gürteltiere. Es gibt Leute, die das gerne essen und viel dafür bezahlen. Und es gibt Leute, die anfangen, sich zu wundern und zu munkeln.

Das nächste Mal ist es Nacht und Vollmond. Tagsüber hat der eifrige Jägersmann wieder eine ungewöhnliche Menge Wild erlegt; aber die Wasserfrau hat sich nicht blicken lassen. Das läßt ihm keine Ruhe und er macht sich auf im Mondenschein. Da sitzt sie wieder auf dem Felsvorsprung in halber Höhe. Was eine Loreley ist, weiß er ja nicht. Und dann sitzt er neben ihr in blauer Tropennacht. Und sie – fängt an zu singen. Oder ist es das mondscheinverzauberte Rauschen des Wasserfalls, zeitlos eintönig und tiefsinnig, wenn man sich 'Sinn' nur tief genug einbildet? Es rauscht und raunt wissend und weisheitsvoll als säße da der Nornen eine, herbeigeschwommen über weite Meere und wie durch einen Zufall oder schicksalhaft in diesen Fluß geraten und bis zu diesem Wasserfall. Wer weiß, wie das zuging und was sie hier zu suchen hat...

Und wovon raunt und rauscht es? 'Of man's first disobedience and the fruit / Of that forbidden tree' - ? 'Tobeornottobe' - ? ' I will arise and go now and go to Innisfree' - ?

Da fällt die Phantasie aus dem Rahmen und geht in die Irre. Es soll doch wohl eine Liebesgeschichte sein von der ungewöhnlicheren Art, die nicht alle Tage vorkommt. Aber wer liebt hier wen? Die Wasserfrau den tumben Jägersmann; oder selbiger das elbische Wesen? Möglich, daß ihn das Fremdartige an dem Natur-Geist-Wasser-Weib reizt. Aber hört er ihr zu, wenn sie raunt von einer Liebe, die länger blüht als Tulpenbaum, Cassia oder Hibiskus? Vielleicht irrt der Blick geistesabwesend umher und streift hier und da und wohl auch nur zaghaft – die feuchte Haut, das graugrüne Haar, das Geschuppte unten herum und

wie es silbrig glitzernd hinabrinnt zwischen den Guavahügeln
– wohin? Ins Undenkbare.

So ließe sich die Geschichte weiter ausmalen, Mal um Mal, bis es langweilig wird. Es passiert nämlich sonst weiter nichts. Nur die Jagderfolge steigern sich ins Unheimliche, und die Leute wundern sich immer mehr und werden ohne Zweifel bald herausgefunden haben, daß da eine *mami-wata* im Spiele ist.

Welche Art Liebesglück solche Männer mit solchen Wesen genießen oder erdulden, das wäre schwer zu sagen. Zumal die Betroffenen sich darüber ausschweigen. Es geht auch niemanden etwas an. Am wenigsten die alten Klatschweiber in der Nachbarschaft. Aber gerade die meinen mehr als andere zu wissen. Etwa: daß es den Männern nur um die Geschenke geht, die sie von ihrer Wasserfrau erhalten. Um die Jagdbeute also. Dafür, sagen die alten Weiber, geben die Erwählten ihre Mannheit dran im Umgang mit der Wasserhexe. Dann werden sie melancholisch und anders als andere Männer und taugen zu einem normalen Leben nicht mehr. Heißt: die Wasserfrau verbaut ihrem Geliebten die Zukunft. Außerdem ist sie eifersüchtig auf eine stumm-unheimliche Art und Weise. Sie geht dem Geliebten nach (wie macht sie das bloß ohne Beine?) und belauert ihn. Sie kommt nachts und besonders bei Vollmond und sucht ihn heim – im Traume? Und woher kommt am nächsten Morgen das Feuchte im Sand vor der Schwelle, mitten in der Trockenzeit? Ist das Tau? Tropft es vom Monde herab? Da ist doch wohl am Abend nicht aus Versehen Bier hingetröpfelt? Es ist jedenfalls nicht ganz geheuer. Es ist, als sei eine dagewesen, den Einsamen heimzusuchen...

Es geht also, nach Meinung der alten Weiber, nicht mit rechten Dingen zu, wenn ein Mann so lange unbeweibt bleibt oder wenn ihm, schlimmer noch, die Bräute nacheinander davonlaufen. Es muß dann eine Wasserfrau im Spiel sein. Sie ist die eigentliche, heimlich-unheimliche Braut. Mondscheingeliebte sind diese Wesen; etwas, das nicht richtig leben, aber auch nicht einfach sterben kann. Etwas, das immer wiederkommt und sich hinzieht durch die Jahre. Der Mann ist zu bemitleiden. Aber das hat er davon, von seiner fetten Jagdbeute. Geschieht ihm also letztlich recht, wenn die Mädchen merken, daß da etwas nicht stimmt und ihn sitzenlassen.

*

Eine phantastische Geschichte – und wo sind wir? Der Wasserfall von Wafanga muß längst vorübergerauscht sein. Die nächtlich graue Landschaft weitet sich. Die Felsen und Böschungen weichen zurück. Auf dem flachen Gehügel – sind das die gespensterhaften Schatten der Krüppelakazien? Das Hochtal von Ngum. Noch eine knappe halbe Stunde.

Eine phantastische Geschichte also. Eine, wie sie nur unter den phantastischen Kopftuchdrapierungen alter Weiber hierzulande spuken kann? In dieser Form sicher nicht. So, aus einzelnen Bemerkungen herausgesponnen und episodisch ausgemalt, ist sie viel zu romantisch erfunden. Die Wasserfrau als Fabelwesen, das zum Fabulieren anregt und die Geschichte mit June vergessen läßt? Nicht doch. Die vorläufig letzte der Brautgeschichten ist die Klammer um die 'Wasserfrau', wie sie das Innerste des schwierigen Gedichts war. Den Knick in Junes Geschichte hat ihr Zögern und Zaudern verursacht und die Frage: warum wohl?

Niemand wird June eine so schöne und ausführliche Geschichte von einer Wasserfrau erzählt haben oder je erzählen. Da genügen Andeutungen und Vermutungen, und June, die mit halbem Ohr hinhört und lacht – *too funny*! – könnte schließlich doch versucht sein, zu glauben, daß an der komischen Sache etwas dran ist. Sie ist zwar ein Mädchen mit moderner Schulbildung; aber reicht das hin, um altem Aberglauben standzuhalten? Und wenn doch und gegen alle Erwartung? Ja, was dann. Da wird sie sich, neugierig und ein wenig verwegen, ihre eigenen Gedanken machen.

Zum Beispiel. Ist es nicht verrückt und höchst reizvoll, mit einem so seltenen und seltsamen Manne liiert zu sein? Mit einem, den andere nicht haben wollen oder haben können? Einen solchen zu verführen, mit Überredung vielleicht noch mehr als mit bedrängender Nähe; überreden mit guten Gründen, um das langwierige Brautpalaver mit der Familie abzukürzen durch vollendete Tatsachen? Das wäre doch eine Möglichkeit, einem Unmöglichen beizukommen. Der Gedanke, ein Kind von ihm zu haben; etwas, das noch keine vor ihr von ihm haben konnte; die Erste zu sein, die Allererste – das wäre doch etwas. Ein nicht alltägliches Abenteuer, um das andere sie beneiden könnten – und die Sache mit der Wasserfrau wäre ein für allemal erledigt. Der Mann wäre erlöst und nicht mehr so unheimlich – und so peinlich: ein Versager. Wenn aber solche Gedanken und solche Abenteuergelüste June bewegen sollten – wie lange will sie das Aufschiebespiel noch treiben mit dem bedürftigen Mann? Oder hat sie es schon versucht und hätte er widerstanden, aus Prinzip und alten, überholten Idealen treu?

Und was geht das alles und zum andern Male Na'anya an, die da zu Besuch kam und diesen Busen sah; diese Hüften; dieses ganze Paradigma Weib? Die da kam und saß und sah, wie eine Hand sich leise und vertraulich auf einen nackten Arm legte – man denke in der Tat ans Heiraten; aber es gebe da noch Schwierigkeiten mit der Familie. Das Brautpalaver sei mühseliger denn je.

Der Besuch sitzt und hört zu. Wirkt geistesabwesend. Was für ein Torso von einem Roman. Was für eine Wirrnis von Episoden. Welch ein Kontrast. Das träge, erdenschwere Fleisch. Der Plüschpullover in der Abendkühle, einen Ton heller als die Haut. Wirklich zu eng. Die rosenholzfarbenen Zierblenden, die sich spannen, fast tastbar. Das war einst viel zu weit und hat lose verhüllt und war anders zugedacht. Gewesen. Ein Geschenk, und kein beliebiges. Nun also übertragen, absichtsvoll. Es muß ertragen werden.

Das Schweigen, zu dritt, in der Abenddämmerung. Wie lange? Bis es ins Bewußtsein dringt, sich verknorpelt und versteift ins peinvoll Ausweglose. Etwas muß erwidert werden; etwas Unverbindliches; etwas Höfliches; for goodness sake! etwas Freundliches! Es muß doch mit Anstand über die Runden zu kommen sein.

Der Gastgeber schiebt schweigend ein Glas Bier über den Tisch. Der Gast – ermannt sich. Beide Hände um das Glas gelegt – nicht klammern! 'Let me drink from the cup –' Unsinn, ganz locker; die Stimme durchaus beherrscht, allenfalls um eine Winzigkeit zu streng, ringt sich durch die rhetorische Frage:

'So there is still some hope?'

‚Yes, Na'anya.'

* * *

Über das Hochtal rollt kein Vollmond mehr. Vermutlich schaukelt er, hochgeschwemmt und weißgeschrumpft, über dem Taxidach. Die Nacht ist noch immer aschgrau. Wie eine traurige Liebesgeschichte. Ringsum ist alles kahl – nein, nicht alles. Da und dort am Wegesrande krümmt sich etwas. Das sind die Krüppelbäume der Gegend. Laublos. Und vorüberhuscht eine Erinnerung an ihr Grünen und Blühen in einem Gedicht zur Zeit der Cassiablüte. Frühlingsgrüne Fiederblättchen, geranienrote Blütenrispen, und was noch? Anhauch von Glück und Nähe – schön empfunden und erdichtet. Die Scheinwerfer schürfen durchs Geröll, das nicht aufhört, Geröll zu sein. Irgendwo da hinten brennen vielleicht die Grasfeuer noch; da, wo man längst vorüber ist...

Vorüber auch am Wasserfall von Wafanga. Wie lange wäre es her? Daß eine gemischte Reisegesellschaft, ein Landrover voll, dort stand am hellen Mittag und den weißen Wasserstürzen zusah. Die einen mit Überlegungen zu möglichen Kilowatt; andere mit klickender Kamera; jemand mit Bemerkungen über Wasserfrauen. Und hart am Rande und einen Schritt zu nahe – Sprachlosigkeit, anverwandelt dem Wasserfall.

Alles, was da war und nicht war fiel und rauschte und stürzte ab unaufhaltsam mit den Wassermassen; brausende Schwerkraft. *Passion inutile.* Das erdenschwere Gegenteil eines romantisch aufschäumenden *goût de l'absolu* und der Sehnsucht einer Motte nach den Sternen.

Wird auch vergehen. 'Wir wollen es sterben lassen.' Die Spinnweben der vergehenden Zeit werden es einspinnen mit einem Gespinst der Erinnerung, nicht des Vergessens. Einen poetischen Schleier wird die Zeit weben über die Wasserfrau wie über die Brautgeschichten; über die Zeit der Cassiablüte und die ganze dunkelsüßbittere Geschichte, die nachschleift im Geröll der Jahre...

◄►

Noch einmal vorm Vergängnis

Von Kusinen und Tanzträumen unter dem Harmattan

KURZROMAN

> O Nacht, ich nahm schon Kokain,
> und Blutverteilung ist im Gange,
> das Haar wird grau, die Jahre fliehn
> Ich muß, ich muß im überschwange
> Noch einmal vorm Vergängnis blühn.
>
> G. Benn

Prolog

Ein spiegelbildschöner, ein aparter Anblick wäre es für eine Kusine. Sieh die Narzissin, wie sie sich darstellt! Lyrisch gestimmt, zu einem Drittel bei sich selbst, zu zwei Dritteln ganz woanders –

– eine Frau im aschvioletten Alter Mitte Vierzig; dekorativ an den Rahmen (Goldblech und Ebenholz) eines Wandspiegels gelehnt, die Schultern umspielt von nixengrünen Blusenvolants und ergrauendem Haar; die Hände, ehelich beringt, spielend mit einem Zweiglein blaßrotem Oleander vor dem Blauschwarz eines Abendrockes. Wer, was sie beflügelt und hemmt, nachempfinden könnte: den pathetischen Wunsch:

Noch einmal vorm Vergängnis blühn!

verknäult mit dem grimmigen Willen, mit Anstand über die Runden zu kommen, ohne Kokain und ohne Eskapaden – wer sie so sehen und den Widerspruch erfühlen könnte, er, nein sie, die Kusine, würde wohl zuhören, um vielleicht zu verstehen, was die nahe verwandte Seele spricht mit halber Stimme, wie in einem Wachtraum und als sei, was ihr vorschwebt, sehr fern und den Worten kaum erreichbar –

... der kühle Sand, vom Mond betaut; gänzlich entfärbt ins Übersinnliche zwischen dem Blauschwarz der Mangobaumschatten und wäßriger Milch der Kokosnüsse, ausgegossen vor einer dörflichen Lehmhütte; ein Gemisch aus aquatischem Licht und Seele, verflüssigt zu entselbsteter Sehnsucht, hingebreitet unter dem hellen Nachthimmel, der über dem Abseits der Berge steht; versickernd im Sand des Tanzplatzes unter dem steigenden Mond... Es ist wie innen im Traume; unwirklich und wie eine Wunde, die schmerzlos und still vor sich hinblutet...

Sodann, wacher und bewußter, als rücke das Ferne näher und zeige sich deutlicher:

Anderswo Zementboden, glatt und grau; verhängtes Neonlicht. Im leisen Ventilatorwind schwankende Schatten von Papiergirlanden unter der Sperrholzdecke. An den Wänden Bierreklame; auf den Tischen buntes Wachstuch, angestaubte Plastikblumen. Draußen, unterhalb der Anhöhe, die Lichter der Provinzstadt. Es ist feucht und warm auf wohlige Weise, und am Himmel steht ein junger Sichelmond, fingernagelschmal... Es könnte wirklich gewesen sein. Weniges, durchaus Mögliches, und es hätte genügt bis ans Lebensende...

Schließlich, wach und im Tone der Enttäuschung:

In Wirklichkeit aber – das hier. Cognacbraunes Schachbrettparkett, wie in einem Gesellschaftsroman. Ein weitläufiger Saal; hohe Fenster, tiefe Sessel; niedere Tischchen, Travertin und Malachit; dieser Spiegel und ein pompöser Kronleuchter, der elektrisches Kerzenlicht verteilt – nichts, das sich nicht importieren ließe. Auch die angenehme Temperatur: Klimaanlage, fast lautlos. Draußen, würde ein Fenster geöffnet, wäre es erstickend schwül in der mondlosen Nacht.

Wenn die Kusine eine Kusine so hören und vor allem sehen könnte, sie durchschaute mit kongenialem Blick und siehe: an der linken Schulter ein Libellenflügel, am rechten Bein ein Klumpfuß – würde sie sich wundern? Die Wirklichkeit, falls es so etwas gibt, ist dieselbe und auch nicht die selbe, denn was ist Selbigkeit? Sie wird hier fragwürdig – das, worum es geht, ist durchweg doppeldeutig.

Da ist sie.

Merci, Maurice.

Willkommen, meine Liebe. Da bist du endlich.

I Dreizehnte Etage

Da bist du und bist hier noch gänzlich fremd. So ist es. Durchweg doppeldeutig. Teils ist es so und teils anders. Entschuldige meine Geistesabwesenheit. Aber auch du stehst da wie noch nicht ganz vorhanden. Setz dich doch erst einmal und sieh dich um. Das genau Beschreibbare ist Vorwand. Die konkreten Details bilden Kulisse. Hier, an Ort und Stelle. Denn die Wirklichkeit ist immer da, wo du nicht bist. Und der kühle Sand, vom Mond betaut – ach, ist weit fort. Selbst wenn ich die Flügel der Morgenröte nähme und dem Traum nachflügelte wie Eos dem Ti -, wie hieß er doch?

Tithonos. Guten Abend, meine Beste. Ich verstehe überhaupt nichts. Vielleicht willst du etwas andeuten. Gewisse Rahmenbedingungen deiner Einladung. Ich bin, entschuldige, erschöpft. Die lange Reise. Der Klimawechsel. Damit bin ich dir erst einmal ausgeliefert. Aber du stehst da sehr dekorativ. Als Eos freilich – wärst du schon ein bißchen spät dran.

Davon reden wir später, wenn du mir erzählen wirst, in welchem Schrank *dein* Tithonos ein Zikadendasein fristet. Fürs erste, das ist begreiflich, bist du noch nicht voll ansprechbar. Fremd in fremdem Lande. Vor knapp einer Stunde gelandet: wie sollst du schon da sein. Wie sollst du dich deiner selbst vergewissern.

Schön, daß du verstehst. Es ging alles zu schnell. Und am Flughafen – die schwarze Limousine. Schwarz über alles Erwarten. So unwirklich.

So unwirklich, wie nur die Wirklichkeit sein kann, wenn sie uns wie plötzliche Dämmerung überfällt. Entschuldige, daß ich nicht selber – aber Maurice hat dich sicher elegant durch das wüste Gewühle und quer durch die Stadt gebracht. Noch ganz benommen, nicht wahr, fällst du in diesen Sessel und wirst, kaum einer schwarzen Limousine entstiegen, mit der Coda meiner Monologe konfrontiert. Entschuldige nochmals. Hier ist Tee, auch schwarz. Milch? Zitrone? Pur? Und sieh dich um.

Pur. Danke. Umgesehen habe ich mich schon. Kronleuchter. Parkett. Kommt mir vor wie – in einem Roman. Es könnte alles Mögliche passieren und ich würde mich gar nicht wundern.

Da hast du das richtige Gespür für die Ausnahmesituation. Es brauchte dir nur noch aufzufallen, daß wir auf diesem Parkett keinen Schatten werfen.

Ach. Merkwürdig. Liegt es an der Zerstreutheit des Kronleuchters? Soll es etwas bedeuten?

Vielleicht. – Merkwürdiger ist etwas anderes. In diesem Spiegel muß dir auffallen, was mir jetzt erst, nach zwanzig Jahren, auffällt: wie ähnlich wir einander sehen.

Wahrhaftig. Ist mir früher nie aufgefallen. Phantastisch. Trotz deiner Nixenbluse und meinem Jackett. Ist es Zufall oder soll es auch etwas bedeuten?

Zufall? Zufällig sind wir Kusinen *ersten* Grades. Da soll so etwas vorkommen. Merkwürdig ist es trotzdem. Es muß sich in diesen späteren Jahren ausgeprägt haben. Früher warst du – unähnlicher. Und was es bedeutet? Daß man uns verwechseln könnte. Du hast mir nicht verschwiegen, mit welchen Erwartungen du meine Einladung angenommen hast. Du willst dich hier – wie heißt das jetzt bei euch? *Selbstverwirklichung?* Wenn dir so etwas gelingen sollte auf eine Weise, die hier Befremden erregen könnte, dann wäre das – dann könntest du nämlich – warum lachst du?

Ich komme langsam zu mir und stelle mir vor, auf welche Weise ich dich kompromittieren könnte als Gattin des – was ist er eigentlich? Botschafter? Du hast es der Erwähnung nicht für wert erachtet in deinen Briefen.

Es ist auch nicht wichtig. Wichtig ist einzig und allein, nach Möglichkeit nicht aus dem dreizehnten Stockwerk dieses Palazzo zu fallen.

Aha, deine Fallhöhe. Und ausgerechnet dreizehn. Wie dramatisch. An diesem Ort und seit sieben Jahren. Soll ich dich beneiden? Soll ich dich bedauern?

Weder noch. Es geht *zunächst* und ausschließlich um *dich*. Oder, wenn du willst, um diese deine – ?

Um meine *Selbstverwirklichung*, um die du doch wenigstens deinen Sprachschatz bereichern darfst. Falls du sonst nichts darfst auf einer dreizehnten Etage.

Was man hier darf und was nicht; was sich schickt und was unschicklich erscheint, wirst du erfahren, sobald ich weiß, wie du dir die Verwirklichung deines Selbst im einzelnen und konkret vorstellst.

Ach, bescheiden genug und ganz einfach. In dem ungewöhnlichen Rahmen, den du mir hier drei Wochen lang zur Verfügung stellst, will ich nichts als – tanzen.

Das hört sich harmlos an.

Nichts als tanzen. Nie hab ich mich so jung gefühlt wie mit meinen jüngst vollendeten vierundvierzig Jahren! So jung, so leicht, so abenteuerlich. Merkwürdig, nicht wahr?

Merkwürdig? Es ist das durchaus Übliche und Gewöhnliche, meine Liebe, *nel mezzo del cammin*. Davon werde ich dir später auch ein Liedlein singen. Fürs erste aber und dich betreffend, würde ich eine Vorhersage wagen über den Verlauf deines Wandelns unter Palmen.

Ein Roman?

Wahrscheinlich nur eine Kurzgeschichte.

Ich höre.

Ich – gönne es dir von Herzen. Und werde dir sogar behilflich sein, innerhalb der Grenzen des – ja, leider: des Schicklichen. Aber das Eigentliche bleibt dir selbst überlassen. Ich meinerseits werde bisweilen schwanken zwischen den Möglichkeiten, dich in die eine oder andere Richtung zu schieben.

Ich bin begierig auf die Kurzgeschichte.

Eine honorable Studiendirektorin, vielliebe Kusine, von Lebensdurst und Tanzlust gepackt, entflieht für wenige Urlaubswochen einem der letzten humanistischen Gymnasien Alt-Europas und allen Verpflichtungen. Sie begibt sich auf die Suche nach dem Exklusiv-Abenteuer. Südlich der Sahara begegnet ihr der edle ‚Wilde', leider schon längst zivilisiert, daher in Anführungszeichen. In Sakko mit Krawatte statt im Lendenschurz. Denn falls du das Ursprüngliche suchen solltest, meine Liebe, das Speere schwingend Nackte, Staub- und Schweißbedeckte, dann wärest du hier, wie du siehst, am unrichtigen Ort. Das hier ist Parkett.

Ich sehe; ich höre; ich denke sogar. Ich denke, daß mir ein zahmer Wilder sehr willkommen wäre. Nur – kann er *tanzen*? Ich meine: westliche Gesellschaftstänze?

Er kann. Sogar Tango.

Tango! O, Tango! Tango würde ich mit Leib und Seele unendlich gern endlich wieder und noch einmal tanzen! Beste Kusine, ich bin bereit, dir die lebendige Anschauung zu liefern für deine Kurzgeschichte – wenn dir schon in deinen sieben Jahren hier kein exotischer Roman unterlaufen ist.

Deswegen habe ich dich eingeladen. Unter der angedeuteten Bedingung.

Schon gut. Ich falle nicht gern. – Eingeladen also hättest du mich als Vorwand für eine Kurzgeschichte nach deinem altmodisch-subtilen Geschmack? Die heimliche Schreiberin! Dachte ich mir's doch. Offizielle Berichte sind Stroh. Selbst persönliche Briefe können sich als jammervoll ungeeignet erweisen. Und wie kann es die Tage und Jahre ausfüllen, einigen Auserwählten Deutsch beizubringen und als Präsidentin eines Wohltätigkeitsvereins Krüppelkindern Krücken zu verschaffen!

Was du da sagst, enthebt mich weitläufiger Erläuterungen.

Wie also und was? Werde ich morgen früh aufwachen und einem *noble sauvage* begegnen? Einem, der, *mirabile dictu*! Tango tanzen kann?

Du bist ihm – du wirst ihm morgen schon begegnen.

Schön. Und woher kommt es, daß ich auf einmal so unnatürlich munter bin? Wo ich doch eben noch so erschöpft war. Hast du mir etwas in den Tee getan?

Nimm es an. Du sollst nämlich heut abend noch den äußeren Rahmen deines Abenteuers genauer kennenlernen und erfahren, wo du dich hier befindest.

Das ist richtig und wichtig. Die geneigte Leserin muß sich etwas vorstellen können; und du kannst mir den schönen und edlen Wilden nicht einfach so und gewissermaßen im Luftleeren zur Verfügung stellen. In die pompösen Sitzmöbel drapiert, läßt sich das problemlos machen. Die Schreiberin möge mit einer Beschreibung der Örtlichkeit beginnen, und ich *höre* zu.

Ich sehe, daß du mit der unnatürlichen Munterkeit auch natürliches Selbstbewußtsein sammelst und mir schon nicht mehr so völlig ausgeliefert bist, so wie du mir da Initiative aus der Hand nimmst und mir den Aufbau der Geschichte vorschreiben willst. Willst du –

Ich will dir gar nichts vorschreiben oder wegdenken. Ich bin nur ungeduldig. Das mußt du verstehen und entschuldigen – die Zeit ist so kurz und ich will so viel.

Ich verstehe schon. Mich wundert nur, daß du mir die Absicht so genau vorwegformulierst. Aber schließlich bist du eine Kusine ersten Grades, da muß ich auf so etwas wohl gefaßt sein –

Fasse dich, beste Kusine, und zur Sache!

Die Sache ist die. Der Saal, in dem wir uns befinden, liegt, wie du bereits weißt, auf der dreizehnten Etage. Er ist Rahmen für allerlei Geselligkeiten der Kreise, in die ich dich einführen werde. Von hier oben hat man einen schönen Ausblick. Jetzt ist es Nacht und schwül draußen; aber morgen, in der ersten frühen Kühle, kann man hier ein Balkonfenster öffnen und sich die Gegend besehen. Da wirst du ringsum fast nur Landschaft sehen, grün getönt und rötlich. Dichtes Elefantengras, struppiges Gebüsch und Palmen über Hügeliges hin. Die große Stadt liegt auf der anderen Seite. In der Tiefe unten wirst du ein barock geschwungenes Schwimmbecken vorfinden, ferienblau mit –

Darf man da hinein und schwimmen?

Man darf. Ein Schwimmbecken mit breitem Marmorrand. Darumherum ist gepflegter Rasen; eine Seltenheit in dieser Gegend. Eine asphaltierte Auffahrt führt zu diesem Hügel am ruhigen Rande der Stadt. In der gleichen privilegierten Wohngegend befindet sich übrigens ein Monasterium –

Ein Kloster – hier?

So ist es. Gleich nebenan. Nur nebenbei. Unter Fächerpalmen und Akazien blühen Oleander und Rosen –

Rosen! Romantisch, hier! Darf man es besichtigen?

Nein. Und du solltest mich nicht unterbrechen. Spürst du nicht, daß mir die Inspiration kommt?

Ich sehe, was du beschreibst, vor meines Geistes Auge. Ich höre und ich wundere mich. Weiter.

Das Kloster also – nur nebenbei. Es geht um den Palast auf einem Hügel in privilegierter Gegend. Ein Prestigeobjekt und beliebter Tummelplatz der sogenannten Eliten dieses Landes –

Warum sogenannten?

Weil ich sie so nenne, und jetzt halt die Klappe, Kusine – dieses Landes, sage ich, das noch weithin unterentwickelt vor sich hinwurstelt. Ein Tummelplatz jener *évolués*, die hier, vom Staat bezahlt, Beruflichem nachgehen und ihr *high-life* durchpeitschen – eine Bühne für die Selbstdarstellung der *happy few;* einer hauchdünnen Schicht, die hier – also es geht um dieses Palais, das architektonisch zu den sieben Wundern der Stadt gehört. Eine flachgeschwungene Stahlbetonform, schmalseitig, wie eine längskant aufgestellte Spielkarte, die man leicht zwischen Daumen und Mittelfinger biegt. An dieser einfachen Form ist das Extravagante die Fassade. Da wölben sich Balkone wie Opernlogen, dicht an dicht, unzählig, halbrund. Das brüstet sich wie – wie –

Da du ein Stocken andeutest, ersuche ich darum, die Klappe öffnen zu dürfen: was bedeutet der abfällige Ton? Warum ‚brüstet sich' und ‚ihr high-life durchpeitschen'? Warum sollen sie hier nicht haben und genießen, was man bei uns auch hat und genießt – von den Palmen abgesehen?

Ja, warum. Vielleicht, weil ich ähnliche Privilegien genieße und damit nicht recht glücklich bin. Anderswo war mir wohler. Aber das erzähle ich dir später. – In unserem Palast also gibt es Luxusappartements für Diplomaten, samt Gattinnen und Kindern, so vorhanden. Komfort für die Reichen, für Reisende und Experten aus aller Herren Länder. Im Foyer unten kannst du dir das morgen vor Augen führen wie eine Revue – V.I.P.s aller Couleurs, auch der – der Epidermis.

Warum redest du auf einmal so gestelzt? Warum sagst du nicht schlicht und einfach 'Hautfarbe'?

Ja, wiederum: warum? Vielleicht, weil 'Haut' sich bisweilen so nackt anfühlt. Für den Tastsinn des Auges. Ich bin wohl in Gedanken abgeschweift... Und oft ist es auch so, weißt du – wenn das Gefühl den Boden der Sprache unter den Füßen verliert, sei es Parkett, Zement oder Sand; wenn das Ausdrucksvermögen unsicher wird und das Gewicht des Vorhandenen und mehr noch des Nichtvorhandenen nicht mehr zu tragen vermag, dann sind, vom Schweigen abgesehen oder vom völligen Irrereden, Stelzen und Krücken besser als gar nichts.

Ich komme wieder nicht mit. So wenig wie mit den Flügeln der Morgenröte. Überdies wären Stelzen und Krücken zweierlei. Die einen erheben zu künstlichen Höhen auf ganz gesunden Beinen, nicht wahr. Die anderen setzen Verkrüppeltes und Schwaches voraus, und man schleppt sich mühsam fort – was hat das mit der Beschreibung von Leuten zu tun, die man hier treffen kann, oder mit deinen Privilegien?

Ja, was hat es damit zu tun. Aber Dank für Belehrung und Nachfrage. Es ist nämlich so: unter den Leuten hier und den Privilegien habe ich bisweilen das Gefühl, Stelzen als Krücken benützen zu müssen. Das macht, meine gesunden und noch sehr beweglichen Beine sind auf Stelzen gebunden. Versuch mal, auf Stelzen zu tanzen. Wenn die Füße doch einmal Boden berühren, dann geben die Knie nach, besonders unter Musikeinfluß, und ich klammere mich an die Stelzen, und sie dienen mir als Krücken. Versuch mal, mit Krücken zu tanzen.

Ach, arme Kusine. Gesunde Beine und schwache Knie, und etwas Trivial-Trauriges, das auf Hölzchen und Stöckchen daherkommt. Verstehe ich recht, dann ist dir allhier das Tanzen verwehrt. Und ich dachte, dergleichen gehöre zum gesellschaftlichen Zeitvertreib, mehr noch zu den Verpflichtungen auf einer dreizehnten Etage. Du willst mir sogar zu einem Tangoerlebnis verhelfen – ! Tanzt denn dein Botschaftergatte nicht?

Er ist kein Botschafter.

Er sei, was er mag. Jedenfalls residiert ihr hier auf höherer Ebene und genießt Privilegien –

Und er tanzt tatsächlich nicht.

Aha. Hubertus übrigens auch nicht.

Dacht' ich mir.

Und ich denke mir, daß damit deine Beschreibung von Ambiente zu Ende ist und ich mir gestatten darf, auf das verheißene Tango-Abenteuer zurückzukommen. Beim Betrachten deiner meergrünen Abendbluse – sie steht dir gut – fällt mir ein, daß ich kein einziges *Kleid* im Koffer habe. Nicht einmal einen Rock. Nur Hosen, Blusen, Polohemdchen.

Sieht dir nicht unähnlich. Und alles so vornehm farblos wie dein honorables Leben: goldbeige, silbergrau, dunkelblau mit weißen Nadelstreifen. Schlotterhosen; Blusen, die eher wie Herrenhemden aussehen – Schlichtheit, die an Snobismus grenzt. Kenn ich alles, meine Liebe. Aber seit ich hier leben muß, habe ich mich an Kleider und Röcke gewöhnt. Außerdem hat Karolus mir Festgewänder geschenkt – bodenlang fließende, gold- und silbergestickt, wie sie die Frauen hier zu festlichen Anlässen tragen. So etwas würde dir auch guttun.

Welche Farben?

Kokos, cola, kiri-kiri.

Sehr anschaulich. Würdest du die Güte haben, mir das ins Europäische zu übersetzen?

Gern. Es sind Abstufungen von Mittel- über Dunkel- bis zu Schwarzbraun mit Stich in leise kriselndes Violett.

Kriselnd, aha. Und warum nicht kaffee, kakao, schokolade? Das wäre verständlich.

Eben drum, und vor allem 'schokolade'. Meine Liebe, findest du das Leichtverständliche bisweilen nicht auch etwas reizlos?

Kiri-kiri also. – Würdest du mir das eine oder andere deiner Festgewänder leihen?

Sogar schenken. Zum Angedenken.

Ich verstehe, daß du verstehst. Ein Stück Stoff, dunkelbraun und goldgestickt; etwas Schönes als Sinnbild und Erinnerung an etwas, das man sehnlichst ersehnt und bekommen hat. Etwas, das einem nicht mehr genommen werden kann. Etwas, in das du dich einwickeln kannst für den Rest des Lebens – die Außenseite eines Geheimnisses.

Du redest mir mein Konzept weg.

Entschuldige. Ich habe uns für einen Augenblick verwechselt. Habe mich verwirren lassen von dem Spiegel, an dem du, als ich diesen Saal betrat, so elegisch lehntest. Nun, da wir beide in champagnerfarbenem Plüsch mehr liegen als sitzen, will mich bedünken, daß die Spiegelbilder der Beschreibung harren. Die geneigte Leserin deiner Kurzgeschichte möchte doch sicher wissen, wie die kuriosen Kusinen aussehen. Laß *mich* mal, wenn du es mir zutraust. Du kannst uns dann immer noch mit eleganteren Wendungen porträtieren.

Bitte. Laß mich hören, was ich sehe. Der barocke Rahmen steht zur Verfügung. Du hast recht: wir sitzen hier, als warteten wir darauf, festgehalten zu werden für eine kleine papierene Ewigkeit. Fang doch am besten an mit dem Widerspruch zwischen dem Rahmen und dem Bild.

Der Widerspruch ergibt sich zwischen Barock und Jugendstil. Ins Barock des Rahmens würden die autochthonen Damen passen, die mir im Flugzeug aufgefallen sind. Eine allein schon wäre gewichtig genug, um ihn auszufüllen. Während unser zwei fast von ihm erdrückt werden – so untergewichtig, so schmal, so mager, so präraffaelitisch. So blaß und so streng. Oder soll ich sagen: so sportlich? Im sommerlichen Hosenanzug, *cool wool*, nougat, die eine. Die andere in nachtschwarzem Abendrock mit unterkühlt grüner Satinbluse. Beide intellektuell bebrillt. Und das Haar – soll ich 'farblos' sagen oder 'vornehm angegraut'? Um den Mund schließlich – die beherrschte Spur Resignation, nicht wahr?

Du hörst mich seufzen. Aber was soll's. Deine Beschreibung ist richtig und gut und könnte von mir sein. Alles in allem, würde ich sagen und wenn du mir die Conclusio gestattest: da sitzt der Typ der gemäßigt emanzipierten Frau mit oder ohne Trauschein, die mit Emanzipation weder in Europa noch hierzulande Außerordentliches anzufangen weiß.

Aber nun weiß ich es doch und will es endlich, das Außerordentliche, das Ungewöhnliche!

Um danach zurückzukehren in ein höheres Beamtendasein, garniert mit einem a. o. Professor, der dein Leben bislang mit Sinn versorgt hat, so weit es die innerseelischen und ähnliche Bedürfnisse betrifft, und das Doppel-Single-Dasein fortzusetzen. Oder ist es aus und vorbei? – – – Nun, wie steht's?

Es steht auf der Kippe, meine Beste, und es ist schwierig. Und wenn es denn heut abend noch zur Sprache kommen muß, im Zuge deiner Ablenkungsmanöver von dem, was ich nun endlich will, so sei es. – Es ist schwierig, wie gesagt. Es ist eben das, was man seit neuestem eine *midlife crisis* nennt. Es ist ganz wie in einer herkömmlichen Ehe und obwohl wir nicht dauernd zusammenhausen. Hubertus hat ein neues Forschungsprojekt, das ihn umgarnt und bündelt. Ich aber habe eine Kusine, die mir das Wandeln unter Palmen ermöglicht. Was will ich mehr. Aber was sollen die autobiographischen Details, die du hier einschaltest. Es lenkt ab. Es ist viel zu wirklich oder zu unwirklich; je nachdem, was man gerade als wirklich empfindet. Und ob man dafür ist oder dagegen. Ich bin dagegen.

Es hilft nichts. Das Autobiographische ist wichtig. So wichtig wie die Privilegien, die ich hier genieße. Du existierst nicht im Luftleeren oder auf einer Insel. Freilich – irgendwie und im Grunde hast du recht und siehst mir deshalb auch so ähnlich. Die Frage ist, wo sich der Grund befindet und wie die Wirklichkeit, die darauf gründet, beschaffen ist. Wirklich ist dann nämlich nicht das cognacbraune Parkett. Wirklich ist der glattgraue Zementfußboden. Und am wirklichsten – der kühle Sand, vom Mond betaut.

Du verflüchtigst dich wohl wieder dahin, wo du zu Anfang warst, als du am Spiegelrahmen stundst und als Eos einem Tithonos nachflügeln wolltest? Eine Mystifikation, um Spannung zu erzeugen – ?

Vielleicht. Für später. Als erstes und nächstes sollst du auf diesem Parkett dein Tango-Erlebnis haben.

So. Endlich. Nach Ambiente, Kleiderproblemen, Porträts und dem Eingeständnis einer Krise endlich das, worum es mir geht. Wie steht's mit dem *noble sauvage*, den du für mich vorgesehen hast? Wie heißt er, wer ist er, wie sieht er aus und wo hat er Tango tanzen gelernt?

Das werde ich dir alles der Reihe nach kund und zu wissen tun. Aber nicht heut und hier oben, sondern morgen früh am Schwimmbecken unten.

Also wirst du mich nun umgehend schlafen schicken?

Es ist spät genug. Frühstück wird aufs Zimmer serviert. Danach erwarte ich dich unten. Ich habe für die nächsten Tage außer dir nichts vor. Karolus ist unterwegs in wichtiger Mission. Und das Bisherige war die Exposition.

Ja. Die geneigte Leserin hat einen ersten Eindruck bekommen. Es raschelt wie Seidenpapier beim Auspacken. Dünn und zartfarben, tee, rosé und aschviolett. Wirklich reizvoll. Die Neugier auf das, was sich auswickeln wird, ist geweckt. Während sich für mich – macht das auch der Tee? – das Unwirklichkeitsgefühl wieder verdichtet. Bin ich vorhanden? Vorhanden, aber nicht wirklich? Oder umgekehrt? Werfe ich einen Schatten, werfe ich keinen? Eine Kusine, zwanzig Jahre verschollen, lädt ein und es zeigt sich eine geradezu spiegelbildliche Ähnlichkeit – ist das nicht etwas zu durchsichtig?

Deine Zweifel an dir selbst gehen zu weit. Du mußt inzwischen übermüdet sein. Die Munterkeitsdosis hat leider diese Endwirkung. Ich denke – du bist vorhanden. Ich habe dich eingeladen, und du bist gekommen. Ab morgen darfst du dich *selbstverwirklichen*. Und am Ende wird sich zeigen –

– wer von uns ein Schlänglein am Kusinenbusen –

– du sollst mir nicht die Pointen wegformulieren. Geh jetzt. Ich muß das zweite Kapitel zu Faden schlagen.

Ich gehe. Wovon soll ich träumen?

Von einer schwarzen Limousine.

Schl –

Schlaf schön, Kusinchen –

II Etwas wie ein Mönchlein

Die Kusine – für eine Unterhaltung taugt sie; eine unterhaltsame Romanfigur wird sie kaum abgeben. Sie denkt zu viel. Aber sie soll haben, wonach sie sich sehnt. Im Goldblech- und Ebenholzrahmen dessen, was auf einer dreizehnten Etage möglich ist, soll sie es haben und sich einbilden, es sei etwas Apartes und Exklusives. Maurice ist der Richtige für sie. Er und kein anderer.

Der Richtige ist er für eine anspruchsvolle Episode. Anspruchsvoll, subtil und altmodisch. Nichts als tanzen will die Arme, und das Leben ließe sich brav und bieder zu Ende leben. Sie hätte etwas erlebt, um das die Seele sich ringeln kann wie um einen Baum, wo aus immergrünem Laub das mythische Äpfelchen lacht, ungepflückt.

Wie unschwer ist Bekanntes und gar nicht Seltenes wiederzuerkennen. Die Akademikerin, beamtlich abgesichert; ein beachtliches Maß an beruflichem Erfolg und Ansehen, und dann, eines unvermeidlichen Tages, die Krise, der Partnerfrust, der schleichende Überdruß an der ewigen Wiederkehr des Gleichen. Wo führt das hin? Auf Bildungsreisen – Delphi, Lesbos oder ins Land der Pyramiden? Hilft nicht viel. Dann vielleicht nach Indien, zu einem Guru, in einen Aschram? Das ist auch schon überlaufen. Solo durch die Sahara? Zu riskant, selbst wenn sie sich mit ihren vierundvierzig Jahren so jung fühlt wie nie zuvor. Dann also das Übliche: eine Psychotherapie? Dafür ist die Kusine ungeeignet. Da macht sie, eigensinnig und selbstbewußt, nicht mit. Sich honorarpflichtig von irgendwem im innersten Seelenkämmerlein herumwühlen lassen – nein. Es darf da allenfalls eine Kusine ersten Grades gratis ein Stück weit nachstöbern. Außerdem hatte die Gute bislang diesen *patenten* – o ja, Mann; einen sensiblen und vernünftigen. Aber nun das jahrelange Gekrisel zur akuten Krise ausgereift ist, was macht sie da, die Frau Dr. Annette Sowieso? Sie nimmt die Weihnachtsferien wahr und macht erst einmal Urlaub von ihrem braven, gebildeten und herzensguten Hubertus, der sie noch immer liebend gern ehelichen würde, wenn die ebenso brave und gebildete Annette nicht etwas Prinzipielles gegen die Ehe hätte – das reimt sich nun auch noch, was bei Prosa nicht vorkommen dürfte. Aber es bleibt genügend Ungereimtes.

Zum einen. Sie *will* und sie will *nicht*, die Gute. Sie will das Besondere, aber ohne moralisches Risiko. Sie will das Ungewöhnliche, weiß aber nicht, wie weit sie gehen soll, darf, kann. Das macht, sie ist doppelt vorbelastet durch Tradition und Temperament. Nach überholten Begriffen wäre sie *eine anständige Frau*, die ihrem Hubertus bislang auch ohne Trauschein und einfach, weil die Selbstachtung es fordert, bieder und banal und bei allem Gekrisel – treu war. Verrückt, wenn man es recht bedenkt. Oder rührend? Es ist wohl einfach dies: die Kusine ist eine Triebschwache, und die Tugend wird zur Not. Zudem ist sie eine Introvertierte. Eine freilich, die sich selbst, wenn es sein muß, souverän zu überspielen weiß. Ist sie eine kühle Intellektuelle? So durchtrainiert vom Geiste der Abstraktion und linearer Logik, wie man es sonst vornehmlich von Männern gewohnt ist, die der Wissenschaft frönen wie andere einem Laster? Es ist wohl nicht ganz so schlimm mit der Annette. Sie hat auch Gefühl, und manchmal viel zu viel, so daß es verdrängt oder ironisiert werden muß. Ihre Existenz ist von Prinzipien umwickelt, die im Kraftfeld eines humanistischen Ethos starke Willensströme induzieren. Der Geschmack hingegen und die Empfindungsfähigkeit sind so verfeinert; so auf den Reiz der kleinsten Nuance hin sensibilisiert, daß hier eines kritischen Tages ein ganz unvernünftiger Appetit nach – Schnaps und Gepfeffertem durchbrechen könnte. Da brauchte die Lady plötzlich *un nègre ou un pompier*. Doch eben hier erheben sich sofort die Zweifel: ob das prästabilisierte Ethos je so total umkippen könnte. Vielleicht will sie; aber sie kann im Grunde nicht. Oder sie könnte, und will am Ende doch nicht. Dann beginnt sie nachzudenken über das Problem von Freiheit und

Notwendigkeit und vergißt darüber, was sie eigentlich wollte – das Ungewöhnliche, das Abenteuer.

Zum anderen. Es ist vorauszusehen, wie sie auf Maurice reagieren wird. Bei der Ankunft am Flughafen kann sie ihn nicht mit Bewußtsein wahrgenommen haben inmitten der neuen ungewohnten Eindrücke. Da ist schwarz zunächst schwarz und einerlei. Wenn sie ihn aber erst einmal *gesehen* haben wird; ihm als Einzelnem und unter Palmen begegnet ist, dann. Dann wird sie sich einbilden, das Besondere sei ästhetischer Art – *black is beautiful*. Dazu das feuchtwarme Klima und die fremdblütige Umgebung, das Exotische südlich der Sahara – es wird alles seinen Eindruck nicht verfehlen. In unreflektiertem Widerspruch zum Touristenklischee soll ihr der *edle Wilde* freilich nicht traditionell nackt im Lendenschurz begegnen, sondern westlich gesittet in Sakko mit Krawatte. Sie will das Exotische in der Verpackung der eigenen Kultur, von der Salonverbeugung bis zu einem akademischen Titel und womöglich mit Sensorium für die komplizierte *midlife crisis* einer Studiendirektorin aus Europa. Mit anderen Worten: sie will im Grunde einen Typ wie ihren Hubertus, nur afrikaschwarz und mit Tangoleidenschaft, statt bleichgesichtig und mit neuem Forschungsprojekt. Zudem will sie ihn so auch nur für vierzehn Tage oder eine einzige Nacht – *courte et bonne*. Das Ungereimte der Erwartung wird ihr nicht bewußt, und alles Übrige hierzulande interessiert sie nicht – weder Neokolonialismus noch Akkulturationsprobleme; noch auch die Misere der breiten Bevölkerung, die Arroganz der Eliten und die Korruption querbeet. Sie will auch kein Buch schreiben. Sie will ein Abenteuer mit Niveau – dreizehnte Etage – und ganz für sich. Und sie will es nicht einmal umsonst und sozusagen parasitär. Sie hat beträchtliche Beträge gespendet für die Krüppelkinder. Das darf nicht unerwähnt bleiben. Auch wenn es nicht ausschlaggebend für die Einladung war.

Das Ergebnis solcher Vorüberlegungen: eine doppelte Ungereimtheit aus Halb-und-Halbem. Das einzig Eindeutige ist: die Kusine will *tanzen*. Nicht zum Klang von Urwaldtrommeln, sondern ganz nostalgisch das, was sie vor einem Vierteljahrhundert in der Tanzstunde gelernt hat, und was dann verkümmert und verkrüppelt ist zwischen Beruf und Hubertus. Dem Hubertus hat's nicht zugesagt; da hat sie es sich versagt, ihm zuliebe. Und schließlich hat es sich ihr versagt. *She cannot when she would, who would not when she could.* Nun also will sie es doch noch erzwingen. Nachholen will sie das Versäumnis so vieler Jahre auf besondere Weise. Nicht irgendwo, sondern hier, wo ihr ein akkulturierter ‚Wilder' zur Verfügung gestellt wird. Und dabei klammert sie sich an ihre *vierundvierzig* Jahre wie an eine magische Zahl. Als müßte sich daran ihre Weiblichkeit potenzieren. Verworrene Vorstellungen hat sie vom Exotischen und einem *kairos*. Aus naßkaltem europäischen Winter unter Palmen versetzt. Kein ordinäres Ferienparadies mit weißem Strand und gefälligen *beach boys*. In einer Hauptstadt und auf dreizehnter Etage erwartet sie sich etwas wie ein Transzendenzerlebnis; das Überschreiten einer Schwelle hinüber in Endgültiges. ‚Etwas, in das man sich einwickeln kann für den Rest des Lebens'. Nichts als tanzen – wie bescheiden. Nichts weniger als grenzüberschreitend – wie anspruchsvoll. Madame Biedermeierin mit Schutenhut und einem *goût de l'absolu*.

Was die Kusine sich ersehnt, läßt sich arrangieren. Die Gastgeberin aber, die sich so verdächtig gut einfühlen kann, wird sich und ihre Ansichten möglichst im Hintergrunde unterbringen. Am nächsten Morgen ist als erstes nach gezielter Vorbereitung die Bekanntschaft mit Maurice zu vermitteln. Im Foyer wird sie sich umsehen. Vermutlich nicht allzu ausführlich. Sollte etwas dazwischenkommen – da ist sie schon.

*

Guten Morgen, meine Liebe. Gut geschlafen? Geträumt?

Geschlafen ja, und gut auch. Aber geträumt? Es ist weg. Nur noch ein Gefühl schleift nach – ein merkwürdiges. Wie bei der Ankunft im Flughafen gestern. Ich beschreib es dir gleich. Laß mich eben erst mit eigenen Augen genießen, was du mir gestern nacht beschrieben hast – sattgrüner Rasen trotz der Trokkenheit ringsum; gelber Kies und roter – ist das Sand?

Das ist tropischer Laterit. Der Sand ist anderswo. Und was hast du geträumt?

Es ist weg, wie gesagt. Nur noch Gefühl. Und das ist irgendwie verhakt mit – der schwarzen Limousine.

Schwarz wider alles Erwarten. Und dann verwandelte sich die Luxuskutsche in einen Panther mit glänzend glattem Fell und blitzendem Gebiß und Augenfunkeln – chromatisch.

Was soll nun das wieder und am frühen Morgen! Nach dem appetitlichen Croissant- und Kaffeefrühstück solltest du mir jetzt erzählen von dem, den du mir gestern nacht versprochen hast, damit ich ihn mir vorstellen kann, den *noble sauvage*, der mit mir Tango tanzen wird.

Von jetzt an und als erstes, meine Liebe, verzichten wir auf einen Ausdruck, dem es an Korrektheit mangelt. Wir sprechen schlicht von *Maurice*.

Maurice? Hübsch. Wie von dir erfunden.

Aus-findig mußte ich ihn freilich machen. Es kommt nicht jeder in Frage als Tänzer für dich. Er wird in Kürze hier erscheinen.

Huch.

Eben. Ich werde dich sorgfältig auf ihn vorbereiten. Am Rande des Schwimmbeckens, im Schatten der Palmen, können wir bequem sitzen und die Füße ins Wasser hängen, bis er kommt.

Baumelnd mit beiden Beinen. Und die Palmen rings umher, sie biegen sich sanft auf nur je einem. Du hast also gefunden, was zu mir paßt?

Es war nicht einfach. Aber er ist der Richtige. Einer, der deinen Erwartungen entsprechen dürfte. Der beste Tänzer, den ich auf dem Parkett je gesehen habe. Spezialisiert auf deinen Geschmack und dein verjährtes Können. Solltest du etwa *nicht* mehr können – er wird dich mitreißen.

Ganz so wild brauch ich's nicht. Er sollte sich einfühlen können, auch und gerade in Langsames.

Kein Problem. *Träumen am Lago Maggio*re kannst du mit ihm und mit *La Paloma* ins Tiefblaue flügeln. Er kann sich perfekt anpassen; sogar an eine Studiendirektorin deines Jahrgangs.

Wie alt?

Noch keine dreißig.

Beruf?

Noch nicht einmal Attaché. Das liegt an seinem etwas irregulären Lebenslauf. Er kommt aus der Häuptlingssippschaft eines unbedeutenden Stammes und aus einer entlegenen Provinz.

Ein Emporkömmling?

Solltest ausgerechnet *du* etwas dagegen haben?

Ich? Nein. Verheiratet?

Er läßt sich Zeit inmitten vieler Freundinnen und delikater Gelegenheiten. Liebt auch Reiferes und vor allem Beziehungsreiches. Im übrigen ist er sehr begabt und hat in drei Wochen mehr und besseres Deutsch gelernt als andere in vier Jahren.

Bei dir?

Ja.

Und du?

Was ich?

Ich dachte nur. – Gib mir ein Charakter-Kurzporträt in vier bis fünf Adjektiven.

Wozu Charakter? Ich dachte, du willst tanzen?

Und ich dachte, wer das Privileg erlangt, bei dir Privatstunden zu genießen, der muß auch so etwas wie Charakter haben.

Das ist richtig, einerseits. Andererseits ist es eine Frage diplomatischer Balance. – Also Adjektive. Sollst du haben, und ich würde sagen: charmant, brilliant, ehrgeizig, flexibel, und last not least: attraktiv, oder, wie man auch sagen könnte: ein hübscher Bursche. Ich aber sage: ein schöner Mann.

Mit anderen Worten: ein Dandy, ein Opportunist; ein *raffiné*, ein *roué*, bestenfalls ein *filou*.

Ich bestaune deinen Wortschatz. Französisch war doch deine Stärke nie.

Aber tanzen kann er, sagst du.

Und schön ist er, wie gesagt.

Also etwas Schlankes, Schmalschädeliges, mit gerader Nase und ohne Wülste? Eher hamitisch, nubisch, äthiopid?

Wie redest du! Wo hast du das her? – In der Tat und beinahe apollinisch, würde ich sagen. ‚Als Diana seine Brauen sah, erfand sie den Bogen.' Dein Auge wird mit Wohlgefallen auf ihm ruhn – was hast du?

Ich? Warum?

Du machst ein Gesicht, als hättest du eine Vision. Ist dir ein Stück Traum eingefallen?

Traum? Du meinst wohl etwas wie deinen ‚Panther mit blitzendem Gebiß und Augenfunkeln, chromatisch' – ? Weit gefehlt und ziemlich daneben. Eingefallen ist mir soeben, was ich vorhin im Foyer und im Vorübergehen – was mir da, ja beinahe widerfahren ist. Sehr merkwürdig und ich habe es offenbar sofort verdrängt. Hast du nicht gesagt, es sei hier in der Nähe ein Kloster? Rosen und Oleander?

So ist es – und?

Im Foyer, neben einem rosenroten Kübeloleander, sah ich im Vorbeigehen – *etwas wie ein Mönchlein*. Jedenfalls kam mir das lange, taubenblaue Gewand vor wie eine Kutte oder Soutane. Und darinnen stak – das ziemlich genaue Gegenteil von dem, was du mir soeben beschrieben und verheißen hast. Etwas nahezu – ich weiß nicht, was. Ein kleiner, runder Seehundkopf auf breiten Schultern und fast ohne Hals; ein Rumpf wie ein Mehlsack. Mehr als nur Andeutung von Bauch und viel zu lange Arme. Ganz unmöglich. Nur die –

Also ist er zurück.

Wie?

Nur was?

Nur – ich weiß nicht. Die Augen. Der Blick. Der Augenblick. Es traf sich – traf mich zufällig und von ferne, aber so, als kenne er mich. Als kenne er mich – gut. Sicher eine Verwechslung. War *das* vorgesehen?

Das nicht. Ein Versehen. Es darf dich nicht ablenken. Denk an Maurice und bedenke, was es bedeuten könnte, falls du dich in ihn verlieben solltest.

Ist *das* vorgesehen in deinem Konzept?

Es würde dem Tanzerlebnis das besondere Gefühlsaroma geben – oder weißt du nicht mehr, wie es war, vor einem Vierteljahrhundert, in der Tanzstunde? Das ungewiß Prickelnde. Das Präludienhafte. Du warst doch dazumal ziemlich verliebt, mit siebzehn, achtzehn, wenn ich mich recht erinnere.

Das war ich. Aber in keinen der Knaben aus der Tanzstunde. Und mit *ihm*, damals, mit meiner Differentialunglückseligkeit, habe ich ein einziges, ein einzig unglückseliges Mal getanzt.

Und mit Hubertus?

Nie. Aber das ist an sich keine Tragödie. Es fehlte zwar etwas, aber anderes, auf anderer Ebene, war wichtiger. Es geht mir nur um das Tanzen an sich. Mit einem guten Tänzer. Und wenn er auch noch schön ist, wie dieser *noble sau-*, ich meine: wie dieser Maurice – um so besser. Um so schöner stelle ich es mir vor, das Abenteuer.

Was soll am Tanzen Abenteuer sein, wenn sonst nichts auf dich zukommt? Ist das Ungewisse nicht das Schönste? Das Wortlose, das für sich redet und wo man nicht weiß, wie es enden wird; wohin es umkippen könnte – ?

Wie redest du! Wo hast du das her? Was soll das! Ich denke, du darfst hier auch nicht, wie du gerne möchtest –

Um so lebhafter kann ich es mir doch vorstellen. Und würde es dir sogar von Herzen gönnen. Denn wenn du hier ein *Abenteuer* suchst und dich so jung fühlst mit deinen vierundvierzig Jahren, dann gehört doch etwas der Art dazu wie das Salz an die Suppe, meine Beste. Nun ziehe dich nicht prüde zurück in abgelebte Vorstellungen aus alten Zeiten, Fontane, Stifter oder was weiß ich, und wolle, wie du gewollt hast. Wie es enden würde, das käme ausschließlich auf dich an. Da bleibt dir freie Entscheidung, wofern nur gewisse Unschicklichkeiten vermieden werden und du nicht –

– wie das? Aus dem dreizehnten Stockwerk darf ich nicht fallen; aber den Schritt vom Wege willst du mir geradezu einreden und aufzwingen. Da stimmt doch etwas nicht. Ich will tanzen und sonst nichts. Sag diesem Maurice –

Ich sage *dir*, daß man verliebt sein muß, wenn das Tanzen ein Erlebnis sein soll. Außerdem hast du gestern abend versprochen, die lebendige Anschauung für meine Kurzgeschichte zu liefern. Daher ich dir sage, daß du dich verlieben sollst zum Zwecke der Vertiefung des Tanzerlebnisses.

Was soll das heißen – *du sollst!* Das müßte doch schicksalhaft von selbst – da kommt es.

Wo? Was?

Das Mönchlein.

Das ist kein Mönch. Und das Schicksalhafte ist hier für dich nicht vorgesehen.

Die taubenblaue Kutte steht ihm gut. Kaschiert den Mangel an Proportionen. Gehört das Schicksalhafte zu deinen Privilegien? Er biegt ab und grüßt zu uns herüber. Ihr kennt euch – ?

Ja.

Und?

Was und?

Es würde mich auch interessieren. Was ist er, wenn er kein Mönch von nebenan ist?

Er ist annäherungsweise einer.

Wenn wer oder was sich nähert? Du oder das Schicksal?

Laß die angestrengten Geistreichigkeiten. Dort, von der anderen Seite, kommt das für dich Vorgesehene. Da kommt, was dir unerkannt im Traume nachging: die schwarze Limousine, verwandelt in einen Panther mit glänzend glattem Fell und blitzendem Auge. Er kennt dich schon. Da kommt er – Maurice.

*

Die Begegnung unter Palmen, mit rechtzeitig aus dem Wasser gezogenen und mit Sandalen versehenen Füßen, verläuft zur angenehmen Überraschung der Kusine. Sie ist angetan von der *noblesse*, dem edlem Anstand dessen, der sich lachend als ihr Limousinenchauffeur zu erkennen gibt und nicht umhin kann, sich entzückt zu zeigen. Es kommt zu den üblichen Arrangements. Zu dritt oder zu zweit, das ergibt sich zwanglos, besichtigt man die Sehenswürdigkeiten der Stadt, nimmt gemeinsame Mahlzeiten ein; macht einen Tagesausflug zu den Wasserfällen und kurze Besuche bei Bekannten, die zu den Geladenen der Silvesterparty gehören werden.

Vor allem aber und immer wieder ergeben sich Abende auf der dreizehnten Etage mit vielseitigem Geplauder in kleinem Kreise. Hier ist Maurice in seinem Element; er versteht es glänzend mit den Damen, und die Kusine aus dem kalten Europa erwärmt sich und blüht auf. Sie wird jung und jünger. Und – sei es, daß das Argument, die Vertiefung des verheißenen Tanzerlebnisses betreffend, einleuchtet; sei es eine Laune des Unverfügbaren; sei es auch nur, um dem angestaubten Verhältnis zu einem noch immer in Ehren gehaltenen Lebensgefährten einen vorsorglich neuen Reiz zu verleihen durch ein paar erratische Glanzlichter in der aufgelockerten Ferienseele einer Studiendirektorin – kurz: *sie verliebt sich*. Eine Ferienverliebtheit wie in einem Lieschen-Roman. Eine Episode, von der einen Kusine der anderen zugedacht, weil die Kurzgeschichte es erfordert. Die romanhaft verliebte Kusine verjüngt sich also rundum und sieht auf einmal gar nicht mehr wie eine strenge und leicht verklemmte Schulmeisterin aus. Die Gastgeberin kann es bestätigen: eine Metamorphose vor aller Augen. Aus dem Chitinpanzer der Gediegenheit befreit sich eine aparte Mischung aus kühler Salondame und kühner Großwildjägerin; tagsüber in legerer Behosung, kombiniert mit sportlichen Hemdblusen in kräftigen Erd- und Herbstfarben; abends lässig umweht von großzügig ausgeliehenen Gewändern, in deren reichem Faltenwurf Unscheinbares sich reizvoll kaschiert. Sie will sich nichts käuflich erwerben aus hintersinnigen Gründen – sie will es *geschenkt* haben. Und bekommt als erstes *sich selbst*. Was ihr nie zuvor einfiel, fällt ihr jetzt ohne weiteres bei: manch ein narzißtischer Blick in den Spiegel – *so gefalle ich mir*. Das täglich frisch gewaschene Haar (der Staub, die Sonne), von der unbestimmten Farbe des Übergangs zwischen Erde und Asche; bis zu den Schultern und leicht gelockt, eine mattglänzende Scheinfülle, frei hingeschüttelt oder aufgebunden, je nach Tageszeit und Gelegenheit: dieser Anblick wird Grund und Anlaß zu einem bis dahin unbekannten Selbst- und Hochgefühl.

Die Kusine beginnt mit der *Selbstverwirklichung*. Die Charaktermaske der rundum Verantwortlichen und prinzipiell Unnahbaren lockert sich, ohne indes völlig zu zerbröckeln. Zum Vorschein kommt – eine Frau in den abenteuerlichsten Jahren. Es gelingt ihr, sich selbst wahrzunehmen. Vor allem aber: sie fühlt sich *wahrgenommen* – ja, bewundert, wie sie sich seit Jahren nicht und vielleicht noch nie in ihrem Leben bewundert fühlen durfte. Maurice bringt es fertig, Madame das Gefühl zu geben, eine interessante Frau zu sein. Vielleicht ist sie es wirklich und wußte es bislang nicht. Ist es ein endlich gewonnener Mut zu sich selbst *qua* Weib? Ist es schnöder Selbstbetrug? Was soll die Frage? Es geht um die Feststellung eines *Selbstgefühls*, das für eine Frau wie Annette neu ist und erfreulich.

So lebt die Kusine sehr lebendig zweimal sieben Tage lang auf den letzten Tag des alten Jahres zu. Die Spannung steigt, und sie steigt im richtigen Rhythmus. Was sich im Tanzerlebnis einer Silvesterparty verwirklichen soll, staut sich im Vorhinein, in Erwartung und Vorwegnahme, als Möglichkeit an.

Damit und so weit wäre das in voraus für die Kurzgeschichte Wesentliche ausgepackt. Das zartfarbene Seidenpapier, tee, rosé und aschviolett – in noch nicht gänzlich alterstauben Ohren sollte es Neugier reizend geraschelt haben bei der Auswickelung einer komplizierten Kusinenseele.

*

Die *Silversterparty*. Das gesellschaftliche Ereignis findet statt in dem weitläufigen Saal, wo am ersten Abend die Kusinen mit- und gegeneinander plänkelten, um sich der Doppeldeutigkeit ihrer Identitäten zu vergewissern. Der festliche Rahmen: das Schachbrettparkett, die großen Wandspiegeln, gold und ebenholz, die Fenster verhangen mit Samt- und Atlasdraperien, weinrot und champagnerfarben, die tiefen Sessel an den Wänden und irgendwo versteckt eine supermoderne Stereoanlage, die gedämpft Empfangsatmosphäre verbreitet. Die Damen rauschen an, schön, schöner, am schönsten und sehr bunt, seiden und brokaten. Die Herren schlendern herbei, leger in hellen Anzügen, bambusbeige, zimt und curry, auch die Europäer. Dazwischen reines Tropenweiß und vornehmes Hellgrau. Maurice aber – Maurice erscheint in Mauve und ist sich seiner Extravaganz offensichtlich bewußt. Ein eleganter Anzug in einem raffiniert undefinierbaren Violett zwischen verstaubtem Rosenrot und welkem Flieder. Dazu eine Chemise in zartestem Apricot und die schmale Krawatte hibiskusrot – wirklich apart, wie ein ausgeprägter Geschmack für das Besondere es sich aparter nicht vorstellen könnte.

Und nun Annette. Die Gastgeberin hat ihr das dunkelste und eleganteste ihrer Festgewänder nicht nur gegönnt, sondern geradezu aufgedrängt. So dunkel, daß ein blasser, von der Sonne leicht getönter Teint sich höchst vorteilhaft davon abhebt, und Maurice überhaupt nicht. Das seidig leichte Afrikabraun ist silbergestickt – eine ornamentale Orgie kurbelt sich um den weiten Halsausschnitt und über die Brust hin, und bildet am

Saum Wellengekräusel über dem Parkett. Jeder zusätzliche Schmuck erübrigt sich. Es könnte scheinen, als habe die Kusine nichts weiter auf dem Leibe als des Gewandes taillenlose Weite – fast nur ein Überwurf mit Ärmeln, die keine sind. Die breiten Stoffbahnen lassen sich über die Schultern zurückschlagen wie bei einer antiken Toga: ein Gewand ohne Zuschnitt und fast ohne Naht; etwas so Einfaches und Raffiniertes, wie es nur bei den Straßenhändlern zu erhandeln ist. Die Kusine findet sich hinreißend darin und recht hat sie. Zwei, drei der übrigen Europäerinnen tragen ähnliche Gewänder; aber keine mit einem derartigen Verwandlungseffekt. Wäre der Gedanke, aus dem dreizehnten Stockwerk zu springen, nicht absurd, die Kusine würde unten ankommen wie die Nike von Samothrake.

Auf der dreizehnten Etage hat sich eine gemischte Gesellschaft von etwa vierzig Geladenen eingefunden, Weiße in gehobener Position und Schwarze der Gattung *évolués*. Darunter auch zwei oder drei gemischte Paare, wo jeweils eine weiße Frau an einem Afrikaner ehelich hängengeblieben ist. Das Umgekehrte ist nicht vertreten; es kommt auch seltener vor. Unter den Männern gibt es ein paar Unbeweibte wie Maurice, aber keine Einzelgänger. Die nicht-ehelichen Paare sind im voraus sorgfältig zusammengestellt, wie es sich gehört auf einer höheren Ebene. Das heißt, die wenigen Einzelnen unter den Herren, die da zwanglos zwischen den Gruppen fluktuieren, sind bereits zugedacht und wissen, um wen sie sich zu kümmern und zu bemühen haben. Man steht beisammen und plaudert in Erwartung des kalten Büfetts nebenan, das in diesem Falle nicht die Hauptsache ist. Es soll lediglich verhindern, daß die Stimmung aus Alkohol und Tanzmusik unvermischt mit nahrhaften Säften in die Blutbahn und in den Kopf gelangt.

Die Gastgeberin, in stahlblauer Prinzeßrobe mit Trompetenärmeln und schmaler Silberborte rings um die Säume, hat ihren Begrüßungspflichten genügt. Die Kusinen stehen beisammen, vorübergehend am Rande und bemüht, Überblick zu gewinnen. Wer mit wem und wo und –

Plötzlich, mit einer überraschten Wendung der einen zur anderen hin – hat die Ferienkusine etwas entdeckt. Sie scheint ihren Augen nicht zu trauen, schaut noch einmal hin und will es offenbar nicht für möglich halten.

In der Ecke diametral gegenüber steht einer und trägt als einziger keinen Anzug nach europäischem Zuschnitt. Er trägt ein gerades, bodenlanges Gewand, sandbeige, hochgeschlosssen, mit kleinem Stehkragen und langen, engen Ärmeln, asketisch einfach, und hält sich auffällig unauffällig im Hintergrunde.

Sieh mal. Da – !

Wo?

Dort in der Ecke, schräg hinter deinem Gastgebergatten: *das Mönchlein*. Wie kommt so etwas hierher?

Das ist Karolus' Sekretär. Meiner gelegentlich auch.

Ach. Hat er so gut Deutsch gelernt wie Maurice?

Nein. Nur sehr mühsam und letztlich ohne Erfolg.

So unbegabt und trotzdem Sekretär?

Etwas schwerfällig. Aber zuverlässig.

Du hast ihn mir noch nicht vorgestellt.

Das läuft nicht davon. Vermutlich wird er dir von selber in den Weg laufen. Dann sieh dich vor. – Zunächst aber, beste Kusine, wollen wir mit dem großen Haufen eine Kleinigkeit zu uns nehmen – harmlose *white man's* Häppchen. Damit der Sekt auf ein Wenigstens an Widerstand stößt – vor allem bei dir.

Ich brauche nichts. Allenfalls ein Glas Orangensaft; besser noch einen schwarzen Tee, eisgekühlt.

Ich wüßte dir Besseres zu raten. Aber wie du willst. Komm. Und fang langsam an, dich auf das Finale deiner Selbstverwirklichung und auf Maurice zu konzentrieren. Sonst kommt meine Kurzgeschichte zu kurz oder sie bekommt einen Knick ins Unvorhergesehene.

Das will ich dir nicht antun. Aber einen Knick hat die Geschichte schon – *das Mönchlein* irritiert. Es lenkt mich ab, ich weiß nicht, wie und wohin.

Das wird Maurice umgehend geradebiegen. Laß dich nicht beirren durch Zufälligkeiten. Du weißt doch, was du willst. Du willst tanzen.

Du hast recht. Maurice – wo ist er? Er kommt mir zerfahren vor; ganz ungewöhnlich nervös. Hast du eine Erklärung dafür?

Er weiß, was von ihm verlangt wird in einer Nacht wie dieser.

Aber ich will doch gar nicht – ich will doch nichts als *tanzen*.

Eben darum. Deine höheren Ansprüche sind ihm nicht verborgen geblieben. Trotzdem. Man weiß nie. Nicht einmal ich weiß es. Es kann sich an einem Glas Sekt zuviel gar viel entscheiden. Und daran, daß die Tür zum Fahrstuhl, am Ende des Couloirs, nur wenige Schritte von der Tür zu deinem Appartement entfernt ist. 'Es war wunderbar. Kommen Sie doch noch zu einer Tasse Kaffee herein.' Der Kaffee ist ein gutes Argument. Aber während die Kaffeemaschine läuft, läuft auch der Plattenspieler, und das Wunderbare nimmt so überhand, daß sich alles Übrige von selbst ergibt und warum eigentlich nicht? Auf das ‚eigentlich' kommt es an. Allein schon die Verführungskraft des Gedankens; von vorhandenen Gefühlen ganz abgesehen. Die Unwiederholbarkeit, der *kairos*, und vor allem: *l'amour est si simple* – meine Liebe, ich weiß es wirklich nicht.

Aber ich weiß es. Und du weißt im Grunde so gut wie ich, daß das Abenteuer, das ich hier suche und das du mir vermittelt hast, um ein weniges verschieden ist vom Üblichen. Zudem hast du mir gleich am ersten Abend kundgetan, daß gewisse Unschicklichkeiten auf einer dreizehnten Etage verpönt sind. Wie reimt sich das?

Gut gezwitschert. Es reimt sich wie *ought and is*. Außerdem würde Maurice in seiner Verschwiegenheit dich auffangen – falls du fallen solltest. Aber ich sage ja nicht, daß du *sollst*. Ich warne dich vielmehr, indem ich Möglichkeiten andeute.

Es kommt mir doch eher so vor, als würdest du andeuten, nicht um zu warnen, sondern um zu insinuieren, wie das Schlänglein von dazumal. Als wolltest du *mir* zumuten, was du dir selber nicht zutraust.

Es ist noch zu früh, meine Teuerste, für solche Vermutungen. Eine gewisse Verwandtschaft der Seelen wird man uns freilich nicht abstreiten können.

Sie ist vermutlich der Grund, warum trotz Maurice's Charme und meiner vierzehntägigen Ferienverliebtheit mich *dieses komische Mönchlein* –

Aha. Denis, meine Liebe, bleibt aus dem Spiele.

Denis? Seltsamer Name für einen, der so undionysisch in der Gegend steht und sich im Hintergrunde herumdrückt. Aber sei's drum, fürs erste. Ich will und ich werde tanzen mit Maurice. Ich freue mich darauf. Ich wünschte, ich fieberte schon. Und du – du wirst in dieser Nacht so vielen ungetanzten Tänzen weitere hinzufügen?

So ist es.

Weil dein distinguierter Gatte nicht tanzt?

Und ich mit anderen nicht tanzen *will*. Das weiß man, und es wird respektiert.

Dein respektables Unglück. Ich verstehe es nicht. Warum willst du nicht, wo du doch in allen Ehren könntest? Du mit deinen 'Flügeln der Morgenröte'. Warum –

Es geht dich in diesem Kapitel noch nichts an, beste Kusine. Ich erzähle es dir später – morgen schon, wenn du, erschöpft von Glück und Seligkeit, von der Himmelsleiter nie erlebter Tanzekstasen, erstiegen in unerhörtem Tangoschritt – heruntergepurzelt mit einer ordinären Malaria auf der Nase liegst.

Malaria? Muß das sein?

Unvermeidlich trotz Prophylaxe und absolut notwendig für den Fortgang meines Romans jenseits der dir zugedachten Kurzgeschichte. – Begib dich jetzt hinüber zu Maurice und plaudere ihm die Nervosität weg. Trink ein Glas Sekt mit ihm, aber möglichst nicht drei. Es ist kurz vor 9 Uhr, seit zwei Stunden also stockdunkel draußen, und du merkst überhaupt nicht, wo du dich hier befindest, hinter diesen dunkelroten Prunkvorhängen aus falschem Samt, unter einem Kronleuchter, der auch nicht echter ist. Es stehen dir drei Stunden Tanzgenuß und ein genuines Erlebnis deiner selbst bevor. Drei Stunden bis Mitternacht und danach noch etwa zwei Stunden im Neuen Jahr. Man wird mit Foxtrott beginnen und ähnlichem. Dann Wiener Walzer und schließlich Tango; erst Langsameres, Zahmeres, Altes, Bekanntes; dann Schnelleres, Echteres. Ich habe mir Mühe gegeben mit Auswahl und Zusammenstellung; aber mit den Tangos hatte ich gewisse Schwierigkeiten. Trotzdem. Angesichts deiner Erwartung und Maurice's Fähigkeiten kann eigentlich nichts schiefgehen.

Eine umständlich ins Einzelne gehende Einleitung und Hinführung. Aber ich bin dir dankbar im voraus und verlasse mich auf dein Arrangement – und auf Maurice.

Auf ihn für alle Fälle. Übrigens werdet ihr, Maurice und du, du und Maurice, aufgefordert werden, *to open the floor;* das ist hier so üblich mit Gästen, die man besonders ehren will. Ihr werdet euch also eine kurze Weile im Mittelpunkt der allgemeinen Aufmerksamkeit bewegen – du als meine Kusine und so offensichtlich attachiert an diesen noch nicht einmal Attaché. Und Maurice – ganz er selbst wird er sein und gänzlich ohne Identitätsprobleme. Eine kurze Weile, sage ich; denn alsbald wird sich alles paarweise um sich selber drehen oder um Politik und Tratsch. Es werden sich Grüppchen bilden um die zierlichen Tischchen, und nur wenige werden unentwegt tanzen, ohne daß man ihnen besondere Aufmerksamkeit zuwendet. So war es immer; so wird es auch diesmal sein. Für dich indes: das Einmalige und Außerordentliche.

Gut, daß du mir alles im voraus verkündest. Es nimmt mir etliche Quentchen von der Nervosität, die auch mich zum Flirren bringt. Wahrscheinlich von Maurice auf mich übergesprungen. – Gut, und du? Und dein tanzabstinenter Gatte?

Karolus wird mit einigen der Gäste so intensiv in Politik und Ethnologie vertieft sein, daß er so gut wie nicht vorhanden ist. Ich meinerseits werde mich von Gruppe zu Grüppchen bewegen als gute Gastgeberin und ganz unauffällig, hier und da höflicherweise ein wenig teilnehmend am Geplauder. Auf diese Weise werde ich ungestört meine Eindrücke zu Gedanken sublimieren und vor mich hin formulieren können, während ich dir empathisch beim Tanzen zusehe.

Du wirst dir deine Eindrücke ins Konzept formulieren?

Meine Zuschauereindrücke und deine Tanzgefühle. Aber nicht ins Konzept. Möglichst schön und möglichst endgültig. So schön und endgültig wie dein Tanzerlebnis.

Das ist wohl leider das einzige, was dir bleibt, du Arme. Und *dieses Mönchlein* – ich meine: euer Geheimsekretär mit dem antiken Götternamen. Er tanzt auch nicht?

Jedenfalls nicht hier. Nicht diese importierten Tänze; dazu noch altmodische, die dir so viel bedeuten. Und nicht wenigen anderen der geladenen Weißen ebenfalls. Das ist die koloniale Retardierung, die auch in nachkolonialer Zeit noch wirksam ist. Wo nicht, wie hätte ich es wagen können, die verstaubten Kuriositäten auf den Plattenteller zu legen.

Schade. Ich hätte so etwas gern einmal tanzen gesehen. – Nun aber – wie war das mit der Malariadrohung? Ich glaube, ich fühle mich schon andeutungsweise fiebern. Und Maurice – warum soll ich ihm nachlaufen? Er könnte doch –

Er ist schon unterwegs – da, diagonal durch den Saal und die wartenden Paare. Die erste Platte wird schon aufgelegt. Er kommt und es naht, das Einmalige und Endgültige. Auf, Kusinchen! *Hic salta*! Und wenn dir schwarz vor Augen werden sollte – nimm es hin, selig jenseits deiner selbst. Eine unvergeßliche Nacht ist dir beschieden!

'O Nacht, ich will ja nicht so viel!'

Außerordentlich viel willst du. Etwas, in das du dich einwickeln kannst für den Rest des Lebens. Da ist Maurice. Tanze, Kusine mein. Tanze alle meine ungetanzten Tänze!

III Schwarzer Tango

Ungetanzte Tänze, einer Kusine zugedacht, welche, von außen und mit Augen betrachtet, die an grellere Farben und Effekte weiblicher Selbstverwirklichung gewöhnt sind, wahrhaftig nicht viel, eher lächerlich und langweilig wenig will, die Gute, die Arme, die subtile Seele aus Nachsommertagen – Tänze soll sie tanzen, die, Tango vielleicht ausgenommen, ebenso altmodisch sind wie sie selber und ihre Vorstellungen von glückbestirnter Endgültigkeit. ‚Ich will ja nicht so viel' – zum Sprunge ansetzend nimmt sie sich zurück. ‚Nach kleinen Schatten schnappt der Fisch'; nach einem für sie eben noch vorstellbaren Brocken Lust und Leben schnappt die ehrenwerte Kusine. Sie hangelt nach dem Haken eines Integrals für ihr differenziertes Selbstgefühl. Sammeln und summieren wird sie sich, wo nicht ‚groß um einen Donner', so doch um nur wenige Zentimeter kleiner um das Tam-ta-ta eines Tangos auf gehobenem Niveau.

Der exotische Rahmen, noch einmal: eine Silvesterparty auf dreizehnter Etage am Rande einer großen Stadt südlich der Sahara. Draußen Tropennacht, mondlos schwarz und schwül. Drinnen das Importdekor und eine auserwählte Zahl von Geladenen, die festlichen Rahmen bilden. Auf dem cognacbraunen Schachbrettparkett bewegen die Gäste aus den *beaux quartiers* sich in fluktuierenden Gruppen, umspült von gedämpfter Unterhaltungsmusik. Im Mittelpunkt eine honorable Studiendirektorin aus Europa mit modischer *midlife crisis*, zu Besuch bei der Gastgeberin und vorübergehend liiert mit einem fast überakkulturierten Autochthonen. Erwähnenswert am Rande der Botschaftergatte, der gar kein Botschafter ist, sowie, in der Rolle eines Sekretärs, *etwas wie ein Mönchlein*. In dem festlich animierten Durcheinander unter dem großen Kronleuchter läßt sich nicht erkennen, ob eine der Kusinen oder ihrer beide einen Schatten werfen oder keinen. Es kommt darauf schon nicht mehr an. Worauf es ankommt, ist die Verdoppelung des Tanzereignisses: die herbeigeflogene Kusine soll tanzen; die stationäre will nur zusehen und nach Worten suchen, um zu sagen, wie es sich anfühlt.

(Im nachhinein, vor einem Mahagoni-Sekretär mit Geheimfächern, wird Zeit vorhanden sein, über das Unterfangen schriftlich Rechenschaft abzulegen.)

Das Tanzen der Kusine soll sich in Sprache widerspiegeln. Ist Sprache ein Spiegel? Etwas, das sein Wesen wesentlich woanders hat, soll *verwortet* werden – eine Anmaßung von nicht geringen Ausmaßen. Die Gastgeberin weiß es und nicht nur, weil es ihr einst in Poetikvorlesungen beigebracht wurde. Sie weiß aus eigener Erfahrung, wie täppisch die Sprache nach Dingen tappt, die gar keine Dinge sind, sondern deren Gegenteil – Seelenschwingung und Gemütsbewegung. Sie weiß, wie hilflos die alte romantische Klage klingt, die, Metaphern zusammenscharrend, zu sagen versucht, wie *unsagbar* es ist – wie wortlos wahr und wirklich es ist, so lange es ist, und daß die Wörter Schatten sind und Staub: das, was übrigbleibt vom sinnlichprallen und bisweilen dem Verfertigen von Gedanken so selig enthobenen Fleisch des Eigentlichen, das da Wort wird. Das Tanzen der Kusine verworten zu wollen statt selber zu tanzen, ist verwegenes Wenigstens *faute de mieux*. Es bleibt ein Spiel der Schatten; es bleibt das Uneigentliche, das Hilfsliniengerüst der Metaphern. Es bleibt ein *Wie* und *Als-ob*. Es ist *wie* das Fischen nach der feenhaft schönen Meeresmeduse, die, ein Gespinst aus Wasser und Mondlicht, selig in sich selbst, durch mitternächtliche Gewässer flutet. An Land gezogen und von der Sonne beschienen schrumpft sie zu einem grauen Häuflein Schleim, diesseits von Mond und Meer. All dessen eingedenk und mag der glückerfüllte Augenblick zu dürren Worten schrumpfen: wenn es gutgeht, können dürre Worte eine Weile überdauern und, wenn es noch einmal gutgeht, je und dann ein blasses Abbild des erfüllten Augenblicks heraufrufen aus dem Orkus der Zeit.

*

Der Silvesterball, ein Kulturimport wie Fußball, aber in diesem Falle nur für die *happy few,* beginnt. Was im westlichen Europa dieser späten siebziger Jahren kaum noch auf den Plattenteller kommen dürfte, wird hier in afrikanischer Äquatornähe noch geschätzt und genossen. – Als erstes, wie üblich, Pflichtübungen. Danach soll es sich langsam steigern bis zum dramatischen Ende. Harmlos und verspielt fängt es an. Leichte Lockerungsübungen. Es darf nichts erzwungen werden. Die Spannung muß langsam steigen. Unmerklich muß es hinüberschwingen auf eine Ebene, wo alles sich unversehens anders anfühlt. Spätestens beim ersten Tango. Frühestens beim letzten Walzer...

Es fängt mit einem Foxtrott an. Mit einem uralten, kaum noch zu glaubenden: 'Anneliese, ach, Anneliese' – ach, wie lang ist das her! Maurice, unruhig wie ein Sprinter vor dem Start, nimmt den Rhythmus sofort und mit allem, was sich hinter Mauve und Apricot an sehniger Lebendigkeit verbirgt, auf. Einen Augenblick sieht es so aus, als wolle er solo tanzen. Aber schon sammelt er sich zu einer übertriebenen Verbeugung, und seine belustigte Miene gibt allen, die ihn im Auge haben, zu verstehen: ich habe hier eine Schau abzuziehen und fast so etwas wie ein Tournier zu tanzen mit Madame als Ehrengast unserer Gastgeberin.

Annette, *jetzt.* Reiß dich zusammen, und dann: ganz locker-locker-locker! Annettchen – ach, wirst du es schaffen mit deinen zwei Beinen und vierundvierzig Jahren und einem Kopf, der sich so leicht nicht verlieren läßt, auch wenn du absichtlich damit wackelst und deine schütter-schöne Haarpracht in den Nacken wirfst wie ein Pferd, das allzulang im Stalle festgebunden war und nun hinaus- und losgelassen wird auf weite Weide voller Butterblumen und Wiesenschaumkraut –? Die Kusine, im Vollbesitze ihres Selbstbewußtseins, muß sich die eigene Überlegenheit vorspielen. Sich und anderen deutlich machen, daß sie eine Frau ist, die endlich weiß, was sie will und in diesem Falle, hier und jetzt, diesen schönen – nun eben und ausdrücklich: *Schwarzen* will, um mit ihm und keinem anderen die Nacht durchzutanzen. Sie gewährt sich souverän und spielerisch; leicht ironisch, *grande dame,* unverführbar, und jedermann kann sehen, wie gut sie diese Rolle spielt. Gewiß, sie ist verliebt; jedoch gänzlich unbeschwert von Schicksalsschwere. Mit der heiteren Leichtigkeit einer illusionslosen Ferienverliebtheit als Vorbedingung für einen kultivierten Tanzgenuß begegnet sie dem Schönen, und sie mag noch einmal schief danebendenken: dem *noble sauvage,* der ausersehen ist, ihr zu solchem Genusse zu verhelfen.

Und die Kusine tanzt. Sie tanzt den Anneliesen-Foxtrott, gekonnt und exakt und verwechselt kein einziges Mal ihre Beine. Maurice korrespondiert perfekt. Eine perfekte Wechselseitigkeit. Man wirft einander hin und her und fängt sich schwungvoll ab und auf wie einen Spielball – ein unbefangenes Spiel. Blick.kon.takte; ko.ket.tes Lachen; man macht so.gar Kon.-ver.sation. Man überschüttet einander mit dem Konfetti geistreicher Aperçus – vermutlich, um zu zeigen, wie angeregt der Geist auf raschen Schrittwechsel reagiert. Mit Blickwechsel, gezielt und blitzend, mehr noch als mit dem Ping-Pong-Spiel in drei Sprachen, bestätigt man einander, daß es ein exquisites Vergnügen ist. Madame zeigt sportlichen Ehrgeiz – über das Intervall von mehr als zweimal sieben Jahre hinweg wetteifert sie und hat nichts verlernt seit ihren Jugendtagen. Es grenzt an ein Wunder und man muß nicht einmal daran glauben; man hat es leibhaftig vor Augen. Es ist auf einmal alles wieder da. Es bricht durch Kraut und Kruste so vieler Jahre; es blüht auf, spätsommerlich, und leuchtet und duftet, ein jahrzehntelang verqueckter Garten, der plötzlich voller Sommerblumen steht, himmelblau und rosenrot –

– und das war eine ringsum applaudierte Ouvertüre. Schön habt ihr das gemacht und ohne die geringsten Anzeichen einer Befangenheit. Spiel und Sport und Spaß ganz beiderseits. Kleine Pause. Das Parkett füllt sich mit Verbeugungen, Gemurmel und Lachen. Die Stimmung beginnt zu moussieren.

Was wird als nächstes und für alle vom Plattenteller kommen?

Ein *langsamer Walzer*. Nach den ersten tastenden Takten braust es auf, beginnt zu wogen wie eine rollende See und flacht sogleich wieder ab in ein gemächliches Dahinschweben. Wie über blühende Wiesen in weitausholenden Schwingungen und eleganten Schleifen schwebt es dahin. Schon ergäbe sich die Möglichkeit, einer Stimmung nachzugeben; einer unbestimmten, die noch nicht weiß, ob geradeaus durch weiße Margeriten oder seitwärts über Brombeerhecken. Konversation wäre wohl noch möglich; aber wozu? Schon nimmt die Melodie überhand, geht ins Gefühl und läßt die Gedanken schweifen – wohin? ‚Ich taan.ze mit.dir.in /den Him.mel hin.ein'? Nein, so schnell geht es nicht. Der Kusine versinkt noch keine Erde, und sie weiß, daß sie nicht zu zweit allein ist. Die klebrigen Fäden, welche der Text hinter der Melodie herzieht, bereiten ihr vermutlich keine Pein. Sie spürt bei allem Schweben noch festes Parkett unter den Füßen. Aber sie liebt das Langsame und Besinnliche und gibt sich dem hin... Wie schön ist es, so in Spiralen dahinzugleiten am flachen Strand eines südlichen Meeres, dessen Wellen mäßig steigen, heranrollen und zurückweichen und weiße Muscheln zurücklassen im glattgespülten falben Sand. Ein gelegentlicher Blick in die aufmerksame Gegenwart dessen, der sie sicher und locker im Arme hält, verschwimmt in einem Lächeln, das schon nicht mehr weiß, was er besagen will. Es ist noch zu früh...

Um das Absinken ins träumerisch Konturenlose zu verzögern, folgt eine *Samba*, dann eine *Rumba*. Der Gastgeberin Blick darf vorübergehend und wie suchend umherschweifen, während Maurice die schnellen afro-amerikanischen Tänze ebenso gut tanzt wie den europäischen Walzer und Annette auch diese Rhythmen erinnert, wenngleich sie ihr gewißlich nicht so ins Gefühl gehen wie ein Walzer. Das ist der Zweck der Einschaltung: Erwartungen hinhalten, Höhepunkte hinauszögern, und daher eine Stunde lang: Foxtrott, langsamer Walzer, Samba und Rumba. Eine ganze Stunde lang mit knappen Pausen dazwischen. Fünf-Minuten-Konversation, lachend, Haar und Gewandfalten ordnend; einander zugewandt und gespannt auf den nächsten Tanz.

Endlich, in elfter Stunde: *Wiener Walzer*. Nun müßten erste Flutungen von sogenannter Seligkeit sich bemerkbar machen; eine Beschwingtheit, die sich spiralig in immer höhere Sphären dreht und sich verströmt in einem Lächeln, das Glück andeutet – was will ich mehr? Es streift schon fast die Ränder der Verklärung; es gibt sich hin an Melodien, die zehrende Sehnsucht und verspielten Übermut leichthin ineinanderknüpfen; ländlerisch Einfältiges, das hoppla-hopp daherwirbelt; dann wieder *andante* wie auf rosenroten Morgenwolken und wie ein blauer Falter im Sommerwind über Wiesen mit Federnelken und Zittergras; wort- und wunschlos wie eine bunte Seifenblase, die den Sinn des Lebens in sich beschlossen hält... So dahin und über das cognacbraune Parkett im Dreivierteltaumel, in Schleifen und Aufschwüngen; atemlos angehalten auf der weißen Schaumkrone einer hochgewölbten Woge – und es fängt sich wieder, stufenweise in Kaskaden abwärts und hinab und vollendet sich in einer souveränen Rundung. Das macht ein gewöhnliches Potpourri aus 'Kaiserwalzer', 'G'schichten aus dem Wiener Wald', und dazwischengenestelt von Jacques Offenbach der Olympiawalzer, der einen illusionssüchtigen Poeten in eine Trance hinüberspült, aus der er fassungslos erwacht.

Solche Fassungslosigkeit soll der Kusine erspart bleiben. Denn Illusionen kommen hier kaum ins Spiel. Die Kusine weiß, wie es um sie steht. Ganz entspannt und sicher geführt von einem Maurice, der überaus nobel wirkt in vollkommener Beherrschtheit, schwebt sie durch den weiten Saal. Die heitere Verliebtheit verwandelt sich dem Tanze an, und sie tanzt auf diese Weise immer mehr sich selbst entgegen – einem Selbst, das die Jahre mit einem gänzlich untänzerischen Hubertus ihr verschüttet und entfremdet haben. *Tanz als Therapie;* auch hier. Tanz als Weg zur Wiederfindung des Verlorenen soll der einzige Sinn der Übung sein. Die Kusine will nichts darüber hinaus.

Der Weg zum Ziel der Selbstfindung erfordert freilich und nicht einmal paradoxerweise als erstes Selbstaufgabe. Eine alte Weisheit, nicht nur in religiösen Gefilden und Exerzitien erprobt und für wahr befunden. Schon beginnen die Augen nach innen zu glänzen; sie lächelt ihm zu – du schöner und edler *Wilder*, dem ich solches Rauschgoldglück verdanke! Leicht zurückgelehnt in seinem Arm, biegsam wie die junge Haselgerte aus früheren Liedern; von Maurice so elegant begleitet, daß ihr viel Bewegungsfreiheit bleibt, tanzt sie dahin und fühlt sich leicht und leichter werden – wie ein Wollgrasflöckchen im Wind, das über ein braunes Moor hinweht. Sie löst sich auf in Schwingungen und Strömungen – wie eine Liane von Baum zu Baum sich schwingt; wie Wasser in sanften Wirbeln um Felsgestein strömt im breiten Bette eines großen Flusses. Das lange, leichte, dunkle Gewand, das ornamentale, und das offene Haar, mit Silbereffekten spielend, umfließen und umwehen sie, als sei's ein Teil Seele, das sich loslösen möchte – so lose, so locker und fast schon nicht mehr am Boden landläufiger Wirklichkeit haftend schwebt die Kusine dahin, walzerselig. Sie läßt sich mit seligem Genuß die Seele aus dem Leibe drehen und winden und lächelt sie ihrem Tänzer zu ins Ziellose – weiß sie es? Ist sie noch bei sich selbst? Ist sie es *schon*?

Der Tänzer in Mauve, der sich da so überaus nobel bewährt, daß man ihm die Bewunderung nicht versagen kann – wirklich brilliant und bravourös, Maurice – er befindet sich aus taktisch-praktischen Gründen diesseits von poetisch-verliebter Trance und ähnlich realitätsfernen Gemütszuständen. Er bleibt auf dem Boden gesellschaftlicher Wirklichkeiten; produziert sich selbst und eine Kunstübung und betrachtet es als Ehrensache, Madame zu einem einzigartigen Tanzgenusse zu verhelfen. Er tanzt gewissermaßen in diplomatischen Diensten. Dabei ist nicht ausgeschlossen, sondern sehr wahrscheinlich, wo nicht geradezu selbstverständlich, daß diese Schau und Übung ihm ein exquisites Vergnügen bereiten. Wo es hinführen soll, das wird sich zeigen. Vorerst will Madame, und das ist entscheidend, und das weiß er, sie will nichts anderes als – Tango tanzen. Die Kusine tanzt auf den ersten Tango zu.

*

Die Kusine und der *Tango!*

Hier muß eine Besinnungspause eingeschaltet werden; eine Abschweifung hinweg vom Parkett in die Vergangenheit einer Studiendirektorin und des Tangos. Biographisch-Analytisches und Kulturhistorisches, das vielleicht begreiflich machen kann, warum es sich verknüpfen muß hier und jetzt und ein für allemal, nämlich für den Rest des Lebens.

Was weiß die Kusine über den Tango – außer, daß man ihn tanzen kann? Der Tango, er hat 'so etwas' an sich – aber was? Sie weiß es nicht. So gut wie nichts weiß sie. Unbelastet von kulturhistorischen Details, von Vorurteilen und tiefsinnigen Wesensanalysen, erinnert sie sich an ein paar Melodien und Rhythmen und an seltsam uneindeutige Empfindungen, deren wahres Wesen sie jetzt zu ertanzen hofft. Möglich, daß sie auf dem Bildschirm Tanzturniere gesehen und gelegentlich auch eine Schallplatte gehört hat, hintenherum gewissermaßen, für sich allein. Das heißt: nie im Beisein ihres klassisch seriösen Hubertus. Der legt allabendlich vermutlich eine der vier Größen Ba-Mo-Bee-Brah auf, und allenfalls noch und weil da eine Sirene so betörend altklug singt, Theodorakis. Im übrigen: Kantaten und Motetten und endloses Barockgeorgel. Annette muß die Ohren übervoll davon haben, aber nichts Entschiedenes dagegen. Natürlich kann sie notfalls Brahms von Beethoven unterscheiden. Aber wenn sie allein ist, hört sie Gluck, Iphigenie in Aulis, und Wagner, Isoldes Liebestod, weil die zufällig auf der gleichen alten Platte sind. Vorzeiten hat sie sich an Debussys Prélude verhört, und Tschaikowskis Pathétique ist ihr nachgegangen. Daß Mozart auch ganz hübsch zu hören ist, gibt sie nicht zu, weil Hubertus ihm hörig ist.

Die Kusine bildet sich Tango ein.

Sie ist von Haus aus musikalisch völlig unbedarft, um nicht zu sagen: ungebildet. Nie ein Instrument gespielt; nicht einmal die biedere Blockflöte. Versteht nichts von Notenwerten; könnte nicht einmal sagen, was der Unterschied von Takt und Rhythmus ist und auch keine Synkope definieren – hat musiktheoretisch absolut nichts in ihrem gebildeten Kopf; aber wunderbarerweise alles und auf einmal wieder in den Beinen, und das nach so vielen Jahren tänzerischer Abstinenz. Gewiß, irgendeine dunkle Ahnung und ein paar Klischeevorstellungen vom Tango wird sie haben. Man müßte sich vorstellen, was ein Mann wie Hubertus, in dieser Hinsicht ihr geheimes Über-Ich, vom Tango hält.

Des Hubertus' gebildete Vorstellungen vom Tango, sie sind vermutlich von der Art, wie sie ein argentinischer Gesandter in Paris zu Anfang dieses Jahrhunderts zum Ausdruck bringen konnte: Tango – pfui. Ein niederes Vergnügen des ungebildeten Pöbels; unanständiges Geschwofe in den Kaschemmen der Vorstädte von Buenos Aires, wo eine ganz und gar ungute Luft die Wiege des Tango umwehte; anrüchig im wörtlichsten Sinne: Alkohol, Armut, Begehrlichkeit und Verbrechen – bis hin zum 'Kriminaltango'! Vor allem aber: obszöne Verrenkungen unterhalb der Gürtellinie. Macho und Muchacha in heftig rhythmisiertem erotischen Clinch – wie peinlich muß es berühren: den Geist und den guten Geschmack. Das ist nichts für dich, Annette. Da sinkst du unter dein Niveau. Aber! Könnte man einwenden, es geht doch nicht um die frühe Milonga. Davon hat Annette nicht einmal eine Ahnung, noch weniger einen Begriff. Was also könnte sie sich vorstellen, im Schatten der Ungehaltenheit ihres Über-Ich?

Im Halbdunkel von Annettes Vorstellungen geistert etwas, das im kulturmüden und morbid genußsüchtigen Europa der zwanziger Jahre sich verlangsamte und salonfähig wurde – es verknotete den Tangojüngling mit dem Vamp. Sie weiß, was Hubertus davon hält: auch nichts. Der eine, 'auf leisen Tangosohlen / sieht man ihn schon / das schönste Mädchen holen', ist ein pomadiger, geschniegelter Fiesling, schleichend, schleimig und lasch. Und etwas, das an sich edel-schön-und-gut sein könnte, wird zur Schmierseife, auf der man 'eckig' schiebt und rutscht und schließlich ausrutscht – nein, nein und dreimal nein, Annette! Das ist deiner absolut unwürdig. Mit so etwas kannst du dich nur lächerlich machen. Du und ein Tangovamp! Glattgeleckter Bubikopf; enge Schlangenhaut mit Goldlamé und mit Beinschlitz bis ins Flittchenhafte; Straußenfedernboa, lässig über einen nackten Rücken gleitend; halbgeschlossene Lider, müde und schwül; der Reiz des Verruchten – grotesk, meine Beste! Du mit deinen intellektuellen Attributen: eine Brillenschlange und ein eklatanter Widerspruch bist du zu einem Tango! Du solltest dir Mühe geben, *mit Anstand über die Runden zu kommen!* – Ach ja, man kann sich des guten Hubertus Ungehaltenheit lebhaft vorstellen und auch, wie bieder entrüstet ihm das einzig passende Adjektiv zum Schluß noch einfällt: *lasziv* ist der Tango.

Die Kusine müßte es fertigbringen, sich von ihrem professoralen – vielleicht aber ist's auch ihr studiendirektorales? – Über-Ich zu befreien und sich bewußt zu machen, was ihrem nach Verwirklichung strebenden *Selbst* ein Tango bedeutet und was sie davon noch im Gefühl hat, unterhalb des Tagesbewußtseins. Vielleicht ungefähr dies.

Ein Tango, würde sie sagen und nicht wissen, wie – er hat, einerseits und sicherlich, nämlich wenn er langsam ist, hat ein Tango etwas schleichend Raubtierhaftes an sich; lauernd Gespanntes nach innen hin. Denn nach außen, das Schläfrige und Schleppende, täuscht. Es ist da etwas anderes, dicht unter der Haut, etwas Sprachloses, eine Art Versagung. Das, worum es geht, das *Erotische* und wenn es nun einmal keinen anderen Ausdruck dafür gibt – es fühlt sich gebrochen an und zermürbt. Wodurch? Ist es abgründige Trauer? Ist es verbitterter Stolz? Es grenzt ans Pathologische. Und tanzen muß man so etwas in einem Zustande hochgespannter Empfindungsfähigkeit für das Mürbe und Gebrochene, das im Rhythmus zum Ausdruck kommt – würde sie meinen; aber wie, weiß sie nicht.

Schließlich, was das Machohafte angeht: noch herrischer als bei anderen Tänzen bestimmt der Mann, was getanzt wird. Aber muß er nicht *erfühlen*, was die Dame qua Frau will? Es wäre doch sonst der Sinn der engen Umarmung dahin. Denn vielleicht will sie gar nicht immer, wie und was er will. Daraus entstehen die Spannungen und die Stimmungsbrüche und es knistert. Wenn die Kusine so viel weiß, dann weiß sie immerhin, was ihrem Tänzer abverlangt wird. Ein tänzerisches Kunstwerk – afrikaschwarz. Schwarzer Tango.

*

Eine Stunde vor Mitternacht. Der letzte Walzer klingt aus. Das heiter Unbefangene und selig Beschwingte, das die ersten Stufen der Himmelsleiter mühelos emporgetanzt und schon bereit ist, die Seele hin- und aufzugeben ans Glück eines alkoholfreien Rausches, trudelt ab in eine Pause. Maurice bringt seine Dame zum Sessel zurück, verbeugt sich artig und darf sich kurz zurückziehen. Die Kusine, überaus animiert, springt sofort wieder auf, schlägt die weiten Ärmelbahnen zurück und scheint, während sie lachend Apercus an Beliebige verteilt, nach etwas zu suchen. Eine Kredenz, gekrönt von Sektkübeln, umringt von Gästen, die sich bedienen lassen, befindet sich in Reichweite weniger beschwingter Schritte, die das faltenreiche Gewand zum Flattern bringen. Breitet ihre Seele schon lyrische Flügel mit fremden Federn?

„O Nacht! Ich nahm schon Kokain / Und Blutverteilung ist im Gange / Das Haar wird grau, die Jahre fliehn / Ich muß, ich muß im Überschwange / *Noch einmal vorm Vergängnis blühn...*"

Statt Kokain zu nehmen stürzt die Bennkennerin ein Glas Sekt hinunter. Das ginge noch an. Ein zweites indes und ein drittes schüttet sie gleich hinterher. Nimmt sie an, daß niemand es sieht? Aber warum nicht? Andere alkoholisieren sich doch auch. Maurice indes muß es bemerkt haben und andere in seinem Plaudergrüppchen gleichfalls: er läßt sich ostentativ ein Glas Mineralwasser bringen. Das ist taktisch gut: ohne den Takt zu verletzen, zeigen, daß man einen kühlen Kopf zu behalten gedenkt. Von seiner Seite ist nichts Kompromittierendes zu befürchten. (Etwas weiter entfernt, unauffällig neben und halb verdeckt von einem Kübeloleander steht, wie in Parenthese, noch einer, der die drei Glas Sekt bemerkt hat. Das 'Mönchlein' der einen Kusine und Sekretär der anderen. Die düstere Miene könnte andeuten, daß er den Alkoholkonsum der weißen Frau mißbilligt.)

Die Kusine jedoch, ganz offensichtlich in Sektstimmung, lacht und plaudert dem ersten Tango entgegen. Wie fühlt sie sich? Sie fühlt sich ihren Ansprüchen gewachsen. Dennoch glaubt sie offenbar, mit Alkohol nachhelfen zu müssen der Erfüllung des Verlangens, über die eigenen Sterne hinauszutanzen in rauschhafter Entselbstung und grenzenlosem Selbstgenuß. Das soll sie haben. Um am Ende und endgültig, emporgetaucht aus dem *Lago Maggiore,* mit *La Paloma* in luzider Ekstase empor sich tanzend in schwindelnde Höhen grenzüberschreitend zur siebenten Seligkeit – abzustürzen. Das ist mit einiger Sicherheit vorhersagbar. Die Pause geht zu Ende. Nun also –

Schwarzer *Tango!* Doppelklimax! Für Maurice der Höhepunkt der Bewährung. Nicht irgendwelche wilden 'cosas de negros' aus längst vergangenen Milonga-Zeiten soll er vorführen, sondern den akkulturierten Gesellschafts- und Salontanz als feierliches Zeremoniell – ein Bravourstück von komplizierter und disziplinierter Eleganz. Weder lasziv noch brutal darf er sich aufführen. Als formvollendeter Artist soll er sich zeigen. Es darf bis nahe an die Grenze des Marionettenhaften gehen, wenn ruckartig die Gesichter dicht an dicht und immer hart an einander vorbei nach rechts oder links sich von einander abwenden; aber es soll nicht grotesk wirken. Alles Eckige, Harte und Abrupte; der Synkopenrhythmus, die Spannungen, Stauungen und plötzlichen Brüche – es muß elegant abgefangen und aufgehoben werden. Einer wie Maurice wird das Kunststück aufs Parkett legen. Einen schwierigen, höchstes Taktgefühl und ausgereiftes Können erfordernden Balanceakt zwischen tänzerischer Vortäuschung machohafter Arroganz und dem Ausdruck edlen Anstandes und verhaltener Leidenschaft. Die hochgespannten Erwartungen einer Studiendirektorin wird er nicht enttäuschen. Einer Frau mit Glücksansprüchen an *den* Tango, der hier und jetzt Ereignis werden soll. Doppelklimax: beide, die Kusine und ihr Tänzer in Mauve, werden das Kunststück kreieren und vollenden.

Schwarzer Tango für eine Kusine. Schwarz nicht nur wegen 'Black is beautiful' im Hinblick auf einen exotischen Tänzer wie Maurice. *Schwarzer* Tango auch, weil einer Kusine von vierundvierzig beim letzten Tango im Wortverstande *schwarz* vor Augen werden soll. Solches erfordert zum einen die Kurzgeschichte, damit sie in den Roman übergehen kann. Es entspricht zum anderen der physiologischen Logik der Situation: das Klima; eine Malariainfektion; der Sekt und die innere wie äußere Anspannung in einer Nacht wie dieser.

Die Pause ist vorbei. Annette – he! Was soll das?! Ist die Kusine schon so labil und *high*, daß sie nicht mehr weiß, was sie tut? Noch ein Glas Sekt – es grenzt doch wahrlich schon an ein Skandälchen. Ist freilich sinnvoll als Betäubungsmittel für den edleren Geschmack im Hinhören darauf, was nunmehr eine erste halbe Stunde lang als 'Tango' getanzt werden soll. Arrangements aus den fünfziger Jahren, Nostalgisches, himbeersüß und tranig und schon nahezu unmöglich. Aber die meisten unter den tanzwilligen Weißen werden nicht abwinken. Im Gegenteil. Es gibt unter ihnen zu viele, die sich wie Annette erinnert fühlen. Und die Schwarzen, selbst wenn sie nicht, wie Maurice, phantastische Imitationsgenies sind, sie sind fähig, aus jedem Rhythmus etwas zu machen, die Melodie bleibt Nebensache und die Texte dahinter kennen sie nicht.

*

Die ersten Takte, und Maurice stutzt. Einen Augenblick lang scheint er verunsichert; so als habe er sich verhört; etwas anderes erwartet. Recht hat er – eine unmögliche Platte. Aber es muß nun einmal sein, und er faßt sich schnell. Er läßt die schon anprobierte Tangomaske wieder fallen, entspannt sich, verbeugt sich lächelnd und locker wie zu einem Walzer und nimmt die klassische Tangohaltung in betont lässiger Abwandlung ein: die Umarmung nicht allzu eng und ohne zeremonielle Steifheit; das Mienenspiel ohne Stilisierung ins Hochmütige, lediglich unverbindlich. Annette paßt sich vollkommen an. Sie beginnt zu tanzen und scheint nicht zu merken, *was* sie da tanzt.

Die Kusine tanzt, was ihr bei kritischem Tagesbewußtsein nicht in den Sinn käme; was sie als niveaulos ablehnen würde. Tanzt es zweifellos nicht nur, weil andere es auch tanzen, oder weil Maurice ihr Tänzer ist; sondern weil zum einen der Sekt den Kopf erreicht und intellektuelle Verhärtungen aufgeweicht hat, und weil zum anderen, und das dürfte entscheidend sein, der ganze Elan ihrer aufgestauten Erwartungen sich dieser letzten Stunde vor Mitternacht und dem Gedanken *Tango* entgegengeworfen haben. Es *muß* ein Erlebnis werden; sie *muß* 'im Überschwange / noch einmal vorm Vergängnis blühn'. Daher sowohl die Texte nebensächlich werden, als auch Sänger, Melodien und die Art und Weise, wie der Rhythmus sich zu klebrigen Fäden auszieht. Das alles ist der Kusine wunderbar egal. Es stört sie nicht, daß sie kein tiefsinnig-dichterisches Original aus klassischen Tango-Zeiten tanzt, sondern geschmacklos Nachgemachtes.

Geschmacksache? Stimmungssache. Und im übrigen fängt es gar so schlimm, wie es dann noch kommen soll, nicht an. Man muß sich nur etwas stimmungsgerecht Poetisches dazu vorstellen. Es fängt an mit einer Melodie, die so wunderschön traurig und ein wenig torkelnd ihre Schleifen zieht, wie ein großer, einsamer, aus Versehen angeschossener Vogel an einem leeren, grauen Himmel. Und eine warme, leicht angesäuselte Männerstimme singt mit viel Gefühl von einem Wunder, das nie geschieht – und es geschieht nun also doch; denn ähnlich groß und einsam und vom Rhythmus zu ruckweisem Zögern gezwungen schleift die Kusine über das Parkett in traumwandlerischer Sicherheit und holt Vergangenes und nie Gelebtes ein: 'Sing noch ein.mal für mich, Ha.ba.neee.ro...'

Für Annette beginnt die Tangotrance. Das Wunder, mit Beimischungen von Kopfschütteln, das da geschieht – wer hier beobachtend im Hintergrunde bleibt, sich fast millimetergenau einfühlt und vor sich hinformuliert, für den besteht das Wunder in dem, was sich einfühlsam nachfühlen läßt: wie Anspruchsloses, man könnte auch sagen: schlichter Kitsch, an der Veränderung und Erweiterung von Bewußtseins mitwirken kann. Wie das Insipide und Triviale den Rausch zwar nicht hervorrufen, ihn jedoch nachdrücklich verstärken kann.

Annette also tanzt. Und eine Kusine, die da *nicht* tanzt, fühlt sich ein und das Wunder weitet sich aus. Während die Caprifischer aufs Meer hinausfahren, geradewegs in die rote Sonne-die-versinkt, hinein; während sie Bella-bella-bella-Marie anflehen, treu zu bleiben bis morgen früh und mit ihren Schleppnetzen jedes schnellere Tempo verhindern; während des weiteren pathetisch breit und breiig arrangiert 'O sole mio' dem Tenor das Seelenmark aussaugt und, läppisch bis zur Peinlichkeit, 'Rote Rosen, rote Lippen, roter Wein' einladen, bella Italia von einst und kein Ende – müßte es bei Annetten von oben her zu verdämmern und abzusinken beginnen. Ein Gefühl, als würde sie ganz Körper werden, der ohne Oben alles von alleine und viel besser weiß, mit den Beinen alles richtig macht und nicht weiß, wie. Maurice, jeden Schritt berechnend, jede Wendung bedenkend und scharfsinnig erratend, was Madame will, wird fast zur Arabeske, von Annette diskret und ohne daß es ihr bewußt zu sein scheint, über das Parkett dirigiert. Sie schleift und ruckt dahin mit der spröden Eleganz einer Diva, die eigentlich eine Olympiasprinterin ist und sich zwischen beidem nicht entscheiden kann. Wozu auch. Sie bekommt, was das Herz begehrt. Sie läßt sich mitnehmen von einem Rhythmus, der Wien und das selig Beschwingte eines Walzers weit hinter sich gelassen hat und sich barbarischer gebärdet. Halb verzückt in Zuckungen, halb synkopischen Lähmungen sich überlassend tanzt sie ihren eigenen Widerspruch, lässig und bockig zugleich, abtauchend in einen lila Seelenzustand, unentschieden zwischen herrischem Begehren und müdem Verzicht. Einen dunkelblauen Flügel trauertaubeträufelt schleift Psyche hinter sich her, *ich weiß nicht, was soll es bedeuten...* Und reißt sich immer wieder zusammen so gut es geht. Es *muß* gehen. Hingabewilligkeit stößt auf Selbstbehauptung, und das trotz vier Glas Sekt im Blut.

Auf Bella Italia folgt der einzige unter den alten Schlagern der abgeschabten Platte, der einen Hauch Tangophilosophie verspüren läßt: 'Du schwarzer Zigeuner, komm, spiel mir was vor...' Weiß Maurice, was ein Zigeuner ist? Daß die europäische Romantik eine besondere Vorliebe für das fahrende Volk kultivierte, ehe die Sehnsucht nach Exotischem seinesgleichen interessant fand, weiß die Kusine, auch wenn sie vermutlich nichts von Tangophilosophie weiß: Eingeständnis von Verlust und Schmerz. Eine Geige weint, und auch ein Mann weint, oder zumindest doch sein Herz. Das wäre beherzigenswert im Hinblick darauf, daß vermutlich auf dem Grunde ihrer Seele auch Annettchen sitzt und weint ob mancher Vergeblichkeiten ihres Lebens. Voll bewußt soll sie sich dessen freilich erst werden, wenn sie zu träumen beginnt am Lago Maggiore...

Erst soll sie das Absinken genießen: von Stufe zu Stufe hinab in eine Tangonarkose, die sich selbst inhaliert und mit Maurice kaum etwas zu tun hat. Ihr Tänzer tanzt höchst korrekt und eher locker und hat sichtlich kein Interesse daran, Madame in die Enge zu tanzen. Er will nichts als sie dahin führen, wo sie selber hinwill, und möglicherweise spürt er, wohin sie treibt: in den reinen Selbstgenuß.

Läßt es sich sagen, beschreiben? Vielleicht von ferne und *more geometrico*. Bewußtsein strukturiert sich um; aus Karos werden Kreise; aus Kubischem, Kante an Kante, werden Sphäroide, die einander mühelos durchdringen und miteinander verschmelzen. Vielleicht metaphysiologisch: Seelensubstanz verflüssigt sich ins Schlierenhafte, das in rhythmischem Gewoge niedersinkt auf besagten Seelengrund, wo alle unerfüllten Wünsche dahindämmern an der Grenze zur Tränenseligkeit. Und dann, poeto-meteorologisch, rauscht es hernieder in schweren Regenschleiern, die der Wind über Stadt und Land weht – 'Il pleure dans mon coeur / Comme il pleut sur la ville...' und als Begleitmusik 'Les sanglots longs des violons de l'automne...' Verlaines Gedichte wären als langsame Tangos zu tanzen; lauter traurige Gedanken, die hinausfließen in ein unendliches Meer und da untergehen. Nicht Aufschwünge, wie beim Walzer, sondern Abstiege vollziehen sich – so entsteht der Tango-Tiefenrausch. Und eine Entselbstung findet statt vermittels Konzentration auf das Selbst – die Trance einer Selbstwahrnehmung, die alles Wesentliche in sich selbst wiederfindet und dadurch von sich selbst am Ende loskommt. Erlösung findet statt von allen Versagungen; es löst sich in Tränen auf, die am Ende auch versiegen. All-Einsamkeit. Eine ewige Sehnsucht ohne Leidenschaft –

'Laßt uns träumen am Lago Maggiore...'! Es ist so weit, Kusine: es geht die letzten Meeresschwellen hinab, um den Entselbstungsrausch in Tränenseligkeit aufzulösen und zu vollenden. Mit deinem Willen, gar nichts mehr zu wollen als die rhythmisch verlangsamte Vertiefung der Trance, wird dir das Unsägliche, ranzig vor Romantik, abgelutscht wie ein Himbeerbonbon, wie Nektar und Ambrosia eingehen und das Szenarische dir als Zauber einer Sommernacht erscheinen, o Titania! Nein, das wäre eine Verwechselung; nicht Titania, so lange ein so Schöner und Eleganter wie Maurice dir zur Verfügung tanzt...

Südlicher Edelschmelz ertönt, vorgetragen mit Hingabe und von einem Tenor, auf den es gar nicht ankommt, wenngleich er dich als Typ ein wenig erinnern könnte; aber das ist lange her, und hier und jetzt ist anders wichtig als die Mischung von unerträglich und betörend aus einer Zeit, da es noch Backfische gab... Da hast du nun, Kusinchen, dem Text nach, eine Mustersammlung von Klischees. Wer aber sollte es in solcher Abwertung zur Kenntnis nehmen – ein trivialer Mond, der seine silberne Bahn zieht; den süßen Zauber der Nacht hat ein Märchen erdacht, damit sich's reimt; Boote im Spiel mit den Wellen, das mag noch hingehen, aber dann die weitausholende, allumfassende Verheißung: 'all dein Sehnen wird endlich gestillt' – das wird deine Tränen zum Rinnen bringen, lautlos nach innen –

ach, Annette, Kusine mein, wie einfühlsam verwechsle ich dich! Wo sind wir? Wo bin ich und wie lange ist es her?

Du hast das ganze Parkett zur Verfügung. Was hättest du angefangen mit engen zwei Quadratmetern in einem Stübchen, wo dir eine Diagonale von drei Schritten zwischen Tisch und Tür, Bett und Fenster bleibt und eine Bastmatte erst beiseitegeschoben werden muß, damit nachts mit nackten Füßen eine große Unglückseligkeit auf kühlem Zement hintasten kann, zwei Schritte zurück oder nach vorn, einen seitwärts und kaum Raum für eine Wendung, die ausgreifen könnte; so eingeengt und so allein in einem einsamen Haus, abseits des Dorfes, irgendwo in der Provinz, wenn nach staubheißem Tage der Februarmond durch die Bäume steigt und emporschwebt über den Bergen von Ba'ndiri, die sich erahnen lassen in unnahbarer Nähe; ein schwereloses Steigen, rund vor gebändigter Sehnsucht und verschleiert wie ein Fulani-Fürst hinter dem schwarzen Laubschleier der Eukalyptusbäume und der Vergitterung der Fenster, durch Rosenrankengardinen hindurch schmerzlos und träge sein Licht vermischend mit der Musik aus einem winzigen Kassettenrecorder, Musik, die sich verseelt zu eben der unendlichen Sehnsucht, die da herbeigesungen wird und ihresgleichen sucht und nicht findet und letztlich gar nicht gestillt sein will, sich selbst verzehrend und lebend aus der Fülle des Unerfüllbaren... Durch das dünne Gitterwerk der Bäume zog das Mond-Musik-und-Seelen-Gemisch hinüber zu den Bergen von Ba'ndiri, nahm sich zurück und gab sich diesem dürftigen Ersatze hin mit wenigen, eingeengten Tanzbewegungen. Etwas, das unendlich viel Raum benötigt, um sich vollenden zu können, bog sich nach innen und sog sich voll mit einer trivial-sentimentalen Melodie, Annettchen, gerade so wie du; und durch das dreifache Gitter der Bäume, des Fensters und der Rosenrankengardinen rann es lautlos hin, Mondlicht vermischt mit Seelenschleim und Tränen, träumend am *Lake Ba'ndiri* und so völlig aufgelöst ins Trauerig-Vergebliche...

Es rann durch die warme Tropennacht und trocknete ein in zwei dünnen Rinnsalen; ermüdete an sich selbst und hinterließ

Spuren, die am nächsten Morgen, beim Erwachen nach traumlosem Schlaf, salzig schmeckten und nach Ermattung...

Besseres soll dir beschieden sein, Kusine. Erfüllung und volles Genüge ist dir verordnet zur Auffüllung des großen Hohlraums an Versagungen. Du sollst haben, was du willst und für immer zufrieden sein. Du darfst *träumen am Lago Maggiore* auf einer dreizehnten Etage, und die Tränen, die da rinnen, sollen Tränen der Glückseligkeit sein – wahrhaftig: sie tanzt unter dem Schleier eines Lächelns, das völlig abwest und wie durch einen Tränennebel schwimmt. Sie lächelt sich selber zu, ihrem inneren Spiegelbilde, das emporleuchtet aus Meeressterntiefen und sie hinabzieht auf ihren dunkelsten Grund, auf dem sich alles ins Wunschlose auflöst... Maurice ist überhaupt nicht mehr vorhanden. Sie ist ganz alleine mit sich und ihrem Selbst, umspült vom Glück des Unsagbaren. Die Augen geschlossen; das Gesicht fast zur Maske erstarrt und einen Hauch unheimlich – es ist Zeit, daß sie aufwacht.

Sie muß vorsichtig geweckt werden. Auch dafür ist gesorgt. Zum Wiederemportauchen aus der Trance ist etwas Charmantes vorgesehen. Während die Wellen des Lago Maggiore sich verlaufen, die Melodie ausklingt und ein jeder Herr seine Dame zu ihrem Sessel zurückführt, ertönt gedämpft aus dem Hintergrunde Salongeplänkel: *'Ich küsse Ihre Hand, Madame'* – es müßte eben noch möglich sein. Ohne ideologiekritische Analyse. Es könnte der Kusine ein Lächeln entlocken, das von ihrem Tänzer wieder die gebührende Notiz nimmt.

Die Kusine erwacht aus der Tangotrance, sanft und sicher emporgeholt von einem unvergessenen und jungenhaft unsentimentalen Tenor. Sie erwacht und, wohl wissend, wem sie ihr narzißtisches Glück *auch* zu verdanken hat, beginnt sie mit Maurice zu flirten. Das ist zwar gegen Tango-Etikette, aber was tut's. Außerdem ist jetzt wieder eine Pause einzuschieben. In Madames unbefangenem Flirten kann Maurice einen Erfolg seiner Korrektheit erblicken –

– apropos 'Korrektheit' und während die Kusine flirtet: der Platz neben dem Kübeloleander ist leer. Hat hier einer die Flucht ergriffen? Ist ihm das Treiben zu heidnisch?

Während die Kusine und Maurice – Wird er es wagen? Warum sollte er nicht, nachdem er quasi dazu aufgefordert worden ist! Der Zwischenflirt endet in einer hübschen Arabeske. Maurice küßt Madame die Hand wie ein k. und k. Offizier aus längst vergangenen Zeiten Alteuropas und verabschiedet sich in die Tangopause mit der gewohnten Verbeugung. Annette – muß sie nicht hingerissen sein?

Hingerissen ist sie und andeutungsweise erschöpft. Wie sollte sie nicht. Sie ist kein Tanzautomat, sondern eine Kusine zum Sicheinfühlen. Sie sinkt in ihren Sessel und sichtlich – nein, nicht zusammen, aber zurück in Träume, aus welchen der Flirt mit Maurice sie für die Dauer von 'Ich küsse Ihre Hand, Madame' heraufgeholt hat – wieder erscheint das maskenhafte Lächeln auf ihrem Gesicht, und sie blickt ins Leere. – Maurice hat sich entfernt. Der Saal schwirrt von guter Stimmung, es schwatzt und lacht durcheinander. Niemand nimmt von der Kusine Notiz. Sie sitzt im Sichtschatten einer Kübelpalme mit breiten Fächerblättern, sehr dekorativ, aus einer bestimmten Blickrichtung, und neben ihrem Tischchen steht – wer hat das, damit sie sich nicht zur Kredenz bemühen muß, hingestellt? – ein Sektkübel und ganz in der Nähe auch ein *waiter*, der offenbar nur darauf wartet, daß die Kusine Anstalten macht –

Annette, du wirst doch nicht – ! Wie läßt sich verhindern, daß die Kusine noch einmal drei Glas Sekt hinunterstürzt und einer nachzählt? Hin und Bedenken anmelden? Sie würde vermutlich den Kopf zurückwerfen und lachen: Warum denn nicht?! Es ist alles ganz wunderbar und einmalig – *Tango*, Maurice und diese Atmosphäre! Fehlt nur noch Sekt und jetzt erst recht! Denn *jetzt* – ja, was jetzt? Wer könnte – ?

Könnte Denis – ? Wo ist er? Sittenwächter, der verhindern könnte, daß die Kusine sich die erste und letzte Tango-Ekstase ihres Lebens mit Alkohol erschwindelt, um danach, denn was wäre wahrscheinlicher, mit Maurice – aus dem Fenster zu fallen. Aus dem dreizehnten Stockwerk! Wo ist dieses ‚Etwas wie ein Mönchlein'? Einer, der genau weiß, was eine *extended personality* ist und um wessen guten Ruf es letztlich geht – Denis, wohin hat er sich – ?

Da schiebt er sich herbei. Gemächlich. Unendlich langsam und als schleppte er eine Schleppe von viel zu vielen Jahren und Würden hinter sich her. In ganzer asketischer Strenge und sandbeiger 'Soutane' hält er geradewegs auf die Kübelpalme zu. Da, ein wenig und schwerfällig vornübergeneigt, seitlich am Sessel steht er, so etwas wie Hochwürden nicht unähnlich, und hält der Kusine, wasserklar, ein Glas Tonic hin.

Es hat mit Gedankenübertragung nichts zu tun. Es wissen zwei, quer über das Parkett hinweg, was sich gehört und was nicht. Das ‚Mönchlein', es müßte der Kusine geradeaus ins emporgewandte Gesicht blicken. Ernst und streng und 'zwischen diesen Lidern dieser Glanz'. Einer, der wieder einmal nichts ahnt...

Die Kusine nimmt das Glas entgegen. Der Geber der unerbetenen Gabe begibt sich zurück neben seinen Kübeloleander. Die Kusine sieht ihm nach, als zweifle sie an der Vertrauenswürdigkeit ihrer Augen. Sie betrachtet das Glas in der Hand. Erhebt sich, scheint ein wenig zu schwanken, begibt sich langsam, fast so langsam wie 'das Mönchlein' auf sie zukam, zu einem der Wandspiegel. Steht da, gold- und ebenholzgerahmt, starrt sich selbst entgegen, schüttelt die schöne graumelierte Mähne – und hat im nächsten Augenblick das harmlose Getränk hinuntergestürzt als wär's etwa gefährlich Hochprozentiges. – Ein beinahe dramatisches Zwischenspiel, bemerkbar nur für eine Kusine ersten Grades, die sich haargenau einfühlen kann.

Die Tangopause ist vorbei. Noch vierundvierzig Minuten bis Mitternacht. Es naht – es kommen die *richtigen* Tangos! Du blickst so geistesabwesend, Annettchen; beinahe verstört. Hab ich dir's nicht gesagt – sieh dich vor!? Vor dem Sekt und vor *diesem Mönchlein.* Das sind zwei Dinge, die sich nicht vertragen. Aber Maurice, der schon Anstalten macht, er wird dich wieder dahin bringen, wo du hin willst.

Die Kusine wird mit einem Male unruhig, macht sich an ihrem Haar zu schaffen, rafft das weites Gewand, wirft die Ärmelbahnen über die Schultern zurück und entblößt die mageren, von der Sonne leicht getönten Arme. Ihr Gesicht ist seltsam bleich – macht das die Beleuchtung oder ist es eine unerklärliche Angst vor der höchsten und letzten Seligkeit?

Wo ist Maurice? Er kommt; er nähert sich, wiederum diagonal über das noch leere Parkett. Sie versucht, ihm entgegenzulächeln, besinnt sich sofort, als sie gewahr wird, *wie,* in welcher Form und Fassung er auf sie zukommt: ohne die leiseste Andeutung eines Lächelns, mit gänzlich unbewegter Miene, die Lider halb, den Mund fest geschlossen – er nähert sich ihr wie ein spanischer Grande und gänzlich ohne Verbeugung, eher herrisch, fast arrogant und so, als sei die Dame im Grunde gar nicht vorhanden – in perfekter Tangoattitüde nähert er sich. Dergestalt begibt er sich bei den ersten, vorspielhaften Takten in eine exakt abgewinkelte und diesmal vorschriftsmäßig enge Umschlingung mit Madame, die sofort und wirklich bewundernswürdig geistesgegenwärtig ebenfalls ins Unpersönliche erstarrt, Kinn und Augenbrauen hochzieht und dicht an Maurice's Gesicht vorbei den Blick ins Leere richtet: perfekte Sphinx. Wenn das kein klassischer Einstieg ist. Zwei Augenblicke stehen beide reglos, das Gesicht hart aneinander vorbeigedreht, nach rechts der eine, nach links die andere.

Der Kusine ist die Spannung abzuspüren. Wirst du es schaffen, Anna Alexandra Auguste? Wird der einfühlsame Schatten an der Wand hinter dir, wird –
– dommm-tata!

Ganz wie es sich gehört zuckt die Kusine zusammen. Das muß wohl so sein. Nach so vielen Jahren der Abstinenz ist es gar nicht anders zu erwarten. Dieses dommm-tata ta-tie-e / tie-e tie-e tie-e tie-e / dommm-tata ta-tie-e: dieser Überfall mit hartem Akzent auf dem allerersten, dumpf hingezogenen Ton, gefolgt von vier scharf skandierten Peitschenhieben vor dem nächsten herrischen Aufsetzen eines Stiefelabsatzes, eigensinnig wiederholt für eine kurze Weile – diese ersten, stark rhythmisierten Takte als Anlauf zu melodisch weitausgreifenden Aufschwüngen in einen unendlichen Himmel, so schön, so traurig, so dunkelviolett und bisweilen wie ein Schluchzen und man weiß nicht, ist's Glück, ist's Verzweiflung: das ist nun endlich der ersehnte, der unvergleichliche, der Allerweltstango. Das ist endlich und noch einmal in diesem Leben: *La Paloma*...

Annette und Maurice, sie schreiten, schleifen, hacken, rucken und schieben in spröder Eleganz diagonal über das Parkett, und alles sieht ihnen noch einmal zu, wie zu Anfang beim ersten Foxtrott. Ein interessantes Paar; ein Ferienerlebnispärchen auf dem Niveau einer dreizehnten Etage, und sie tanzen wunderbar fürwahr. Ach, Kusinchen – wer kann hier nicht dafür, daß es so schön ist?

Da tanzt die Kusine nun der verheißenen Ekstase entgegen, und was vorwegformuliert wurde über ihre verschwommenen Vorstellungen und Erwartungen, das muß in der erweiterten und vertieften Form der Einfühlung ins unmittelbare Erlebnis fortgesponnen werden – einmalig und endgültig. Tanze den ersehnten Tango, Kusine mein; tanze alle deine traurigen Gedanken aus dir heraus – zu diesem vorläufigen Zwecke bist du aus dem Flugzeug und aus den Spiegeln gestiegen. Damit du noch etwas hast vom vergehenden Leben, etwas Schönes, Unseriöses und nahezu Religiöses...

Sie tanzt. Sie tanzt – wie sagt man? – traumhaft tanzt sie, und es ist nicht zu sagen, wo sie das alles auf einmal wieder herholt. Sie tanzt, als tanze sie nichts als sich selbst – abwechselnd stolz und streng und auftrumpfend; dann wieder mit einer lavahaft fließenden, nach innen verglühenden Leidenschaftlichkeit, die Maurice nach außen hin nur vortäuschen kann. Sie tanzt ihre erotische Uneindeutigkeit; sie erkennt sich wieder in der Zwiespältigkeit und Widersprüchlichkeit eines weltberühmt abgedroschenen Salontangos. Sie holt sich und bekommt, was sie wollte. Damit kann sie eine Weile sich selbst überlassen bleiben.

*

Inzwischen – was wäre hier im Hintergrunde, in der Nähe eines altrosa vor sich hinblühenden Kübeloleanders zu haben? Vielleicht ein Glas *Belle vie?* Vielleicht ein paar Worte mit einem Unmöglichen – wo ist er? Wohin ist es entschwunden, ‚das Mönchlein' ? Wo, zum wievielten Male, ist Denis?

Ganz in der Nähe. Und reagiert auf einen kurzen Blick, als habe er darauf gewartet. Die Miene hat sich nicht aufgehellt. Tugendwächter. So finster und so träge und, ja, wahrhaftig: mehlsackartig. Schwerfällig wie ein Flußpferd. Das genaue Gegenteil eines eleganten Salonleoparden. Was kann er dafür?

Thank you for intervening with a glas of tonic.
It was your wish.
Indeed. Can you help me to a glass of *Belle vie,* please?

Du erratischer Block. Du Ungemeiner. Du trauriger Gedanke, der sich *nicht* tanzen läßt....

Take.
Thank you. – What is your choice?
Tonic.
Have a glass of *Belle vie* with me.
No, Na'anya.
Because it lacks sweetness?
You know why.

Mann mit Prinzipien. Und mit dem Zeug zu einem Säulenheiligen. Zu einem Trappistenmönch. Die Kusine, der Blickwechsel im Foyer und das Glas Tonic...

You never dance this kind of dance?
Yes, Na'anya.
Why not? Is it not delightful?
It is immoral.
I can't see how.
See how they embrace in public.
I don't think they have anything immoral on their minds.
How do you know?
How do *you* know? This dance is like a ritual and a work of art. What they have on their minds is how to perform each movement artistically. They enjoy time und tune, purely and simply. They enjoy a work of art.
You can enjoy without embracing.
Maybe.

Und sieht man ab von Zufälligkeiten und kühlem Fingerspitzengefühl, magnetisch. – Da ist nichts zu machen. Eine dichte Hecke dorniger Bougainvillea teilt die Welt in ein Diesseits und ein Jenseits. Der kühle Sand, vom Mond betaut, ist jenseits. Und wo wäre die nächtliche Bar und das leise Schwanken der Papiergirlanden, bewegt von einer schlichten Melodie, *Sohn der Savanne*..?

*

Wie geht es der Kusine? – Die erste halbe Stunde der 'falschen' Tangos aus verjährten Repertoires war narkotisierter *Abstieg* dank der Intuition wie von selbst bewegter Beine; ein Tiefenrausch ohne Einmischung von höherem Tagesbewußtsein und feineren Geschmacksurteilen. Solcher Abstieg war zwar motiviert durch hochgespannte Erwartungen; aber im Grunde war es doch das Wunder der Kopflosigkeit, befördert durch weiter nichts als Sekt. Genau abgezählte vier Glas Sekt. Nun aber. Die letzten vierzig Minuten vor Mitternacht werden *Aufstieg* sein: mit erhobenem Haupte und in genau dosierter Abfolge von schnellen und langsamen Tempi. Von fast nur Rhythmus und fast nur Melodie; von herb und sentimental; herausfordernd und nachgiebig; hartnäckig gewollt und sanft insinuierend; von wildem Trotz und schicksalergebenem Achselzucken; von heftig bis brutal einerseits und dann wieder einschmeichelnd bis hinein ins Lauernde und Launenhafte – in einem Wort: eine ursprüngliche, aber doch wohl nicht allgemeinverbreitete, eine mediterrane Mann-Weib-Dialektik, die der Kusine so gar nicht zu Gesicht und zu Charakter steht, sondern eher ihr ganzes Gegenteil ist. Ob sie sich deshalb so darauf fixiert, so unbedingt ihrem Gegenteil begegnen will? Worum geht es ihr?

Es geht, und dem will sie ein einziges Mal in ihrem honorablen Leben tanzend Ausdruck geben, um die Ambivalenzen einer Erotik, die in dem kultivierten Verhältnis zu ihrem Hubertus einfach nicht 'drin' sind. Es geht um etwas, das mehr von den Enttäuschungen der Machtkämpfe lebt als vom Glück der Erfüllung. Es findet seinen Ausdruck in derart herrisch-dumpfem Stiefelstampfen, das auch noch durch die leisesten Tangosohlen hindurch spürbar ist, selbst wenn es übertönt wird vom aufreizenden Geklapper hoher Hacken, die den gleichen Machtanspruch zum Ausdruck bringen. Dann kommen die weit ausholenden und plötzlich abgebrochenen Aufschwünge – Schleifen, die, statt sich zu runden, scharfe Kanten bilden und spitze Winkel; Schwebezustände, die nicht geheuer sind und den Atem anhalten – es fürchtet sich und giert zugleich nach dem hinterhältigen Reiz der Synkopen, gefaßt darauf, abzustürzen und sich im letzten Augenblick doch noch zu fangen. Dann wieder die langen Strecken erwartungsvoll hingegebenen Träumens zu sehnsüchtigen Melodienbögen, die irgendwie irgendetwas vorzuschwindeln scheinen, schöne Illusion, Liebesillusion, la-laaa-la, la-laaa-la, la-lieee: fliederlila, dunkelviolett, schwermütig, sommernächtig. Oder eine rhythmisierte Monotonie wie endlose Ebene, auf die ein endloser Regen niederrauscht, und ein einsamer Gaucho reitet über die Pampa, und das Herze hämmert ihm vor Grimm über die treulose Geliebte; und ein ebenso einsam sich fühlendes Frauenherz monologisiert über das Parkett hin, resigniert einem Rhythmus hingegeben, der mehr verspricht als er halten kann – das wäre wohl das 'Unerhörte' am Tangoschritt, das Skandalöse: daß alles nur Andeutung bleibt einer Unmöglichkeit. Ersatzhandlung – Sublimierung? Impotenz, wenn sie unbedingt will? Aber sie will ja gar nicht, und sie denkt auch an nichts dergleichen. Sie tanzt es. Erkenntnis wird ihr intuitiv zuteil; das wäre das Luzide an der Ekstase, die alle erotischen Frustrationen schließlich übersteigt...

La Paloma und die übrigen vier Tangos, die noch folgen sollen, sind reine Instrumentalmusik ohne Text und ohne Sänger und somit auch nicht echt im Sinne des Ursprünglichen. Aber anderes war nicht aufzutreiben. Akkordeon, Gitarre, Geige, dazwischen Klavier und Schlagzeug komponieren Rhythmus und Melodie; die schwarze Taube Tristesse drängt sich nicht mit Worten dazwischen. Was bleibt, sind die Titel, die mit der Melodie verknüpft erinnert werden, und es darf nichts Verfängliches unterlaufen. Die Kusine will im Grunde nur einen einzigen Tango, *La Paloma,* auffliegend in glänzenden Schwärmen von sinkenden Schiffen, endlos und immer wieder. Sie soll ihn haben, den schönsten und banalsten aller Tangos, jedoch wohldosiert: zu Anfang, in der Mitte und zum Abschluß. Dreimal vier Minuten müssen reichen bis an des Lebens Ende.

Zwischenhinein tanzt man anderes aus dem beschränkt Vorhandenen. Vier bekannte und noch lange nicht überholte Melodien. Da Maurice zu den Melodien möglicherweise die Titel einfallen, kommt ein so witzig-melancholischer Tango wie *Schöner Gigolo* leider nicht in Frage. Maurice als Gigolo – die bloße Andeutung wäre unschicklich. In Frage kommt der *Blue Tango,* zahm und harmlos, ein Treten auf der Stelle nach den ersten beiden Riesenschritten nach vorn und hinauf. Es erlaubt ein wenig Abspannung nach der ersten *Paloma.* Die Kusine könnte sich sogar, wenn sie wollte, ein Lächeln erlauben.

Sodann ein weiterer Schritt nach vorn und hinauf in Richtung Ekstase: *Olé Guapa!* Maurice kann kein Spanisch; aber Annette. Da kann sie sich nun selber applaudieren, wenn sie die schnellen Tempi so gut und so exakt hinbringt wir ihr schöner Tänzer, und die langsamen so seelenvoll, daß der Anschluß zur mittleren *Paloma* über die harten Anfangstakte hinweg mühelos gelingt – bravo! schön und stolz und hochgemut, Feinsliebchen. Nach dem zweiten *Paloma*-Aufschwung ein *Tango Bolero* mit der irrsinnigen Präzision eines Schlagzeugs; Reminiszenzen an Ravel und kaum gemildert durch die Larmoyanz der Melodie. Als Vorletztes ein Bajazzolachen, das ein paar Sternlein vom Himmel schüttelt und sie durch den Staub schleift in selbstquälerischer Schwermut, so lange man sich noch nicht stumpf gehört hat an dieser *Jalousie*, die so raffiniert daherklaviert und sich emporfiedelt ins nahezu Delirienhafte. Schließlich noch ein und ein letztes Mal *La Paloma*...

In dieser Endphase und ehe die Kusine umkippt und abstürzt, muß eine schwanke Brücke geknüpft werden von einer dreizehnten Etage am Rande der Großstadt hinüber ins *Jenseits der Bougainvillea* abseits im Regenwald. Eine Brücke aus ähnlicher und anderer Erfahrung und damit die Kusine im nachhinein begreift, warum ihr diese Nacht der Erfüllung aller Wünsche auf diesem Parkett bereitet wurde...

Der letzte Tango zerdehnt sich ins Zeitlupenhafte, um Raum zu schaffen nicht nur den bunten Delirien der Kusine, sondern auch dem Schatten, der hinter ihr tanzt. Raum für *die Andere*, der ein Glückserlebnis solcher Art nie vergönnt war.

Der Schatten, *die Andere*, tanzt ganz allein. Allein wie am 'Lago Maggiore'. Allein und eingesperrt in einem großen, verandaumrankten Hause, das auf Steinpfeilern steht und schon alt ist. Drum herum ist ein Park und ein Dorf und es liegt mehr als sieben Jahre zurück. Da, in einer feuchtwarmen Tropennacht, hinter zugezogenen Vorhängen, tanzt eine, die auch nicht mehr jung ist. Sie tanzt auf nacktem Bretterboden im trüben Flackerlicht zweier Stearinkerzen, und der alte Plattenspieler, mit Batterien betrieben, er dreht sich inmitten eines Wustes von Büchern, Heften, Aktenordnern und ausgeleerten Papierkörben: das Forschungsprojekt von einem wie deinem Hubertus, Annettchen; das Ambiente von einem, der auch nichts merkt und nicht erfüllt, was dir fehlt, eben jetzt, in den Jahren des Übergangs, des vergehenden Lebens und der verräterischen Träume: von einer alten Frau, die vier Beine hat und nicht sterben will. Zwei Beine sind aus Holz; damit trampelt sie; die zwei aus Fleisch und Blut sind festgebunden, und irgend etwas steckt dumpf im Gebein wie eine chronische Malaria; es schwelt vor sich hin, und immer leiser lügt ein Wunsch: ich lebe. Denn du und sie und ich, wir sind verdammt dazu, mit Anstand über die Runden zu kommen.

Daher in einer Maiennacht und in Abwesenheit des Hausherrn der Dämon losbricht. Es schießt auf wie eine Stichflamme aus explosivem Emotionsgemisch – etwas, das den Verstand verliert, weil an diesem Abend weniges, das möglich wäre, sich versagt. Der eine Schluck Wasser, moralinfrei, der am Leben erhalten könnte; das bißchen 'Stoff' zum Einschlafen – ich will ja nicht so viel; der beschleunigte Herzschlag, der dich spüren läßt, daß du noch nicht ganz korrekt tot bist – es entzieht sich, und du zappelst noch. Da gießt du dir ein kleines Guiness in den fast leeren Magen, legst die einzige und ordinäre Platte auf, die mit 'Mexico' und 'Never on Sunday' beginnt und fegst in einem Anfall von leidenschaftlicher Erbitterung den ganzen Wissenschaftswust beiseite und beförderst ihn mit ein paar Fußtritten in die Ecken und unter das Lotterbett neben dem Schreibtisch. Jetzt ist da Platz zum Tanzen, und du tanzt und tanzt – wie eine Manisch-Irre am Rande der Verzweiflung. Die vulgären Stakkatorhythmen mancher Stücke findest du widerlich und kannst trotzdem nicht umhin; kommst bis 'I could have danced all night' und heulst Rotz und Wasser und umarmst den Schatten, der dir an der weißgekalkten Wand flakkernd entgegentanzt.

Dann aber kommt *La Paloma*, und Euphorisches überkommt dich; eine Gelöstheit und Leichtigkeit des Leibes und der Seele, und die Sehnsucht, die dich verzehrt, zehrt sich selbst auf, und was bleibt, ist die Erschöpfung. Heiß und naß am ganzen Körper; das Hemd am Leibe klebend, hast du keine Kraft mehr, dich zu entkleiden. Du fällst aufs Bett – 'komm, Tod, komm,

Schlaf, du versprichst nichts, du hältst alles' – du bist hin und weg. Am nächsten Morgen ziehst du dir, leise angeekelt, das Hemd vom Leibe und riechst, was da noch im Gewebe haftet, und es ist alles darin: das O-Nacht-Pathos, die Einsamkeit, die Erbitterung, das Bier und die Hormone, die durcheinandergeraten: die ganze Vergeblichkeit des vergehenden Lebens, ohne die mindeste Möglichkeit, noch einmal vorm Vergängnis zu blühn. Zu ertanzen war da nichts als künstliche Müdigkeit; fiebrige Erschöpfung, die dem Schlafe zufällt wie einem Nirwana.

Gleich wird es der Kusine ergehen wie dem Schatten hinter ihr. Es bleibt eben noch Zeit, die Wiederholung der Vergeblichkeit zu erinnern, ein Jahr und ein halbes später.

Da ist es November, und nichts bewegt sich vom Fleck. Nur die Zeit vergeht, unaufhörlich und auf's absehbare Ende zu. Ein Sonntag voll leerer Geschäftigkeit und offiziellem Rollenspiel, und abends bist du allein und wieder du-selbst. Und niemand nimmt ihn wahr, den düsteren Glanz deiner Seele. Niemand sieht, wie du im maronenbraunen Mondblumenkleid deinen armen, einsamen Narzißmus durch das große, leere Haus spazierenführst, eine wandelnde Elegie, eine unbekannte Molltonart. Da versuchst du es noch einmal, hinter zugezogenen Vorhängen, und willst die Wiederholung der einsamen Tanzekstase erzwingen. Es gelingt nur halb. Ein bescheidenes Glück; ein Schrumpfglück. Nichts als diese Vulgärplatte, und du könntest heu-e-len, wenn dir bewußt wird, auf was für primitive Surrogate du angewiesen bist. Trotzdem: es wirkt mit der Kraft aller Versagungen all der Jahre; es löst dich von innen her auf; es tanzt dich, und du denkst dir Begegnungen aus, vor allem, wenn es langsam wird und der Seele Sehnen gänzlich in Musik ersäuft. Die schnellen Rhythmen sind der narzißtischen Lust des Körpers verhaftet, die nicht unbedingt ein Gegenüber braucht. Da tanzt du dich auch diesmal matt und naß, aber ohne die verzweifelte Ekstase zu erreichen, an die du dich zu erinnern meinst. Besser als gar nichts, denkst du, wechselst das Hemd, erstattest dem Tagebuch Bericht und bereitest noch knapp das Notwendigste für den nächsten Tag vor. Hustest am nächsten Morgen und bist schlapp, und legst dich bald darauf mit Fieber ins Bett. Und das wär's gewesen. Und so war es.

Du aber, Kusine, Glückselige, bist mitten im dritten Aufstieg mit *La Paloma*, und Maurice ist nur noch Attrappe. Noch einmal soll dir spiegelbildlich Gefühl und Einfühlung zuteil werden im Psycho-Vexierspiel auf den letzten und absoluten Höhepunkt zu. Ich philosophiere für dich; denn du bist nur noch Gefühl ohne Vorstellung.

Das erotisch Uneindeutige in dem Allerweltstango, nicht wahr, es verknäult sich mit unergründlicher Trauer. Es balanciert eine Weile auf dem schmalen Grat zwischen Absturz und Aufstieg, und vielleicht ist es nur ein Glas Tonic, das den Absturz verhindert. Was macht die Trauer so durchsichtig und so leicht, daß sie aufsteigt statt absinkt? Ist es die Einsicht in eine letztendliche Nichtigkeit, die alles Sein übersteigt? Wer formuliert so schöne abstrakt nichtssagende Sätze? Annettchen, du nicht. Du ertanzt dir eine luzide Illusionslosigkeit, anspruchsvoll bis an die Grenzen der Hochstapelei – du machst dir etwas vor. Denn was Maurice betrifft: was sollte da sein oder bleiben? Das bißchen Ferienverliebtheit hängt dir wie Blütenstaub im Haar, samt allen übrigen schönen Metaphern, die da möglich wären. Es steigt und fällt wie eine Fontäne; es glitzert wie Sonnenlicht auf windbewegtem Wasser; es spielt mit einer Pusteblume – im Tanzen des letzten Tangos gibst du alles wieder dahin, weil es zu schön ist zum Festhalten. In der engen Umarmung entfernst du dich von einem, der vielleicht zu haben wäre, den du jedoch nicht willst, weil möglicherweise, wer weiß, und ohne, daß du es weißt, anderes von woandersher dich viel hintergründiger angeht als dieser schöne Maurice – schön zweifelsohne. Wie ein schwarzer Panther mit glänzendem Fell paradiert er über das Parkett, und Mauve steht ihm wirklich gut. Seine Manieren sind untadelig und er tanzt zwar auch sich selbst, vor allem aber doch für dich und deinetwegen. Was ist es, das sich dazwischenschiebt, so daß du nicht weißt, was es bedeuten soll - ?

Kusinchen, weißt du, wohin es dich tanzt?

Du tanzt nun auf die Grenze zu, wo luzide nur noch die Einbildung ist und allerlei Heterogenes sich übereinanderblendet – Kusinchen, ach, dann weißt du nur noch eins: so schön wird's niemals wieder, und das Lied vom 'weißen Flieder' fällt dir ein, und 'da sprach der Onkel Theodor' – oder war es das ulkige Mönchlein, das mir den Sekt mißgönnte und ein Glas Tonic brachte? Ja, und wie er dich, mich ansah – war es Monostatos? Nein, es war Sarastro, und ein Blick der Tugendstrenge und der Trauer um mich nahezu Verlorene; oder war es ein Zürnen aus den oberen Rängen der himmlischen Heer-Schaaren, palmenumwedelt? Es verwechselt sich und steigt und steigt beim Gefühle noch vollen Bewußtseins; steigt wie Vollmond über Gletscher und ist schon darüber hinaus: grenzüberschreitend und nahe am Niemalsmehr –

Ach, noch einmal vorm Vergängnis blühn!
        Ohne Kokain, ohne Sekt; emporgespült
von einer Melodie, emporgetragen von einem Rhythmus –
                o Taube des Absoluten!
Es sternt mich an und bunte Steinchen,
        libellenflügelbeflügelt, flügeln an die Erde;
es schwirrt und schwärmt in silbernen Schwärmen
        tief unter mir, und ich spüre – spüre –
nun? Kleines Rammeln? Mitnichten und wo denkst du hin!
        Ein großes Gefühl umspült mich,
            spült mich –
wohin und was will ich? Vom Ichgefühl nur eine Spange?
        Ein allumfassendes Diadem! Krone des Daseins,
Ausrufungszeichen! Alles wird glitzernder Glanz ringsum,
        es irisiert silbergrüngoldviolett in der hellen Nacht
           tief unten und tiefer, als der Tag gedacht –
In grünen Lichtern / Spielt Glück noch / der Abgrund herauf
        Schon läuft über weiße Meere oder so ähnlich
        deiner Liebe Purpur... letzte, zögernde Seligkeit
            unendlich quillt deines Taus
                Tränengeträufel –
ach, Heiterkeit, güldene...

Die Kusine beginnt zu fiebern. Das ist vorgesehen und nicht weiter schlimm. Es perlt durch's Blut wie heißer Sekt; das Luzide überzieht sich mit dünnen Schlieren, bewußtseinstrübend; und wo andere in großer Bedrängnis an einen frommen Psalm sich klammern, da muß die lyrische Annette auf dem Gipfel ihrer Tanzekstase an fremden Geistesfäden entlangranken wie an Selbstgesponnenem.

'Heiterkeit, güldene...'

Es ist so weit.

*

Da liegt sie, wie es ihr vorherbestimmt war: bildlich auf der Nase, und im übrigen auf einem Luxusbett in ihrem Appartement auf dreizehnter Etage.

Sie hat alles gehabt, was zu haben war; und das Unwiederholbare, das Wunderbare eines Endgültigkeitserlebnisses schauert nach als Schüttelfrost mit Schweißausbrüchen und Fieberschüben auf und ab.

Der Erschöpfungsschlaf ist unruhig; und sie wird den ganzen Neujahrstag hindurch nicht zu klarem Bewußtsein kommen. Hinter zugezogenen Vorhängen wird sie liegen, angekleidet und so, wie sie kurz nach Mitternacht da hingesunken ist. In den Dämmerzuständen zwischendurch muß sie Nivaquin schlucken.

Gegen Abend wird sie zu Verwunderung und Nachfrage imstande sein – sie wird die Augen aufklappen und versuchen, sich zurechtzufinden.

*

Na, Annettchen?

Hm? Ach, du. Wo bin ich? Was war's?

'Heiterkeit, güldene...' Wie fühlst du dich?

Schwach und wohlig. So gehört es sich doch – ?

Ja, so fühlt es sich an. Eine verführerische Schwäche; so nahe an Nirwana und ewiger Glückseligkeit. Dagegen mußt du jetzt die nächste Dosis Nivaquin schlucken; denn du willst ja nicht hinüber, sondern zurück und nach Hause zu deinem Hubertus.

So? Und wo ist – ?

Maurice? Er kam heut um die Mittagszeit und zeigte sich höflich besorgt. Er hat dich – nun, nicht gerade über den Haufen getanzt. Ich denke, du hast bekommen, was du wolltest.

Ach ja. Etwas, in das ich mich einwickeln kann für den Rest des Lebens. Das habe ich *ihm* zu verdanken, nicht wahr? Und er wird nicht mehr –, ich meine –

Ich habe ihn, zugleich in deinem Namen, in Gnaden entlassen, und wahrscheinlich ist er schon unterwegs auf seiner ersten größeren Dienstreise. Er taugt zum Diplomaten. Es geht nicht um ein schnödes 'hat seine Schuldigkeit getan; kann gehen'. Du warst ihm auch nur Mittel zum Zweck. Es gleicht sich aus.

Und gestern nacht?

Ach so. Nein, du bist nicht mitten auf dem Parkett zusammengeklappt. Der letzte Tango, *La Paloma* zum dritten, ward in aller Zucht und Ordnung zu Ende getanzt. Was mit dir los war, das sah vermutlich nur ich – wie verdächtig deine Augen glänzten und wie dein Lächeln schon nicht mehr von dieser Welt war. Ich sage 'vermutlich', weil ich an das ‚Mönchlein' denke, das deinem Glück weniger verständnisvoll zusah... Maurice also tanzte den letzten Tango korrekt zu Ende und brachte dich zu deinem Sessel zurück. Seine Schlußverbeugung war makellos. Du hingegen warst nicht mehr imstande, ihn huldreich lächelnd zu verabschieden. Mit dir war's plötzlich – aus; wirklich der perfekte Absturz. Du wärst umgekippt und es hätte Aufsehen erregt, wäre Denis nicht gewesen, der da ganz undionysisch und wie zufällig herumstand. Er hielt dich fest. Maurice zog sich zurück auf einen Blick von mir hin, und im allgemeinen Trubel des Jahreswechsels, der gleich darauf losbrach, ging die kleine Szene unter. Es blieb am Rande und so gut wie unbemerkt, daß dir – schwarz vor den Augen wurde. Daß du in Ohnmacht fielst, als du dich setzen wolltest, und daß Denis dich fest und aufrecht hielt, bis ich mit zupacken konnte. Zwischen 'dem Mönchlein' und mir bist du aus dem Saal geschwankt. Wir haben dich beiseitegetreidelt wie ein zum Wrack gepustetes Segelschiff – du warst völlig erledigt, meine Liebe. Nicht mehr imstande, das Flattergewand auszuziehen oder auch nur einen Schluck Wasser und die erste Dosis Nivaquin zu dir zu nehmen – nichts. Du warst restlos glücklich und erschöpft und weg.

Wie lange dauert das?

Das Glück? Es müßte endgültig sein, unwiederholbar, unvergänglich. Ein Malariaanfall dauert nach meiner Erfahrung drei bis vier Tage. Je nachdem auch etwas länger; so genau kenne ich deine Konstitution nicht. Sobald du wieder einigermaßen bei Kräften bist, stecke ich dich umgehend ins Flugzeug, damit du noch wenigstens eine Woche Zeit hast, in eigenen vier Wänden dein Abenteuer zu bedenken, ehe Hubertus trotz neuem Forschungsprojekt und die Verantwortlichkeit deiner gehobenen Position mit ihren Ansprüchen wieder auf dich zukommen. Es könnte freilich auch sein, daß du nach der Rückkehr erst einmal für längere Zeit der Schonung bedarfst. Vielleicht sogar ein Sanatorium. So weit wollen wir noch nicht denken.

Also werde ich hier tagelang liegen und fiebern – ?

Wenigstens noch zwei Nächte und einen Tag wirst du mir zur Verfügung liegen als kostbare Kusine ersten Grades, und dein Fieber ist ein idealer Vorwand. Was du gehabt hast, kann dir niemand mehr nehmen. Die Kurzgeschichte ist zu Ende. *Ich* hingegen und mein Roman -- wir sitzen an deinem Bett und stellen Ansprüche.

Aber das Fieber macht müde. Wie kann ich voll ansprechbar sein für deine Ansprüche?

Dein Fieber eignet sich vorzüglich für vorübergehende Delirien, in welchen ich nun endlich auch zu *mir* selbst kommen könnte. So wie ich mich schon hier und da zwischen deine Tanzekstasen geschmuggelt habe. Ich werde mich zunächst mit deinen Dämmerzuständen begnügen. Zwischen den abklingenden Fieberschüben läßt sich vieles unterbringen, was deinem Endgültigkeitserlebnis so überaus unähnlich ist. Was weißt du denn, wie du dazu gekommen bist!

Ach, was weiß ich von deinen siebenjährigen Daseinsgeheimnissen... Von den Flügeln der Morgenröte, von Rosen und Oleander. Vom kühlen Sand, vom Mond betaut. Außerdem bin ich wirklich müde und werde gleich wieder hinwegdämmern.

Macht nichts. Paßt vorzüglich ins Konzept.

Und das Mönchlein -- ?

Wird auch vorkommen in Zusammenhängen, die dein Tanzerlebnis zum Vor- und Nachspiel machen; zu einem Rahmen, der alles zusammenhält.

Ich wünschte, ich wäre wacher und es wäre alles etwas wahrscheinlicher. Welche Tages- oder Nachtzeit -- ?

Hinter den Vorhängen, die dich tags mit schilfgrüner Dämmernis umgeben, sinkt draußen wieder die Sonne.

Ich werde also wieder hinwegdämmern, und ins Ungefähre meiner Gegenwart hinein kannst du dich und das Unähnliche formulieren. Aber ich werde nicht wirklich ansprechbar sein.

Ich weiß. Aber es wird mich nicht stören. Wenn du einschläfst, und mir nicht mehr zuhören kannst, wird mein Weiterreden eine Stilfrage sein. Ich muß dich allerdings zwischendurch wekken, um dir ein Malariamittel zu verabreichen.

Das hält die Frage der Wirklichkeit in der Schwebe. Ich will sehen, wie weit ich im Halbdämmer zuhören kann. Vielleicht dämmert mir dann, warum du mich eingeladen hast...

IV Jenseits der Bougainvillea

Schilfgrüne Dämmerung als Farbe des Vergangenen. Ein verhangenes Graugrün, wie eine ewige Regenzeit im Regenwald, aussichtslos und trüb und traurig, als regnete der Regen jeglichen Tag und Jahr um Jahr. Es tropft und tröpfelt vor sich hin; es reiht sich eins ans andere, alles zusammen ergibt indes nichts Ganzes und nichts Halbes und im Grunde gar nichts. Eine graugrüne Tristesse, ein Dahindämmern in Alltäglichkeiten...

Um aus dem so gut wie gar nichts etwas zu machen, werde ich episodisch eine Kleinigkeit an die andere hängen. So, auf Hölzchen und Stöckchen, gelange ich vielleicht dahin, wo im nachhinein etwas wie ein Wenigstens sich ergibt: eine Sammlung von Miniaturen in Aschviolett. Ein Kränzlein von Vergeblichkeiten. Und wenn du halb und halb dazu imstande bist, Kusine, so wie du da liegst, malariafiebernd, erschöpft von Walzer- und Tangoglück, dann versuche dich einzufühlen wie ich es tat, vergangene Nacht...

Stell dir, etwas weiter weg von hier, ländliche Umgebung vor, halbwegs zwischen Ursprünglichkeit und importierter Zivilisation. Daselbst, ärmlich, aber ohne Elend, ein Dorf, das sich an der Flanke eines Gebirgszuges hinzieht inmitten von Wald und Farmen, Cocoyams, Kakao und Kaffee. Zwischen Oberdorf und Unterdorf ein großer Park, oder was man so nennen könnte: hohe, alte Bäume, blühendes Gebüsch, eine Hibiskushecke rings herum und dazwischen, wo die Dorfstraße durch den Park hindurchführt, eine große *Bougainvillea*. Üppig ausladend wölbt sie die purpurlila Scheinblütenpracht über den Zaun und das Gatter, das da einmal war. Denn irgendwann ist es aus den Angeln gebrochen und verrottet, und seitdem hat alles ungehindert Zutritt zu dem einst und in gewissem Sinne noch immer privilegierten Teil des Parks – streunende Ziegen, lärmende Kinder, Einheimisches, Fremdes und manch anderes, das vormals nicht herbei und zu Gesicht kam.

Auf die Bougainvillea fällt geradewegs der Blick, wenn man die leichten Baumwollvorhänge zur Seite zieht, an den Fenstern des altehrwürdigen Hauses, das einstöckig und langgestreckt auf weißgekalkten Steinpfeilern steht, umrankt von einer offenen Veranda. Das ist das Haus, auf dessen Bretterboden es sich so anders tanzt als auf cognacbraunem Parkett. Vor dem Haus steht ein alter Brunnen, der schon längst kein Wasser mehr gibt, und da vorbei führt ein Agavenweg ans nicht vorhandene Gatter. Unter dem blickfangenden Gewölbe der Bougainvillea hindurch läuft der Weg jenseits der Dorfstraße quer über einen großen Fußballplatz und auf eine kleine Anhöhe zu. Dort steht, umgeben von Eukalyptus und Avocadobäumen, ein halboffenes Backsteingebäude. Das ist die 'Festhalle'. Sie entspricht dem Saal, auf dessen Parkett du am Lago Maggiore geträumt und dir mit La Paloma ein blaugestirntes Glück ertanzt hast. Das ist der Ort. Hier fand es statt: Statthaftes. Festliches, Befremdliches, Frustrierendes – in Abstufungen von Rosenrot bis Aschviolett.

Muß ich dir das Unschöne beschreiben? Den rissigen Zementboden unter offenem Gebälk; das lecke Wellblech; die gekalkten Backsteinwände, schmutzig und bröckelig; die breite Queröffnung an der Frontseite; der überdachte Vorbau, die gemauerte Brüstung: Stehplätze für Kinder und sonstige Zaungäste, wenn drinnen eine Festlichkeit stattfindet – ein trister Ort, und dennoch: der einzig mögliche Ort.

Festlichkeiten finden hier drei- bis viermal im Jahre statt. Da wird dann bisweilen, nach Redenhalten und Stegreifspielchen, auch getanzt – wie, das werde ich dir in aller Ausführlichkeit und Vergeblichkeit beschreiben. Das Tanzen ist Zugabe am Rande, nicht die Hauptsache. Die Hauptsache ist, wie sollte es anders sein so nahe bei den Ursprüngen, das Festessen. Zähes Ziegenfleisch, das zwischen den Zähnen hängenbleibt, wenn sie nicht so kräftig und gesund sind, daß sich damit auch der Blechkappenverschluß einer Bierflasche abreißen läßt. Zu Bergen von Reis gibt es buntes Gemüse und manchmal einen scharf gepfefferten Bohnenbrei, rotgelb gefärbt vom Palmöl und in Bananenblättern gedünstet: der einzige Genuß, wenn es sonst nichts zu genießen gibt. Denn der importierte Rotwein, oft nur den Honoratioren zugedacht, spricht seinem poetischen Namen *Belle vie* mit säuerlicher Strenge Hohn. Man trinkt Bier kastenweise, Coca Cola und Tonic. Gelegentlich auch Palmwein mit dem Geschmack von gärendem Gurkenwasser.

Was müßtest du noch wissen, um dir ein Dämmerbild zu machen von der Gegenwelt zu einem Luxuspalais am Rande der großen Stadt? Wie der Alltag schmeckt. Er schmeckt gediegen ärmlich. Eintönig. Alltäglich nämlich und sieht man ab von der großen Regenzeit, dient die Halle als eine Art Refektorium. Da sitzen sie an zwei langen grauen Brettertischen, und ein jeder löffelt seinen Reis und seine braunen Bohnen mit ein bißchen Fischsoße von einem Plastikteller und trinkt dazu Wasser. Schwarzen Tee gibt es nur zum Frühstück, mit drei Zuckerstückchen und dosierter Dosenmilch. Da sitzen sie und stärken sich für die vormittäglichen Exerzitien des Geistes oder sie erholen sich von denselben...

Wenn dann einer, den Magen gefüllt und zufrieden vorgewölbt, an die Brüstung des Vorbaus tritt und den Blick ins Halbrund schweifen läßt, streift er links unterhalb der Anhöhe Barackenhaftes, lang, flach, mit Blechdach. Das sind die Schlafsäle, in welche der Wind, der Regen und die Ratten freien Zugang haben und hin und wieder auch eine Vorgesetzte, die da kommt, um nachzusehen, ob alles ordentlich und sauber ist. Schräg über den Fußballplatz hinweg könnte der Blick zu der großen Bougainvillea hinüberwandern; aber was hätte er da zu suchen. Von der einen wie von der anderen Seite bliebe er hängen in einem dichten und dornigen Blätter- und Blütengewirr.

Eine Bougainvillea ist kein Kübeloleander und kein Rosenstock. Eine Bougainvillea ist ein schön gewölbtes Sichthindernis entlang der Hibiskushecke, die den einen Teil des großen Parkgeländes von dem anderen trennt.

Wer auf der Anhöhe jenseits der Bougainvillea seine täglichen
Mahlzeiten einnimmt, der gehört dem klosterähnlichen Campus an als einer unter anderen, alle ernsthaft um Wissen bemüht und zu einem vorbildlichen Lebenswandel verpflichtet.
Das ist nicht immer einfach. Manche sind noch sehr jung, kaum
zwanzig. Andere befinden sich bereits in vorgerückterem Alter.
Immer wieder gerät der eine oder der andere auf Abwege.
Nicht alles, was als Gerücht ins Dorf dringt und dort umgeht
als Skandal, läßt sich nachprüfen. Die Verantwortlichen mahnen, verwarnen, greifen gelegentlich durch und strafen. Vor
allem aber bemühen sie sich um ein gutes Vorbild. Was könnte
wichtiger sein als ein gutes Vorbild.

Damit vergehen die Jahre und das Leben an diesem Ort, an den
das Schicksal, das ein Vierteljahrhundert zuvor die einen entkommen, andere umkommen ließ, der Davongekommenen
eine, verknüpft mit eigenem Entschluß, aus Dankbarkeit freiwillig, von Europa weg ins Abseits Afrika zu Beruf und Pflichterfüllung berief. Können sieben Jahre und des Lebens Mitte
vergehen ohne Brüche und Krisen?

*

Eines Jahres und schönen Oktobertages blüht wieder der Tulpenbaum und ein Empfangsabend für *die Neuen* im Campus
findet statt. Gäste aus dem Dorf sind geladen; der Häuptlinge
zwei und weitere Honoratioren. Man ißt, man trinkt; Reden
werden gehalten, und schließlich darf auch wieder getanzt
werden. Ein alter Plattenspieler läuft mit Batterien, und die
Halle ist erleuchtet vom grellgelb zischenden Licht der Gaslampen. Man tanzt, wie hierzulande volkstümlich getanzt wird.
Zu unmelodiösen Melodien und einem monotonen Rhythmus
tritt man auf der Stelle mit kleinen, wiegenden Bewegungen.
Der ganze Körper, von den Hüften abwärts und aufwärts, ist
davon in Anspruch genommen. Nur das erhobene Haupt bleibt
ruhig und gelassen über dem mäßigen Wiegen und Wogen. Ein

jeder kann solo tanzen oder mit einem Gegenüber, das sich einstellt oder das er auffordert – nach westlicher Sitte gewöhnlich ein Mann eine Frau. Man tanzt ganz frei, ohne jegliche Berührung und allenfalls mit Blickkontakt. Es kann sehr langweilig sein. Besonders, wenn man dasitzt und nur zusieht, wie die meisten der Honoratioren.

In solch festlich gerahmte Honoratiorenlangeweile hinein geschah es. Nein – *es geschieht*. Ich stelle es noch einmal vor mich hin. Ich male es *mir* – ich male es *dir* aus in sieben Miniaturen. Kleinigkeiten, kaum der Rede wert, und eben deswegen. Eine Klettenkette von Vergeblichkeiten; aschviolette Blütenköpfchen, eins nach dem anderen, winde ich mir nunmehr zum Erinnerungskränzlein, um dasselbe mit geziemendem Pathos in ehrbar angegrautes, nie bewundernd wahrgenommenes Gattinnenhaar zu drücken.

Es geschieht also. *Coup de foudre?* Weit gefehlt. Vor dem Pathos kommt das Bathos. Das Bewußtsein, wie dürftig, wie trübselig, wie unschön alles ist. Wie hoffnungslos. – Da kommt es angehoppelt. Es ergab sich vorweg, daß der auswärtigen Honoratioren einer meinte, er müsse die strenge und spröde Gattin eines anderen Honoratioren zum Tanzen auffordern. Was machst du da? Du willst nicht unhöflich sein und versuchst es recht und schlecht und mit ein paar entschuldigenden Bemerkungen, 'It's a long time since I last attended a dance' – es ist die reine und nahezu verzweifelte Wahrheit, die sich eigentlich gar nicht eingestehen sollte, wer mit vierzig bei guter Vernunft bleiben will. Die honorable Missis versuchte also zu tanzen, und es war ein steifes und lustloses, ein resigniertes Gehoppel. Schon zu spät – oder fast.

Was soll's. Da sitzt du wieder neben einem tanzunlustigen Ehemann, trinkst sauren *Belle vie* und langweilst dich. Schweifst gedankenlos ins bunt- und tanzbewegt Verschwommene und bemerkst zufällig und von ungefähr, wie da einer für sich alleine tanzt. Der Neuen einer. Siehst und siehst es auch nicht: dunkle Ränder um die Augen; schwerfällig und hinkt, und du meinst dich zu entsinnen: das wird der Unglücksrabe sein, der sich gleich beim ersten Fußballspiel am Nachmittag den Fuß verstaucht hat. Trägt ein hellblaues Hemd und hat die Brusttasche mit Papieren vollgestopft, so daß der Oberkörper noch unförmiger erscheint. 'Wie ein Maikäfer', fällt es dir bei. Überdies Ansatz von Bauch und sichtlich nicht mehr der Jüngste. Ein Hinketänzer. Ein grotesker Anblick. Und du weißt nicht, warum du immer wieder hin- und nicht einfach wegsiehst...

Ein unschöner Anblick. Wie konnte ausgerechnet so etwas den Wunsch wecken, das Verlangen geradezu, nach ein paar Krümel vom fast schon abgedeckten Tisch der Möglichkeiten? Den Wunsch: noch *einmal* in diesem vergehenden Leben ein bißchen *richtig tanzen*...? Es kam freilich eine Kleinigkeit an Unvorhersehbarem dazwischen: ein Blickwechsel, ein grundlos aufblitzendes Lachen und gar nichts von Befangenheit einer Vorgesetzten gegenüber. Sie, die Vorgesetzte, saß steif und streng neben der angetrauten Tanzunlust an ihrer Seite und fühlte sich erbärmlich ehrenwert. – Aus dem unerwidert Wenigen, dem absichtslos Zufälligen, ergab sich über Nacht und am folgenden Sonntagmorgen der Anfang eines längst überfälligen Gedichts. Verjährtes suchte nach einer poetischen Form: *'Von allen ungetanzten Tänzen blieb...'* Ein Unglück mit Absolutheitsanspruch, *'versteint zum Diorit des Augenblicks.'*

Der Tulpenbaum blüht ab. Es ist November; die Trockenzeit beginnt; im Campus finden die ersten Familienfeiern statt. Man sitzt in der Halle beisammen, knabbert Erdnüsse und trinkt Limonade. Unter den geladenen Honoratioren sitzt die honorable Missis, zum ersten Male bei solcher Gelegenheit statt in mürrischer in festlicher Stimmung, gezielt auf einen großen Auftritt zu. Stahlblau, silbergestickt die Prinzeßrobe; frischgelockt, leicht verweht, zauberisch ergrauend das Haar: sie steht und hält eine Rede voll schöner, sorgfältig bedachter Wendungen. Sie stellt sich dar. Sie flicht aus gegebenem Anlaß einen ihrer Vornamen als Wortspiel ein, und man lauscht aufmerksam und mit Ehrerbietung. Dann spricht der Prinzipal. Dann der neugewählte Präfekt. Er spricht langsam, besonnen und fromm und trägt ein langes, taubenblaues Gewand, silbergestickt, fürstlich, wie ein Fon, ein Häuptling aus den Bergen der Savanne. Das ist die nachträgliche Stilisierung.

Man beginnt zu tanzen, die Honoratioren verabschieden sich. Unschlüssig steht allein noch die ‚ehrwürdige Mutter', Na'anya, hat titelgerecht ein Bündel im Arm, klammert sich daran und will es durchaus nicht hergeben. Was sollte sie anfangen mit leeren Armen? Inmitten der Tanzenden steht sie, sieht zu und fürchtet sich vor einem einzigen, abseitigen Möglichen. Mit dieser und mit jener tanzt der Präfekt, und als sie endlich losläßt, das Bündel abgibt und gehen will, steht ihr das Mögliche unvermutet im Wege. Um an ihm vorbeizukommen, streckt sie eine Hand hin: 'It was nice. You made a nice speech.' Als freundliches Lob gedacht und ein wenig von oben herab. 'Thank you.' Der Belobte lächelt, arglos erfreut und völlig unbefangen. Dann und ehe die Honoratiorin loskann: 'Na'anya, I wanted to dance with you. Only you had that bundle.' Sie faßt sich schnell: 'Next time.' Aus dem Gedränge der Umstehenden gluckst ein Lachen auf. Verlegen? Anerkennend? Ein guter Witz? Die weiße Frau lacht ebenfalls und geht. Gemessenen Schrittes und am Rande einer Irritation – 'I wanted to dance with you' – ! Als halte es da einer nicht nur für möglich, sondern geradezu für seine Pflicht – ?! Wahrhaftig und fürwahr: mehr als sonderbar – schreitet sie aufrecht hinüber zu dem Haus, das auf Steinpfeilern steht, und der Saum einer Prinzeßrobe, stahlblau, silbergestickt, schwingt über den abgetretenen Bretterbroden.

Es schwingt nach. Es kräuselt sich. Es kraust die Stirn. Es geht hier etwas nicht mit rechten Dingen zu. Wie kann einer von jenseits der Bougainvillea auf den krausen, den schiefen, den schillernden Gedanken kommen – ?! Es wäre doch sozusagen gewissermaßen und überhaupt – unerhört. Zumindest neu in diesem Campus, wo trotz des Wandels der Zeiten nicht einmal die Kollegen auf den Gedanken kommen. Der vom Oktober kam von auswärts. Und dieser Neue, dieser *ingénu*, von welchem fremden Stern kommt er?

*

Zwei Monate später, Januar also, und ich werde weiter in der dritten Person vor mich hin monologisieren; denn was weiß ich, wieviel von alledem in die Dämmerzustände einer malariakranken Kusine dringt. Vielleicht würde es dich, würde es diese Kusine nicht einmal im Wachzustande sonderlich interessieren. Obwohl sie doch und nachdem sie das Ihre randvoll bekam, sozusagen verpflichtet wäre. Mit halber Stimme rede ich; und wie sie so daliegt, ist sie doch ein idealer Vorwand – ohne Fragen, ohne Widerrede, ohne ironischen Kommentar.

Ende Januar, trockenste Trockenzeit, und wieder steht eine Festlichkeit bevor in der tristen Halle auf der Anhöhe. Es ist die einzige öffentliche Räumlichkeit im Dorf, die im gedrängtesten Falle an die hundert Leute unter das Wellblechdach kriegt. Schon die Hälfte macht es enge, wenn man tanzen will. – Da wird des Nachmittags wieder ein Fußballspiel durchgezogen, und der Präfekt spielt sichtlich nur aus Pflichtgefühl mit. Er stelzt über das Feld wie ein Storch durch den Salat. Er rudert hinter dem Balle her wie – wie ein Albatros? Und wen amüsiert so etwas? Auf der Bank der Honoratioren will es nicht ins reine kommen mit allerlei Vergleichen und sonderbaren Zwiespälten beim Gedanken an das halb abwehrend, halb auffordernd hingeworfene ‚next time' vom November und das Lachen, das da aufgluckste...

Der Abend ist da; die Halle ist voll; man ißt und trinkt; die Reden werden abgespult und alles ist wie immer, lauwarm und langweilig. Auf dem Podium, wo sie hingehört, sitzt unter den Honoratioren die honorable Missis, umwickelt mit Pflichten und Verantwortung, die keine Geistesabwesenheiten gestatten. Die Gedanken dürfen nicht schweifen. Sie dürfen nicht umherirren in der festlichen Menge und zwischen den Möglichkeiten. So geht denn alles sehr schnell, kommt und ist da, und es bleibt keine Zeit – nicht einmal für irritierte Ausflüchte. Die Tische sind im Nu beiseitegeschoben, der Plattenspieler ist in Gang gesetzt und 'opening of the floor' angekündigt. Was wäre da vorhersehbar gewesen? Und fiel es überhaupt auf, daß im allgemeinen Gedränge aus dem Hintergrund sich einer nach vorn schob? Das hätte doch, wer so vorgesetzt und erhaben auf einem Podium sitzt, nicht auf sich beziehen können. Die Zusage, ‚next time' ist zwar nicht völlig verdrängt, der Verzicht jedoch ist noch völliger eingeübt. Und außerdem – wäre es nicht eher zum Lachen? Ein guter Witz. Ein besserer könnte nicht einmal dem witzgewandten Kollegen Ehemann einfallen.

Derselbige, aus irgendwelchen Gründen vom Podium hinabgestiegen, kommt zurück, verbeugt sich, gewissermaßen stellvertretend, und formuliert unüberhörbar deutlich: ‚Mister Z. wants to dance with you.' Und nennt korrekt den Namen.

Da erst. Erst in diesem Augenblick erhebt sich am Späthorizont eines flachhingehügelten Daseins etwas wie eine Wolke, sei es Staub, sei es Nebel – ein malvenfarbener Dunst kondensiert um etwas, das noch kaum einen Namen hat. Aufgefordert zum Tanz statt auffordernd zur Deklination von *logos* – ein gänzlich ungewohnter Rollentausch. Vielleicht daher das Zögern. Es flügelt indes schnell herbei der warnende Gedanke: Aufsehen vermeiden! Den Anschein erwecken, es handle sich um einen netten Einfall von da unten. Eine hübsche Neuigkeit und warum eigentlich nicht – das Unerhörte ist an sich keinesfalls ungehörig. Es ist nur völlig neu im Campus.

Nur einen Augenblick länger als notwendig steht die Aufgeforderte aufrecht: stahlblau tailliert, liniert mit Silbergekräusel. Selbstbewußt, als gelte es, eine Rede zu halten, steht die Honoratiorin auf dem Podium und weiß, wie viele Augenpaare den Auftritt neugierig oder belustigt verfolgen. Da ist nichts zu machen. E*nfin, tu l'as voulu, ma chère.* Auf denn, hinab und hinein in das jämmerliche Quäken und Kratzen, das der Lautsprecher von sich gibt. Es soll Tanzmusik sein. Mitten darin ein langes, taubenblaues Gewand mit Silberborte, und seitlich hängen überlange Arme.

Sonst ist da nichts. Eine unendlich lange halbe Minute vergeht. Vielleicht auch nur ein paar überempfindliche Sekunden lang ist da nichts als das Quäken und Kratzen und ein Rhythmus, der dem Gefühl völlig entgeht. Dann beginnt es zu scharren. Inmitten der rings im Kreise abwartenden Menge beginnen vier Füße zaghaft zu scharren. Und scharren und scharren... *for heaven's sake*! wie lange? Erst als ins höhere Bewußtsein dringt, wie zwanghaft das Scharren den Blick nach unten zieht und am Zementbodens festhält, gelingt es mit großer Anstrengung, ihn los- und emporzureißen. Vorbei am Gegenüber wie an leerer Luft, unter die Zuschauer gezwungen, irrt er umher.

Endlich! Endlich kommen andere Paare nach, und der Kollege Ehemann hoppelt da überraschenderweise auch herum. Es sieht komisch aus. Wirklich komisch. Aber auch hier – stimmt etwas nicht. Welche Mühsal, auszubrechen aus dem Gefängnis einer unbegreiflichen Befangenheit! Als gälte es, sich durch das Gestachel einer Bougainvillea hindurchzuzwängen. Wie unerfreulich. Wie peinlich. Wie lächerlich.

Mit einem energischen Willensentschluß trifft ein erster gerader Blick voll auf das scharrende Gegenüber. Und siehe: ein freundliches Lächeln in harmlosen Zügen und wiederum keine Spur von Befangenheit. Statt dessen ein betont höfliches Bemühen, sich den steifgemessenen Bewegungen anzupassen, mit welchen die Honoratiorin auf der Stelle tritt.

Vermutlich ein braver Mann. Vielleicht naiv. So taubenblau naiv wie das schlichte Gewand, das ihm bis zu den scharrenden Füßen reicht. Wenn da etwas nicht stimmt, dann verbirgt es sich in den Augenwinkeln...

So ‚tanzt' man also. In Anführungszeichen.

Lachhaft ist es. Trostlos. Und zwischen zwei bodenlangen Festgewändern, zwischen einem Hauch vom Blau des Taubengefieders und einem Widerschein vom Blau des Stahls, bleibt die leicht variierende Entfernung einer Armeslänge. Die Arme hängen kraftlos in den Schultergelenken, alle vier. Die Arme anderer sind angewinkelt in lebhafter Bewegung. Welche Mühe wiederum, das nutzlos Hängende leicht anzuheben und die Hände flach zusammenzulegen, Fingerspitzen an Fingerspitzen in Höhe der Hüften – und der abgewandte Blick nimmt wahr, wie Arm- und Handbewegungen sich spiegelbildlich nachvollziehen. Und dabei ergibt es sich – hauchdünn, kaum spürbar und wie am Fingerspitzenrande eines Zufalls. Oder wäre es gewollt – wirklich? Die Frage stellt ein zweiter Blick, unentschieden zwischen freundlich und streng, aber geradeaus, als handle es sich um die Deklination von *logos*. Und ein völlig Unbefangener erwidert – geradeaus, ruhig und korrekt. Dem arglosen Blick standzuhalten fühlt eine dumpfe Irritation sich außerstande. Eine gänzlich abwegige Befangenheit weicht aus. Ärgerlich. So etwas dürfte nicht sein.

Will es kein Ende nehmen? Wieder schweift der Blick in die Runde. Da sitzen einige und schauen zu. Ist das erlaubt? Muß es nicht zurechtgewiesen werden mit herausforderndem Duellblick: wer wagt es hier, Unziemliches zu denken oder die Sache komisch zu finden?! Gesichtsausdrücke inspirierend trifft ein argwöhnischer Blick auf einen der Honoratioren. Der sitzt und grient so peinvoll verlegen vor sich hin, daß die Inspektorin es prompt auf sich bezieht. Auf den naiven Einfall eines Einfältigen, mit einer Vorgesetzten zu tanzen. Mit einer Frau, die aus dem Rahmen des Üblichen fällt; sich männlich gibt unter Männern, jedoch in einem Alter sich befindet, dem mit Vorsicht zu begegnen ratsam wäre... Solche oder ähnliche Gedanken scheint der Kollege sich zu machen. Unverschämt.

Tanzgenuß? Ach, ihr aschvioletten Träume! Bei elender Plärrmusik. Bei der Unmöglichkeit, mit dem Rhythmus zurechtzukommen. Bei einem Tänzer, der vielleicht ein Tugendmutiger ist, vielleicht aber auch, wer weiß, ein *filou*... Weil es unerträglich wird, verfällt eine, die sich im Zugzwang fühlt, auf den verzweifelten Versuch, den ganz und gar glücklosen Zustand mit Konversation zu überbrücken: eine Bemerkung über das Fußballspiel. Der Lärm und um ein lächerliches Schreien zu vermeiden, erfordert ein Zusammenrücken der Köpfe. Es kommt schon nicht mehr drauf an. Es liegt sowieso alles in der Pampe. Wär's vorbei.

Zurück auf dem Podium, nähert sich die Erkenntnis: Ein fliederfarbner Schleier, der in der dünnen Luft halb unbewußter Wunschträume wehte, schleift nun am Boden als naßgraue Schleppe, ein schäbiger Lumpen. Trägt es wenigstens zur Desillusionierung bei? Im Gegenteil. Wer weniges bekommen hat, und sei es noch so schäbig, der will gerade deswegen – mehr und Schöneres. Aus dem Mißglückten erhebt sich die Sehnsucht nach dem Vollkommenen. Wie schön hätte es sein können – ohne die eigene Blödigkeit und ohne das Gaffen der anderen. Im warmen Fallwind des noch gänzlich Unverfänglichen verwehte die dumpfe Enttäuschung schnell. Am Horizont schwamm eine kleine roséviolette Wolke...

Die malvenfarbene kleine Wolke am Horizont – fast zwei Jahre lang veränderte sie nur wenig die Gestalt. Es changierten nur die Farbnuancen. Sie wechselten zwischen altrosa und aschgrau. Ins Aschgraue hinein zog sich der Arbeitsalltag; am Morgen- und Abendrande blühten hin und wieder und winzig, wie in nördlicheren Breiten das Frühlingshungerblümchen, Kleinigkeiten, die sich immer wieder ergaben und nichts ergaben als Vergeblichkeiten. Frustrationen. Ein ganzes Jahr Abwesenheit und angespannter Arbeit an liegengebliebener Wissenschaft ging dahin. Die Krise der Lebensmitte und des gesamten Daseins schwelte vor sich hin...

*

So läßt es sich dahinerzählen, eine dritte Person dazwischenschiebend und garniert mit kleinen Farbtupfern. Die Kusine aber – schläft sie? Hört sie im Halbdämmer zu? Für die nächste Episode müßte sie ansprechbar sein, damit das Pathos, das nun aufquillt, das Melodram der Innerlichkeit; alles das, was nun an der Reihe ist, damit das heulende Elend nicht gänzlich ins Leere läuft. Damit es sich Mitgefühl einbilden kann...

Es ist eines Tages wieder Oktober. Wieder blüht der Tulpenbaum. Wieder müßte ein großer Empfangsabend stattfinden. Aus irgendwelchen Gründen muß er verschoben werden auf Ende November. Im ergrauenden Haar ein mageres Kränzlein später akademischer Lorbeeren, erschöpft von der Anspannung, sitzt eine Zurückgekehrte wieder an ihrem holzwurmzerfressenen Schreibtisch, diesseits der Bougainvillea, und das Wiederdasein fühlt sich enttäuschend nüchtern an. Die Tage, die Wochen vergehen mit den üblichen Pflichtübungen, hochachtbar und armselig. So armselig, daß es sich gar nicht sagen läßt. Es läßt sich nur heulen. Vor allem nachmittags beim Campari mit dem Kollegen Ehemann, der es zwar gut meint, aber auch nicht weiß, was los ist und nutzlose Ratschläge gibt.

Eines Abends Ende Oktober ist es ganz schlimm. Da sitzt du, Kusine, der ich den unglücklichen Tausch versuchsweise zumute, auf der vorderen Veranda, alleine auf der roten Bank, und bist bereit, dir gleich mehrere Seelen aus dem Leibe zu weinen. Warum bloß? Ach, wegen denen da drüben. Durch die Dunkelheit und von jenseits der Bougainvillea, von der Festhalle her tönt das Trommeln einer Tanztrommel. Da findet ein Fest der frommen Jugend statt, und *du* sitzt hier, ausgesetzt; aussätzig durch Alter, Status und einfach, weil du nicht dazugehörst. Niemand kommt durch die frühe Dunkelheit mit schwankender Buschlaterne unter der Wölbung der Bougainvillea hindurch und den Agavenweg entlang auf die Veranda zu mit einer Einladung, 'Na'anya, come. Come to grace the occasion.' Niemand. Keiner. Allein mit dir selbst in der Freudlosigkeit der Tage; zermürbt von ärgerlichem Kleinkram, nützt auch das poetische Gesäusel der Morgenandacht, ein letzter Versuch, sich auf einem Strohhalm zu retten und im Gleichgewicht zu halten – nichts. *Nothing.* Und so kommt es denn langsam hochgekrochen, das Unerträgliche der täglichen Quälerei unterm Joche der Selbstbeherrschung; der Erstickungstod im gläsernen Sarg der guten Sitten; das langsame Ausbluten eines blutarmen

Lebens, samt der Vergiftung des noch vorhandenen Glücksverlangens am ehelichen Mißverständnis von 'Glück' –

– und da drüben wäre es zu haben. Mitten im fröhlichen Lärm; im Lachen der Mägdelein und der Knaben und derer, die sie beaufsichtigen, die Älteren, die immer noch jünger sind als du – sind sie nicht allesamt brav und fromm? Und was wäre denn dabei, wenn ich dabei wäre? Ach, wie ist das Glück so nahe, so nahe, und so unerreichbar! Denn du weißt im Grunde alle guten Gründe, die dagegensprechen; gegen das Dabeisein und Mitfeiern und Mittanzen. Du weißt es, und trotzdem erfüllt es dich mit solcher Trübsal und würgt und würgt sich langsam hoch – und dann endlich rinnt es hernieder; lautlos, ungehemmt, erleichternd; fadenziehend und salzig; trostlos und tröstlich, und es dauert eine Weile, bis du dich entschließt, ein Taschentuch hervorzuholen. Es saugt sich voll und füllt die geballte Hand: das ganze Elend dieser Welt, von der Größe eines Herzmuskels oder einer Faust – eine klebrige, zerknüllte Masse Taschentuch. Damit und mit deinen fliederfarbnen Tanzträumen kannst du den grauen Bretterboden des Daseins aufwischen, rutschend auf den Knien deines Herzens und mit dem Schicksal haderend. Und kannst als zusätzlichen Wischlappen eine deiner ausgewrungenen Seelen benutzen. Und während du da herumrutschst, in spätsentimentales Elend versunken, merkst du nicht, daß leicht und lautlos und wie ein Lächeln der fast volle Mond durch die Eukalyptusbäume quillt. So leicht und rund und in wunderbarer Schwerelosigkeit – der steigende Mond und die steigenden Rhythmen von jenseits der Bougainvillea... Ich Ärmste merkte es wirklich nicht.

Das Nachspiel. Die Seele noch zerfasert, das Taschentuch zerknüllt in der Faust, geht die Ärmste ins Haus und sieht sich den Mann an, der da in seinem Arbeitszimmer friedlich auf dem Lotterbette liegt und ein Buch liest. Tagsüber sitzt er festgekeilt hinter dem Schreibtisch, wenn er nicht mit strammen Waden durch die Wälder streift auf der Jagd nach alten Traditionen. Abends eine Flasche Bier und eine Platte Mozart oder Beethoven und siebenmalsieben oder siebenzig Seiten vom nächsten

Buch. Ein braver Mann, der von dem ganzen Elend ein weniges ahnt, aber wenig weiß, nichts begreift und schräg danebenrät, wenn er dich so ausgefranst da stehen sieht. Er legt immerhin das Buch beiseite. Was ist denn kaputt, Lieschen? Gutmütig will er trösten: das ist die Trockenzeit. Da scheuern die Nerven schon mal durch. Empfiehlt Vernunft und Gelassenheit und, wie schon des öfteren: wir müssen hier mit Anstand über die Runden kommen.

Das war zuviel. Es wirkte wie hochprozentiger Alkohol in eine offene Wunde. Eine mit Anstand Beratene fuhr zurück, holte aus und stieß zu mit vergiftetem Dolch: ‚Du – du bist noch toter als ich!' Wandte sich, ging hin und verkroch sich im Hibiskuswinkel neben der Hintertreppe. Guckte in den verheulten Mond und murmelte: 'Auch schuld an der Misere. Monströser Fufukloß.' Und flennte ihn noch eine Weile an und erschöpfte sich in zielloser Reflexion über den Sinn der Versagungen und das große lecke Faß der Ewigkeit...

*

Wenige Wochen später, ein Sonntag Ende November. Der Tulpenbaum hat abgeblüht. Die Unbefangenheit ist längst dahin, so hüben wie drüben. Alles ist noch trister und vergeblicher, und der Anstand läuft seine täglichen Runden. – In der 'Festhalle' findet der verschobene Empfangsabend statt, wiederum für Neue, auch für einen neuen Prinzipal. Sowie, *last not least* für eine, die, mit oberwähnten späten Lorbeeren frisch geziert, wieder lehrplanmäßig mit auf dem Podium sitzt. Wieder und wie gewohnt im stahlblauen Prinzeßkleid. Nach außen hin ist alles wie immer.

Aber da drinnen... Was ist da noch wie es jahrelang war. Die Trockenzeit kribbelt durchs Nervensystem; die Anfälle kommen und gehen, nachmittags beim Campari und bei Vollmond. Bei der Deklination von *logos* ist freilich alles weiterhin und wie üblich im Lot. Immerhin und wenigstens. – Und da halten sie nun wieder ihre schönen Reden. Ehren die Kollegin wie es sich gehört, und immer die Ehefrau zuerst. Die Missis. Ein Status, der sowohl Freiheiten gestattet als Grenzen zieht. Dann erst kommt der Berufsehrentitel und schließlich der taufrische Titel der Geehrten. Das alles zusammengezählt ergibt eine Rarität an diesem Ort, zweifellos; aber was hilft's. Von drei Sternen wenigstens zwei *unter* sich zu haben, ergibt eine gewisse Bewegungsfreiheit. Freilich – wohin sollte sie führen? Die lieben Kollegen, sie prunken so liebenswürdig mit einem Prunkmantel, der, das Kollektivansehen steigernd, sich um reichlich unzureichend breite Schultern legt, aufs beste und willkommenste verbergend das dürftige Kleidchen darunter. Kein Büßerhemd. Welche Vergehen gäbe es zu büßen an einem Ort im Regenwald, wo der Anstand seine täglichen Runden läuft. Das einzige Vergehen ist die Vergänglichkeit des Lebens. Unter der Würde der offiziellen Gewänder verbirgt sich das ärmliche Kleidchen einer gar tugendhaften und ganz unansehnlichen letzten End- und Restsehnsucht – *aschviolett*. Ein resignativ gefärbtes Fähnchen, ausgefranst. Aber mit Flimmereffekt im Gewebe und an den Rändern ein Hauch Rosé und verspielte Volants, besetzt mit winzigem Geglitzer, wie der Abendstern im Eukalyptuslaub. Ein dünnes Kleidchen fürwahr, und es wäre zum Frieren, wenn es nicht so schön warm wäre in dieser Gegend und zu jeder Jahreszeit. Es ist ein Kleidchen, darin die Seele sich ein wenig Spitzentanz erlauben kann, hier, an einem prinzipienstrengen Ort, wo Weniges bedeutsam und Armseliges kostbar sein kann – sagst du dir, du arme Seele, während du da sitzest und nicht weißt, was du von dem Abend erwarten sollst. Im Grunde nichts.

Da erhob sich, auf das Ende der Podiumsreden zu, unten in einer entfernten Ecke der festlichen Versammlung, der Höhepunkt des Abends. Erhob sich, stand aufrecht in einem weißen, langärmeligen Hemd, ohne Jackett und ohne Krawatte, und hielt eine Rede. Sprach frei und sicher, langsam, laut und deutlich und diagonal von ganz hinten nach vorn auf das Podium zu, säuberlich einen Punkt nach dem anderen abhakend. Jeder

Punkt gilt einem der V.I.P.s oben auf dem Podium. Und die da im Grunde nichts erwartet, blickt festen Blickes zu dem Redner hinüber und merkt, wie das Atmen flacher und mühsamer wird in wachsender Spannung auf das Ende der Rede zu – der Spannungsbogen einer beklemmend glückhaften Gewißheit: daß die Rede auf sie, daß sie auf *dich* zukommt als letztem Ziel und Höhepunkt. Eine Kunstpause, und jetzt – noch einmal sämtliche Titulaturen? Hier hat einer offenkundig etwas begriffen und hat sich etwas Aparteres ausgedacht. In die gespannte Erwartung der großen Versammlung hinein wirft er leicht und souverän und wie einen Spielball quer durch die Halle ein einziges Wort, eine einzige Anrede, vertraulich und ehrerbietig zugleich – Na'anya!

Gut. Sehr gut. Wirklich gut. Besser als manche Klausur. Die ‚ehrwürdige Mutter' wirft den Kopf zurück, herausfordernd und anerkennend. Und die da nicht wußte, was sie von dem Abend erwarten sollte, weiß, daß über diesen seiltänzerisch sicheren Augenblick hinaus nichts mehr zu erwarten ist. Es könnte nur noch abstürzen und nachhinken. Nach solchem Spiel mit goldenem Ball und öffentlichem Blickwechsel quer durch die Halle und über sämtliche Köpfe hinweg wäre es das einzig Richtige gewesen, Müdigkeit vorschützend das Fest zu verlassen. Es hätte einen Splitter vom Glück des Augenblicks hinübergerettet. Aber du bleibst, wider das untrügliche Gefühl, bis zum aschenen Ende.

Als man zu tanzen begann, tanzte, wie es sich gehörte, aber nur äußerst selten vorkam, ein braver Ehemann geduldig und eine ganze Weile mit der ehrenwerten Gemahlin. So brav und so langweilig. Tanzende Ehepaare, ältere – ach! Wenn der ursprüngliche Sinn und Reiz längst dahin ist, was bleibt da übrig? Eine müde Pflichtübung, eine Gutmütigkeit und zum Weinen. Da ist wieder das lahme Scharren und Treten auf der Stelle zum Gekrächze einfallsloser Tonfolgen, zerhackt von der Monotonie eines Schlagzeugs: zum Einschlafen langweilig und woher, ach, soll ich wissen, was ich will? Die Wiederholung? Daß Na'anya überhaupt tanzt, könnte doch wohl als Aufforderung verstanden werden: *'Come!'* Aber niemand kam.

Da wirst du des Gewühles müde, Kusinchen, mein alter Ego, und entweichst hinaus ins Dunkel unter das Vordach, lehnst dich gegen die Brüstung mit der Nacht im Rücken und siehst geradeaus vor dich hin. Ohne etwas zu suchen oder zu erkennen, west du ab in das lärmende Gedrängte da drinnen, wo nicht einmal ein schäbiges Scheibchen vom bescheidensten Glück zu haben ist. Kinder und Halbwüchsige stehen herum; der Ehemann kommt kurz heraus, ‚Lieschen, willst du nach Hause?' ‚Ich weiß nicht. Ich dachte –' Und deines Lebens andere Hälfte, ein menschlicher Mann, der trotz Forschungsprojekt und viel zu vielen Büchern Halbes ahnt und mit freundlich-ironischer Nachsicht Harmloses gönnt, begreift offenbar und läßt sich herbei, den Boten in umgekehrter Richtung und zum zweiten Male zu spielen – *'Mr. Z., I think, Na'anya would like to dance with you.'* So oder ähnlich. Und du lehnst da im Dunkeln an einer Steinbrüstung, hast vor dir wie auf einer flackernden Breitleinwand das bunte Gewimmel und weißt immer noch nicht, was du eigentlich willst. Es ist alles so aussichtslos trübsinnig, und du ergibst dich in die Müdigkeit eines vorweggenommenen Verzichts.

Da hinein, in solchen Trübsinn, vermengt mit aschlila Verzichtgefühlen, begibt es sich, nicht gänzlich unerwartet, aber durchaus freudlos. Aus dem Hellen bahnt sich einen Weg ins Halbdunkel der Aufgeforderte, ist da, lehnt an der Steinbrüstung und verdrängt Raum. Eine ungenaue Nähe, unentschiedenes Schweigen. Mehr wäre nicht vonnöten gewesen. Aber wie lange darf es dauern, bis ein Gefühl der Unschicklichkeit überhand nimmt? Es geht doch nicht an, daß man im Abseits, im Halbdunkel, vor allem aber im Wort- und Reglosen an einer Brüstung lehnt mit der Nacht im Rücken... Eine Initiative muß ergriffen, Rangfolge eingehalten werden. Irgendwie muß Verständigung zustande kommen darüber, daß man tanzen will. Nun denn; denn was sonst...

Zurück also in die Halle und ins Helle, und nicht daran denken, wer sich welche Gedanken machen mochte. Geht nicht alles mit ehrbar rechten Dingen zu? Was allenfalls ungewohnt anmuten mag: zum zweiten Male in zwei Jahren tanzt mit – mit welchen der drei Titel? – der Einzige unter seinesgleichen, von jenseits der Bougainvillea, der Einzige, der es je gewagt hat.

Die Wiederholung. Um nichts erfreulicher als zwei Jahre zuvor. Eher um einen Schatten befangener. Was wäre natürlicher und höflicher als Blickkontakt und ein freundliches Lächeln? Es sinkt alles wieder auf den Zementboden und bleibt da hilflos haften. Die Erinnerung an das erste Mal: peinlich genau drängt sie sich auf, und das Gegenwärtige fühlt sich nicht minder klebrig an. Warum, zum Kuckuck, ist es nicht möglich, geradeaus mit einem freundlichen Lächeln – wieder ist etwas wie das stachelige Blättergewirr einer Bougainvillea dazwischen, und es ist nicht hindurchzukommen. Also scharren wiederum vier Füße und können sich nicht auf den Rhythmus einigen. Wieder ein Konversationsversuch, mitten im Geplärre des Plattenspielers. Sie sagt: 'I have difficulties to catch the rhythm.' Er sagt: 'It's not difficult.' Sie sagt: 'You made a nice speech.' Er sagt: 'Thank you', erhellt den Augenblick mit einem Lächeln und hebt eine Hand an die Brust. Ein Wenigstens. Wenn schon sonst rein gar nichts. Freundlich, höflich und ein wenig verlegen. Was also *for heaven's sake*, was soll's? Was soll der gesenkte Blick und das schräge Daneben?

Möge es ein Ende nehmen. Solch eine idiotische und kaum zu überwindende Befangenheit jenseits der Vierzig – *das* ist der Skandal und das Unglaubliche inmitten aller Ehrbarkeit. Das Unvermögen, wortlos und geradeaus in ein Gesicht zu sehen, das die Maske der Unbefangenheit unbefangen trägt. Wenn aber Maske, was sollte dahinter sich verbergen? ‚Zwischen diesen Lidern dieser Glanz' – eine unmögliche Möglichkeit? Hier wird nicht *logos* dekliniert; hier blüht – nun eben: eine Abart von Zweitfrühlingshungerblümchen. Hier irrt durch malvenfarbene Wüsten eine durstige Seele, verfolgt vom Schatten einer Dschinn, beugt sich über vorsorglich zugedeckte Brunnen und über den Rand der Vermutung: die unverdeckte Tiefe wäre schwindelerregend und Absturz ...

Daher die vorweggenommene Resignation. Es war nicht zu haben. Und der ausweichende Blick läuft an den geraden Linien festlicher Gewandung entlang, stahlblau verziert mit Silberborte. Die gleiche verknäulte Schlangenlinie, die das Taubenblau zierte, zwei Jahre zuvor. Nun also ein weißes, langärmeliges Hemd; korrekt, aber unfestlich. Im übrigen und fängt erst das Denken an, wird alles schief und krumm. Denn tut hier nicht einer einen Gefallen, indem er tanzt? Aufgefordert zu solcher Performanz, *fancy*! von einem Ehemann höchstpersönlich. Nicht Na'anya, wie es sich gehörte, gewährt eine Gunst; *man* muß ihr, als einer Bedürftigen, eine solche gewähren. Wie ganz und gar verdreht. Wie unerquicklich.

Das bißchen Tanzerei zog den fliederfarbnen Schleier wieder hernieder aus dem Blau und über den rissigen Zementboden und saugte sich da voll mit dem Geist der Schwere und der Vergeblichkeit. Die roséviolette kleine Wolke am Horizont aber, sie dunkelte ab ins Aschene und zog eine Grimasse.

Quer über das nächtliche Fußballfeld und die Dorfstraße, unter der großen Bougainvillea hindurch, im schwachen Lichtkegel der Taschenlampe, mit der ein fürsorglich begleitender Ehemann den schmalen Pfad durch das Dunkel andeutete, ging eine Enttäuschte hinweg und zurück und die Stufen hinauf in das verandaumrankte Haus. Schlief über die Armseligkeit des zweiten Mals hinweg, dachte am folgenden Morgen im Tagebuch darüber nach und suchte sich vergeblich einzureden, sie habe bekommen, was sie wollte. Es war wenig. Es war armselig. Es war alles, was zu haben war jenseits der Bougainvillea.

*

Und doch war das Wenige ein Wenigstens und nicht nichts. Denn es läßt sich erzählen; sogar und beinahe ohne Rücksicht darauf, ob du, Kusinchen, zuhörst oder nicht. Magst du schlafen oder halbwach dahindämmern. Das Wenige ist noch nicht zu Ende erzählt. Es soll zusammengescharrt werden jedes Krümelchen. Es sind ihrer noch drei. Der Abend in der Bierbude und die beiden letzen Jahresabschlußfeste.

Der Bierabend in der Bierbude. Keine still vor sich hin resignierende Enttäuschung – einer peinlich öffentlichen Fratze des vergeblich Ersehnten kam es nahe, wo nicht gleich. Es schreckte ab und tiefer hinein in die Tagträume. – Der Rahmen: ein Jahresausflug in die Hauptstadt. Eine Fußballmannschaft, Prinzipal und Vize: der Landrover war voll, und nach zwölfstündiger Fahrt kam man an. Nach dem ersten Tage Rundumbesichtigung meinte eine Stellvertretende, Initiative ergreifen zu müssen und lud den ganzen Haufen ein zu einem Bier. Es war noch früh am Abend und schon vollkommen dunkel. Es leuchtete weder Mond noch Stern. Von den abseits gelegenen Quartieren am Rande der Stadt machte man sich auf zu Fuß und mit Taschenlampen, eine Bar zu suchen. Es fand sich etwas ähnliches da, wo die Elektrizität eben noch hinreichte: eine Bretterbude mit Neonlicht und Lautsprecher, der Fußboden zementiert, unter dem Blechdach eine Sperrholzdecke. Man sitzt auf leeren Bierkisten an drei Wänden entlang; an der vierten befindet sich die Theke, ein Drahtverschlag mit Brett darüber, dahinter auf Regalen die Getränke. Der ohrenbetäubende Lärm, der entgegendröhnt, das ist die Musik. Da hinein also, denn Besseres war nicht in Sicht.

Man setzte sich, ein jeglicher auf eine Kiste, und jeder bekam eine Flache Bier spendiert. Auch die Spendiererin setzte beherzt eine volle Flasche an, denn Gläser gibt es nicht. Eingerahmt von zwei Beliebigen sitzt sie auf ihrer Kiste und muß die Stimme um ein Beträchtliches erheben, wenn sie sich mit *small talk* verständlich machen will. Schließlich gibt sie es auf. Alle Mann sitzen stumm in der Runde. Jeder nuckelt an seiner Flasche, allesamt niedergewalzt und eingeebnet von dem nervtötenden Lärm, der weit in die Nacht hinausdringt. Nach einer Weile beginnt das Sich-Wundern, und es wundert sich ungefähr so: Was suche ich hier? Was habe ich mir vorgestellt? Was habe ich geglaubt, gehofft –? Doch nicht – *for heavens' sake* ?! Was für ein Blödsinn. Er grinst aus allen Ecken. Wär' ich woanders. Durchsitzen. – So sitzt da ein bockiges Dennoch und löffelt die nächtliche Suppe aus, die ein naiver Tagtraum eingebrockt hat.

Da tat sich etwas Unerwartetes. Es befanden sich an weiteren Gästen in dem Kabuff ein noch jüngerer Mann und eine schon ältere Frau, beide ärmlich gekleidet, beide angeheitert, vielleicht auch schon betrunken; die Frau zumindest. Die beiden lehnten erst apathisch an der Theke und sahen sich sprachlos den Haufen Männer an, der, angeführt von einer Frau, die Bierbude besetzte. Diese beiden beginnen auf einmal zu tanzen. Auf dem engen Raum, umgeben von den übrigen Gästen, setzen sie das Geplärre aus dem Lautsprecher in Bewegungen um, die immer eindeutiger werden in ihrer Zweideutigkeit, bis ein Lachen der Verlegenheit aufkommt. Während der Mann sich noch in der Gewalt hat, läßt die Beinahe-Greisin sich völlig gehen und transponiert den klobig abgehackten Rhythmus mehr und mehr und ungeniert ins unzweideutig Obszöne...

Da saß sie, eine Fremde, eine Weiße, eine Frau und Vorgesetzte, und sah zu und wußte, daß alle sahen, daß sie zusah. Was ist da zu machen? Die Miene wird streng und abweisend und soll Mißbilligung ausdrücken. Aber es ist durchaus nicht sicher, daß es ein Gefühl der Mißbilligung ist, was sich da anschleicht. Nach außen hin produziert sich eine Fratze der Peinlichkeit, zweifellos. Aber was ist es nach innen hin? Vielleicht ist diese Alte glücklich. Sieht es nicht fast so aus? Sie hat den Kopf seitlich zurückgelegt und ihr Lächeln wirkt beinahe verklärt. Vielleicht sind Spott und Verachtung der Preis, den man zahlen muß für das Glück aus der Bierflasche. Vielleicht verachtet die Alte die Verachtung, weil ihr Glück größer ist? '*Aber nachts in der Bar* / aber nachts in der Bar / Fängt für mich das wahre Leben an' – ist es *das* ? Und wie, wenn der Alkohol anfängt, in den eigenen Kopf zu steigen? Als Frau und Vorgesetzte hört man auf zu trinken. Und wagt auch keinen Blick hinüber in die Ecke, wo eine unmögliche Möglichkeit sitzt – vielleicht sogar der uneingestandene Grund des abendlichen Unternehmens.

Schluß. Zahlen und zurück. Als die weiße Frau im allgemeinen Aufbruch an der unwürdigen Greisin vorbeigeht, fängt die an zu lachen und lacht ihr nach...

Mit diesem Lachen im Rücken tappt eine gründlich Ernüchterte im matten Gekringel der Taschenlampen die dunkle Landstraße entlang, redet mit diesem und jenem und findet sich schließlich neben dem wieder, dessen Dabeisitzen das Getanze der Alten über die allgemeine Peinlichkeit hinaus ins anzüglich Persönliche verzerrte. Sie versucht, das Gefühl zu zerreden, indem sie darauf zurücklenkt: ‚Don't you think that this is the true religion of the people?' ‚What?' 'Beer, music, dancing in bars.' 'No.' 'Why not?' 'It ends in immorality.' So ist es. Religion ist Moral. Puritanische Prinzipien gegen aschviolette Tanzträume.

*

Drei Wochen später das Jahresabschlußfest. Teils trübsinnig, teils weinselig verworren zog es vorüber. Alles verregnete, alles ging daneben. Weder Fest noch sonst etwas aus der Geheimtruhe der Erwartungen kam zustande. Bei klarem Verstande wäre es vorauszusehen gewesen; aber es schwebte da eine vorweg in seltsam unrealistischen Zuständen und in der nebulösen Vorstellung, es stehe ihr noch ein Tanz zu. *Tanzen* wollte sie. Es mußte doch endlich und wenigstens *einmal* gelingen! Sie hoffte wahrhaftig und gegen alle Vernunft und Wahrscheinlichkeit auf einen dritten und letzten Tanz mit eben dem Selben. Wie bereitest du dich darauf vor, Kusinchen – in deine Malariaträume hinein rede ich mit halber Stimme. Wirst du mich hören? Um Festfreude und Tanzerwartungen nicht allzu offenkundig zur Schau zu tragen, entscheidest du dich vor der Kleiderleine (ich müßte dir erklären, daß man im regenfeuchten Waldlandklima die Kleider nicht in einem Schrank aufbewahrt, wo sie verschimmeln würden, sondern frei auf eine Leine hängt; aber da du sowieso schläfst, ist es überflüssig) – du entscheidest dich also für streng statt lieblich. Zum langen, geraden cognacbraunen Satinrock nimmst du nicht die weiße Satinbluse mit den romantisch verspielten Volants, sondern eine Pfadfinderbluse mit Schulterklappen, zwar auch weiß, aber stumpfe Popeline und militärisch streng. Für eine Andeutung von Lieblichkeit und Verspieltheit ist das frischgewaschene Haar gedacht – silbrig, duftig, spöttisch; ein anmutiger Rahmen um ein wenig liebliches, bleiches Vierkantgesicht. Und eine Selbstbewußte gefällt sich in dem Kontrast, gerade so wie sie sich gefallen hat in den Spiegeln auf einer dreizehnten Etage. Um das magere Handgelenk schlenkert ein Ebenholzreif, umwickelt mit einer Kette aus winzigen weißen Plastikperlen...

Es lief an wie immer. Man aß, man trank, man hielt Reden, und draußen stand die Nacht. Die honorable Missis sitzt diesmal nicht auf dem Podium. Sie hat sich unters Volk gemischt, plaudert mit der Nachbarin, und – ach ja: der Ehemann war nicht da. Wochen zuvor schon, der Wissenschaft wegen, war er vorausgeflogen nach Europa, und vielleicht erklärte sich letztlich alles aus seiner Abwesenheit. Während sie also sitzt und plaudert, schweift der Blick suchend hierhin und dahin. Ist der einzig Mögliche überhaupt anwesend? Hat er es vorsichtshalber vorgezogen, mit Kopfschmerzen einsam und allein in der Schlafbaracke zu bleiben? Die Gedanken schweifen und der Blick schweift. Endlich und plötzlich und trotz der Entfernung ist alles auf einmal und wie von einem Blitz erhellt da: der Anblick, der Augenblick der Hellsicht – und ein kleines Schaudern der Genugtuung.

Nahe der Tür, wie zur Flucht bereit, sitzt der Gesuchte. Ungewöhnlich die Haltung, sonderbar der Gesichtsausdruck. Weit über den Tisch gelehnt, beide Ellenbogen aufgestützt, die Hände vor dem Kinn flach zusammengelegt und nach vorn stoßend wie ein Schwimmer – eine geradezu apotropäische Geste. Die Augen, zusammengekniffen, bohren den Blick geradeaus ins Leere – oder wäre er fixiert auf etwas sehr Bestimmtes? Der Augenblick der Hellsicht: wie einer, der soeben etwas begriffen hat und darob erstarrt. Das Schaudern der Genugtuung: ein Redlicher wittert Gefahr. Ein Furchtloser fürchtet sich. Erhebt wie betend die Hände – eine Geste der Abwehr. Wogegen? Und noch ein Schluck vom sauren *Schönen Leben*. Winzig weiße Plastikperlen umringeln einen Armreif aus Ebenholz...

Mit dergleichen Erbaulichkeiten beschäftigt unterhält sich die Betroffene ablenkend nach rechts und links, ißt sehr wenig, trinkt sehr viel: *Belle vie* pur. Zwischendurch tanzt man einen Reihentanz, einer hinter dem anderen her in langer Schlange; ein schwungloses Getrippel. Die honorable Missis erhebt sich, trippelt mit. Die Schlange schlängelt an der Tür vorbei. Befangenheit? Das gleiche harmlos freundliche Lächeln, das Na'anya anderen hinstreut, lächelt sie auch dem Sitzengebliebenen zu. Die erzwungen höfliche Erwiderung trägt ein hellblaues, kurzärmeliges Hemd – dasselbe wie vor Jahren? Ohne Schlips, ohne Jackett, wieder betont unfeierlich. Schade. – Dann wieder Reden. Dann ein kleines Stegreifspiel des Frauenvereins; eine überaus anzügliche Geschichte mit einer faustdicken Moral, und die Verwunderung: für wen wird das gespielt? Es könnte ganz hübsch passen, maßgeschneidert gewissermaßen, wenn einer nur mitspielen wollte... Aber selbiger denkt nicht daran. Und die Respektsperson im cognacbraunen Abendrock, sie sitzt und trinkt weiter *Belle vie* pur. 'Mix it with Cola', rät die ältere Nachbarin, eine ehrwürdige Matrone. Ein guter Rat fürwahr. Aber wie wär's – angesichts solch apotropäischer Gestik und solcher Stegreifspiele – mit einem kleinen Rausch am Rande des eben noch Verantwortbaren? Ja, wie wär's und warum nicht?

In einem Winkel des Normalbewußtseins; da, wo sich offenbar ein Rest Vernunft hinverkrümelt hat, wird im Selbstgespräch klar, daß 'unter den gegebenen Umständen' kein dritter Tanz in Frage kommen kann. Selbst wenn da einer vielleicht noch mit sich uneins sein sollte. Wenn aber kein *Tanz*, dann wenigstens *Belle vie* – eine Andeutung von Alkoholrausch; selten genug in einem vernunftbeherrschten Leben, das mit Anstand seine Runden läuft. Wann und wo, wenn nicht hier und heute? Schon steigt es zu Kopfe; schon ringelt es sich durchs Hirn – spürbar entspannt sich alles, und wie leicht wird dir zumute, meine Liebe!Wie es zu flügeln beginnt – lauter weiße Falter, zephirhaft und wie eine Wiese voller Pusteblumen, alles für dich, mein unmögliches Glück – so wunderbar *high* fühlst du dich und stellst mit Genugtuung fest, daß die Fähigkeit zu räsonnieren und sich Durchblick zu verschaffen, statt abzunehmen eher zunimmt. Wie sollte einer wie dieses seltene Modell von Rechtlichkeit und Charakter in der Abwesenheit eines Ehemannes es wagen – undenkbar und ganz unmöglich! Und doch – und doch – und dennoch...

Da ist schließlich so viel *Belle vie* die Kehle hinab, daß ein Ausflug hinüber ins Haus notwendig wird. Nun, Kusinchen, wäre Einfühlung wieder an dir. Du erhebst dich, neugierig auf den Modus deines Vorwärtskommens und die Spannkraft des Willens, und gehst festen Schrittes und allenfalls ein wenig übergerade hinaus ins Dunkel und über den Fußballplatz. Es ist naßkalt und neblig, Juni, beginnende Regenzeit, und es rieselt sogar leicht durch den Nebel – du nimmst das Atmosphärische mit ganz außergewöhnlicher Schärfe der Wahrnehmung zur Kenntnis, während du über das feuchte Gras dahinrauschst, unter der Bougainvillea hindurch und den Agavenweg entlang, hinauf auf die Veranda und ins Haus. Du verrichtest dein Geschäft und schwebst zurück wie auf Wolken, wissend um den Ausnahmezustand und gleichwohl *'ready for just anything'* – ohne dir Genaueres oder überhaupt etwas darunter vorzustellen. Dem Gedächtnis eingeprägt hat sich die Luzidität der Selbstwahrnehmung unter dem Einfluß eines mäßigen Alkoholrausches in jener Nacht der Versagungen.

In der Festhalle ist inzwischen alles in Auflösung begriffen, ganz so als habe das Entschwinden einer Honoratiorin das Signal dazu gegeben. Die übrigen V.I.P.s sind dabei, zu gehen, und die, welche tanzen wollen, rücken die Tische beiseite und stellen den Plattenspieler auf. Da stehst du unschlüssig. Was ist hier noch zu wollen oder zu haben? Eine Bekannte läßt sich aufhalten und in ein Gespräch verwickeln; damit ist ein Vorwand für das eigene Verweilen hergestellt. Währenddessen geht der einzige Grund solchen Verweilens grußlos vorbei und hinaus. Da er ja gegen alle Vernunft zurückkommen könnte, setzt du das Gespräch fort und wunderst dich, daß man nicht zu tanzen anfängt – worauf warten sie? Man wartete offenbar darauf, daß der Rest der Spektabilitäten sich verziehen möge. Die Bekannte und du selbst sind die einzigen dieser unerwünschten Spezies, die da noch herumstehen. Als dir *das* ins Bewußtsein dringt, faßt du Regenschirm, Taschenlampe und den einzig richtigen Entschluß und *gehst,* die Bekannte mit dir ziehend, um sie alsbald zu verabschieden.

Mit resignierter Würde wandelte da eine allein über den nächtlichen Campus und zurück ins Haus – wieder einen Schritt dem Tode näher und vorbei am möglichen Glück. Ins Schlafzimmer gelangt, reicht die Kraft eben noch hin, Rock und Bluse auszuziehen. Dann fällt der Rest besinnungslos aufs Bett und sofort in tiefen Schlaf. – Knappe drei Stunden später ist der Minirausch ausgeschlafen und es macht Mühe, wieder einzuschlafen und zurückzufallen in wirre Träume. Das herbsaure *Schöne Leben,* der Wein gärt im Gedärm, konvulsivisch. Morgen, denkst du, morgen werde ich darüber nachdenken...

Sie dachte nach, am anderen Morgen, und meditierte im Tagebuch seitenlang über 'innerseelischen Firlefanz' und 'das Geheimnis uralter Religionen': die Intensivierung elementaren Lebens durch Alkohol und ähnliche Drogen, das Außerkraftsetzen von Alltagsnormen durch Abschalten der Vernunft. Und war dankbar. Dankbar dafür, daß nachts zuvor dieser Eine sich zurückgehalten und die Vernunft *nicht* abgeschaltet hatte. Ja, sie war froh, daß ein Besonnener durch seine Weigerung, durch sein Weggehen sie und sich bewahrt hatte vor dem Blödsinn und vor Peinlichkeiten. Es war so einfach und so harmlos, wie sie es sich vorzustellen beliebte, offenbar doch nicht.

So räsonnierte sich die neuerliche Enttäuschung wieder in den rechten Rahmen und die fliederfarbnen Tanzträume hängten sich zwischen den Sternen auf...

*

Ein ganzes Jahr später. Eine, die keine Kraft und keine Lust mehr hat, weiterzumachen wie bisher, nimmt ihren Abschied. Sie läßt sich verabschieden zusammen mit den *Neuen* von vier Jahren zuvor, die nun, ein Diplom in der Tasche, den ländlichen Campus wieder verlassen. Sie hat nach sieben Jahren einen Entschluß gefaßt. Gefaßt in vorsichtigem Einvernehmen mit dem Ehemann, und es hat sich etwas vom Fleck bewegt, weg von einem aussichtslosen Ort, hin zu weiteren Horizonten und allein, in eigener Verantwortung. Die letzte *Runde* in diesem Lande; der letzte Versuch, einer gewöhnlichen *Daseinskrise*, wie sie in der Lebensmitte auch ohne modische Begrifflichkeit vorkommt, einen außergewöhnlichen Rahmen zu geben. Sie will etwas Apartes für sich. Es ist ohnehin längst klar, daß diese Kollegin zur Ehefrau im herkömmlichen Sinne nicht taugt. Nicht alles mochte sich reimen; aber die großen Linien waren nach außen hin und offiziell klar und einsichtig gezogen, und man ließ sie ziehen. Die Welt war nicht mehr mit Brettern und Bäumen verrammelt – aus dem Regenwald und der Tiefebene ging es hinauf in die offene Savanne, in die Hügel- und Gebirgslandschaften, die einer allzu lange eingeengten Seele Weite und Schweifen versprachen. Der Eheliebste sah einiges ein und anderes nicht; aber er ließ, mit eigenem Forschungsvorhaben vollauf beschäftigt, eine Bedürftige und Eigensinnige ziehen.

Da dem so war – Aussichten offen, Vorwände hergestellt, Fäden geknüpft und Träume im Aufwind waren, konnten letzte Versagungen an diesem Abschiedsfest nicht mehr allzu sehr betrüben. Sie sah, was sie seit langem wußte: daß andere der Abschied viel schlimmer traf. Und dachte daran, wie schlimm es sie selbst getroffen hatte, als sie davon erfuhr. Das war vorbei. Vorbei die Anfälle einer schizoiden Eifersucht und das morose Gefühl in den Knochen, wie eine arme Irre in einem Käfig die Seele sich auszuhangeln nach dem Unmöglichen. Die Verfilzungen zwar der Gefühle und Motive waren dieselben geblieben; das Undurchsichtige nach allen Seiten und das Stachlige – alles, was so sehr der Bougainvillea am verrotteten Gatter glich. Auch die purpurviolette Scheinblütenpracht gab sich her für schöne Metaphern – Übergangsgefühle versinnbildlichend zwischen letztem jugendlichen Aufbegehren und der beginnenden Weisheit des Alters.

Das Ziel war nun immerhin klar. Es setzte der Wirrnis Grenzen. Befähigte sogar zu beinahe echtem Mitgefühl beim Gedanken an die strenge Tugendübung und den rauhen Weg der Entsagung, der die Jahre hindurch neben dem eigenen holprigen Anstandsrundenpfade einhergelaufen war. Das war die Geschichte mit Jeanette. Das stille und bescheidene Mädchen, das infragegekommen wäre und dann doch nicht kam, weil sie schon vergeben war – mußte solche Entsagung nicht noch bitterer sein? In einer geschlossenen Gesellschaft, ohne Ausbruchmöglichkeiten von einer bestimmten Fallhöhe an... Und da die Fallhöhen einander fast gleichkamen, ergab sich eine gewisse Ebenbürtigkeit trotz aller Unterschiede. Mithin wäre da immerhin an einen – keinen gänzlich Unwürdigen geraten die Mitregentin in der Oligarchie; Zirkusprinzessin, die mit der Peitsche zu knallen verstand, wenn es sein mußte. Aber es mußte nicht mehr sein, und das war gut. Herrschaftsansprüche aufgeben und ausweichen ins Abseits, um das Auge des Traums tief und dunkel als Geheimnis zu bewahren: ein Ziel mit Schwalbenschwingen. Lose Abhängigkeiten sind gewoben, unbestimmte Verpflichtungen angedeutet, Erwartungen rein materieller Art geweckt. Darauf kam es nicht an. Das, worauf es ankam, war – es war das Blinken des Abendsterns im Eukalyptuslaub...

Mit alledem fällt der Abschied ins ausgewogen Unbestimmte zwischen dem Ende von etwas und einem Neubeginn auf anderer Ebene. Es könnte vielleicht doch noch, aber es muß nicht sein, ein drittes und letztes Mal sich ergeben – noch einmal auf dem rissigen Zementboden einer schäbigen Festhalle und mit Nacht drum herum. Noch einmal und ohne Verlegenheiten, leicht und frei. Die zu Verabschiedende sitzt ein letztes Mal auf dem Podium; läßt Reden über sich ergehen, Verdienste würdigen, und trägt wieder den cognacbraunen Satinrock, aber diesmal eine weiße Satinbluse mit romantischen Volants. Darüber stülpt man ihr ein muskatbraun-rotviolett gestreiftes Ehrengewand, überreicht ein Abschiedsgeschenk; fotografiert, und dann ist es wieder so weit: Tische werden beiseitegerückt, der alte Plattenspieler beginnt zu krächzen, und formlos, dem sinkenden Niveau des Campus gemäß ohne 'opening', formieren sich die Paare, die tanzen wollen, zum Tanz.

Man tanzt also. Und es ist wie es immer war: ein monotones Gehoppel; ein Scharren und Schlurfen, das schön nur dann sein kann, wenn der Abendstern im Eukalyptuslaub blinkt. Es verbeugt sich artig der Kollege Ehemann, und man steigt hinab und hinein. Ein Ehemann, der sich gutwillig zeigt, obwohl ihm am Tanzen rein gar nichts liegt. Die Ehefrau tanzt, um einem dritten Tanz den Weg zu ebnen, und beobachtet dabei, was seitwärts sich abspielt: mit einer Frau, deren Mann daneben steht und zusieht, tanzt zum Gaudium aller wie ein täppischer Clown der, welchen Na'anya herbeizutanzen versucht. Man lacht, bravo; eine Umarmung theatralisch mit langen Armen und ohne den Abstand zu verringern – es ist alles so grundehrbar, so harmlos, so lustig.

Dahin also geht seitwärts gekrümmt der Blick, während nahe und gerade vor Augen die Geduld und Freundlichkeit des eigenen Ehemannes – wahr und wahrhaftig: fromm, vernünftig, treu; ein redlicher Mann und Gefährte. Der goldgestickte, himmelblaue Kittel steht ihm gut. Ein ansehnlicher Mann, bei aller Zierlichkeit. Ein Prinz und Gemahl. Ein Prinzgemahl.

Fürwahr: *'See, what a grace is seated on this brow / Hyperion's curls, the front of Jove himself. / To this –'* Wie geht es weiter bei Shakespeare? *'A satyr'* – ? Es geht nicht weiter. Es geht mehr oder weniger durcheinander. Das Programm gerät ganz unfeierlich aus den Fugen.

Du – du bist auch noch vorhanden, Kusine, und ich erzähle, als seist du der Einfühlung fähig – du tanzt da also mit dem Ehemann, und trotz des erfreulichen Anblicks tanzt du lustlos. Du wartest und weißt kaum noch, worauf. Es wird langweilig.

Der Blick irrt durch das Tanzgewimmel, ohne etwas zu suchen. Da bemerkst du plötzlich ganz hinten, wo Halbwüchsige gaffend herumstehen, statt, wie es sich früher gehörte, draußen unter dem Vordach zu bleiben – du bemerkst das Mädchen. In einem einfachen dunklen Kleid lehnt sie an der Wand, die Hände hinter dem Rücken, den Kopf verlegen, vielleicht auch abweisend, gesenkt; und vor ihr tanzt mit schwerfällig trägen Bewegungen der, den sie nicht haben kann und der zu spät gemerkt hat, daß sie nicht mehr zu haben ist. Wirklich sehr traurig lehnt sie da an der Wand. Und er, der Redliche? Will er zum Abschied trösten, ermuntern, die Sache öffentlich zu Ende bringen? 'Come on. Don't worry. We can't help it. We have done nothing wrong. Your conscience is clear, and mine as well. Let us dance a farewell dance. Come on.' Nein, sie will nicht. Sie will keinen Abschiedstanz. Geh doch. Vielleicht will eine andere und wartet schon. Eine, die dich verunsichert und der du so – *so* nicht kommen kannst. Geh doch. – Da läßt er endlich von dem Mädchen ab und hängt unentschlossen herum. Weiß wohl wirklich nicht, was er soll und was er darf.

Und du weißt es langsam auch nicht mehr. Ein geduldiger Ehemann möchte eigentlich gehen; würde aber auch bleiben, dir zuliebe. Weiß vermutlich, worauf du wartest, unternimmt jedoch diesmal nichts. Und was soll's auch – ach, was soll's und was liegt daran, inmitten der Auflösung aller Dinge...

Was soll's? Als du merkst, daß, sichtlich zögernd, der dritte Tanz dabei ist, sich einen Weg zu bahnen durch das zuchtlose Durcheinander und auf dich zukommt, sagst du ‚Komm' zu deinem Mann und gehst.

Das war's, zum Abschied.

Zum offiziellen und vorläufigen. Als einer endlich und noch einmal Mut gefaßt hatte, war es zu spät. Die Erwartung hatte sich überwartet. Und die Szene an der Wand – beobachtet nicht nur, mehr noch erfühlt, und die Formulierungen, die sich aufdrängten, Abwegiges, ungenau Erinnertes – 'Der Mond beschläft das Land. Der Satyr betanzt die Nymphe.' Es verknäulte sich, sie und mich oder ich – *ich* habe gewartet; das müßtest du wissen. Vielleicht aber weißt du auch gar nichts, und wenn, was? Du rein und einfach Ahnungsloser; du Zögerer und Unmöglicher; du Mondener und Mönchischer... Vorbei. *Four years passed like four days...*

*

Ergreifend, meine Liebe.

Ach. Ich dachte, du schläfst.

Zwischendurch dämmere ich, wie du es mir zugedacht hast. So habe ich manches mitbekommen und kann es mir vorstellen. Wie durch einen graugrünen Schleier. Das Mönchlein vor allem. So lebhaft – so leibhaft.

Nun weißt du es. Wie fühlst du dich?

Merkwürdig. Fällt dir nichts auf?

Doch. Ein unbestimmtes Gefühl, daß etwas nicht stimmt.

Würdest du *wirklich*, frage ich mich, dich, deine sieben- oder vierjährige spätsentimentale Daseinsverfassung als Episodennovellistik in der dritten, abwechselnd mit der zweiten Person einer Fiebernden, im Halbschlaf vor sich Hindämmernden vortragen? Ermangelt das nicht der psychologischen Glaubwürdigkeit? Wie ich hier liege seit meinem Absturz von den Höhen der Tangoekstase, müßte *ich*, sei es in Fieberphantasien, sei es in halbwachen Selbstgesprächen, mit dem Erlebnis der gestrigen Nacht beschäftigt sein. Das läßt sich doch nicht einfach beiseitereden mit deinen *petites histoires*. *Du*, du hättest dir Gedanken zu machen darüber, wie es weitergehen soll mit mir und mit dem Leben überhaupt. Der Rahmen, den du dir für deine *Miniaturen in Aschviolett*, für diese deine Frustrationshistörchen ausgedacht hast, hängt schief und ist schlecht geleimt. Stümperhaft, meine Liebe. Das weißt du vermutlich selber.

Frustrationshistörchen. So. Ja. Hm. Was ich sicher weiß, ist: daß du *so* nicht reden dürftest in deinem Zustande. So nämlich, als ob du bei klarem literaturkritischen Verstande wärst. Das ist in der Tat unglaubwürdig. Was läßt sich da noch machen – ?

Mach einen Dialog daraus. Und jetzt die nächste Dosis Nivaquin, nicht wahr? Und dann – wirst du die ganze Nacht an meinem Bette sitzen und monologisieren? Literarisch, meine Liebe, haut das den stärksten Ne– , ich meine: da würdest du morgen früh auch erledigt sein. Du bist doch keine Scheherez- – wie hieß die Dame – ?

Wie redest du! Und wer – hat dir erlaubt, mich hier zur Rede zu stellen? Nach allem, was ich für dich getan habe, Kusinchen, ist es gar nicht schön von dir, mit solcher Rezensentenattitüde und trotz Fieber nach Mücken in meinem ohnehin herbsauren *Belle vie* zu fischen. Interessieren dich meine ärmlichen Geschichtchen kein bißchen? Auch nicht als Antiklimax zu dem, was ich dir gegönnt und verschafft habe?

Doch doch. Als Antiklimax durchaus und nicht *nur*. Ich muß mich freilich ein bißchen mokieren über die Rolle, die du mir zugedacht hast. Wenngleich ich im Grunde nichts dagegen habe, deine Kusine ersten Grades zu sein und dir hier als Vorwand zur Verfügung zu liegen.

Na also. Wozu dann das Theater.

Als Zwischenspiel. Und nachdem du Maurice abserviert hast, müßten wir uns doch nunmehr über – *das Mönchlein* unterhalten. Es ist alles lückenhaft, undurchsichtig. Das kann an meinen Dämmerzuständen liegen. Aber man wüßte doch gern –

Manches wüßte ich auch gern. Aber es hüllt sich in Schweigen. Da aber *du* gerade so unnatürlich gesprächig und also munter bist, kannst du jetzt das Flattergewand ausziehen und die Wäsche wechseln. Duschen würde ich dir noch nicht raten. Aber eine Kleinigkeit zu essen werde ich dir bringen lassen und schwarzen Tee mit Honig und Zitrone.

Schön. Das bringt den Rahmen wieder etwas in Fassong.

Und mich auch. – Hier, diesen lindgrünen Traum von einem Nachthemde gönne ich dir auch.

Mit Dativ-e. – Sieht dir gar nicht ähnlich, so eine fließende Nachlässigkeit aus Batist, mit Sternarabesken in Lochstickerei ton-in-ton. Hat dir Karolus das –

Ein guter Freund von Ehemann legt auf dergleichen keinen Wert. Es wäre ihm vermutlich sogar peinlich. Dieses Nachtfeengewebe habe ich gekauft in einem geistesabwesenden Zustande, als ich hinauf in die Savanne zog, und getragen habe ich es zwei- oder dreimal, im Mondenschein und ganz allein, hinter Rosenrankengardinen und vergitterten Fenstern.

Und hast deine Seele entäußert an Symbole, hangelnd durch Gitter ins Leer-Leere. Ach, arme Kusine. Mondenschein und Rosenrankengardinen –

– und das Zwinkern des Abendsterns im Eukalyptuslaub. Du stimmst dich ganz von selber ein. Schön. Aber hier erst noch die notwendige Dosis Nivaquin.

Schmeckt bitter, das Zeug. Danke. – Und damit, liebe Kusine, liege ich, in diesen Traum von zartem Frühlingsgrün gehüllt, deinen Erinnerungen oder freien Phantasien wieder zur Verfügung. Erzähle weiter. Erzähl dich gesund.

Es gibt keine erzählbaren Geschichtchen mehr. Wohl aber Schilderungen von Seelenlandschaften, Dämmerzuständen und Illuminationen. Selbst das Erleuchtete freilich bleibt seltsam undeutlich, wie hinter Moskitogaze und farblich gedämpft –

schilfgrün, tee, rosé und weiterhin: aschviolett. Und die Dämmerzustände sind anderer Art als der, welcher dir angemessen wäre, wenn alles mit wahrscheinlicheren Dingen zuginge. Aber wie die Dinge nun einmal liegen, finde ich es lieb von dir, daß du mir weiter zuhören willst. Liegst du gut? Das Licht ist abgeblendet. Du könntest mich kaum erkennen. Dämmere wieder vor dich hin. Und ich – ich versuche, zu sagen, was es war. Wie es sich anfühlte, und wie das immerhin und einzig Mögliche sich traumhaft erfüllte – nachts in der Bar.

V Nachts in der Bar

Weißt du (natürlich weißt du's) – es lebt sich lange dankbar in dem Gehäuse, das in schlimmen Zeiten Zuflucht war und innen mit Sinn tapeziert ist. Es dauert eine ganze Weile, bis der Glanz in der Hütte sich verliert und die Melancholie der Erfüllung überhandnimmt. In den meisten halbwegs gesitteten Ehen, die nicht in die Brüche gehen, wenn die Krise kommt, ist es so, daß ein jeder seiner eigenen Wege geht innerhalb gegenseitig anerkannter Grenzen, und dann geht es irgendwie. Ein jeder wendet sich seinen Aufgaben und Interessen zu; man begnügt sich und bemüht sich, *mit Anstand über die Runden zu kommen*. Nicht einmal du, Kusine, ohne Trauscheinverpflichtungen, so unabhängig nach außen hin; nicht einmal du bringst es fertig, jetzt in der Krise deinen Hubertus einfach abzuhängen und sitzenzulassen. Irgendwie fühlst du dich zur Treue und zum Weitermachen verpflichtet; sei es aus besagtem Anstand oder weil du innerlich ihm zugehörig bleibst. So viel gemeinsames Leben läßt sich nicht einfach über Bord werfen; selbst dann nicht, wenn es dann und wann und immer häufiger schwierig wird und gelegentlich unerträglich. Sogar zu einem Seitensprunge nach dem Motto: einmal ist keinmal, fehlt dir der Mut, die Lust, die Leichtigkeit oder der Leichtsinn. Du wolltest nur eben einmal – ein einziges Mal in deinem honorablen Leben – nach Herzenslust und über deine eigenen Grenzen hinaus tanzen. Und ich, siehst du, ich wollte auch nur einmal ‚*noch einmal vorm Vergängnis blühn'*.

Aber da war kein schöner Maurice in Mauve und kein Silversterball auf einer dreizehnten Etage und keine Kusine, die mir das alles arrangiert hätte. Da gab es weit und breit nur Regenwald und – *etwas wie ein Mönchlein*. Ulkig genug und ringsumher die strengen Sitten von so etwas wie einem Monasterium oder Internat. Darin bist du eingeschlossen – eine siebenjährige Klausur. Was machst du da?

Tagebuch schreiben. Es hilft ein wenig, aber auf die Dauer nicht viel. Das Leben vergeht; die Krise kriecht heran, ist eines Tages da und *akut*. Das kommt, du weißt's, man weiß nicht wie. Alles ist auf einmal gänzlich trüb und traurig. Aller Glanz blättert ab von diesem Leben. Die spröde Intelligenz der Jünglinge reizt nicht mehr; du findest sie alle miteinander doof, denn du wirst alt. Apathisch, kühl und verdrossen lebst du deine Tage ab und denkst bisweilen zurück, *'Wenn ich nur deines Lides Dünung / Im Viertelprofil, über malvenfarbener Wüste...'* – Aber auch das leiert sich ab. Alles wird langweilig, und zwischendurch fühlst du dich schon im Mülleimer. Jedoch und indes und gleichwohl: du nimmst dich zusammen und tust deine tägliche Pflicht; denn du bist eine Respektsperson mit beträchtlicher Fallhöhe. Das ziehst du in Betracht und siehst dich vor.

Da läuft dir eines Tages so etwas in den Weg. Es ist Oktober und der Tulpenbaum blüht. Und was heißt da 'läuft'? Es steht. Es steht wie eine Statue und sieht dich an; und der Augenblick prägt sich ein – genau und linienscharf gemeißelt wie eine Hieroglyphe, schwarz in schwarzen Marmor. Ein Tisch ist dazwischen, und Bücher ringsum stellen Öffentlichkeit und Vorwände dar. Eine Weisungsberechtigte gibt Anweisungen; und genau gegenüber sagt es kaum hörbar: ‚Yes, Madam.' Und steht da in einem theophaniegrünen Kittel, ‚*goldbetroddelt, kubisch und tabu*', wie das Modell für ein späteres Gedicht. Steht und sieht dich an mit schmalem, kühl distanzierten Blick, aufmerksam. Ohne die leiseste Andeutung eines Lächelns hält es der Nervosität und Strenge stand, die eine weiße Frau zwischen Regalen mit überflüssigen Büchern verbreitet. Das reglos Quadratische von Urgestein. Schwarzer Basalt. Torso, archaisch.

Von selbiger Stunde an geht es dir nach, und du hast noch drei, vier Jahre Beruf und Pflichten vor dir. Fortan wirst du Mosaiksteinchen sammeln, um dir ein Bild zu machen, und die Tage bekommen wieder Sinn und Inhalt. Die Krise geht aus grauem Sacktuch in changierende Seide über; du weißt jetzt wieder, warum Sonnenuntergänge so schön sein können, zwischen türkisgrün und himbeerlila, und warum der Mond so hell auf diese Welt scheint. Du fängst noch einmal an zu träumen und weißt: es ist das letztemal. Und wiederholst dir aus früheren Tagen: 'Those virgin secrets that still hiding lie / Beneath the almond hills of your dark eyes' – es inspiriert dich. Das Alltägliche gewinnt wieder Glanz und Tiefe; Unscheinbares blüht und duftet wie Veilchen im Moose und in Gedichten. Es ist sehr poetisch. Es ist wie – das hast du nie erlebt auf deinem Teppichboden, wie das ist, wenn kleine Flocken von Mondlicht durch Türritzen auf Zementboden fallen und zerschmelzen: wie das harte Grau zu zartem Flaum wird und ganz leicht. Das scharfkantige Denken zerfließt daran, Fluß ohne Ufer, ins Offene und Unbegründete hinaus, und du wunderst dich beinahe über die seltsamen Flutungen von – woher? Du wagst es nicht, ‚Glück' zu denken. Vielleicht ein Lächeln, das sich ergab und auf das du gewartet hast. Ein abwartendes, noch unerprobtes Gemisch aus Ehrerbietung und Mißtrauen, Trägheit und Verträumtheit; um die Ränder ‚Müdigkeit und Späte', denkst du und suchst nach schönen Worten, und manchmal, selten, ‚zwischen diesen Lidern dieser Glanz'. Es flüchtet sich wieder ins Lyrische. Im übrigen findest du es ‚idiotisch' und 'völlig unmöglich'. Aber die Vorstellung, daß es *getanzt* werden müßte, erhebt sich auf die Zehenspitzen und beginnt ins Helldunkel zu schweben. Du möchtest noch etwas vom vergehenden Leben – aber wie und was? Und es tagträumt bis an den Rand katatonischer Ekstasen...

Nach außen hin geht alles seinen gewohnten Gang. Eine Pflichtbewußte befleißigt sich ihrer Pflicht und äußerster Korrektheit und weicht keinen Schritt vom Wege ab. Eine perfekte Oberstudienrätin, Kusinchen. Etwas wie du; nur noch exponierter, hierzulande und in dieser Mission. Du würdest dir den Boden unter den Füßen wegziehen und als unmögliche Figur unter dir selber wegsacken. Du würdest dich lächerlich, gar verächtlich machen; man würde dich als krank nach Hause schicken, dem Skandälchen nachglucksen oder dir kopfschüttelnd ein Almosen Mitleid nachwerfen. Das weißt du alles und das willst du nicht. Das heißt: manches, was andernorts schon fast zum fortgeschritten guten Ton gehört, zur freien Entfaltung der Persönlichkeit unter dem Anspruche von ‚Selbstverwirklichung', das ist hier schlicht und einfach nicht möglich, selbst wenn sich die Gelegenheit dazu böte. Aber eine solche Gelegenheit bietet sich nicht einmal. Was dir da in den Weg gelaufen ist und über Jahre hin in deinem Gesichtskreis bleibt und deiner Mitverantwortung untersteht, das ist – nun eben: ein Unmöglicher. So wird das Dasein doppelbödig und das Bewußtsein spaltet sich. Aber, und das nun freilich ist wunderbar: du *lebst* wieder.

Du lebst nach innen und wie aus der Welt. Du sitzt wie auf einer schwimmenden Insel aus Wasserhyazinthen, weiß und blau, hintreibend auf breitem, ruhelosen Fluß durch altbekannte Gegenden, über Stromschnellen auf und ab und im Kreise umher bei starker Gegenströmung, ziellos. Da sind die Strudel der Eifersucht, nach kurzer Zeit schon. Ein ganzes Jahr lang schlängelt es sich durchs trockene und durchs feuchte Gras des Campus und züngelt immer wieder jäh hoch, daß dir der Herzschlag stockt. Es fühlt sich an, als risse es dich hinab. Du lebst, denn du leidest. Dann und wann glückt Begegnung, ein Blick, eine Absichtslosigkeit, und du ziehst es an dich und wickelst dich hinein wie in ein dunkles, weiches, wollenes Gewand und als müßtest du sonst frieren mitten im tropischen Sommer.

Dann wieder breiten flache Tümpel von Mißvergnügen sich aus und du bleibst darin stecken und sitzt fest, vor allem im zweiten Jahre, das eigentlich das dritte hätte sein können. Was soll's, denkst du, und neuerlicher Trübsinn kriecht wie ein Schimmelpilz über alles hin, und die Wasserlilien weiß und blau beginnen zu faulen. Du kramst und scharrst nach jeder Kleinigkeit und umgibst dich mit Ritualen und Symbolen – mit Farben, Blumen, Kleidern, Launen; und auch nahezu Böses, geradezu Dämonisches dräut aus grundlosen Tiefen und steigt auf wie giftiges Gas und flackert als Irrlicht im Sprachlosen, in den Frustrationen eines letzten Abenteuers, das du gewollt hast. Mißtrauen schleicht sich ein und es wird mühsam, die Illusionsfähigkeit zu bewahren. Nicht zu durchschauen, was sich da abzuspielen beginnt – wo fängt das schnöde Berechnende an, das Feilschen und Fordern aufgrund einer grundlosen Gnade?

Wenn das Schenken ihr Freude macht – soll sie doch und es wird sich zeigen, wie weit sie geht und gibt. 'It may not be enough' – ach, und Groll und Gram drohen die ursprünglich reine Quelle zu verschütten. Du flüchtest zurück in Erinnerungen an erste Unbefangenheiten und als noch gar nichts war, was da hätte ablenken können in Richtung auf allerlei und nur allzu begreifliche Nützlichkeitserwägungen. So sinnierst du kreisförmig und siehst um dich herum das Treibgut gescheiterter Glücksmöglichkeiten...

Was eignet sich hier die Bezeichnung ‚Glück' an? Das weißt du nicht. Es ist alles *jenseits* alles Vorstellbaren. Aber du spürst, wie zufällige oder absichtsvolle Nähe Mißtrauen und Andeutung von Angst ausdünsten. Es bilden sich Nebelwände; es tappt und tastet im Dunkel der Vermutungen. Es verschließt sich und schweigt. Man redet über Tomatensetzlinge und mißratene Klausuren und beugt sich über morsche Blumenkästen auf der hinteren Veranda. Du wärest so bereit, dich in eine tugendhafte Hoffnungslosigkeit hineinzuwerfen – wenn sie dir nur hingebreitet würde. Aber es hält sich vollkommen zurück und ist womöglich gar nicht vorhanden. Eine *Wahnwirklichkeit*. Es ist ein Wahn, der wirkt: du siehst hinter den Spiegel.

Und so kommt es, daß Ratlosigkeit und diese Art von Trauer – sich an einen durchnäßten grünen Kittel anlagern, der drüben den Agavenweg entlang leuchtet und jenseits der Bougainvillea entschwindet, während du die Vorhänge zuziehst hinter den Fenstern des alten Hauses, das auf weißgekalkten Steinpfeilern hundertjährig steht und dergleichen vermutlich noch nicht beherbergt hat...

In solcher Nebel- und Wahnwirklichkeit verdichten sich die Tagträume und es wird ein Roman daraus – der Roman einer in sich verkrümmten schönen Seele. Es funktioniert wie Selbstinduktion, nämlich mit einem Minimum an Motivation von außen. Es generiert sich selbst in wechselnden Spannungen und magnetischen Feldern; es schaukelt sich auf und transformiert ins Halluzinatorische. Und verweigert sich obstinat dem Zugriff der Formulierungsversuche. Alles Sprachliche schlafft ab in verwaschene Metaphern – sei es ‚wie Mondenglanz am Meeresstrand' oder ‚wie Sommerwind in Silberpappeln' und dergleichen romantische Abziehbildchen. Es läßt sich nicht sagen, während es dich träumt. Und alles Nachträgliche ist wie die schon einmal an den Strand gespülte Meeresmeduse, die da hilflos vertrocknet oder verfault. Es ist schwieriger als das Formulieren deiner Tanzekstase, gestern nacht, Kusinchen, falls du mir noch zuhörst. So selig ist es in sich selbst, während es wortlos durch dich hindurchträumt –

– wenn du etwa bei sinkender Dämmerung im Gästezimmer eines fremden Hauses liegst, abseits auf einem Hügel über den staubigen Wellblechdächern und den wimmelnden Straßen der Provinzstadt, oben im Grasland. Der Mann, zu dem du gehörst, sitzt irgendwo in einer Bar, trinkt sein Bier mit guten Bekannten und fachsimpelt. Du aber liegst und füllst die Dämmerung mit Träumen nach einem, mit dem du *tanzen* gehen könntest in dieser Stadt in der Savanne.

Wo und wie wäre es möglich? Eine nicht zu ordinäre Bar müßte es sein, abseits vom großen Lärm; eine nicht zu ordinäre Musik, und ganz ohne Alkohol: da müßte es möglich sein, langsam einem maßvollen Rausch entgegenzusteigen auf der Stufenleiter der Rhythmen, die eine Zeit einteilen, die ins Zeitlose verschwimmt. Und du stellst dir ein Glück vor, das über alle Verdächte erhaben wäre, in nächster Nähe ohne Angst und ohne Berührungszwänge; und ein Lächeln, das nichts verspricht und alles hält; ein wundersames Seelen- und Sehnsuchtsgeranke; Sternengirlanden; ein Insel- und Meereswellengefühl, das aufrauscht und schmerzlos verebbt an fernen Gestaden und eine Hieroglyphenschrift zurückläßt von schwarzem Tang in weißem Sand – davon träumst du; damit saugt sich die Dämmerung voll; das schwemmt dich hinweg, bis es draußen ganz dunkel geworden ist. Du willst kein Licht anmachen; weißt kaum, wo du bist,
                und die Zeit rinnt zeitlos über dich hin...

Erst nachträglich, Jahre später, meinst du, es doch noch erzwingen und Worte machen zu müssen und quälst dich damit ab, Tage, Wochen, Monate, und wirfst es immer wieder hin, und holst dir schließlich auf großen Umwegen eine Kusine herbei, um es ihr vorphantasieren zu können nach allerlei Allotria und Brimborium... *Nichts* hab ich gehabt; in leibhaftiger Wirklichkeit nichts und auf dem Papier nichts. Nur der Wahn wirkte und bewirkte die Wirklichkeit der Träume und den Traum von dem einen und einzigen Mal, *Nachts in der Bar.*

Hier setze ich noch einmal an. Hier muß es endlich gelingen oder endgültig scheitern. Habe ich *deine* Tanzträume nahezu druckreif formuliert, warum sollen mir *meine* mißlingen im Medium der Worte, die sich machen lassen? Wenn du mir nur hin und wieder zuhörst, diesseits der Dämmerzustände, die dir verordnet sind. Oder mir wenigstens die Illusion läßt, daß du da bist, Kusine mein, und ich nicht in tiefster Einsamkeit hier vor mich hin monologisiere.

Nachts in der Bar – von violettem Neonlicht überschwemmt ist der Zementboden, aufgelockert von den schwanken Schatten der Papiergirlanden. Keine Bretterbude unten am Markt mit dem pausenlosen Dröhnen aus Transistorradios und Kassettenrekordern. In einem ruhigeren Viertel, auf halber Höhe über der Stadt, muß es eine Bar geben, die als Rahmen zu dem *einen* Male paßt. Ein solides Etablissement, nicht groß, nicht klein, Backstein, hell verputzt und im Schutze großer Bäume, die bei Tage das pralle Sonnenlicht abfangen und bei Nacht eine dunkle Kuppel bilden. Eine Bar mit einem schönen Namen, ‚Cassia Bower' oder ‚Mango Grove', und vielleicht noch eine niedere Hecke drum herum mit kleinen, orangeroten Blüten. Wenn es dunkel wird, leuchten blaue Lampiongirlanden unter den Bäumen, und weit genug fort blaken die trübgelben Lichter der Stadt, die bis in die Nacht hinein brodelt.

Etwas Besseres muß es sein und mit einer Musik, die der Nacht nicht den Atem verschlägt. Eine Musik soll es sein, die Gäste einlädt, die nicht nur trinken und tanzen, sondern erst und vor allem sich unterhalten wollen und auch Ernsthaftes mit einander zu reden haben. Hier könnten sich Angestellte und Geschäftsleute mit ihren Frauen und Freundinnen treffen, ganz überwiegend Paare, solide und gesittet, und Weiße müßten ebenfalls jeder Zeit anzutreffen sein; eine Minderheit, die sich hier wohlfühlt. Man sitzt, trinkt und plaudert, Privates und Geschäftliches, aber keine Politik. Es sind alles annehmbare Leute, weder sehr reich noch ganz arm und nicht ungebildet. Man verabredet sich; man verbringt einen angenehmen Abend. Die Zivilisationspest des Fernsehens hat die Provinzstadt noch nicht erreicht.

Der äußere Rahmen ist wichtig und muß genau und in allen Einzelheiten bedacht sein, wenn eine reale Möglichkeit vorgestellt werden soll. Es ist nicht möglich, dieses *eine* Mal in die reine Innerlichkeit zu verlegen, so als könnte die Bar sich auf dem Mond befinden oder am Ende der Welt auf einer Insel der Seligen. Es muß nach außen hin alles wohlerwogen und ohne Anstoßmöglichkeiten sein. Alles muß ohne weiteres einleuchten; besser noch: es darf überhaupt nicht auffallen, wenn eines Abends vier oder fünf Gäste erscheinen und sich um einen der runden Tische mit den bunten Wachstuchdecken gruppieren. Der Wirt kommt persönlich herbei, wischt entschuldigend eine Bierlache weg und ist offenbar mit einem aus dieser Runde bekannt. Man lacht, ‚O, don't mind. We like beer. Only let us have it served in glasses.' Man bestellt. ‚Beer for two, for three?' ‚Cola for me, please.' ‚Tonic for me.' ‚No beer?' ‚Let me keep my mind clear for the discussion.' ‚Okay. Cola for Madam, two beer and one tonic'.

Der hier wieder nur Tonic, Mineralwasser mit ein bißchen Chinin, trinkt, trägt ein taubenblaues Gewand, das silbergestickte, bodenlange; und die Frau in der Runde ist in stahlblauer Prinzeßrobe erschienen, die rein zufällig die gleiche Silberborte ziert. Der das Wort führt und mit dem Wirt bekannt ist, muß irgendein V.I.P. sein, der in dieser Stadt zu Hause ist und ein Spezialist für bestimmte Entwicklungsprojekte, wenn es darum geht, mit den Kollegen aus Übersee darüber zu verhandeln.

Schon älter, angegraut. Der Überseeische, nein, das ist nicht der Ehemann. Es ist ein auch schon älterer Mensch und ein großer Baumeister. Er muß wissen, wieviel Geld ein solches Projekt verschlingen wird. – Da ist es also gelungen, etwas einzufädeln und so zurechtzulegen, daß man während der großen Tagung, die alljährlich in der Provinzstadt die Leute zusammenbringt, eines Abends sagen kann: ‚Let us go to a nice bar, and discuss things there.' Die es angeht, sind einverstanden. Und einer unter ihnen ahnt, worum es auch geht und geht – in die Falle.

So! In die Falle. Als Fallenstellerin stilisierst du dich. Wie kompliziert akkulturiert. Und ich dachte, das Mönchlein sei etwas *faute de mieux* –

Ach, du dachtest. Und ich dachte, du schläfst, während ich hier nach Worten ringe, um aus dem Treibgut gescheiterter Tanzträume nachträglich ein Traumboot zu basteln. Warum stellst du dich einfältig?

Weil ich nur die eine Hälfte verstehe. Sollte das an meinem Dämmerzustand liegen?

Mehr als die Hälfte verstehe ich auch nicht, obwohl es doch im Grunde einfach ist. Die andere Hälfte müßte ein anderer erzählen. Aber der schweigt. Und vielleicht gibt es sie gar nicht, die andere Hälfte.

Wie es mich vielleicht auch nicht gibt? Und du – du wickelst dich jahrelang in einen Wahn?

Ein Wahn ist mehr als gar nichts. Und wenn er etwas bewirkt, dann ist er *wirklich* . Ein Wenigstens von wirklich.

Nun gut. Ein Wahn hat deine Tanzträume bewirkt. Was ein halbes Leben lang unterschwellig schlief, das hat er aufgeweckt.

Wie gut du verstehst. – Von allem, was sublimiert oder unsublimiert unter der Schwelle hervorkam, war der Tanztraum aller

Träume schönster und sublimster. Und so nahe: in Reichweite des real Möglichen.

Warum *war*? Ist er es nicht mehr?

Es erledigt sich. Indem ich es verworte, erwürge ich es. Es kann nicht lebendig hier zurückbleiben. Es kann allenfalls als Hirngespinst weiterleben. Die Zeit hier geht zu Ende. Es geht zurück nach Europa. Was bleibt mir da übrig – ?

Ach, arme Kusine.

Bedauere mich, wenn du willst. Aber möglichst annähernd so feinsinnig, wie gestern nacht ich mich in dich eingefühlt habe. Damit wir einander ähnlich bleiben wie Spiegelbilder.

So hast du mich nun einmal konzipiert. Ich bin dir indes auch dankbar verbunden. Ich höre dir gerne zu so im Dahindämmern und nachdem ich einen ganzen Tag geschlafen habe.

Schön. Mehr als einer Illusion dieser Art bedarf ich nicht. – Dann also – nun also – wo war ich? Ich habe den Faden –

Es ging da eben einer in die Falle.

In die Falle. Und dann? Ach, warum ist es so mühsam! Warum will es nicht? Nachdem ich mir gestern nacht *dein* einmalig endgültiges Tanzerlebnis so wortreich vorformuliert habe, warum versagen sich Gefühl und Worte nun, wo ich endlich *mein* Teil haben und festhalten will?!

Denk an *Cassia Bower, Mango Grove* und versuch's noch einmal. Ich kann mir den Ort und die Atmosphäre ganz gut vorstellen; und du sitzt da schon mit drei Männern an einem runden Tisch und hast –

Ich sitze am Malariafieberbett einer Kusine und muß eine Fiktion aufrechterhalten. Ich sitze fest und hangle mich aus nach der

Inspiration von einst und – o meine Savannenstaubrosen-Muse!
Du sollst tanzen, leichtfüßig in leichter Sandale, und schleppst
dich durch den Schlamm der Erinnerung, barfuß und träge, du
fast verjährter Wahn! Laß dich noch *einmal* fangen und umfasern mit dürftigem Wortgefaser! O Nacht in der Bar! *Ich will ja nicht so viel* und trinke nur Cola. Das Glas steht vor mir auf dem bunten Wachstuch und die blauen und gelben Blümchen blinzeln mich an, während ich sachdienliche Dinge rede, das Projekt betreffend. Ich sehe das Arrangement der Flaschen und der Hände, die nach den Gläsern greifen, eine gemischte Tastatur zu je fünf Fingern, nehme das gedämpfte Durcheinander von angeregten Gesprächen, Lachen und Musik um mich herum wahr und das Surren des Ventilators, der die wohlig feuchte Wärme in sanfte Wirbel versetzt und die Papiergirlanden leise schwanken läßt im violetten Neonlicht, das, dekorativ abgeschattet, von der Sperrholzdecke herab mehr Dämmer als Helle verbreitet – eine künstliche Halbmondbeleuchtung, die alles in einem unaufdringlichen Halbschatten läßt.

Man redet also rund um das Projekt, und wenn die anderen lebhaft werden, schiebt einer sparsam Bedenken dazwischen; und neben dem dunkelbraunen süßen Gesöff, eisgekühlt, das ich schluckweise trinke, steht das Glas Tonic, wasserklar, ein bißchen Chinin und Zitronenaroma, und ich sehe die Hand, die danach greift und denke ‚gotisch', weil mir nichts anderes einfällt. Asketisch trocken und glanzlos, wie aus dem Holz von altem Chorgestühl geschnitzt. Ein schmales Gelenk und viel zu dünne Finger; nur die Knöchel knotig – eine Hand, die öfter und ausdauernder den breiten Griff des Buschmessers umklammert als die leichten Tasten einer Schreibmaschine angeschlagen hat. Zum Sekretär im Grunde ebenso untauglich wie zu einem Roman. Nicht einmal Lyrik – *Voilà le vin bleu de l'absolu dissipé sous la lune blanche dans le noir de la nuit immobile... O passion inutile...* !

Der Tanz jedoch, er muß sein, ein einziges Mal, und es muß reichen für den Rest des Lebens.

Während das Gespräch sich rundet zu einem Ergebnis, beginnt es nach innen um eine Mitte zu kreisen, eng und immer enger wie um einen Kratersee, der blaugrün zwischen steilen Abhängen liegt. Spiegelglatt liegt es da, und wer weiß, wie tief es ist und ob es ratsam wäre, auch nur nach den Wasserrosen am eben noch flachen Ufer die Hand auszustrecken... Dennoch. Hier und jetzt und abgesichert nach allen Seiten kann es, darf es, muß es sein, zum dritten und endgültigen Male. Der da sitzt und sein Tonic trinkt und mit Sachverstand an dem Gespräch beteiligt ist, ahnt, nein, weiß, was vom ihm erwartet wird. Daher Tonic und keine *Belle vie*.

Zwei Stunden vor Mitternacht beginnt man in den besseren Bars zu tanzen, damit die begleitenden Frauen und Freundinnen Gewänder und Charme voll entfalten und die Männer zu ungeteilter Aufmerksamkeit bewegen können. Als die erste Tanzmusik dezent auffordernd die Gespräche unterbricht und die ersten Paare sich erheben und beginnen, den Rhythmus anzunehmen und in kleinen Kreisen über den Zementboden zu schleifen, da muß es sich wie von selbst ergeben, vorhergewußt und erwartet und in keiner Weise zu umgehen:

‚Shall we dance?'
‚Surely. You still owe me a dance.'

Das klingt unbefangen artig, mit einem Unterton von eben noch möglicher Plänkelei. Die Tischrunde reagiert mit einverstandenem Lachen und schafft bereitwillig Spielraum: ‚I am sorry, I feel too weak'; ‚I am afraid to embarrass the floor'. Beide Kollegen wissen, daß die Kollegin mit ausdrücklicher Erlaubnis ihres Ehemannes mit einem ehrenwerten demnächst ebenfalls Kollegen tanzen wird. ‚Take your chance and dance' – großzügig hat es der Gemahl der Kollegin Gemahlin nachgerufen. Somit ist alles in bester Ordnung. Es ist eine Sache der Höflichkeit und gesellschaftlicher Konvention. Es ist alles andere als – und so –

Alles andere als was?

Ach. Schon wieder deine rührende Einfalt! Es ist schwierig. Es ist verwickelt, subtil. Merkst du nicht, wie umständlich und vorsichtig ich mich an das heranformuliere, was mir am Ende vielleicht doch noch entgeht auf dem grauvioletten Zementboden unter den schwankenden Papiergirlanden – ?

In aller Einfalt begreife ich das eine: du wolltest, wie ich, *noch einmal vorm Vergängnis blühn*. Du wolltest noch einmal tanzen, und ich wundere mich: warum gerade mit diesem komischen Mönchlein, mit dem so offensichtlich nichts anzufangen ist?

Ist das nicht verwickelt genug? Und wie *komisch* kam es dir vor, vergangene Nacht, als es kam, das Mönchlein, und dir ein Glas Tonic hinhielt? Und zuvor, im Foyer, neben dem Kübeloleander, was war das?

Allerdings. Ich bin ganz stille. Ich höre zu.

Ein Glas klirrt. Es ist endlich so weit: du darfst tanzen. Und das *eine Mal* wird dir zuteil von zweier Männer Gnaden. Von ihrem Vertrauen in deine gute Vernunft. Keine Heimlichkeiten; aber ein ganzer Roman der Innerlichkeit, und *das* will tanzen. Tanzen als einzige Möglichkeit, etwas zu sagen, das die Verständlichkeit von Worten übersteigt. Daß es Mißverstehen einschließt, daran denkst du erst im nachhinein. Hier und jetzt willst du nur eins und eben dies: '*noch einmal vorm Vergängnis blühn*' – ohne blöde Befangenheit; ohne daß andere gaffen und es peinlich oder komisch finden. Rundum frei willst du dich fühlen, und gebunden bist du durch ein doppelt gutes Gewissen, das keinem Dritten Unrecht tut. So moralpathetisch; so tugendduselig: es ist anders nicht denkbar. Damit es nach innen, idealisch, in schöner Freiheit blühen und sich verströmen kann, muß es nach außen hin eng umgrenzt und sicher eingezäunt sein. Ein dorniger Widerspruch, ich weiß es so gut wie du. Ganz gegen die strenge Gesinnung des reinen und einfältigen Herzens und der unverdorbenen Maximen. Denn mein gutes Gewissen ist pragmatischer Art. Es will Anstoß vermeiden und keinem Dritten Unrecht tun.

Dann aber spielt noch etwas mit: die Besonderheit des Paartanzes hierzulande. Bislang habe ich es abfällig als ‚Gescharre' und ‚Gehoppel' bezeichnet. Ich will, ich muß dir das Eigenartige dieser autochthonen Art des Tanzens jetzt und im voraus gerechter und schöner darzustellen versuchen.

Der Tanz zu zweien, hierzulande, weißt du (nein, du weißt es nicht), er ist, wenn er gelingt, eine schöne Verflechtung der altertümlichen Vorstellungen von Anmut und Würde. Er bewegt sich in einer ausgewogenen Mitte zwischen erotischer Befangenheit und einsamer Ekstase. Ein hochgestimmtes Gefühl der Freiheit, souverän gezügelt am dehnbaren Seelenbande einer offenen Beziehung zwischen Nähe und Distanz. Keine Tangodialektik, heiß und eisig. Nicht die verzweifelte Ego-Ekstase des westlichen Disco-Tanzes, ich-allein inmitten der einsamen Masse. Ich bleibe ich selbst. Aber hinbewegt bin ich zu einem Gegenüber, und von ihm her bin ich, ohne daß Abstände sich verringern. Kein Arm engt mich ein; keine Hand umklammert meine Hand; keine erhitzte, steife oder stumm verlegene Nähe beklemmt, verwirrt oder widert mich an. Frei von Formationsvorschriften gibst du dich allein dem Rhythmus hin. Es tanzt dich nicht in narzißtischen Selbstgenuß hinein. Denn es ist ein Gegenüber da und Zuwendung. Du, nein, *ich*, ich tanze mit einem, der mit seinem Tanzen *mich* meint, und ich, ich meine *ihn* mit meinem Tanzen und so ist es ein Tanzen vor einander und für einander...

... aus der schönen Verflechtung von äußerer Freiheit und innerer Hingabe ergibt sich das Schwebende, Leichte und Gelöste des Seelenzustandes. Kein süchtiges Absinken in purpurne Tiefen des Unbewußten, kein Tiefenrausch der Selbstauflösung. Aber auch kein ekstatischer Aufstieg in heiter-luzider Euphorie und über die Sterne hinaus, samt der Gewißheit des Absturzes. Es ist der Glückszustand dazwischen, das genaue Differential, Annäherung an Delta x von beiden Seiten in ständig wechselnden Steigungen, Kurventangente, Grenzwerte ohne Überschreitungen – das Bewußtsein bleibt nahezu mathematisch klar, vor allem, weil du nichts davon verstehst. Nichts trübt sich ein. Der

Zwischen-, Schwebe- und Grenzwertzustand ins Lyrische transponiert – es wäre wie Wandeln über offenes Meer in anemonenblauer Morgenfrühe, in fliederduftender Abenddämmerung, und um die Schultern liegt das Glück dir leicht und kühl wie ein Cape aus wilder Seide, malvenfarben, wenn du willst. Und ein Lufthauch, ein verspielter, ungenauer, verfängt sich in locker aufgebundenem Haar und bringt es zum Knistern. Du wandelst wie nackten Fußes über eine sanfte Dünung; es ist als ob Meer und Seele einander umspülten, durchsichtig, unverwirrt. Das macht, es geht ein Lächeln hinüber und herüber, und du glaubst dem Traum. Du mußt nur innerlich im Gleichgewicht bleiben; das Mögliche erkennen und das Unmögliche unbedacht lassen – *ein* Gedanke daneben und du sinkst; es trägt dich nicht mehr, es wird unerträglich. Der sublime Reiz liegt in der unendlichen Annäherung auf Distanz. Das glückhaft Schöne sammelt sich in dem Spielraum, der sich anfüllt mit Wortlosem, das sich zu reiner Bewegung ausformulieren darf. Eine Art Seelenreigen stellst du dir vor und überläßt es anderen Bewußtseinszuständen, sich darüber zu mokieren. Hier und jetzt und in aller Öffentlichkeit ist es erlaubt, einander zu umarmen mit einem Lächeln; mit Augenzauber das offenbare Geheimnis zu umrätseln und eine schöne Unbefangenheit zu genießen innerhalb der Grenzen des Möglichen...

Das habe ich nun so vor mich hinidealisiert. Das Ideal drängt sich auf, wenn das Leben nur jämmerliche Schattenbilder vorüberziehen läßt an der grauen Wand des Alltags und der vergehenden Jahre. Zur Idealität gehört, daß es auch stilvoll sein soll; Gestalt und Schöne soll es haben, Duft und Farbe mit vielen Zwischentönen der Verseelung. Daher das Äußere, Ästhetische so wichtig erscheint wie das Innere und die Musik. Die Beleuchtung etwa: pastellen gedämpft. Das Neonlicht, das durch die bunten Papiergirlanden dringt, tupft das Grau des Zementbodens mit sanften Tinten und läßt zarte Reflexe erblühen – teegelb, wie mit Honig abgedunkelt, mit Zitrone aufgehellt; rosé wie das Fruchtfleisch von reifen Guavas; das Lila von verblühenden Buschveilchen und das verstaubte Purpurviolett der Bougainvillea. Dazwischen dämmern in blaugrünen Abtönungen Lagunen und Kraterseen mit Wasserlilien am Rand. Die Musik hält sich vornehm zurück, ist nicht zu laut und nicht zu hart zerhackt. Sie gibt sich locker und unaufdringlich und einen Hauch nur melancholisch, als hätte ein Tangogedanke sich mithineinverirrt... Die Paare, die da tanzen, könnten aus jeder Lärmmasse ein Kunstwerk machen. Aus dieser Musik modellieren sie, im sanften Wiegen schöngewandeter Körper, etwas wohltemperiert und mäßig Bewegtes, fast Liedhaftes; etwas, das trägt wie eine Sänfte und wohlig umfängt wie ein warmer Harmattan am Nachmittag ...

*

Da hinein steigen wir endlich. Endlich und dahinein verwirklichen sich alle Vergeblichkeiten und gehen darin auf und unter. Über den grauvioletten, von zarten Farblachen überschwemmten Zementboden bewegt es sich lyrisch-poetisch nach der Melodie und Sage *Sohn der Savanne,* aus alten Lieder gestiegen und aus entlegenen Bergen, einfältig und aufrecht inmitten aller Verwirrung und ordinärer Verderbnis; hier und nun und endlich, in dieser Bar, *Cassia Bower, Mango* Grove, in dieser Nacht, die Vergangenes einholt und einlöst, 'I wanted to dance with you', gestrenge Frau, unnahbar, Prinzessin aus der Fremde, in stahlblauer Robe mit weitem, schweren Saum, der über den Zementboden schwingt, Borte an Borte, silbergestickt, die asketische Eleganz eines mönchischen Gewandes knisternd berührt, und es ist doch ein Fonsgewand. Ein Fon ist ein Fürst und erhebt das Haupt, unter die übrigen Paare gemischt, die keine Notiz nehmen; erhobenen Hauptes, beide, umrankt von einem endlich möglichen, unendlich einfachen Eingeständnis, einem lächelnden: wie schön ist es und wie es glänzt – silbergrauviolett um leicht verwehtes, glückhaft hingeschütteltes Frauenhaar aus weiter Ferne; ganz nahe und erdhaft verwurzelt, schattenblau gekraust um eine rundgewölbte, kindliche Stirn, ertastbar nahe, aber völlig fieberfrei, hier und jetzt – und in dein Lächeln, siehst du, steige ich hinein und breite meine Seele darin aus und gebe sie hin, so wie sie sich dem Rhythmus anverwandelt, mühelos, *'It's not difficult'*, und mit beiden Händen halte ich es dir hin, etwas, das bleiben möge – kein Diamant ewigen Gedenkens; aber auch die Asche nicht des schnell verglühten Augenblicks. Etwas langsam Gewachsenes, das so schnell nicht hinwegfaulen kann; etwas wie Iroko, hart und schwer und eher eckig als rund. Was es eigentlich und letztlich ist, das freilich weiß keiner. Du nicht. Ich nicht. Vielleicht flackert je und dann etwas wie Ahnung auf. In solchem Flackerschein begreiflich würden Scheu, Sprödigkeit, Trägheit; vielleicht auch eine Gelassenheit, die es über sich ergehen läßt wie einen Savannenregen; karge Seelenlandschaft, von keiner *passion inutile* je heimgesucht und ermüdet. Nur das Wetterleuchten des Begreifens, je und dann und die Fluchtbereitschaft, im Blick ein forschendes Mißtrauen, dumpf Bedrücktes, Mürrisches... Aber nun; aber hier, in dieser Nacht, in dieser Bar, hebt es sich auf ins Schwerelose. Es wird leicht. Es wird Tanz. Das Schöne und das Ziellose, sie umschlingen einander; Zerbrechliches klingt an Undurchsichtiges; Zwischentöne blühen auf, grauviolett und rosé im Schwanken der Schatten zu deinen Füßen – '*tread softly, because you tread on my dreams...*'

Nichts, das aufregen könnte. Kein Herzflimmern. Kein synkopierter Puls. Nichts Unzumutbares, kein Gedanke daneben, kein Abgleiten – wohin auch? Schön und schmerzlos her und hin, silbergrau und taubenblau, maßvoll bewegt, tanzt sich der Traum, erfüllt von sich selbst, ein Doppelglück unvermischt und ungetrennt unter dem Papiergirlandenbaldachin hin und her, her und hin, Annäherung ohne Berührung, es sei denn, diese äußersten Säume, die sich über den Rand eines Lächelns wagen und im Liderschatten schmal als Dunkelglanz aufglänzen. Es sei denn, *if it be, finger tips* und aus Versehen, und das bißchen Zittern spürst du kaum...

Wie lange tanzt es so aus der Zeit hinaus? Zwischendurch singt eine Männerstimme, ein warmer Bariton, sanft insinuierend, eindeutig soul – '*We should be to-ge-he-ther / We should be walking side by side...*' und es weht ineinander: *you remember?* Es gingen zwei durch diese Stadt, Bücher zu kaufen. Wie kräftig kühl lag der Aprilmorgen im ersten Sonnenglanz über der fernen Felsenbrüstung jenseits der Straßen und Dächer, und wie warm kam die Brise Glück von dorther, auf taubenblauen Flügeln streifend das nahe Himmelblau eines kurzärmeligen Hemdes im irdischen Gewimmel einer Stadt in der Savanne... *'We should be to-ge-he-ther'* – es ist schön, zusammen Bücher kaufen zu gehen. Aber dann fängt es an, sich zu reimen und endet mit dem Wunsch *'and finally be satisfied'* – da stolpert es aus dem Takt. Es gibt kein *'finally'* und kein *'satisfied'*. Kein Umsinken, das alles auslöschen und dem roten Staube anverwandeln würde. Es gibt – nichts, das den reinen Kristall des Gewissens trüben könnte, und der Rest einer ziellosen Sehnsucht rinnt darüber hin wie ein kühler Spätregen; ein dünnes Rinnsal über dunkelglänzenden Basalt...

Wie lange? Die Spannung steigt und fällt, nicht sehr tief, nicht sehr hoch, wie ein Wiegenlied, wie Wellenspiel, wie unwiederholbar schön... Schön ist das sanft bewegte Einanderbegegnen ohne Verlegenheit; ohne ‚nur aus Höflichkeit' und ohne Verwirrung. Schön ist die Nähe des Unmöglichen, umrandet von Melancholie, dunkelviolett, ja nein, ja leider, Spur eines Lächelns, das darum weiß – es gleitet an einander hin wie zwei Abendwinde. An den Rändern solcher Augenblicke traumwandelt es entlang, die Absturzstelle suchend, die sich verbirgt. Denn ein Unbescholtener sieht den Engel stehen, der das Ideal bewacht. Und es fließt als Einverständnis ineinander: niemals. Nichts als ein Vorspiel. Vielleicht ergibt sich als Nachspiel Freundschaftliches. Vielleicht. Vielleicht auch nicht. Dazwischen: nichts als dieser Tanz. Das, worauf es zutanzt, entweicht ins Wahnhafte wie in ein leichtes Fieber; und über den Bergen westwärts, jenseits der Stadt und nahe beim Abendstern, hängt eine Mondsichel fingernagelschmal am tiefschwarzen Himmel. Eine leere Halbrundung, nach oben offen, alles Glück umklammernd, das nicht zu haben ist hienieden. Es tropft herab und verliert sich in der bodenlosen Tiefe des Unmöglichen. Nichts als das Sinnlos-Schöne hängt im Haar wie Nachttau und duftet bitter im blühenden Gerank der Seele. Es tanzt aufs Vergängnis zu im dunklen Glanze einer Gottheit, deren Macht und Gegenwart ohne kultischen Anruf bleibt – in einem großen, leeren Hause, in einem verlassenen Palast, erhebt die Göttin das Haupt, verschleiert, stern- und tränenfunkelnd, als müßte es am Ende doch in sanftem Wahnsinn untergehen... Hingabe an ein Gefühl der Unendlichkeit, zwischen den harten und genauen Kanten des Statthaften; zwischen den Geleisen, aus welchen es nicht springen darf. Es muß in der Schwebe gehalten werden, in dieser Nacht in der Bar, in einem Tanz und Traum von einem ewigen Prélude...

‚Thank you, Na'anya.'

‚ O, it was nice. Thank you.'

*

Man kann ein Taxi nehmen, quer durch die Stadt, zurück zur Tagungsstätte auf dem anderen Hügel.

‚Na, wie war's?' fragt der, welcher es gestattet hat.

‚Schön. Denis ist ein braver Mann.'

‚Weiß ich.'

*

Kusinchen? Schläfst du?

Sie schläft. Es war zu lang und zu langweilig. Abgesehen davon, daß sie Fieber hat und müde ist und ein Recht hat auf Schlaf. So bleibt es ins Leere gesagt, das Wenige, das da möglich gewesen wäre und genügt hätte bis ans Lebensende...

VI Aufstieg ins Abseits

Nach wohlausgewogener Gleichgewichtsübung, nachts in der Bar, unter bunten Papiergirlanden und respektablen Gästen; so wohlausgewogen und so niemalig, daß die namenlose Göttin verhüllten Hauptes eine glitzernde Abendsternträne weint ob der großen Vergeblichkeit. So langweilig artig, daß sogar eine zu Dank verpflichtete Kusine darüber einschläft. Nach alledem – ist noch kein Ende abzusehen.

Das Leben vergeht, die Nacht ist lang. Noch liegt unberührt ‚der kühle Sand, vom Mond betaut...' Der letzte und abseitigste aller Tanz- und Tagträume, halb tastbare Wirklichkeit: rauhes Backsteingemäuer im Rücken, halb schaudernder Wahn, wenn das schwarze Laub eines Mangobaums den kleingeschrumpften weißen Mond einschlürft – es sitzt noch unerzählt an deinem Bett, Kusine. Wer soll sich hier, reglos mit dem Rücken zur Wand, mitreißen lassen von den Ekstasen der Tanztrommel? Wer sich wahnhaft einlassen mit der Orgie eines nächtlichen Dorftanzfestes im Abseits hinter den Bergen?

Wenn es als Traumsequenz einer Fiebernden zugedacht würde (Delirien, Vorgestelltes ins Phantastische verzerrend), was wäre einer literaturkritischen Kusine Kommentar beim Aufwachen? ‚Unmöglich!' Sie könnte nicht begreifen, wie das Unmögliche nahe und zustande kommt auf den gekrümmten Wegen des Wenigen, das nicht zu haben ist. Des Wenigen, das errettet hätte vor dem Verkrüppeln und vor Krücken. Ein gärender Rest Daseinslust, ein Hochgefühl, verknäult mit Eigensinn, der wider des Schicksals Stachel löckte, in einem alten Haus im Regenwald ein honorables Leben zu fristen, bedroht vom Erstickungstod im gläsernen Sarg der guten Sitten...

Wer bewältigt den Aufstieg ins Abseits?

Die Kusine schläft. Sie darf fürs erste nicht geweckt werden. Sie bedarf des Schlafes. Eine heilsame, natürliche Bedürftigkeit. Das Überwache hingegen, das Dauermonologische, das sich an ihrem Bette festgesetzt hat – ist *das* natürlich? Es mag heilsam sein; aber ist es nicht ein Kunstgriff daneben, den eine Studiendirektorin und Literatursachverständige ankreiden wird, oberlehrerinnenhaft mit roter Tinte in eins mit einer harmlosen Katachrese? Die Kapriolen der Sprache ins begriffslogische Abseits; das Unwahrscheinliche einer schiefen Rahmenhandlung; die mühsame Annäherung an Eigentlich-Unmögliche –

Ach! Wer, wenn ich phantasierte, hörte mich denn, wenn ein Zwillingswunder von Kusine schläft und nicht geweckt werden darf?! Wenn ich sie nicht begleiten darf als Mondenschatten, Spuren verwischend im rieselnden Sand einer letzten Sehnsucht und Lebendigkeit; sie nicht mitschleppen und begleiten darf beim Aufstieg ins Abseits! Ins Abseits hinter den sieben Bergen der Pflichterfüllung, Ehrbarkeit, Selbstachtung, Vernunft, Vorsicht und Nachsicht und Resignation...

Wie würde ich ihrer bedürfen sodann und zu allermeist an Ort und Stelle. Ich wollte sie einweihen ins Geheimnis des kühlen Sands, vom Mond betaut. Zuspielen wollte ich ihr das phantastische Abenteuer; das Irrwitzige einer abwegigen Erwartung; Deliriumhaftes, endend in der Zertrümmerung aller Zusammenhänge am Rande der Bewußtlosigkeit – nicht in himmelblauem Damast auf dreizehnter Etage. Auf knarrendem Bambusbette hart und schmal, in fensterloser Lehmhütte, würde ich sie liegen sehen nach ausgeklügelter Irreführung. Den kuriosesten und abstrus sublimsten aller Tag- und Dämmerträume würde ich ihr zumuten wollen.

Zumuten wollte ich der Kusine das diagonale Gegenteil dessen, was ihr hier in privilegiertem Ambiente wie aus einem Ferienkatalog zuteil geworden ist. Statt aus einem Flugzeug zu steigen und in einer schwarzen Limousine bequem ein Palais am gepflegten Rand der Stadt zu erreichen: nach einem ganzen Tag im Landrover auf weithin steinigen Pisten die Strapaze eines zweistündigen Fußmarsches durch Bergland und einbrechende Nacht. Ankunft und Erschöpfung und dann, allein in fremder Umgebung, das fiebrige Gefühl: *and nothing is but what is not.*

Das alles würde ich sie hautnah erleben lassen: das Speere schwingend Nackte, Staub- und Schweißbedeckte; das Rasseln der Kalebassen und Tuten der Kuhhörner, das hohle Geklöppel der Xylophone und die Rhythmen der großen Tanztrommel bei steigendem Mond und steigender Spannung, und schließlich das Bedrohliche: der erhobene Speer; das Zucken eines weißen Opfertiers am Fuße des Mangobaums, und das Blut im Sande... Und in besagter fensterloser Hütte die völlige Paralyse unter dem Alptraumgewicht sich verdichtender Schatten, während draußen die Trommeln Rhythmen imitieren – wollte ich ihr alles zumuten mit Einfühlung und Genugtuung...

...alles mögliche und mehr noch Unmögliche könnte sie sich vorstellen auf bloße Andeutung hin, *African symbolism*, und ganz sicher würde sie an den Rand des Zumutbaren geraten, wo die Phantasie aus den Geleisen springt und eine merkwürdig angstlose Angst *will, daß es endlich geschehe*. Verworrenes und Verknäultes; ein Flirren im Nervensystem, und was sich da plötzlich entzünden kann am Beziehungswahn langer Jahre, die labyrinthisch ins Leere laufen... Die ganze stumm verschattete und überreife reine Möglichkeit, die alle verfügbaren Fugen des Daseins ausfüllt, in jedem dürftigen Zufall eine Offenbarung sieht und traumwandelnd über die Geröllhalden des Alltags hin ein unbekanntes Ziel sucht – im voraus betrogen und um den Betrug beinahe wissend. Das Wahnhaft-Verworrene am Rande einer Halluzination im exotischen Abseits:

Ich wollte es ihr zumuten.

Aber sie schläft. – So bleibt zunächst nichts anderes als die einsame Vergegenwärtigung der Reise und des *Aufstiegs* ins Abseits der Berge.

*

Da ist als erstes die *Landschaft*. Eine genaue Entsprechung des Lebensgefühls Mitte Vierzig: das karge, fast baumlose Bergland, Hoch- und Tieftäler, wenige befahrbare Pisten. Es ist Trockenzeit, warm und staubig und eintönig. Vergeblich die Suche nach Farbadjektiven; es wischt sich eins ins andere – kränkliches Gelbgrau in schlaffes Graugrün und ein unentschiedenes, müdes Rostbraunviolett; das trockene Gras, das dürre Gesträuch, die mageren Krüppelakazien an den Hängen. Alles liegt durstig und brach, und darüber breitet sich gleichgültiger Dunst, kein Himmel. Inmitten solcher Dürftigkeit das bescheidene Wunder: eine Malvenstaude, die am Wegrande steht, grau verstaubt, blühend zwischen Purpur und Violett. Der Blick nimmt es im Vorüberrütteln mit, und alles Unbedarfte ringsum verwandelt sich daran zur Ideallandschaft. Innere Bilder blühen daran auf, farbenfroh und festlich, weil so viel Seele so süchtig sich darüber ergießt...

Der Landrover müht sich über die staubige Piste eines Hochtals. Es ist Dezember, trockenste Trockenzeit.

Dann, das Fahrzeug abgestellt am Rande eines Bergsporns, beginnt der lange Pilgerweg. Die letzten sechs, sieben Kilometer müssen zu Fuß bewältigt werden; zwei Stunden Wegs mit wenigen Begleitern. Ein Fußpfad bergab und bergauf und bisweilen sehr steil. Er windet sich an kahlen Flanken entlang, zieht sich über Höhenrücken und durchquert ein Tal. Die sinkende Sonne schwimmt himbeerrot in roségrauem Dunst; die kurze Dämmerung sinkt: da hinein und in die Nacht.

Als erstes die Gefahren eines Abstiegs; dann die ungewohnte Mühsal eines schier endloser Aufstiegs ins Unbekannte – Schritt für Schritt soll es wiederholt werden; denn der Weg ist Vorwegnahme des Ziels und der Ankunft.

Der Abstieg. Linker Hand wuchert Gestrüpp und ein Hügelabbruch ragt in den dunkelnden Dunsthimmel; rechter Hand fällt ein Steilhang ab in ein tiefes Seitental. Den Absturz verdeckt Elefantengras und dichtes Gebüsch. Verkrüppelter Wildwuchs, wo überhaupt etwas wächst; Baumähnliches; ein paar schiefe Palmen dazwischen – in Windungen führt bergab ein schmaler Pfad, ausgetreten in Sand und Geröll. Nach rückwärts auf der Bergkuppe die letzte größere Siedlung; nach Süden hinab ein breites Quertal, ein Fluß, und jenseits bewaldete Berge, blaugründunstig, ein kleines Waldreservat in der Savanne. Dort drüben, oben, irgendwo: das Ziel, zu dem es hinzieht. Das Dorf im Abseits abseitiger Vorstellungen von *aventuire nel mezzo del cammin*...

Mit leichtem Schritt geht einer vorauf und hinab und sichert mit breitem Rücken das Hinterdreintappen. Kurze Rundblicke sammeln Eindrücke, pflegen Empfindungen, und im nachhinein wird es schwärmen: ‚Wie warm war der Abend und lange noch, nachdem das dunstige Rot im Westen erloschen war und die Tieftäler vollliefen mit schnell einfallender Dämmerung, darin die Berge schwammen wie Inseln, dunkel und traumhaft. So wohlig warm, verstaubt und verschwitzt; so adventlich angespannt in Naherwartung hinein! Wie strömte es von innen her hinein in diese Landschaft mit der Kraft liebender Verklärung: Orplid, mein Land, das immer näher leuchtet, immer innerlicher, immer verwunschener im Abseits der Berge; Gralsburg auf Montsalvatsch, verzaubert zu einem Hexenpilzring auf einem Kraterrand – o Berge, o Täler, durchströmt vom Ewigkeitsarom einer ichsüchtigen, maßlos nach innen und ins Wahnhafte abgedrängten letzten Leidenschaft...'

Dergleichen Schwärmerei ist möglich, solange der Pfad gemächlich durch einen Palmenhain und um eine Bergkuppe läuft. Das Hochgefühl verflüchtigt sich bei der nächsten Kuppe. Hier geht es steil hinab, und plötzlich ist da eine Ahnung von Gefahr. Sie umklammert jeden Schritt ungeübter Füße, die vorsichtig hinabtasten. Ein Stecken, am Wegrand aufgelesen, ein Notbehelf, Schritt um Schritt hinab seitwärts abzustützen, und die freie Hand greift haltsuchend ins harte Gras. Von einem Trittstein zum nächsten beugen sich Knie, die ein festes Auftreten und Abfedern fürchten, und der Rücken krümmt sich. Der Pfad ist eine tiefe Rinne, ausgewaschen von Sturzbächen der

Regenzeit, und eine wachsende Verkrampfung versteift jeden Schritt auf der Suche nach etwas, das nicht wegrutscht, zum Stolpern bringt und abstürzt... Die Nacht droht, und das Wirklichkeitsgefühl läßt nach wie bei einem Alkoholrausch – jeder Schritt ein möglicher Fehltritt. Wie ganz anders als beim Tanzen bedarf es des Gefühls und der Intelligenz in den Beinen...

Wer solche Pfade von Kindesbeinen an gewohnt ist, schreitet aufrecht und freihändig voran, hoch erhobenen Hauptes. Manche balancieren sogar Kopflasten. Wie viele hundert Auf- und Abstiege! Und selbst, wenn es nur dreihundertunddreißig gewesen wären, auf der Suche nach auswärtigem Fortkommen und etwas Besserem als Mais und Reis anbauen und schwere Säcke schleppen – wenn ein kleiner runder Schädel hart und eigensinnig ist und Charakter hinzukommt, dann hat es sich eines Tages gelohnt, und niemand weiß, wie es kam. Dann hat sich unversehens eine Andeutung von Erfolg an Fersen geheftet, die in roten Socken am braunen Kunstleder ausgetretener Halbschuhe auf- und abschaben. Es steigt ihm nach wortwörtlich: die Ehre, einen Gast zu haben aus fernem Lande.

Auf der endlich erreichten Talsohle, das sind Maisfelder, bereits abgeerntet; eine dürre, gelbbraune Wildnis, und es ist auch schon fast dunkel. Weiter. Der Fluß: ein breites, flaches, felsiges Bett unter Bäumen. Bei Niedrigwasser könnte man zu Fuß hindurchwaten. Aber da ist eine Brücke, Holzbohlen auf Betonpfeilern. Wie kommt das in diese Gegend? 'Well, the Germans...' Hundert Jahre Geschichte in zwei Worten zusammengerafft; Geschichte, die bis an diesen Fluß gelangte. An diesem Fluß, der in einem Traum vorkam und das Archetypische der Metaphorik evozierte, von einem Ufer zum anderen – sollte es sich überholen durch das Vorhandensein einer Brücke? Vielleicht findet sich eine Furt flußaufwärts eines Tages in anderem Zusammenhange...

Nun ist es dunkel. Nun kommt der endlose Aufstieg durch Waldiges und über eine Stunde lang. Unendlich langsam geht es voran; man nimmt Rücksicht auf den Gast – keine leichtfüßige Jägerin, jugendlich beschwingt mit Pfeil und Bogen durch Gebirg und Tal, sondern eine wachsende Mühsal von Schritt zu Schritt. Das Zeitgefühl erschöpft sich im Atemholen und in gezählten Herzschlägen: drei Herzschläge auf einen Schritt, tam-tah-tah, tam-tah-tah. Kein Tangoschritt. Auch kein wiegendes Treten auf der Stelle, nachts in der Bar. Das Bewußtsein verengt sich auf dreimal vier Handbreit Fußpfad; das Ichgefühl zieht sich ins Rückgrat zurück und beugt sich weit vornüber; der Blick kriecht voran im Banne des schwachen Lichtkegels einer Taschenlampe. Wenige Schritte vorauf schwankt das Schattenspiel einer Buschlaterne.

Jetzt ist die Böschung, die in den Nachthimmel führt, zur Rechten, und linker Hand der mögliche Absturz. Das Zittern der überanstrengten Knie; der Muskelschmerz; die Mühsal des Atemholens; das Hämmern des Herzens – das alles miteinander läßt die Vorstellung: stehenbleiben und auf der Stelle zusammenbrechen, in die unmittelbare Nähe des jeweils nächsten Schrittes rücken. Ein verödetes Hirn; das Herz eine Pumpe; das Bewußtsein geschrumpft zum bloßen Willen, nicht stehenzubleiben, nicht zu stolpern und zu stürzen – es müßte auf neue Weise und dringend die Frage nach dem *Sinn* herbeibringen. Die Frage nach dem Wozu und Warum des nächtlichen Herumkriechens in entlegenen Gebirgsgegenden, in einem fremden Lande, auf diesem Kontinent – getrieben von welchem wilden Harme und wie soll es enden? Was kann bei solcher Mühsal übrigbleiben von der großen Magie der Visionen; vom Koloß romantischer Gefühle und der Dynamik aufgestauter Erwartungen? Die Unruhe der Jahre; die Überfülle in sich selbst kreisender Energien: müßte es sich nicht aufbrauchen in der physischen Mühsal? Wäre nach solcher Anstrengung noch Lust zum Tanzen denkbar? Ist nicht die Mühsal dieses Aufstiegs – die einzige andere Möglichkeit? Solche Anspannung des Willens samt der Belastung von Blutkreislauf und Gelenken: um wie vieles wirklicher müßte es sich anfühlen als alles Gehangel nach dem Eigentlich-Unmöglichen. Aber dem *ist* nicht so. Der Wahn wirkt stärker. *Er* stärkt die müden Knie und schiebt und zieht dem Ziel entgegen...

Es zieht sich hin und nimmt endlich doch ein Ende.

Kurz vor der letzten Biegung öffnet sich eine Lichtung; und im Weitersteigen auf verbreitertem Weg wagt sich ein Blick in den Nachthimmel empor und hakt sich dort fest für einen Augenblick der Sinnfindung. Reste poetischer Einbildungskraft flügeln herbei; antike Mythologien, die in diesem Lande niemand kennt, drängen sich herzu, und ein Flüstern, das zwar vernehmbar ist, aber dem, den es angehen könnte, rein leider gar nichts zu sagen vermag, unterbricht das Schweigen: 'The evening star!' Sieh doch! Einzig und einsam. Wie in der niemaligen Nacht in der Bar. Wie im Eukalyptusbaum jenseits der Bougainvillea. Und wie in früheren Jahren auch schon einmal, ‚überm Dickicht der Tropennacht,‘ zwischen Kano und Lagos und in einer anderen, vergangenen Geschichte. Nur gab es damals gebildete Verständigungsmöglichkeiten im Hinblick auf die Sternin. Hier leider eben bleibt es einseitig, und die andere Seite tappt vor sich hin und weiß nicht, was da vor sich geht und wie es sich reimt. Es reimt sich wie in einer alten Ballade, und stammt aus der gleichen alten Sammlung wie das Lied ‚Sohn der Savanne':

> *For he tied her long hair to the evening star*
> *And led her captive to some place afar...*

Kurz darauf Holzfeuer- und Latrinengeruch. Die ersten Hütten sind erreicht und stehen undeutlich im Dunkeln; große Bäume ragen und Felsblöcke stehen zu beiden Seiten: ist das ein Hohlweg? Eine letzte, leichte Steigung; dann ein freier, halbrunder Platz, sandig. Noch wenige Schritte, beinahe ein Taumeln; eine hohe Schwelle:

‚You enter my house.'

*

So war das mit Aufstieg und Ankunft, und so weit ist es ohne die Kusine ganz gut gegangen – bis vor die hohe Schwelle. Die ist so hoch, damit Hühner und Ziegen stutzen und draußen bleiben. Vor dieser Schwelle aber stockt nun auch das So-vor-sich-hin-Erzählen und es wird deutlich: es kann so nicht weitergehen. An dieser Schwelle muß die Beschwörung beginnen. Das geht nur mit Kusine. Es geht sonst nicht über die Schwelle. Es geht einfach nicht. Die ursprüngliche Intuition, daß ihr *alles zugemutet* werden müßte, war richtig. Weitere Rücksichtnahme auf ihren Schlaf – würde das Konzept verderben. Die Kusine kann nicht aus dem Spiele bleiben. Sie muß das große Tanzfest unter freiem Nachthimmel, sie muß die ganze irre Geschichte im *Irrealis* mitmachen – damit das, worum es letztlich geht, darstellbar wird.

Vielleicht hätte sie von Anfang an mitgeschleppt werden müssen. Die Mühsal des Aufstiegs hätte ihr zugemutet werden sollen; die schmerzenden Knie, das Herzhämmern, Abendstern und Latrinengeruch und schließlich das Stocken vor der hohen Schwelle – alles. Sie könnte jetzt so schön hineintaumeln mit allerletzter Kraft, und wie pathetisch-dramatisch wäre es, sie auf den nackten Lehmboden fallen zu lassen oder auf eine schnell hingebreitete Bastmatte. Denn das hohe Bambusbett im Hintergrunde der dunklen Höhle würde sie weder wahrnehmen, noch könnte sie hinaufsteigen. Aber es steht da ein hölzerner Sessel, hart und einfach und dennoch eine Wohltat, den Willen endlich abzuspannen, sich selbst und alles übrige hineinsinken zu lassen: ein allererster Genuß – angekommen zu sein, aufgenommen zu werden, Gast zu sein und schon beinahe wie zu Hause, am ersehnten Ziel.

Am ersehnten Ziel bliebe die Benommenheit und ein taubes Gefühl in Armen und Beinen nach der streng und eintönig gegliederten Mühsal des Aufstiegs – es fühlt sich anders an als die Erschöpfung nach der schönen und edlen Ornamentik einer durchtanzten Nacht auf dreizehnter Etage. Eine Weile ist da nichts als das Gefühl, da zu sein und im Innern *dieses* Hauses sich zu befinden; hineingelangt beinahe als Eindringling – wie in ein fremdes Heiligtum. Es rundet sich zur bergenden Höhle. In der vorauseilenden Vorstellung war es eine Hütte aus leichtem Flechtwerk, strohgedeckt. Daß es aus soliden Lehmziegeln gemauert ist, kubisch und fensterlos, mit Wellblech über offenem Gebälk, dringt nicht ins Bewußtsein. Es ließe sich in der Dunkelheit auch gar nicht erkennen. Eine Buschlampe könnte brennen mit flackernder Flamme, ungewisses Halbdunkel verbreitend. Und so ist da eine Weile nichts als das wohlige Benommensein und ein tastender Versuch, sich der einfachen Tatsache des Daseins zu vergewissern: da bin ich. Ich bin da. Da, wo ich sein wollte, da bin ich endlich.

Ein Taumeln also, kein Umkippen; kein Absturz wie kurz vor Mitternacht auf dem Parkett und in das Zufassen hilfreicher Hände. Es ist da nämlich niemand. Die erste kleine Weile des Da- und Alleinseins in der Backsteinhöhle ist erfüllt von Vertrauen inmitten des Dunkels und der Fremdheit. Vertrauen in eine unbekannte Menschenmenge, die sich draußen auf dem freien Platz versammelt, vernehmbar durch halblautes Stimmengewirr und das Klirren von Gegenständen – Musikinstrumente? Waffen? Dazwischen Tierlaute – Nachtvögel? Affen? Frösche? Und je und dann eine bekannte Stimme, die in einer unbekannten Sprache markant Abgehacktes spricht. Es hört sich an wie das Erteilen von Befehlen, knapp und bestimmt und wie einer, der sich auskennt. Wie einer, der heimgekehrt ist in sein Eigen. Und in seinem Hause sitzt eine Fremde, deren Status als Gast er zu verantworten hat...

Wie lange sollen Benommenheit und allmähliche Erholung dauern? Nicht allzu lange; denn bis Mitternacht, fünf Stunden hin, muß alles über Bühne und Orchestra gegangen sein. Daher nach einer Weile der leichte Vorhang, der die Türöffnung verschleiert, zurückgeschoben wird. Und da, wo der Gast mit letzter Mühe beinahe stolpernd über die hohe Schwelle stieg, füllt sich die Öffnung und es zwängt sich herein. Warum sind die Türöffnungen so eng? Schweigend dringt es herein, kompakte Masse, ist ungenau da und verdrängt Raum; bückt sich, rückt das schwache Licht beiseite, zieht etwas Niederes herbei und stellt es vor den Sessel. Von draußen reichen unsichtbare Hände Verschiedenes herein. Es wird dem Gaste dargereicht in gebückter Haltung und mit weit vorgestreckten Armen –

‚Take.'

Ein Glas. Am oberen Rand zwei Fingern, die es vorsichtig fassen, als fürchte das Halbdunkel eine Berührung oder ein Verschütten. Ist es Bier? Es ist Wasser. In diesem Augenblick springt der Durst in die ausgedörrte Kehle und trinkt, gierig. Ein vollkommener Genuß, ein einziger, langer Zug. Ein unwillkürliches Aufseufzen –

‚Thank you.'

Auf dem Tischchen eine Schüssel, zugedeckt, und ein Löffel. Zwei Bananen. Ein dünnes Gespinst von Befremden – eine Fremde kennt sich nicht aus; weiß nicht, daß es hier oben nichts anderes an Früchten gibt zu dieser Jahreszeit. Der Deckel wird abgehoben –

‚Eat.'

Es dampft noch. *Rice and mudfish?* Und es schweift ab, hinweg von Kusine und Irrealis, noch einmal hinab ins Waldland. Wie lange ist es her?

Es war ein Abend im April, zurück von einer langen Reise mit Verstimmungen; zurück im Haus hinter der Bougainvillea. Bedächtige Schritte näherten sich längs der Veranda; ein vorweggenommenes Klopfen, zweimal kurz und leicht an der Tür zum Arbeitskabinett. Na'anya öffnete und erschien. Na'anya in maronenbraun fließendem Mondblumengewand, einen weißen Handtuchturban über noch feuchtem Haar. Erschien und wich zurück vor dem Blechschüsselchen, das, zugedeckt, einer Überraschten hingehalten ward. 'This is what I have from my village' – wäre *das* der Anfang vom Ende gewesen, *le don*, wohlbedacht, berechnend über ungewisse Möglichkeiten hinaus?

Es ist Reis mit Fischsoße, ohne Schlammbeißer. Der Gast im Haus sitzt wieder allein. Ißt ein wenig. Verspürt erneut Durst, entschalt eine Banane, sanftsüß schmelzend, gereift bis zum vorletzten Augenblick. Und dann?

Dann zwängt es sich wieder herein, massive Schwärze; bleibt innen vor der Türöffnung stehen und kündigt das Kommende an: ‚There will be traditional dances tonight to welcome you.'

So ließe es sich naiv dahinerzählen, aus dem monologischen Irrealis unversehens ins szenisch Realistische abbiegend, als erinnerte eine belletristisch ambitionierte Ethnologin sich einer besonders aparten Episode. Und doch kann es so nicht weitergehen. Es muß sich aufheben und in die Schwebe bringen lassen, zwei bis drei Fuß über dem kühlen Sand, den noch kein Mond betaut... Eine exotische Episode, einer Kusine ersten Grades zugedacht. Stellvertretend soll sie das Abenteuer bestehen, dort oben im Abseits und im Irrealis, während sie hier, mit ein bißchen Malaria im Blut, einen Tangorausch ausschläft.

Hier und jetzt muß sie über sich verfügen lassen. Wäre sie bei sich selbst und bei literaturkritischem Verstande, so könnten ihre Einwände das eine oder andere vielleicht verhindern, mäßigen, vereinfachen. Das Überkünstliche der Umwege im Unwegsamen; das Spurenverwischen; die Vorgaben und Zurücknahmen; das Überblenden und Spalten der Identitäten; die Dauermonologe, das Ineinanderschieben verschiedener Wirklichkeitsebenen, um das Eigentliche unmöglich und das Mögliche uneigentlich erscheinen zu lassen – wie leicht läßt sich vergessen, wo das alles „*wirklich*" spielt, in welchen doppelten Anführungszeichen, als Widerspiegelung des rein und einfach Nichtvorhandenen. Die Verworrenheiten der Wahnwirklichkeit, der Einbildung, der Fiktion, vermengt mit Elementen des Tatsächlichen. Das Verwirrspiel zwischen dem, was war, und dem, was wirklicher war, weil es *nicht* war. Das Phosphoreszieren der grauen Gehirnzellen aus den Tiefen des Unter- und Überbewußten, die nächtlichen Szenen am Kraterrande, blauschwarze Schatten, magisches Mondlicht, hellrotes Opferblut, das im Sande versickert. *Bricolage* aus Splittern, die aus dem Rahmen springen, wenn ein Schlag in den Spiegel jegliche getreue Abbildung von landläufiger Wirklichkeit verhindert. Ein Hin- und Herschieben von Bruchstücken, um zu verhindern, daß sie zusammenpassen.

*

Komm, Kusine, die Sache will's. Hier und jetzt und ehe das nächste Flugzeug dich zurückbringt ins Naßkalte, wo du bald nicht mehr wissen wirst: was war's? – muß sich zeigen, wozu du da bist. Komm, gib im Fieber deine Außenseele frei und laß sie, heraufgeschleppt ins Abseits der Berge, hier oben endlich Autochthones zu ebener Erde erleben. So erschöpft wie du bist und benommen, mitten im Ungewohnten, umflackert vom Petroleumlicht einer Buschlampe in düsterer Höhle: hier, in dem niederen, engen und harten Holzsessel sollst du sitzen und tun, was ich dir sage; fühlen, was ich insinuiere, und denken, was ich dir andichte. Es dichtet, denkt, fühlt und führt Regie für dich im Hintergrunde. Sitzen sollst du hier wie eine, die dem exotischen Traum nicht glaubt – verlegen und verwegen in einem. Du hast es geschafft, du bist endlich da – und was nun? Eines ist bereits klar: *hier* wirst du nicht tanzen. Weder Tango noch We-should-be-together. Um dich zu ehren und willkommen zu heißen, wird ein ganzes Dorf für dich tanzen, gruppen- und haufenweise. Die Vorbereitungen sind schon im Gange – du hörst es. Das Stimmengewirr schwillt an. Instrumente, die du nicht kennst, suchen nach einem gemeinsamen Rhythmus, noch ohne das Leitmotiv der großen Trommel. Die Spannung soll langsam steigen, wie gestern nacht und doch anders, ja, beinahe ‚ganz anders'. Der Vorhang schiebt sich zur Seite –

‚Are you ready?'

Wieder zwängt es sich herein und steht als dunkle Masse im Halbdunkel, unerkennbar für dich; aber du ahnst es und du erinnerst dich an Mehlsackartiges und an vorweggehabte Ichweiß-nicht-Augenblicke, unten im Foyer am ersten Morgen, und an das Glas Tonic in der Pause zwischen den Tangos. Du willst dich aus dem allzu niederen und engen Sessel erheben, und es ist auf einmal mühsam. Durch die dumpf genossene Entspannung hindurch wird die überwundene Schwerkraft der Berge spürbar im tauben Schmerz der Muskelgewebe – ja, freilich, das sollte dir bewußt werden: es fühlt sich durchaus ähnlich an wie nach allzu vielem, ungewohnten Tanzen. Schließlich stehst du, fühlst etwas wie Unschlüssigkeit und fürchtest, das Gleichgewicht zu verlieren; so schwach sind plötzlich die Knie, und es wäre wahrhaftig kein Wunder, wenn du wieder ein wenig umkippen würdest, eingedenk dessen, daß du schon einmal aufgefangen und festgehalten wurdest. Du darfst aber nur zur Seite schwanken, ausweichend. Neben dir wird der Sessel hochgestemmt. Neben dir, unziemlich nahe – ein Hemd, verschwitzt, und der ganze lange Tag klebt an trägem, warmen Fleisch, stellst du dir vor und spürst sogleich am eigenen Leibe das Verstaubte und Beengende der Reisekleidung, findest das Garbardinezeug unpassend für die feierliche Gelegenheit, und überhaupt: es wird nachts kühl in diesen Bergen, um diese Jahreszeit. Wo ist –

‚Wait a moment. Let me remove and put –'

Es redet für dich aus dem Hintergrunde. Er kennt meine Stimme von so vielem Reden. Er wird innehalten, nachdem man ihm den Sessel, ihn durch den Türspalt zu manövrieren, von außen abgenommen hat. Innehalten wird er und sich zu dir herwenden und, reglos vor der Öffnung verharrend, mit unsichtbaren Augen zusehen, wie du dir den Kasack aufknöpfst und dich herauswindest aus der engen Hülle. Darunter ein dünnes Polohemdchen, dunkelblau mit Nadelstreifen; die langen Hosen: ‚Beinkleider', denkst du vielleicht, streifst dir das helle Baumwollhütchen ab und fühlst beglückt, wie es hervorquillt: traumhafte Spätfülle wie in der Tangonacht; wie ‚nachts in der Bar' und in all den übrigen Träumen jenseits von Bougainvillea, Oleander, Eukalyptus und Narzissen – einzige Andeutung und ferne Möglichkeit einer Versuchung und ganz wegzudenken von den Nadelstreifen. Wenigstens das unscheinbare bißchen und halb eingestandene, resigniert Hinweggewischte und wie es sich anfühlen würde, wenn – wo ist die kleine weiße Reisetasche?

In Reichweite. Wenn du dich bückst und ein wenig kramst, findest du die wollene Stola. In dem trüben Petroleumlicht wäre sie farblos, bei Tageslicht hingegen: tee, rosé und aschviolett; das wird dir bekannt vorkommen. Hier ist es ineinandergehäkelt zu einem kostbar schönen Stück, das dir Selbstgefühl verleihen und dich vor Gänsehaut schützen soll im Unvorhersehbaren dieser Nacht. Das drapierst du dir um die Schultern mit souveräner Geste, wie vor einem Spiegel und obwohl du deiner selbst gar nicht sicher bist: ein ähnliches Gefühl wie am Abend der Ankunft auf dreizehnter Etage kribbelt über dich hin. Du meinst, es könnte alles Mögliche passieren und du würdest dich gar nicht wundern.

Nun wärst du bereit, und durch die freigegebene schmale Pforte steigst du vorsichtig hinaus in ein Dunkel, das dir undurchsichtig entgegensieht.

VII Unter dem Mangomond

Über die hohe Stolperschwelle steigt der Gast aus der Backsteinhöhle hinaus ins erwartungsvoll Ungewisse. Die Nacht ist kühl. Eine wollene Stola um hochgezogene Schultern ist etwas, sich daran zu klammern. Rechter Hand seitwärts der Türöffnung befindet sich der Ehrensitz: ein niederer Holzsessel. Erdennah und mit dem Rücken zur Lehmziegelwand drapiert der Gast sich da hinein. Das Würfelhaus steht auf einer flachen Erhöhung, damit trotz Erdennähe und Dunkelheit nach und nach Überblick möglich wird.

Nun erhebe die Augen, Kusine. Der Sand zu deinen Füßen offenbart noch nichts. Sieh nach rechts und links und dann geradeaus. Versuche, etwas zu sehen; frage nicht, weder dich noch mich, in welchem Sinne, was du siehst, wirklich sein könnte. Frage dich, ob es sich hinlavieren ließe mit breitem Pinsel und schwarzer Tusche.

Du hast um dich herum eine mondlose Nacht, den gestirnten Himmel über dir und vor dir, im halbblinden Sternenlicht, den kleinen Tanzplatz; du würdest sagen: beinahe eine Orchestra. Instrumente geben von sich, was du drinnen in der Höhle schon gehört hast: Ungenaues zwischen Frosch, Kuh und Kettenklirren. Im Hintergrunde, nahe am mutmaßlichen Kraterrande, hat sich etwas zusammengeballt und mutet gespenstisch formlos an, beinahe moluskenhaft – das Halbdunkel gleicht einer Qualle. Kannst du etwas erkennen? Die Konturen fließen ineinander; das mengenmäßig Viele koaguliert zu einer schwarzen, sirupähnlichen Masse, die zäh und träge Blasen wirft – ein Anblick, als tauche etwas mühsam aus schwerem Schlamm. In längeren Intervallen tutet es dazwischen wie probeweise; das ist ein Kuhhorn. Etwas anderes rasselt und klirrt als schüttle man Steinchen in irdenen Töpfen, oder als rüttle es an vielen Arm- und Beinketten. Das ist ein Rasselkasten.

Was du vor dir hast, ist der formlose Beginn des offiziellen Empfangs. Phase eins, wenn es dir einfallen sollte, zu zählen. Vielleicht nimmst du, benommen von Ungewohntem, nicht viel davon wahr. Die Leere zwischen der qualligen Masse und dir ist das Halbrund des Tanzplatzes – Sand. Leere Fläche für ein flach darüber gespanntes Gefühl von Da-Sein. Das ist der Sand, in den ein später Rest von Fern- und Seelenweh einst hätte sinken und wegschlafen wollen mit dem Glück des Angekommenseins... Von einem Gast wird erwartet, daß er in einem hölzernen Sessel sitzen bleibt, um sich ehren zu lassen mit einem Tanzfest, zu dem das ganze Dorf sich versammelt hat.

Wofern nun aber das Pathos solcher Anwandlungen von Hinsinken und Liegenbleiben sich wiederholen wollte, so würde ein wenig Zurechtrücken genügen, ein vorsichtiges Ausstrekken der Beine, den Kopf leicht in den Nacken und auf die Rücklehne gelegt – und du hättest groß und einfach über dir den Nachthimmel. Hättest ihn nackt und ganz für dich allein samt dem Herzflimmern der Sterne. Auf den Bergen ringsum stützt er sich ab und wölbt sich über deinem Atemanhalten... Ob du ein Stück Seele ihm entgegenschweben ließest als silbergrauen Sehnsuchtsschleier, oder ob du ihn herabziehen wolltest wie ein dunkles Tuch, bestickt mit glitzernden Pailletten, das wäre eine Frage der Metaphorik und des Geschmacks. Ich an deiner Stelle wäre für das Tuch...

Während dessen beginnt es hinter dem schwarzen Gebrodel auf Erden fahlgrau und seltsam körnig zu dämmern, als wollte es rieseln wie Sand. Doch es rieselt von unten nach oben. Es rieselt dem Zenit zu, und die Sterne erblassen. Gleichzeitig wird das Gewoge lebhafter; die Instrumente lassen sich nachdrücklicher vernehmen – der erste große Augenblick steht bevor. Alle haben auf ihn gewartet; nur du nicht. Du sitzt und wunderst dich. Wo unter den Vielen und völlig Fremden ist der, welcher sich um einen Gast kümmern sollte? Untergetaucht in der zähen Masse? Wogend im Gewoge? Das Sichwundern ist nicht verwunderlich; aber es macht, daß die Aufmerksamkeit abschweift von ersten großen Augenblick. Du verpaßt ihn beinahe:

Den *Coup de théâtre:*

Ganz unerwartet nämlich teilt sich die zähe Masse im Hintergrund. Im gleichen Augenblick weißt du, woher das körnige Geriesel kommt. Du hast das Schauspiel groß und in gerader Blickrichtung vor dir:

Der Mond geht auf.

Vollmond – ob du es glauben willst oder nicht. Vielleicht geht deine Uhr vor. Vielleicht war er längst da, aber hinter einer fernen Wolkenwand oder einem nahen Bergrücken verborgen. Vielleicht auch nimmt man es hier mit der Astronomie nicht so genau. Die Himmelsrichtung immerhin stimmt. *Er* also quillt empor wie – ja, wie? Wüßtest du einen neuen Vergleich? Eine ungeheuere – ‚Monstranz' fändest du unpassend; denn was sich zeigt, zeigt nichts als sich-selbst, und wenn ein Geheimnis, dann kein konfessionelles, sondern ein naturmystisches. Ein poetisches. Ein geradezu banales.

Eine Weile siehst du stumm verwundert dem leichten Steigen zu, während die geteilte Menge mäßig wogend weitertanzt. Du siehst die monströse Rundung majestätisch aufsteigen bis zur Gürtellinie des gewaltigen Leibesumfanges eines gelassen und huldvoll allem Volke sich zeigenden Potentaten – und du visualisierst zu dieser Epiphanie, mitten in sie hinein mit klaren Scherenschnittkonturen, schwarz auf Gold: den Magier, der den Rhythmus erschafft. Vor die helle Scheibe schiebt sich im Profil der Tanzenden einer. Du siehst scharf hin. Es könnte ja sein. Zwischen die Knie geklemmt, wie es üblich ist, und schräg aufgerichtet ragt eine große Trommel. Es sieht aus, als hocke oder reite einer auf dem runden, hohlen Holz. Den Rücken gekrümmt; den Kopf zurückgebogen, beginnt er zu trommeln, und trotz der Entfernung meinst du alles genau zu erkennen. Hände mit dünnen, harten, wohlgeübten Fingern tanzen auf und ab, klopfen an und wecken das Herz der Trommel und befreien es hinaus in die Nacht. Leicht und genau springen die Töne von der Membrane ab und empor, büschelweise, dunkelgoldene Kapseln, Hohlklänge, rund und dumpf, ein in Möndchen zersprengter Mond... Du hörst; du spürst, wie es herüberhüpft und dir das Trommelfell betanzt.

Wäre dir nach Denken zumute, würde dir der Widerspruch auffallen oder das Wunder: daß ein so strenges Maß an Wiederholung so spielerisch anmuten kann. Der Rhythmus, die Zahl, das Gesetz als autonomer Entwurf verknüpft mit einem Gefühl der Freiheit. Etwas bezwingend Zwangloses – oder ist, was sich wie Freiheit anfühlt, reine Einbildung? Ist das Herrscherliche des Trommelnomos am Ende doch zwanghafter Zwang, als solcher nicht empfunden?

Der Trommelrhythmus beginnt, den diffusen Lärm der übrigen Instrumente zu ordnen; er unterwirft auch die Tanzenden einem gemeinsamen Gesetz. – Siehst du ihn, den Magier an der Trommel? Wie souverän! Es packt ihn nicht ganz, sondern nur halb. Festgewurzelt von den Hüften abwärts – da, in der Mitte, klemmt er die Trommel fest – fängt er mit dem Oberkörper den emporgeworfenen Rhythmus auf. Schultern und Arme stoßen vor und zurück, hart und knapp, eckig und genau, als gebe er damit Signal und Anweisung für das Quallige sowie für alle Xylophone, Kalebassen, Hörner und Pfeifen.

Um das Bild abzurunden, stellst du dir vor ein Schlußtableau, einprägsam in Schwarz und Gold, kurz ehe der Vorhang der Tanzenden sich wieder schließt. Die Mondscheibe hebt ab von den Bergen. Der Blickwinkel macht, daß sie im Steigen zwei Augenblicke lang als blaßgoldene Aura sich rundet um die Mitte der Scherenschnittfigur – um Hüfte und Hände; um das schräg und starr Verharrende nach unten, nach oben um das spielerisch auf und ab Bewegte; um diesen Ort und Quell und Mittelpunkt, wo die Tanztrommel, unter tanzenden Händen zum Leben erweckt, den Rhythmus hinaussprengt in die Nacht und zu den erblassenden Sternen – der Augenblick rundet sich, glänzt auf und erlischt.

Und während der schwarze Vorhang der Tanzenden wieder zusammenwogt vor der Mondikone, schwimmt es erinnernd vorüber: wie leicht und gelassen ein voller Oktobermond durch Eukalyptusbäume stieg und mitten durch das tränenreiche Elend der Vergeblichkeit; wie leicht und genau hingeworfen der Rhythmus einer Tanztrommel durch die Nacht herüberwehte von jenseits der Bougainvillea...

*

Des Tanzfestes zweite Phase: der *Kulturfilm*. – Der Rhythmus, von der großen Tanztrommel befohlen und durchgehalten, lenkt eine brodelnde Masse ins einheitlich Disziplinierte. Das zusammengeklumpte Dunkel ordnet sich ins Regelmäßige; aus einer großen, schwarzen Halbrundqualle; aus etwas, das am ganzen Gallertkörper beliebig Blasen wirft, wird eine erkennbar vielköpfige Menschenmenge, die im Takt der Trommel auf- und niederwogt, sich in den Hüften wiegt und mit angewinkelten Armen vor- und rückwärtsrudert. Pausenlos. Das mag monoton anmuten, ist aber doch schön ordentlich und übersichtlich und sogar unterhaltsam. Eine Weile wenigstens. Ein lebhaft bewegtes Spiel kompakter Schatten vor dem langsam steigenden Mond, begleitet und durchdrungen von Tonfolgen, die als skandierten Lärm zu bezeichnen nicht angemessen wäre. Denn welche Maßstäbe sollten hier angelegt werden? Einer Fremden wie dir, Kusine, wird das heterogene Getöse zunächst Fremdheit ins Bewußtsein hämmern, klopfen, rasseln, tuten und trommeln. Aber dann erinnerst du dich: Was du da vor dir hast, das monoton Zerhackte inmitten eines melodielosen Klangkonglomerats: auch das hast du schon einmal gesehen und gehört.

Es war bunt und flimmerte taghell von einer Kinoleinwand oder einem Bildschirm – Halbnacktes in aufwirbelndem Staub, tätowiert und kultisch geschmückt; die Farbenpracht der Federbüsche; das Klirren der Muschelgehänge; Arm-, Bein- und Nasenringe, Glasperlen, Tigerzähne, Leopardenfelle, Stachelschweinborsten; und die kurzen Bastschurze samt den erläuternden Kommentaren der Kulturfilmer und Ethnologen zu Sinn und Bedeutung des Ganzen und der Einzelheiten; zu den Bemalungen mit Ocker, Kreide, Rotholz; zu geschwungenen Speeren, alten Flinten und rostigen Dolchen, und zu den verschiedenen Musik- und Lärminstrumenten: ein Xylophon aus gehälfteten Bananenstaudenstämmen, daraus vermittels Bearbeitung mit Bambusstöcken ein knappes halbes Dutzend hohler Töne hervorhüpft, als klopften alle die Mädchen-, Frauen-, Männer- und Jünglingsherzen durcheinander; viele Kalebassen, von alten Frauen auf- und niederbewegt mit abgehackten Gesten, als stampften sie Mais oder Hirse: Kürbisrasseln; um die ausgetrockneten, dünnwandigen Bäuche netzartige Kettengeflechte geschlungen aus lose aufgereihten harten Samenkernen; eine Flöte quält sich ab mit hohen Tönen; und in unberechenbaren Abständen hin und wieder die Urlaute eines Kuhhorns, wie dumpfe Brunst aus Höhlen der Vorzeit...

Man tanzt getrennt in Gruppen. Die Männer alt und jung prominent in der Mitte des Halbrunds; auf dem linken Flügel rechter Hand die jungen, unbemannten Mädchen; auf der anderen Seite die Frauen bis hin zum ältesten Weiblein.

So könnte es in dem bunten Kulturfilm gewesen sein. – Hier hingegen wirkt ähnliches anders; denn es ist Nacht, und der Film ist sehr alt, farblos und verschwommen. Trotz des zunehmenden Mondlichtes bleiben die Schatten, die tanzenden, *Schatten,* dicht gedrängte dunkle Gestalten, auf und ab, hin und her, Braunschwarz in Abstufungen, sepia. Die Mondnacht ist ein Tintenfisch, der mit Verdunkelungen die Szene laviert – ein unentschiedenes Gemisch aus Hell und Dunkel, an den Rändern sich vertiefend in massives Blauschwarz, je höher der Mond steigt und mit seinem Licht den Sand betaut, die noch unbetretene Mitte des Tanzplatzes. An den Rändern aber liegen, mit tiefen Tinten hingetuscht, die Schatten der Mangobäume. Wenn du genauer hinsehen wolltest, könntest du rechter Hand in der Schwärze etwas Weißes erkennen, das sich unruhig hin- und herbewegt, wie erschreckt von dem Lärm.

Das ist ein Federvieh, festgebunden am Fuße des Mangobaumes, der das Haus überwölbt. Du aber bist noch ruhig und gelassen. Und so tanzt es eine Weile auf und ab, hinten am Kraterrande, und du wüßtest gern, ob und wo – aber du geduldest dich. Bald wird die Kulturfilmphase zu Ende sein, und es ist noch nichts geschehen. Es wurden bislang nur Kulissen aufgebaut und Statisten in Bewegung gesetzt.

*

Die dritte, die Urhorden- und *Speertänzer*-Phase. Während der Mond dem Mangobaum entgegensteigt, wird auf Erden die Zeit lang. Es wird ermüdend monoton. Es mäandert ins Subjektive, in lüsterne Projektion. Zwei Abschweifungen werden sich dazwischendrängeln, Spuren verfolgend ins psychopathologische Abseits deiner selbst, Kusine. Schließlich hast du mit einer Ethnologin ebenso viel gemeinsam wie mit dem neuen Forschungsprojekt deines Hubertus. Am Ende wirst du mit dem Rücken zur Wand stehen. Gerade noch rechtzeitig.

Die Kusine, noch sitzt sie da als Ehrengast, in eine wollene Stola gehüllt, und fährt sich von Zeit zu Zeit durchs Haar mit langsamer Hand, als müßte sie sich vergewissern, daß sie noch vorhanden ist. Sand, Mond und Mangobaum bilden einen fast idyllischen Rahmen um die zu Ende wogende Kulturfilmphase. Noch ist Zeit für Besinnliches.

Man hat dem Gast eine Flasche Bier und ein Glas hingestellt, auf einen Holzklotz neben dem Sessel. Jemand hat ihr, tief hinabgeneigt und beinahe ins Knie gesunken, das erste Glasvoll eingeschenkt und hingehalten mit beiden Händen nach des Landes Brauch. ‚Thank you', und der Geber der Gabe zog sich zurück, abtauchend ins Ununterscheidbare.

Da sitzt sie und trinkt mit kleinen, vorsichtigen Schlucken, als müsse sie herausfinden, was es ist – es ist Bier, Kusinchen; banales Allerweltsbier. Nicht einmal Tonic. Vielleicht hätte es Palmwein sein sollen; es wäre stilvoller. Oder wäßrige Milch der Kokosnüsse. Es entspräche der Mondnachtbeleuchtung, die sich über den erwartungsvoll hingebreiteten Sand ergießt – ‚*ein Gemisch aus aquatischem Licht und nichts als Seele*'. Aber es ist ganz gewöhnliches Bier; allerdings mühsam, als Kopflast, für dich heraufgeschleppt und daher doch etwas Besonderes. Das bißchen Alkohol wird dir zu Kopfe steigen, als wäre es Sekt oder *Belle vie* unvermischt. Es wird dazu beitragen, die Wirklichkeiten zu verwirren.

An den Rändern des Halbrunds wogt untenwegt weiter der gruppierte Massentanz. Von dort her brandet die Monotonie, durchpulst vom Rhythmus der Trommel. Durch die Kehle rinnt das Bier in kleinen Schlucken; und vor dir im Halbrund liegt der Sand, ‚*der kühle Sand, vom Mond betaut*' – unberührt, flach und nackt hingebreitet unter der hohen Wölbung des Nachthimmels, an welchem ein männlicher Mond emporklimmt. Er steigt, wird im Steigen immer kleiner und weißer und scheint an Schwerelosigkeit zu verlieren; so als werde es in höherer Höhe mühsamer auf der Bogenbahn von links unten nach rechts oben, wo das dichte, schwarze Laub eines großen Baumes sich schräg von hinten vornüberwölbt – wie etwas, das auf der Lauer liegt. Es fingert ihm entgegen mit lanzettlichen Blättern. Es hangelt in den Himmel auf ihn zu mit dicht umbüscheltem Geäst, als wollte es den Zögernden umarmen und verschlingen. Wenn du genau hinsiehst, kannst du den Baum an seinen Früchten erkennen: es lockt aus dem Geäst schiefrund; an dünnen Stielen hängt es reglos. Es würde sich der Wölbung einer hohlen Hand anschmiegen, hautglatt und nachtkühl – noch hart und grün, schon reif und weich, je nachdem; rostrot überhaucht und innen mit messinggelbem, faserigen Fleisch, das süß und nach Terpentin schmeckt: Mangos.

Dem Mangobaum entgegen steigt in sanfter Krümmung, ein Halbbogen ohne Ausweichmöglichkeit am Himmel droben, der Mond. Auf Erden und zu Füßen liegt der Sand, unbetanzt, vom Mond betaut – *nichts als Seele, verflüssigt zu entselbsteter Sehn-*

sucht, inbrünstig hingebreitet und *wie innen im Traume*. Es läge da eine bloße Möglichkeit, leer und vergebens – wäre nicht der Mond, der da steigt und sich neigt, sich erbarmt und darüberbreitet mit seinem Licht. *Traumselige Vigilie, jetzt geht die Nacht durchs Land.* Der Mond – hier kann er nicht als weiße Lilie blühn. Aber vielleicht driftet vorüber eine Erinnerung von jenseits der Bougainvillea, an die Wand gelehnt in einem dunklen Kleidchen, die Hände hinter dem Rücken, vor ihr tanzend einer, der verzichten muß. Es ko-inzidiert, fällt übereinander und durcheinander, Mond, Mann und Mädchen und Halbvergessenes. Das macht ein lyrischer Wohlklang, der sich eingenistet hat in Gehirnwindungen, durch die das Blut, mit Alkohol vermischt, anderes von anderswo herbeispült.

Anderes. Noch dauert das geordnet monotone Tanzen; da erhebt sich – es erhebt im Verborgenen, aber nicht irgendwo, eine zusammengerollte Schlange das flach abgedachte Klapperschlangenhaupt und beginnt, sachte hin und her zu pendeln und zu züngeln...

Züngelt und pendelt, und weil die Kulturfilmphase sich Zeit läßt mit dem Übergang ins Urhordenhafte, schweifen die Gedanken ab in Textgenese. Was war im Anfang? Was war es, um das herum alles übrige wucherte und sich auswuchs zu sieben Kapiteln? Nicht ist gefragt nach dem Körnchen Sand, das eindrang ins Seelengekröse und trieb und rieb und einsame Entschlüsse mitentschied. Gefragt ist nach der Spur einer ersten Darstellung – war es das ‚irre Gestrichel' auf dünnlinig kariertem graugrünen Papier? War es der formulierende Griff aufs Geratewohl ins bunte Nebelmeer der Halluzinationen – ‚*Von den Bananenblättern tropft das Mondlicht*'? Bananenstauden gehören zur Kulisse rings um den Tanzplatz. Vielleicht war beides gleichzeitig und mißlang gleichermaßen. Dann hätten die Worte sich schließlich als wohlfeiler erwiesen als Tusche und Zeichenfeder und das Wenige aufgebauscht um eine undarstellbare Mitte. Um etwas, um das herum die Sprache ornamentale Verrenkungen aufführt, deren Choreographie schwierig bleibt wie jede Tanzbeschreibung...

Von den Bananenblättern tropft – der Schwulst? Von nun an und fast bis ans Ende vermischen sich Erinnerungen an das textgenetisch ‚irre Gestrichel', das *den* Augenblick festhalten wollte, nichts als Karikaturen hervorbrachte und aufgab, *und* das Wörterrascheln im Mischwald der Sprache, wo Sagbares sowohl wie Unsagbares mühelos hinüberwuchert ins Metapherngestrüpp, sich verfängt in ausweichenden Wortgebärden und eines einfachen Aussagesatzes einfach nicht fähig ist, weil der Zweifel bleibt, ob das Einfache imstande ist, Kompliziertes zu erfassen ohne es zu erwürgen. Das, was Atmosphäre bildet rund um die Gebilde der Einbildung.

Während es züngelt und pendelt. Die Perspektive bleibt unverrückt. Aus dem niederen Sessel geht der Blick ins Halbrund, in leichter Schräge von der Terrasse hinab über die mondbeschienene Sandfläche hin bis ans fortdauernde Getanze und Getöse am Kraterrand und von da in die Wölbung des Nachthimmels hinauf, den das Laub des Mangobaums von rechts rückwärts herüber zu einem Drittel verdeckt. Der immer weißer schrumpfende Mond steigt und ist den schwarzen Fangarmen schon beträchtlich näher gerückt. An einem äußersten Aste hängen dicht beieinander – sieh hin, Kusine, sie hängen da für dich: zwei Mangos, schon fast überreif. Du spürst kein Gelüste? Mehr Terpentin als Süße? Es wird auch langsam ungemütlich. Du bist gespannt und weißt nicht, worauf? Du hast alles vergessen – Hubertus, Maurice, und mich auch? Dann bist du in der passenden Verfassung und das Bier war richtig.

Hier, endlich, beginnt Phase drei. Die Trommel setzt aus und das Chaos bricht an. Der Kulturfilm war ein harmloses Vorspiel. Es geht jetzt erst richtig los. Sie werden ein wenig die Wilden spielen dir zuliebe, Kusinchen. Ein wenig außer sich geraten werden sie. Es bleibt ‚irgendwie' künstlich, richtig. Richtiger: die Trennlinie zwischen deinen spätkulturellen, wegen mir lüsternen Projektionen, deinem an goetheschen Faust-Paralipomena gebildeten Voyeurismus, und dem, was aus ethnologischer Distanz feststellbar wäre, bleibt verschwommen.

Hörst du? Die Trommel setzt aus.

Mit dem Aussetzen der Trommel gerät das Tanzen aus dem Takt, der Lärm steigert sich zu betäubender Lautstärke in bislang unerhörten Kakophonien. Die Kalebassen hören auf zu rasseln, so als wichen die alten Frauen passiv in den Hintergrund zurück. Statt dessen vervielfachen sich die Xylophone; es klöppelt hektisch drauflos; es prasselt wie ein Regensturm auf Wellblechdächer. Flöten schluchzen, Trillerpfeifen schrillen, und dumpf dazwischen tutet fast ununterbrochen, mit knappen Atempausen, das Kuhhorn oder auch mehrere – es röhrt. In deinen Ohren stöhnt es vielleicht – ganz tierisch-urtümlich. Was soll es bedeuten? Soll es Angst machen? Nerven überreizen? Hemmungen lösen? Eine schiere Vergeudung von Energien; Gewölle und Wirbel von Armen und Beinen; Schultern, die zucken; Rücken, die sich krümmen; Brustkörbe breit und massiv, und um die Hüften, festgeknotet unter den Bäuchen, die Lendentücher. Es stampft und trampelt, schnellt vor und zurück und gebärdet sich wild, wilder, am wildesten – halbnacktes Fleisch in Ekstase. Hast du es dir nicht so vorgestellt, Kusinchen? Daseinswonne als kultische Pflichtübung? So elementar, so unverkopft? So – schwülstig halbnackt. Liegt es an den Worten? Liegt es im Gefühl? Es liegt überhaupt nicht. Es sitzt und sieht zu.

Dennoch wüßtest du gern, was da vorgeht und was es bedeutet. Warum wird einem Gast nichts erklärt? Wo ist der, welcher hier verantwortlich wäre und dem ich doch am Herzen liegen müßte – wer denkt das? Wer fühlt der Metaphorik nach und fröstelt? Zieh dir die wollene Stola fester um die Schultern, Kusine; du liegst niemandem am Herzen. Du sitzt in einem hölzernen Sessel und weißt nicht, ob du träumst oder wachst; ob das Bier daran schuld ist oder der Mond. Du fragst dich, wo der einzig denkbare Hermeneut der wildgewordenen Szene sich befindet – in dieser Urhorde und einsgeworden mit ihr? Zurückgesunken ins Archaische; ganz und gar transformiert ins Dionysische? Ein ganz anderer und endlich zu sich selbst gekommen – halbnackt und in Ekstase? Und du fröstelst zum anderen Male...

Gönn dir das Frösteln. Inzwischen hat eine Gruppe von *Speertänzern* sich gebildet, die in geschlossener Phalanx aus dem Hintergrunde hervortanzen. Alle anderen rücken von rechts und links außen im Halbkreis heran, als sollten da Fluchtwege abgeschnitten werden. Sie begnügen sich damit, unter dem anhaltenden Lärm der Instrumente in mäßigem Rhythmus auf- und abzuwogen. Die in der Mitte aber, sie schwingen nur zweifelsohne Speere, ein gutes Dutzend oder mehr. Es klirrt metallen, wenn sie zusammenstoßen; es blitzt im Mondlicht, wenn der Einfallswinkel stimmt. Es wirkt absolut unwirklich und fast zum Lachen. Grotesk. Grotesker als die blasenwerfende Sirupqualle zu Beginn des Spektakels wirkt das kriegerische Gebaren dieser Schaukrieger: wie sie ihr phallisches Gewaffen senkrecht auf- und niederstoßen, als wollten sie oben den Mond aufspießen, unten das dicke Gestänge in die Erde rammen.

Es rückt immer näher heran und auf dich zu. Es rückt heran ruckweise, drei breit gespreizte Schritte vor und nur einen zurück. Und der kühle Sand, wie wartend hingebreitet, zärtlich betaut vom steigenden Mond, wird aufgewühlt vom Stampfen der Füße, die den Tanzplatz überqueren. Schon sind sie so nahe, daß du es perlen sehen müßtest und wie es über die nackten Oberkörper niederrinnt in die zusammengeknoteten Lendentücher. Wunderst du dich?

Die Kusine möge sich wundern. Das Sichwundern schweift ab und mag ausufern ins lüstern Phantastische. Warum begnügen die Speertänzer sich mit dem Gefuchtel von Speeren? Warum fallen sie nicht übereinander her, nein, nicht Krieger über Krieger, sondern elementarer: Mann und Weib und Weib und Mann in grenzlosem Vermischen? Hat man nicht von dergleichen gehört und gelesen? Antike Orgien, altorientalische Höhenkultfeste und eingeborene Fruchtbarkeitsrituale? Wo, wenn nicht hier, unter dem vollen Mond? Nichts dergleichen. Das Ausschweifen bleibt deiner Phantasie überlassen, Kusine; einer überspannten Erwartung, dem Bier und dem Mond. Sie könnten ja wenigstens simulieren, meinst du? Wer? Nun, ein beleibter Krieger etwa, in vorgerücktem Alter, und ein junges Mädchen; Häuptling und Dorfschöne. Er könnte auf sie zu und ins Abseits mit ihr tanzen, sie in den tiefsten Schatten des Mangobaumes drängen, um daselbst eine Weile herumzuhampeln, und dann — really, ‚on their feet'? Und alles rein kultisch, ein sozusagen seriöses Ritual? Aber warum, fragst du dich, knoten die Männer das Lendentuch ausgerechnet da vorne fest und so groß, daß es satyrisch wirkt? Es ist doch peinlich. Peinlich? Und wer meinte, es sollte wenigstens simuliert werden? Und wer maßt sich hier ein Urteil an? Im übrigen kannst du dir vorstellen, was du willst. Zumal es sich, wie gesagt, gewissermaßen und geradezu von selbst aufdrängt – du holde Naive. Was willst du denn? *Ich?* Nichts. – Nun gut. Immerhin wüßtest du gern, in welchem Hintergrunde *dein Mönchlein* sich ‚bedeckt hält' – hier, im Umkreis von Bananen und Mangos; fern von Rosen und Oleander. Du kannst dir nicht vorstellen, daß einer wie *er* in dem halbnackten Haufen mittanzt; in dem andrängenden Geknäuel, das dir im nächsten Augenblick so nahe auf den Leib rücken wird, daß es besser wäre, wenn du –

– aber du glaubst es nicht. Du traust deinen Augen so wenig wie ich. Du kannst es dir, wie gesagt, rein einfach nicht vorstellen, daß ‚*etwas wie ein Mönchlein*', zurückgekehrt in sein Eigen, sozusagen aus der Kutte steigt, sich auch noch das staubgraue Hemd vom Leibe zieht, um glänzend nackt, statt wenigstens in gesittet lange Beinkleider sich zu hüllen, nichts als ein knappes Lendentuch umknotet. Daß einer, statt träge in Foyers herumzuhängen oder aus Salonecken mißbilligend deinen Sektkonsum nachzuzählen, hier und jetzt sich die Seele aus dem Leibe tanzt – tanzen *könnte!* Mit nackten Füßen im kühlen Sand sich selbst darstellend; sich darbringend – wem? Und wie würdest *du* es formulieren, lyrisch-pathetisch? ‚*White woman that passion has worn / As the tide wears the dove-grey sands*' – ? Du denkst an Ebbe und Flut der Jahre am flachen Strand einer grauen Alltäglichkeit in hoffnungslosen Wiederholungen. Denn welche Leidenschaft sollte *dich,* du Hochachtbare, je bemüht und ermüdet haben? Ich meinerseits kann dir leider auch nicht sagen, ob ein entkuttetes Mönchlein imstande wäre, etwas der Art, was auszuformulieren dir keine Mühe machen würde, auf seine Weise *auszutanzen.*

Das war die zweite Abschweifung. Jetzt mußt du die Gedanken bei der Sache haben und tun, was ich dir sage. Es wird ernst.

Das Andrängende, wild Gestikulierende ist inzwischen zwei Speerlängen vor dem Haus wie an eine unsichtbare Mauer geprallt und hat sich da festgetanzt mit drohenden Gebärden. Im nächsten Augenblick könnten diese, wenn du unbedingt willst: *Wilden,* unberechenbar, wie sie möglicherweise sind, den Bann durchbrechen und was dann? Weißt du nicht. Ich auch nicht. Es wäre daher ratsam, wenn du dich jetzt vorsichtig aus dem Sessel hochziehen würdest, um dich seitwärts an die Hauswand zu stellen. – So. Schön. Aufrecht, flach, die Arme nach hinten, die Handflächen gegen den rauhen Backstein gedrückt – du kannst das Rauhe längs der nackten Arme fühlen und fast noch durch das dünne Polohemdchen hindurch; denn die wollene Stola ist dir entglitten. Schutz- und hilflos mußt du da stehen. Siehst du, es ist ganz einfach. Du spielst deine Rolle wie in einem mittelprächtigen Abenteuerfilm; denn jetzt ist die Heldin in Gefahr und muß beschützt werden. Du mußt nur stillhalten; reglos stille. Es kann nichts passieren. Du bist ja ganz woanders und vergißt es nur zwischendurch.

Da steht die Kusine und wartet auf das Unerwartete. Hat sie Angst? Ist sie neugierig? Was heißt ‚es kann nichts passieren'? Bei dem Getümmel, und wenn es nicht nur gespielt wäre? Oder das Spiel plötzlich Ernst würde? Aber was sollte – ?

Da – ! Es ist passiert. Du siehst, wie der Schaft noch vibriert. Handgelenkstark. Die erste Kostprobe. In dem Augenblick, da du daran nicht dachtest, brach der Bann, und in den Sand vor dem Sessel, in dem du soeben noch saßest, im Präteritum; genau da, wo deine Füße müßig ruhten, bohrte sich schräg *ein*

Speer. Und wenngleich der Schaft noch zittert, fühlst du: es ist nicht wirklich. Und wunderst dich nur nebenbei, daß die fast leere Flasche umgekippt ist und der Rest des Bieres in den Sand sickert – Bier, kein Blut.

*

Während du dich noch wunderst, beginnt die vierte Phase, die *Beschützer*-Phase. Auch hier wird es ohne Abschweifung nicht abgehen. Aber alles wird kürzer sein. – Du siehst den zweiten Speer aufblitzen, und da –

– da beginnt das ‚irre Gestrichel' auf grüngrauem Papier. Die Beschwörung beginnt, die es herbeiformulieren und erzwingen will, Gedankenmagie verkleistert mit Schwulst vom Schwülstigsten: ‚O Nacht! du und dein träges, dein mondenes Fleisch! Du Besonnener, Langsamer, Ansichhaltender – o Mond! So rundum angespannt vor Verhaltenheit; so nahe, daß die Weiße deiner Rundung beinahe schon die kleinen Wölbungen berührt, die in bewußtlos tiefem Schattenschwarz dir entgegenlauern, so Frucht wie Fleisch. Gleich wird es dich an sich saugen, dich zu umarmen und zu verschlucken, indes unten im Gewühle –'

Es will weiter nichts besagen als daß der Mond, aus dem Blickwinkel der Kusine gesehen, dabei ist, hinter dem Mangobaum zu verschwinden. Den einfachen Vorgang ins Symbolische aufzuschwemmen genügt indes nicht. Die Abschweifung schweift dem ‚irren Gestrichel' nach, um seinem Sinn und Wesen auf den Grund zu kommen. Und das, während der zweite Speer schon im Wurfe aufblitzt.

Wie war es in Tagen der Urzeit, als das Wild, das sich entzog; das der gegrabenen Grube, dem gespannten Netze, dem geschleuderten Speere entging, an die felsigen Wände der Höhlen gemalt wurde mit genauen Konturen, schwarz und rot, und heute wirkt es nach wie eine flüchtig hingeworfene Impression?

Was war es? Die Linie als magische Bindung; das Dargestellte als bannende Vergegenwärtigung dessen, was zwar vorhanden, aber nicht zu haben ist? So evasiv und obsessiv zugleich, daß es überlebensgroß an Felswänden fixiert werden mußte – schön, stark und begehrenswert: das gebuckelte Urrind mit schlank geschweiftem Gehörn, dargestellt zu kultischer Verehrung, zum Töten und Verzehren. Das vorweg Verzehrende aber ist inwendig; die Leidenschaft, das ruhelose Schweifen durch Wälder, Savannen und Gebirge auf unwegsamen Pfaden; das Lauern im Gebüsch, das angespannte Stillehalten. Der in der Höhle an überhängender Felsenwand beim düsteren Schwelen einer Fackel mühevoll und hingegeben Formen und Proportionen ausgrenzt aus dem Leeren: die geballte Rundung des Rückens, eine muskelstrotzende Oberschenkelkeule, die Andeutung einer schmalen Fessel über gespaltenem Huf – er hatte das Ersehnte vor sich als Vision und Obsession. Sein Wunschdenken war es, das umrißhaft Gestalt wurde an der Felsenwand. Und er fügte hinzu den Schamanentanz strichdünner Männlein, als Jäger erkennbar nicht nur am geschwungenen Speer...

Ewige Steinzeit der Seele.

Vielleicht war es ähnliches, dem Drange und Bedürfnis nach, das solch ‚irres Gestrichel' aufs Papier warf, Skizzenhaftes, das durch Verbesserungen immer schlechter wurde, bis es durch Überstrichelungen anatomisch völlig aus der Form geriet. Es verschwindet irgendwo, mißlungen und warum? Weil die Plumpheit des Gefühls und seiner Wahrheit: des Einfach-so-Seienden, sich breit und massig über den ratlos erregten und ins Magische strebenden Kunstwillen legte und ihn plattdrückte? Wahrscheinlicher: aus Mangel an Talent und Sinn für Proportionen. Zudem hätte es statt des dünnen Faserschreibers eines dicken Pinsels bedurft, um weißem Papier mit tiefster Tusche feucht und glänzend Masse aufzunötigen; eine Silhouette wie die des ‚Magiers' etwa, der mit der großen Trommel zwischen den Knien im aufgehenden Monde hockte... Später einmal, nach zehn Jahren vielleicht, könnte sich Genaueres abzeichnen und Gelungeneres, am Rande eines Manuskriptkonzepts und mit bloßem Bleistift, überdeutlich, nahezu grotesk: ein Bauch wie ein Kürbis, ein quadratischer Brustkorb, und die Verrenkungen der Tanzekstase, geballte Fäuste vor der nackten Brust, der kleine Kopf zurückgeworfen, die Arme emporgereckt wie ein Ertrinkender, und schließlich, *ventre en avant* – das wäre die Beschreibung der anderen Möglichkeit, für dich, Kusine, die du, wie vorgesehen, flach und aufrecht an der Hauswand stehst, die Hände auf dem Rücken und bereit, dir Phantastisches vordichten zu lassen, als wär's eine Handvoll aus deinem eigenen Phantasiegewölle...

Wieder wunderst du dich. Wunderst dich über die neuerliche Abschweifung, die den zweiten Speer, wo nicht abfängt, so doch in der Luft festhält – du kannst es noch immer nicht für möglich halten. Was meinst du, was geschehen sein müßte? Wenn es wirklich so gewesen wäre, mit dem Aufblitzen und Schleudern des zweiten Speers, dann – dann hätte in eben demselben Augenblick aus dem bedrohlich tobenden Haufen *einer* sich herauslösen müssen, um dich zu beschützen. Mit einem einzigen und gewaltigen Sprunge hätte er die flache Terrasse erreicht, um sich mit waagerecht ausgebreiteten Armen und weit gespreizten Beinen zwischen deine wunderlich unwirkliche Angst und die Unberechenbarkeit seiner Stammesgenossen zu stellen. Punkt. Absatz.

Nimm an, da steht er. Das Gesicht über die linke Schulter hinweg den Tobenden zugewandt, finster, apotropäisch. Und der hochgestiegene Mond beleuchtet weiß deine plötzliche Verstörung. Du wendest das Gesicht nach der anderen Seite, drückst dich noch flacher an die Wand und hältst den Atem an – so vielleicht? Möglich. Nur: das Vorkommnis, welches Dasein, Denken, Eingeweide in Aufruhr bringen könnte, wäre es nicht. Es wäre ganz im Gegenteil: ein Beispiel für das Statuarische der bildenden Künste.

Ich will es dir beschreiben. Es stünde da eine Doppelstatue aus unterschiedlichem Material. Du für dein Teil, du wärst wie aus Sandelholz oder Elfenbein geschnitzt, schmal, daphnehaft, wenn du willst. Jedoch und natürlich züchtig verhüllt, Polohemdchen mit Nadelstreifen, die fast gerade verlaufen, vom weißen Krägelchen bis knapp über die Hüften. Vor dir, ziemlich unziemlich dicht herangerückt; so dicht, wie es eben noch angeht, müßtest du dir, aus dunklem Basalt gemeißelt, die archetypisch breite Brust des Beschützers vorstellen. Freilich gäbe es da nicht viel zu beschützen. Im Mondenschatten dieser Brustwehr könntest du dich fast verdoppeln, Kusinchen, ach! und bist doch nichts als eine Luftmasche in meinem exoticoromantischen Strickzeug. Aber wie du da so stehst, müßtest du zweifellos etwas empfinden in der konvexen Bedrängnis solcher Nähe und obzwar von außen gar nichts drängt in diesem Zustande reiner Zuständlichkeit. Die Reglosigkeit einer Statue aus kompakter Nacktheit bis aufs Lendentuch, dessen Verknotung nicht einmal deine Hüfte streift. Nackt und schwärzer als schwarzer Tango – schwarzer Marmormond; wunderbar unberührt von Staub und Schweiß; keine Spur von Erhitzung; kein heftiges Atmen; nichts, das die Ekstase des Tanzes verriete und also völlig *irreal* – kühl wie frisch gefallener Schnee, wegen mir und wenn auch etwas weit hergeholt, vom Kilimandscharo. Keusch wie eine Madonnenlilie. Spröde wie der kühle Sand, vom Mond betaut... Was dich anhaucht, ist lyrisch: mondene Kühle. Soeben noch wildbewegter Teil der Horde, steht vor dir einer wie aus den morgendlichen Fluten des Lele-Flusses gestiegen, der unten im Tale dahinfließt zwischen den Reisfeldern... Zwischen der hautnah gewölbten Unwirklichkeit des mönchisch verhaltenen Fleisches und der angespannten Abwehr und Erwartung unter deinem nadelstreifendünnen Baumwollzeug ist nichts: weder Raum noch Berührung.

Ist – ? Wäre. Wäre gewesen. Und wie lange hätte es anhalten, an sich halten und sich im Gleichgewicht halten können in solcher Angespanntheit und ehe es unerträglich geworden wäre? Und was dann und so weiter auf den Stelzen des Irrealis inmitten einer tobenden Horde? Und was wäre aus dem zweiten, dem erhobenen oder schon geworfenen Speer geworden – steht er noch immer starr in der Luft, festgebannt in seiner ballistischen Bahn? Mach ein Ende. Wer kann so lange an einer Backsteinwand stehen, mit den Händen hinter dem Rücken und vor sich wie ein Felsmassiv die träge Masse Fleisches – es wird unerträglich. Nimm es hinweg oder bringe es anderswie in Bewegung. Mach es lebendig mit irgendwelchen Zaubersprüchen aus deinem Mondscheinbrevier. Es knickt sonst ab – und ich weiß nicht, wohin.

So etwa. Es würde bedeuten, daß die Kusine weiß, wer ihr das alles zumutet. Wie sollte sie nicht. Und nichts einfacher als Gedankenübertragung. – Das alles nur, damit du einmal hautnah erlebst, wie es ist, teuerste Kusine, wenn man festgeklemmt mit dem Rücken zur Wand steht und sich nicht regen darf, ohne die Dinge aus labilem Gleichgewicht zu bringen.

*

Es soll dir aber endlich, *fünfte* Phase, etwas widerfahren. So kurz und knapp und konzentriert wie möglich. Im übrigen wird dir hinreichend klar sein, aus welchem Stoff es gemacht ist. Weil die Nacht mit Maurice in einer Tangoekstase ihren höchsten Sublimationsgenuß fand; deshalb meinst du – würdest du, wenn alles nur um eine Wahrscheinlichkeit wirklicher wäre, meinen, daß hier und jetzt, im Abseits der Berge, etwas Leibhafteres zu haben sein müsse: wenigstens andeutungsweise. Du hast von einer Höhenkultorgie phantasiert. Weil nichts dergleichen stattfand, hast du dir einen beleibten Dorfhäuptling vorgestellt, vorgerückten Alters und mit Kürbisbauch, simulierend vor und mit einer Dorfschönen, etwas abseits, gleich daneben. So ist das mit den Sublimationskünsten und wenn sie umkippen – Ophelia singt Schluderliedchen und Frau Dr. Annette Sowieso, Studiendirektorin eines humanistischen Mädchengymnasiums, stellt sich eine Orgie vor hinter den sieben Bergen. Hier am rauhen Gemäuer eines fensterlosen Würfelhauses ist es nun aber, selbst im Irrealis, wie es ist: enttäuschend anders. Selbstbeherrscht und kühl und züchtig, wie du dir einen dionysischen ‚Wilden' mitten aus solcher Tanzekstase heraus schlicht und schlechthin nicht vorstellen kannst, und das

Paradox verwirrt dich. Alle Gedankenmagie ist vergebens. Er wird es *nicht* tun. Ach. Und was dann?

Was du deinerseits tun könntest, Kusine, ist folgendes. Ziehe dich zurück in dich selbst und knote dich da zusammen. Wickle dich ins vegetative Nervensystem, rund um den Nabel der inneren Bedrängnis. Und nun tief Luft holen. Die wenigen Augenblicke seit dem irrealen Sprung auf die Terrasse kommen dir so unerträglich lang vor, weil du die Luft anhältst vor der halluzinatorisch wirkenden Kraft der Einbildung. Dazu der Alkohol im Blut, vermischt mit der Magie des Mondes sowohl als der Müdigkeit, die unter der angespannten Erwartung schwelt – dir fehlt Sauerstoff und ein winziges Mehr an Abstand. Wage also zu atmen; zieh tief Luft ein und die bedrängende Masse wird sofort zurückweichen. Eine Handbreit oder zwei wird allzu Nahes sich hinwegheben. Mit nach oben ausgestreckten Armen wird es sich an der Hauswand abstützen, so daß dazwischen genügend Raum bleibt für das Hin- und Herwenden des Kopfes. Durch eine leichte Krümmung des Rükkens entsteht auf diese Weise von gegenüber her mehr Zwischenraum. Derselbe füllt sich mit dem Getöse des Tanzes, das ins wieder sauerstoffgesättigte Bewußtsein dringt.

Wieder ins Bewußtsein dringt, nunmehr *crescendo* wie auf ein Finale hin: das hektisch dumpfe Herzschlagklöppeln der Xylophone; die flehend hohen Töne der Flöten und das nervöse Trillern der Pfeifen. Es scheint wie hysterisch auf das Röhren der Kuhhörner zu reagieren. Du hast nun etwas Bewegungsfreiheit; mehr willst du im Augenblick nicht und wunderst dich allenfalls über ein leichtes Schwindelgefühl. Das kommt von dem kaum behobenen Sauerstoffmangel, denkst du vermutlich, und in einem Augenblick Geistesabwesenheit irrt dein Blick schräg nach rechts hinüber, wo in beschränktem Blickfeld, in der Rundung einer Achselhöhle, die Mädchen tanzen, die jungen, und die Zwillingsböcklein hüpfen. Resigniert hebst du sodann die Augen auf zu dem Stück Nachthimmel, das eingeklemmt zwischen Schulter und Nacken sichtbar ist, seitlich von einem Gesicht, da sich abwendet. Ein Gesicht, das wie blind in seinem eigenen Schatten liegt, erstarrt in völliger Fremdheit – da seitlich vorbei und hinauf schweifst du ab von dir selbst und wirst Augenzeuge eines merkwürdiges Schauspiels:

Der weiße Mond hat die beiden schwarzen Mangos geschluckt, und sie sind schon fast durch ihn hindurchgewandert. Nun ist der Mangobaum dabei, mit schwarzem Blättermaul den kleinen weißen Mond zu schlukken: du siehst das Schauspiel am Himmel über dir, bist zwei Augenblicke lang völlig abgelenkt und auf nichts mehr gefaßt –

– da geschieht es auf Erden. Du zuckst zusammen wie beim ersten Takt des ersten Domm-ta-ta-Tangos, und der Herzschlag setzt aus. Es ist gekommen wie es kommen sollte, und durch die kühle Nacht strömt es kreisend heiß, zieht sich zusammen an *einem* Punkt und wird von da hinabgesaugt wie in einen Strudel – *der Speer,* der geschleudert wurde; der zweite, so lange starr und magisch und durch allerlei Abschweifungen immobilisiert: er hat das Opfertier am Fuß des Mangobaums gezielt getroffen und durchbohrt. Die Mädchen kreischen auf. Die Flöten gellen wie in Agonie. Ein Kuhhorn erschöpft sich in verröchelndem Muh-Muh – Blut, Sand, und blauschwarzer Schatten, der alles zudeckt.

Das wäre ein *Blackout.*

Wie nach dem letzten Tango.

Wie du über die Schwelle in das fensterlose Würfelhaus und auf das hohe Bambusbett hinaufgekommen bist, kannst du nicht wissen. Ob auf eigenen zwei Beinen und mit einem gewissen Zittern in den Knien oder mit Hilfe von Armen, die dich schon einmal festgehalten haben, als du am Umkippen warst. Schwaches Weib und kein Wunder. Da liegst du, lägst du, hättest du gelegen – wenn alles so gekommen wäre. Lägest da in deinem dünnen Polohemdchen und staubbraunen Schlotterhosen aus festem Gabardine – ja, so genau weiß ich das. Die aschviolette Wollstola hat man dir zusammengerollt unter den Kopf geschoben. Die schmalen Bambusbetten sind hart; es liegen meist nur ein paar Baumwolltücher über dem Gestänge; allenfalls noch ein Antilopen- oder Wildkatzenfell, und, wenn's hochkommt, eine alte Acryldecke, rot und blau, mit Rautenmuster. Über dir offenes Gebälk, und seitlich eine Art Hängeboden, ein völlig verrußtes Lattengerüst. Natürlich wäre das allenfalls erst am nächsten Morgen zu erkennen. Im trüben Geflacker der Buschlampe bleibt alles gespenstisch unbestimmt, während du da liegst und der Lärm des Tanzfestes langsam verebbt. Die Massenekstase, echt oder als Schau abgezogen, hat sich erschöpft. Nicht so das ‚ganzheitliche Vorkommnis', der dir zugedachte Schock. Er wirkt nach, verworren, und es ist kein Wunder. Verwunderlich wäre eher, daß doch noch und im letzten Augenblick –

Sie könnte da einfach liegen bleiben. Aber es lassen sich hier recht gut Delirien einfügen, die schnell aufs Ende zutreiben. Es ist Zeit für die nächste Dosis Nivaquin...

Wie friedlich du daliegst, Kusinchen. Befriedigt an Leib und Seele und trotz des Fiebers. Gar nichts von Unruhe. Hier, unter der leichten, damastbezogenen Steppdecke. Denn dort oben, im Abseits und auf dem Bambusbett, deckt dich gar nichts zu...

Lang und schmal und steif liegt sie, wie ein Brett oder wie aufgebahrt. Und weiß nicht, nach dem Vorkommnis, ob sie wacht oder träumt. Und könnte vollends irre werden an sich selbst, am Sinn der Veranstaltung, und vor allem an *diesem Mönchlein*. So ist es, wenn Wahn und Gedankenmagie, Wunsch und Widerstreben, das Eigentliche und das Unmögliche sich ineinander verknoten wie die Enden eines Lendentuchs und in einem unbedachten Augenblick sich abstoßen von der senkrechten Wand der rauhen Wirklichkeit. Wenn die Einbildungskraft ins Abseits gerät, ohne Kokain, ohne Sekt, ohne Tango; nur mit dem bißchen Bier im Blut und, wer kann es wissen, mit einem Mondstich von schräg oben...

– im letzten Augenblick. Die völlige Verstörung also nach einer, wie sie glauben muß, unbegreiflichen Entgleisung und angesichts der Unmöglichkeit, jemals zu erfahren, *was* es war.

Zu sehen war die symbolische Groteske im Mangobaum: wie das dichte schwarze Laub den kleinen weißen Mond umklammerte und verschlang. Wie der kleine weiße Mond kurz zuvor die noch kleineren schwarzen Mangos eingeschlürft und verschluckt hatte. Langsam muß es vor sich gegangen sein, schräg oben. Langsam sanken die Mangos in die Rundung, die sich ihnen entgegenwölbte; langsam drang der weiße Mond, aber geballt und unaufhaltsam, ins dichte Laub, das sich ihm entgegenöffnete wie eine Höhle. Allzu schnell hingegen ging es drunten mit dem Totspeeren des armen Federviehs, Huhn oder Hahn oder was immer für ein weißes Opfertier es gewesen sein mag; und so naiv kann die Kusine schließlich nicht sein, daß sie nicht ahnte, daß es etwas bedeuten soll. Ein symbolischer Akt – wozu, warum, und welche zwei Hälften wurden da zusammengeworfen? Wenn da vorweg irgendetwas geflüstert worden wäre – ‚Don't fear. It's part of the ritual. Just some symbolic performance' – wie hätte, selbst mit dem Munde dicht am Ohr, im offenen Gelock unberührbaren Haares, wie hätte es hörbar sein sollen im forttobenden Lärm der tanzenden Horde? Wofern überhaupt einer je so viel zu reden sich bemüßigt hätte fühlen sollen... Aber vielleicht gibt es solche Rituale in diesen Gegenden, die Unmögliches ermöglichen in kultischer Öffentlichkeit und bei Vollmond. Rituale, an sich Harmloses, das Anstoß nur einer Fremden bereiten muß, die nicht vorgewarnt wurde. Und die – wer weiß und vielleicht – auf nichts anderes gewartet hat. Nur in dem genauen Augenblicke nicht. Da herum müßte es spiralig kreisen wie eiskalter Sternennebel, vermischt mit einem Fieber- und Blutstrudel, heiß, hellrot und purpurschwarz wie ein Schlangenbiß.

Wenn es also eine Entgleisung war für das labile Selbstgefühl der Kusine, dann würde begreiflich, daß sie fassungslos sein und delirieren muß. Sie liegt aber reglos. Sie deliriert rein innerlich. Du Arme. Weib, weiblicher, am weiblichsten da, wo der Kopf, die Gewohnheit, das Ethos auf einmal nicht mehr mitmachen. Man könnte Mitleid mit ihr haben. So schwer, wie es ihr gemacht wird. *Es ihr* – als rein passivem Gegenüber, aufrecht, aber mit dem Rücken zur Wand; aufrecht bemüht, mit Anstand über die Runden zu kommen, konfrontiert mit *etwas wie einem Mönchlein*, das zum Satyr so wenig taugt wie sie selbst zum Tangovamp. Die Lenden gegürtet mit einer Tugend, beide, die für ein altmodisch anständiges Leben taugt, aber nicht für moderne Selbstverwirklichung unterhalb der Gürtellinie. – Freilich, wenn ihr gestattet würde, eine Art von erinnerndem *daimonion* zu sein, was würde sie *mir* vorhalten? *Wer* ist wem nachgestiegen bis ins Abseits unter diesem und jenem ehrenwerten Vorwand? *Wer* hat hier Fallen gestellt? Wer ist Jäger und wer in die Falle gegangen? Ist denn nie und nimmer und gar nichts gesagt oder getan worden, das geeignet war, Ahnungen aufkommen zu lassen? Du, durch Intellektualität und Selbstbewußtsein dich abgesichert wähnend; *lunatic, lover, and poetess,* spielend mit Wahnwirklichkeiten, mit unmöglichen Möglichkeiten, bis es sich aufdrängen muß –

– und dann so zu tun, als wäre nichts gewesen, ‚four years passed like four days' – ?!

In einem einzigen Augenblick könnte es sich zusammenballen, langjährig Verfilztes, Rückgestautes, Ineinandergeknotetes, und dann genügt das unbedacht und absichtslos Wenige, eine winzige Bewegung, die das Gleichgewicht stört, und es stößt sich ab mit flachen Händen von einer untadelig Geraden, schwankt vor, schnellt zurück und wirft die Arme in den Nachthimmel empor, als wollte es den kleinen weißen Mond aus der Umklammerung befreien; sinkt wie unter nacktem Zwang in eine Dornenhecke und entgleist in deine Fassungslosigkeit, Kusine, und wie zur Sühne wird ein unschuldiges Tier getötet, und das rote Blut versickert im Sand...

*

Der Rest des *Deliriums* soll in Zeitlupe vorüberziehen. Kein sechster Akt. Ein Nachbeben. Ein Nachspiel. Ein Phantasie- und Schattenspiel.

Das Tanzfest ist zu Ende. Es hat sich zertröpfelt im ersterbenden Klöppeln der Xylophone, und es ist Mitternacht. Was gegenläufig in ansteigend metallisch hoher Tonlage hörbar wird, ist das Gefiedel der Grillen, einlinig schrill, wie auf straff gespannter, dünner Stahlsaite – die hirnzersägende Monotonie einer tropischen Vollmondnacht. Vielleicht würde die Kusine, auf dem harten Bambusbette liegend, es gar nicht hören vor innerer Überspanntheit. Und doch sind es die Grillen, die den Schock ins Uferlose zerdehnen –

– und so kommt es, daß in dem düsterrot blakenden Buschlampenlicht, das die Wände beleckt und ins offene Gebälk hinaufkriecht – daß in der rauchigen Ungenauigkeit der Schlafhöhle dichte braunschwarzviolette Schatten sich bilden und ballen und lange, dünne Arme sich ausstrecken, Tentakeln wie von einem Tintenfisch. Und es beginnt, blasig auf und ab zu atmen – wie zu Anfang die Qualle am Kraterrande. Vielleicht steht irgendwelches Gestänge herum, Stampfhölzer und ähnliches. Vielleicht hängen von dem Zwischenboden irgendwelche Seile, Kleidungsstücke oder dergleichen herab. Vielleicht steht ein prall gefüllter Reissack irgendwo im Wege – irgendetwas, das solche Schatten macht. Es müßte sich im nachhinein irgendwie erklären lassen –

– daß in der großen, angespannten Stille, die in eins fließt mit dem Delirieren der Grillen, daß es da von unten her formlos über das Fußende des Bettes heraufsteigt und emporquillt ins Gebälk; da oben schwankend sich verdichtet, simultan mit der Höhlung sich buckelt und wölbt und in atemanhaltender Langsamkeit, abgestützt zu beiden Seiten in Höhe der Schultern, anzögernd gegen die eigene Schattenschwere und gegen den Sog, mit dem du – du, Kusine mein, es herabziehst in kompakter Unfaßlichkeit, das Phantasma *doucement*, kühl und gelassen – *Just some symbolic performance* – auf dich niedersinkt.

Noch eine Verwechslung – ?

Du mußt ruhig liegenbleiben und es einfach nicht glauben. Zu delirieren gibt es nichts mehr. Getrommel irgendwelcher Art ist auch überflüssig. Die verschiedenen Schichten des Wahns lassen sich nicht von einander abheben. Sie bleiben miteinander verklebt und verkleistert und gegürtet mit Tugend und Rechtlichkeit bis dahin, geknotet, ein Tuch. Denk, wenn es dir zu tief ins abweisende Selbstgefühl dringt, denk an einen späten Savannenregen. Ach so, du hast so etwas nie erlebt. Schade. Dann denke statt dessen daran, wie überflüssig die noch spätere Scheinfülle deines Narzissenhaars dir erschienen ist in den vergangenen Jahren – unbeachtet, unbewundert, unberührt ins Farblose hinübergeglitten. Hier, neben dir auf der harten Pritsche, liegt es hingebreitet, ein leichtes Gelock, und da –

– und stell dir vor, wie es sich anfühlen müßte: wie kühles Wellenrieseln über ganz flaches, hellsandiges Flußufer; wie frisch belaubte Krüppelbäume, behängt mit roten Rispen, duftend nach Cassia; silbrig verspielt wie Eukalyptuslaub im warmen Harmattan am Nachmittag –

– in der endlich erkannten und ins Dasein wahrgenommenen Verführung liegt er begraben mit abgewandtem Gesicht: der Wahn und sein Schatten, reglos, beide, wenn das sein kann, für eine halbe Ewigkeit.

Du und eines Schattens Traum…

Schließlich, um zum Schluß zum Anfang und zu mir selbst zurückzukommen: Denk fernerhin an kühlen Sand, vom Mond betaut und gänzlich entfärbt ins Übersinnliche zwischen dem Blauschwarz der Mangobaumschatten und Milch der Kokosnüsse, ausgegossen als Gemisch von wäßrig verdünntem Licht und nichts – nichts als Seele, zerfließend in entselbsteter Sehnsucht, hingebreitet unter dem hellen Nachthimmel, der über den Bergen steht, und wie es ist – wie innen im Traume, unwirklich und wie eine Wunde, die nicht mehr blutet. Es verheilt zu einer schmalen Narbe, fingernagelbreit wie das erste Achtel des Mondes oder das letzte…

Epilog

Die beiden Kusinen hinter den schilfgrün verhangenen Fenstern eines Luxusappartements auf dreizehnter Etage – sind sie noch vorhanden? Sie sollen nicht vergessen werden. Es muß die eine jetzt die andere wecken, damit ein Epilog zustande kommt. Wenn die andere über alles hinwegschlafen dürfte, würde dem Rahmen die untere Leiste fehlen.

He, Annette! Aufwachen! (Sie blinzelt schon.)

Ich blinzle schon. Gleich bin ich, wider alle Wahrscheinlichkeit, hellwach. Hab ich geschlafen? Geträumt?

Was gäbe es denn noch zu träumen für dich nach der Erfüllung aller Tanzträume? In drei, vier Tagen wirst du zurückfliegen ins naßkalte Europa zu deinem Hubertus trotz neuem Forschungsprojekt.

Noch bin ich hier und fühle mich fast schon fieberfrei, wie nach einem Heilschlaf. Was fehlt noch? Was steht mir allhier noch bevor?

Die nächste Dosis Nivaquin steht dir bevor. Sonst weiter – nun, nein, eigentlich nichts.

Hattest du mir nicht noch etwas versprochen, etwas Urtümliches? Wie war das mit dem kühlen Sand vom Mond betaut, und mit – mit Halbnacktem, staubbedeckt, Speere schwingend, in irgendeinem Abseits – wie spät ist es denn?

Mitternacht heißt diese Stunde, du biedere Halbjungfrau, und das, was ich dir zugedacht hatte – hast du leider verschlafen.

Ach. Schade. – Aber du, du siehst übernächtigt aus, Kusine Eulalia. Hast du die ganze Zeit an meinem Bett gesessen und gedichtet?

Ich habe vor mich hin formuliert.

Einmaliges und Endgültiges? Heilsames, das vorhält bis ans Ende der Tage?

Vielleicht. Etwas entfernt ähnliches wie gestern nacht, nur andersherum.

Laß mich nachdenken. Was war es? *Cassia Bower, Mango Grove', ,Shall we dance?'* – dann war ich weg. Was ist mir entgangen?

Es hat sich erledigt.

Einfach so? Ohne mich?

Ohne *dich* wäre ich in Verlegenheit gewesen. Du hast, weil die Sache es wollte, eine Hauptrolle spielen müssen. Es gab auch geringfügige Verwechselungen. Wie unten im Foyer, wenn du dich erinnerst. – Hier, das Nivaquin.

Das Fieber – es ist fast weg. – Danke. Und jetzt?

Ja, was jetzt? Ich bin mir unschlüssig im Blick auf den Schluß der Geschichte. Ursprünglich hätte es dir jetzt ergehen sollen wie Maurice.

Du wolltest mich behandeln wie ein Nichts-als? Als Vorwand für einen Roman, der keiner ist. Nun, nachdem es zu spät ist, kommen dir Bedenken. Du erwägst und wiegst und findest nicht nur mich, sondern uns beide zu leicht.

Leicht wie ein Libellenflügel scheint mir das Konzept im nachhinein. ,Noch einmal vorm Vergängnis blühn' – mit vierundvierzig nichts als tanzen und vom Tanzen träumen. Allenfalls noch ein exotisches Dorftanzfest bei Vollmond, ‚halbnacktes Fleisch in Ekstase' als Phantasie. Ansonsten episodisch eine Harmlosigkeit an die andere knüpfend; ein paar schillernde Uneindeutigkeiten, ein Flügelschwirren zwischen Binsen. Alles andere als die unerträgliche Leichtigkeit des Seins, und eben deswegen – zu leicht. Du hast recht.

Keine Politik. Keine Promiskuität. Promille nur sehr wenige. Vier Glas Sekt. *Belle vie* pur. Ein Glas Bier. Einen leichtfüßigen Ausflug in literarische Gefilde hast du uns verschrieben, so mir wie dir. Was also kann dich bekümmern?

Der Klumpfuß. Etwas, das hinkt und nachschleift. Ich meine nicht die Hemmungen und Verklemmungen. Die sind bedacht und in Betracht gezogen zur Genüge. Das wirst du mir zugestehen, Madame Biedermeierin mit Schutenhut und einem *goût de l'absolu*. Da gleichen sich die Spiegelbilder. Aber warum bleibt ausgeblendet alles, was in deinem wie in meinem Leben nachschleift an zeitgeschichtsbedingtem Schicksal, an Fehlentscheidungen, an Schuld und Traurigkeiten? Und warum fällt es mir jetzt erst ein, wo es zu spät ist?

Du bist übermüdet, meine Beste. Sonst könntest du nicht derart aus dem Rahmen deiner Geschichte fallen.

Mögest du recht haben. Ich bin – fast am Ende. Und ein Klumpfuß von solch existentiellem Ausmaß war tatsächlich nicht vorgesehen. Eine Kurzgeschichte für dich und etwas von nahezu Romanlänge für mich war geplant. Daß es kein richtiger Roman geworden ist – ist nicht deine Schuld.

Und wessen Schuld wäre es? Und das Mönchlein?

Das Mönchlein stellen wir zurück ins Foyer neben rosenroten Kübeloleander, und 'Schuld' setzen wir in Anführungszeichen, um zu bedeuten: es ist, es war nichts als – eine Übergangserscheinung aus Zufälligkeiten oder, wenn das Wort nicht zu schwer ist, Schicksal, aus Ungenügen und überschüssiger Phantasie im Hinblick auf ‚noch einmal vorm Vergängnis blühn' und gleichzeitig mit Anstand über die Runden kommen. Viel Introversion war im Spiele und eine dreizehnte Etage. Vorbei. Was soll's, nachträglich und zu später Stunde noch Analysen zu verfassen. Du hast deine Tangoekstase gehabt, einmalig und endgültig; etwas, in das du dich einwickeln kannst bis ans Lebensende; und ich – mir ist es gelungen, mich trotz Verunsicherungen und gelegentlicher Unwahrscheinlichkeiten – wiederzuerkennen. Du warst ein hinlänglich fügsames Mittel zum Zweck.

Das ist eine – und ich vermute: mit letzter Anstrengung – gelungene Abschlußverlautbarung. Und damit darf ich umgehend und wie ich hier liege – verschwinden?

Augenblick. Es fehlt noch eine Schlußarabeske.

Richtig. Der viereckige Rahmen soll sich runden. Wir könnten uns vielleicht noch einmal in dem großen Spiegelsaale drüben treffen und uns über die nicht vorhandenen Schatten mokieren oder über die romantische Einfalt unserer doppelgängerischen Ähnlichkeit als Kusinen ersten Grades.

Alles gute Einfälle, aber zu umständlich. Ich falle um vor Müdigkeit. Es muß hier und jetzt und vor der übernächsten Seite ein Schlußpunkt gesetzt werden.

Dafür gibt es doch auch einen Kunstgriff. Setz dich, sobald du mich los bist, an die Schreibmaschine (denn einem Sekretär wie *diesem Mönchlein* und seinen mangelhaften Deutschkenntnissen wirst du *das* nicht diktieren wollen) und fange mit dem Titel an, der dir natürlich erst ganz zuletzt einfällt:

< Noch einmal vorm Vergängnis >

Spare dir das ‚Blühn'. Setze den Benn-Vers als Motto dazu. Sag im Untertitel schlicht, wovon es handelt: ‚Von Kusinen und Tanzträumen unter dem Harmattan'.

Gut. Einverstanden. Dank der Literatursachverständigen. Dank der Kusine, die mir zu mir selbst verhalf. Danke, Kusinchen. Im dritten Kapitel darfst du tanzen; mich selber verstecke ich hinter einer Bougainvillea – und hinter dir. Und das Doppelabenteuer einer inspirativen Krise der Lebensmitte ist abgerundet und ohne weiteres

zu Ende.

DIE EUKALYPTUSSCHAUKEL

Afrika, ein Tagtraum

EPISODEN UND ZWISCHENSPIELE

Vorspiel mit Kollegin

Schwarzschattend stand er inmitten des großen Gartens: stämmig, hoch- und breitgewölbt; ein Leib aus Laub, an sich haltend mit weitverzweigten Armen; ein Baum wie ein Buma im Regenwald Afrikas; rundum das Gegenteil eines schütteren Eukalyptus mit Seelenvogel im schwanken Geäst und ähnlichen Wunderlichkeiten. Ein Kastanienbaum.

Er stand am Rande des Sommers, der sich leuchtend zurückzog in ein Spalier von helvetischen Georginen. In seinem Schatten hing die Schaukel, wo sie gehangen hatte ein Jahrzehnt zuvor, als unter dem Blätterdache bei Nacht die Windlichter Abschied flackerten in stummer Runde. Eine Kinderschaukel für kindisches Davonlaufen aus dem großen Haufen, damals, um unter dem schwarzen Gewölbe schaukelnd das Gleichgewicht wiederzufinden. Vielleicht gab sie den Anstoß zu dem Vergleich: wie unähnlich das Ähnliche war. Wie ein Bumabaum neben Georginen aus abgelebten Zeiten.

Das Schaukeln freilich, die Schwebezustände... Wie ein Wollgrasflöckchen im Wind dem anderen gleich, hintreibend über einsame Heide. Die Entrückungen eines Daseins, das sich nicht mehr zurechtfindet im Gewöhnlichen und ausweicht an die Ränder des Mitteilbaren in selbstironischer Zurücknahme –

‚Eingewöhnt?' Und sie lacht.

Das Lachen deutet Nachsicht an ob der Einfalt einer Frage, die das Echo unbeantwortet zurückwirft. Dann, nach kurzem Zögern, mit gespielter Vertraulichkeit, in geheimnisvollem Flüsterton:

‚Wenn Sie es nicht ausplaudern, meine Beste, will ich es Ihnen verraten: weit fort von hier, in einem Eukalyptusbaum, sitzt dunkelblaugefiedert meine arme, europaentwöhnte Seele. Sitzt und zwitschert vor sich hin.'

Lacht lautlos und geht hinweg, mitten durch die Beliebigkeit der vielen und der übrigen, die da herumstehen.

*

Die Echo-Episode im Schatten der Kastanien von Bethabara, wie weit liegt sie zurück? Sieben Jahre. Die Zudringlichkeit der lieben Kollegin. Verstellung und Abwehr. Störe meine Kreise nicht. Das Ausweichen ins Wohlverborgene entlegener Traumlandschaften... Dann zogen ins fremd gewordene Heimatland die Jahre der Wiedereingewöhnung ins Gewöhnliche. Und eines Tages zwitscherte es nicht mehr im Eukalyptuslaub. Es piepste nur noch kläglich. Es hüpfte irritiert umher im dürren Laub fallender Tage, scharrte lustlos, fand kaum noch ein Körnlein vom reichen Vorrat der wunderbaren Jahre, und die blaugefiederte Metapher war am Verenden.

Wie aus dem Verenden am Ende doch noch etwas wurde, grenzt ans Wunderbare. *Die Eukalyptusschaukel,* ein spätes Stück, zusammengestückt und ausgeschmückt im nachhinein. Ein Sammelsurium aus Nachempfundenem. Episodisches. Residuen des Absoluten, eingesammelt im lockeren Korbgeflecht der Verwortung, dies und das und was noch herumlag am Rande nachlassender Vorstellungskraft: wie es war und wirkte – wie stark vergorener Palmwein am frühen Morgen und statt schwarzem Tee. Wie es dastand vor schwankendem Ichgefühl, lange Jahre in leuchtender Gegenwart, farbig und theophan. Die Seelenszenarien, die Luftspiegelungen rund um den Horizont; das Flirren der Mittagshitze in den Niederungen am Fluß, die Sternengirlanden über den Bergen, Abend- und Morgenröte ununterscheidbar. Und wie alles ins Schaukeln geriet und hinausschaukelte ins Glückhaft-Unmögliche, grüngold, umringelt von Aschviolett. So war es – wie es so ist in den Jahren des Übergangs und wechselnder Schauer...

Das also war dahin, Schauer, Schaukeln und Erscheinungen. Vergangen war es nach und nach, *wie alles gleitet und vorüberrinnt..* Es ist gewesen und so ist es eben – der Glanz erlischt, das Glückempfinden ertaubt; das Haben- und Behaltenwollen erschlafft und loszulassen lockert sich der Griff, achselzuckend, was soll's? Afrika ist woanders. Du mußt dich den Problemen hierzulande stellen, meine Liebe. Der geschätzten Kollegin Schatten und die vergehende Zeit waren dabei, dem verendenden Seelenvögelein und seinem nostalgischen Gezwitscher den Garaus zu machen.

Da, unter derlei widrigen Bedingungen; ganz wider Erwarten und während schon die Hand sich öffnete – geschah es. Es sträubte sich. Es bäumt sich und ballt sich zusammen; ein Entschluß schließt die Hand: halte es fest. Und wären es dürftige Reste. Und wär's eine Handvoll Gekrümel und fast schon Staub – es soll nicht sein als sei es nicht gewesen.

Das beschwingte Imaginieren des Niemaligen; Tage und Jahre ausfüllend; etwas, das die Krise des Übergangs heil überstehen half – hat es die Wiedereingewöhnung ins Gewöhnliche nicht erträglich gemacht und alltäglicher Geschäftigkeit den Sinn eines äußeren Gerüstes gegeben: notwendig, aber uneigentlich? Soll das Haus- und Heilmittel der Tagträume, nur weil es so banal ist, zum Restmüll des Lebens? Es soll nicht.

Nach Jahr und Tag und nachdem alles erloschen scheint, läßt ein Pusten in den Aschenhaufen einen Rest verborgener Glut noch einmal und ganz unerwartet aufflammen. Anschaukeln läßt Vergangenes sich wie die alte verrostete Schaukel in den Kastanien von Bethabara. Ein paar knarrende und schlingernde Versuche, dann schaukelt es sich fast und trotz Kollegin wie von selbst auf zu hohen, berauschenden Schaukelbögen...

Nach sieben Jahre ergibt es sich noch einmal: Spurensuche bis ins Abseits, einem Schatten nachlaufend im Mittagslicht. Der Versuch, Flüchtiges einzuholen; festzustellen, was sich davonstehlen will, als gehörte es sich nicht mehr – verweilen soll es und sich zeigen als das, was es war zu seiner Zeit: das Banale als Möglichkeit, heil und im Gleichgewicht zu bleiben zwischen dem Unmöglichen und dem Glück. So fügt es sich: statt Abgeklärtheit überm bittern Bodensatz der Jahre ein letztes Aufschäumen der Einbildungskraft. Statt Lähmungen ein Lianenseil; Schwingungen hin und zurück, ein großer Schaukelbogen zwischen Wahrheit hier und Dichtung dort, festgekrallt in einem Eukalyptusbaume, von welchem spielend Sinn und Bild sich pflücken lassen: das Wohlverborgene. Denn wie unscheinbar ist die Blütenknospe im rauschenden Sichellaub – ein graues Becherlein mit Zipfelhütchen ('Ach, wie gut, daß niemand weiß...'). Innen aber und wenn es aufspringt, quillt hervor seidigweiß wie Puderquasten die Fülle der Staubfäden. Und duftet – altjüngferlich, streng und abweisend. Und blüht im Wohlverborgenen so vor sich hin, eisenveilchengrau, empfindsam innerlich, und wahrt den Schein des Unscheinbaren.

*

Bleibt die Frage: wohin mit den Dazwischenkünften der Kollegin? Eine derer, die im Lande blieben und sich Gedanken machten. Eine, die unerwartet dazwischenkam im Kastanienschatten von Bethabara. Kam, da war und störte auf mancherlei Weise – irritierend durch neugierige Fragen; halblaut beleidigend durch allerlei Verdächtigungen. Und bisweilen auf ausgesprochen unkorrekte Weise peinlich. Wohin mit alle dem, was sie an Orakeln, Afrika betreffend, von sich gab an Ungeschminktem und Ungelachtem – in den Papierkorb?

Auf die überquellende Innerlichkeit von damals, wenige Wochen nach der endgültigen Rückkehr und so langen Jahren Afrika, fielen Außenweltschatten, die der einstmals und ansonsten wertgeschätzten Kollegin Gegenwart und Einmischung warf – europäische Spätzeitschatten. Schatten von allerlei Zukunftsängsten und bösen Verdächten, dazwischengezischt von einer angegrauten, goldrandbebrillten Sibylle. Was davon soll abgeblendet werden? Sollte es am einfachsten und gänzlich entfernt werden im nachhinein?

Es soll nicht und es kann nicht. Es stellte von Anfang an in Frage, was wohlverhüllt und verinnerlicht für sich bleiben wollte. Es muß, so störend es wirken mag, mit einbezogen werden. Es nagte nicht nur die vergehende Zeit an der Substanz der wunderbaren Jahre. Die Entwöhnung von Afrika begann mit dem Gift, das die Kollegin teils feinverteilt, teils grob und ungehobelt mit dazwischenmischte.

Erste Episode

Ankunft und Abendstern

Die Traumlandschaft der wunderbaren Jahre: afrikanische Hochlandsavanne, staubrosenrot unter dem Harmattan. Der Rahmen: eine alte Stadt im alten Europa.

Der Name der Rahmenstadt sei Bethabara. In einem großen alten Hause, im gartengrünen Herzen der Stadt, hatte es einstmals stattgefunden, das Übergangsritual der Ausreise nach Afrika. Zehn Jahre waren vergangen seit dem Blühen der Georginen und dem Abschiedsschaukeln auf der Kinderschaukel unter der nächtlichen Kuppel der schwarzschattenden Kastanie. Zehn Jahre Afrika waren noch überbordend nah, als die Kollegin kam und ‚Eingewöhnt?' fragte.

Bethabara, Stadt des Übergangs. Kulturbeladen, mit großer Vergangenheit, eine Stadt der Patrizier, der Großkrämer und der Gelehrten; der neueren Chemiekonzerne und einer älteren Gesellschaft zur Verbreitung einer schon sehr alten, tief ins Weltliche verwobenen Weltreligion, exportbereit vorbei an wiederentdecktem Mutterrecht und einer skeptischen Betrachtung von Welt und Geschichte, im Vergehen begriffen. Dennoch und noch immer ergeht, neuerer Skepsis zum Trotz, die alte Weisung: ‚Gehet hin in alle Welt ...' Daher manche noch immer gehen, jung und voller Ideale; jung und voller Ideen zur Verbesserung der Welt, wo sie am bedürftigsten erscheint.

Die da gingen und noch immer gehen, hinaus in alle Welt: von Zeit zu Zeit und ehe sie endgültig und nicht selten wie Entwurzelte zurückkehren, kommen sie besuchsweise, um sich ihrer Taten zu vergewissern und alte Neuigkeiten zu verbreiten – allesamt brave, opferbereite, zumeist unbedeutende Leute. Die Namen der bedeutenden Lokalgeister alliterieren mit dem Namen der Stadt. Das ist Nebensache. Viel interessanter ist der Zufall, der da macht, daß ein Nasal alles und wie spielerisch verändert, wenigstens im Wortanfang. Dann ist es auf einmal – es ist das Innere und Eigentliche, das sich offenbart. Zum Vorschein kommt das Bild, das des Rahmens dieser Stadt nur bedarf, um aus ihm herauszufallen. Es ist der Ort im Anderswo, nahe bei Utopia.

Es ist das Dorf, das kleine. Es liegt, idealtypisch, in einer abgelegenen Gegend der gebirgigen Savanne: das 'gottverlassene Kaff' einer Redensart, die Gott mit westlicher Zivilisation verwechselt, deren Vordringen erfolgreich erschwert wird durch die sieben Berge, die da im Wege liegen. Der Name des Dorfes, eine schwerfällige Konsonantenverbindung, ist semibantu: der Äquator ist nahe. Bis zum Meer wäre es, im Landrover, eine Tagesreise hinab ins ewige Feuchtgrün der Tiefebene.

Da unten gibt es eine Hafenstadt, in welcher Flugzeuge landen. Die wiederum ermöglichen es, daß in der Rahmenstadt von Zeit zu Zeit und im Zuge vorgeblicher Abnabelung eine Art Weltnabel sich bildet. Es zieht sich da zusammen. Es reist herbei vielfarbig und mehrsprachig; eine bunte Menge erfüllt das große Haus der Aussendung und des Einsammelns, und ein schöner Garten mit Oktobersonne ist auch vorhanden. Uralte Kastanienbäume gilben gelassen vor sich hin; mit letzten Rosen prunken die Rabatten, und Dahlien leuchten buntstrahlig durch die Jahre, die seitdem vergangen sind. Sie aber, die da lachte, sie sagt: Georginen.

Das alles ist vorhanden und wohlgepflegt zur Freude und Andacht der Gäste. Es blüht, wächst und gedeiht zahm und ordentlich, während wild und wahllos anderswo namenloses Gestrüpp am Wegesrande wuchert und höher als die Georginen das Elefantengras steht. Über die kahlen Hochlandhügel hin fristen Krüppelakazien ein schattenloses Dasein; auf den Kuppen der Berge im Waldreservat quellen Mangobäume breitkronig aus dem dichten Schwarz ihrer Schatten und Palmengewedel fächert den Himmel auf. Hier drängen sich die Hütten der Dörfer zusammen, der fast unzugänglichen. Auf schmalen Pfaden steigt es sich mühsam hinan. Eine Fremde aber gelangt in das Abseits nur, wenn viel Ungewöhnliches voraufgegangen ist im Laufe vieler Jahre.

Hier, im Entlegenen und Verborgenen, steht der Eukalyptusbaum, der eine unter vielen, der die Last des Hin- und Herschaukelns tragen muß. Abgerückt von den übrigen Bäumen steht er, seitwärts und nahe an einem Abhang, wo es steil hinabgeht zu den Wasserquellen. An eben dem Abhange, an dem auch das Häuschen steht, das selbsterbaute aus gelbem Lehm; das, was keine Hütte mehr sein will, weil es nicht mehr strohgedeckt ist. Auf dem Wellblechdach zittern bei Sonnenlicht und sanfter Brise die Schattenspiele, dünn und schütter, des schmalgeschweiften Sichellaubs. Was zu anderer und besonderer Zeit einstmals danebenfiel, verwirrte den Sand vor der flachen Schwelle –

‚You enter my house.'

*

Da war die Nacht schon angebrochen, und das Himmelsgewölbe – anderwärts vielleicht eine Gänseblümchenwiese; hier jedoch ein hoch- und weitgespanntes Moskitonetz, engmaschig, daran die Sternelein zuhauf wie Mückenschwärme klebten und mit den zarten Flüglein zuckten – wie sterbensselig verzückt. Es war auch kühl. Und westwärts stand und ganz allein ein großer Stern und wie aus Schaumgold. Und zwinkerte. Und war so plötzlich da und nahe, daß beim Übertreten der Schwelle, so flach sie war, Verwirrung sich ergab und der Fuß anstieß am Ziel der langen Reise allein und ins traumhaft Vorweggenommene hinein. Eine kurze Verwirrung beim unerwarteten Anblick des Abendsterns; ein Straucheln, das sich eben noch abfangen läßt, unbeachtet – hoffentlich – im Halbdunkel und im Halbkreis der Umstehenden. Schreckhaftes Glück, zum Greifen nahe, und kein Arm, der sich hilfreich ausgestreckt hätte, der Übermüdung einen Halt zu geben.

Sicher und gewiß: es wird die Übermüdung gewesen sein. Die Erschöpfung nach des Tages Hitze und der Mühsal auf steilen Pfaden bergauf, bergab und wieder hinauf zu Fuß durchs Ungewohnte. Schmale Pfade, begleitet und geleitet – *Hespere, kyaneas hieron phile nuktos agalma!*

In dem winzigen Raum rechter Hand ein breites Bett. Der ganze Raum ist Bett und wie eine Höhle, bereitet für guten und warmen Schlaf. Die Tür läßt sich verriegeln – wozu? Nebenan, auf schmaler Bambuspritsche, schläft der Hüter dieses Schlafs. Nirgends auf der weiten Welt könnte Schlaf so wohlbehütet sein – so heilig der Schlaf eines Gastes. Indes draußen der nächtliche Halbkreis aus abwartend stummer Neugier sich wieder verläuft. Ein jeder wird es in seine Hütte mitnehmen, das Rätselraten und das Mitbedenken der Vorteile im weiteren Umkreis eines solchen Besuchs, selten und seltsam genug. Aber – es muß doch wohl mit rechten Dingen zugehen.

‚Aber' – warum? Wer das wüßte. Vielleicht ein Zufallsfang, in unachtsam gestellte Netze gegangen? Wenn die Väter noch Jäger und Fallensteller waren, hier oben in den Bergen, wo es Antilopen und Wildkatzen gibt, warum soll der Söhne einer, der da, auf der Suche nach neuzeitlichem Fortkommen, hinabstieg in die Tiefebene, warum soll er nicht eines Tages von dort unten einen – Gast mitbringen?

Einen Gast. Er kam, herauf und dem Sohn des Dorfes nachgestiegen. Etwas Undeutliches. Was hätte sich erkennen lassen im ungewissen Sternenlicht? Eine hagere Gestalt, gekleidet wie ein Mann, dunkel verhüllt von Kopf bis Fuß und sähe man ab von einem hellen Baumwollhütchen (diese Weißen sind empfindlich gegen Staub und Sonne). Kurz, ein kaum bestimmbares Wesen kam da an und wie – nein, wirklich: aus einer anderen Welt kam es heraufgestiegen. Es kam; es war angekündigt seit geraumer Zeit und wurde empfangen zu dieser nächtlichen Stunde mit ehrerbietig abwartendem Schweigen. Und schläft in diesem Haus wie selbstverständlich. Gastgeber freilich ist das ganze Dorf, das sich Gedanken macht und mancherlei materielle Vorteile mitbedenkt: ein Bedingungsrahmen, der das, was er rahmt, kaum berührt.

Auf dem breiten Bett unter offenem Gebälk liegt der Gast, eingehüllt in eine dünne blau-und-rot gescheckte Decke und in ein wohliges Gefühl des Angekommenseins, das aufseufzend dem Schlafe entgegensinkt...

Die erste Nacht: was könnte endgültiger sein als die Erfüllung des allerersten Traums der wunderbaren Jahre – Da hin, da hin möcht ich... Mühseliger Aufstieg ins Abseits, hart am Rande der verfügbaren Kräfte, stolpernd in die Überwältigung durch das Wirr- und Wunderbare der Ankunft und einer Erschöpfung, die sich anfühlen müßte wie ein Dahinrieseln am Rande der ewigen Seligkeit. So auf einem breiten Bett zu liegen und sich hinwegspülen zu lassen von Glück und Müdigkeit...

Eine sternfunkelnde Ewigkeit lang.

Während nebenan, jenseits der Tür und des Behütetseins; jenseits der Schwelle und der Anstoßmöglichkeiten, sich der Eukalyptusbaum erhebt. Nach der unwegsamen Seite hin, nahe am Abgrund, erhebt er sich. Unter dem rundgespannten Nachthimmel steht er reglos. Aufgerichtet schwarz und schmal steht er unter dem sanften Zucken der metaphorisch fixierten Fiebermückenschwärme; und der große Stern im Westen, der das Straucheln sah und die Verwirrung stiftete – nicht Hesperus, nein sie, die Unsterbliche, schaumgoldgeboren, listenflechtend, hat sich eingenistet im schwarzen Gitterlaub und thront im Wipfel, achtstrahlig, elfsilbig, sapphisch, kyprisch, kryptisch – wie anders ließe sich benennen, was als Hierophanie über den Bergen steht?

In der Höhlung aus Schlaf und Traum erwacht es in ebenderselben Nacht, dehnt dunkelblaues Gefieder, silbergrau betaut, und weiß sich zart bekrallt und fühlt sich leicht benommen. Ist das ein Säuseln? Hört jemand zu? Ist es ein Seufzen? Wie etwas, das sich selbst entgleitet hört es sich an. Es flattert gegen die unverriegelte Tür, erschrickt, weicht zurück und entkommt durchs offene Dachgebälk, zwischen Wellblech und Lehmgemäuer. Es taumelt gegen den Sternenhimmel, sinkt zurück und fällt ins schwarze Laub des Eukalyptusbaums. Hier krallt es sich fest. Wippt auf und ab; blinzelt um sich, grüngrauglitzernd, ungläubig-glückverwirrt, und bändelt an mit der Schaumgoldgeborenen, schräg oben im Wipfel. Mit ihr, die es eingefädelt und durcheinandergenestelt hat, den sanften Irrsinn und das ehrbare Abenteuer, und die da listig lächelt mit ewigem Sternenantlitz...

Im Eukalyptusbaume sitzt es blaugefiedert, zirpt und flirtet vor sich hin und bildet sich wundersame Dinge ein, aschviolettrosé und smaragdgrün, und gerät ins Schaukeln, und schaukelt und schaukelt wie berauscht und ohne aus dem Gleichgewicht zu kippen –

– und dann kommt eine Oberstudienrätin daher mit der einfältigen Frage, wie man sich eingewöhnt habe im banalen Alltag und nach zehn Jahren – lachhaft.

Dazwischenkunft
Von Krankenschwestern und Katastrophen

Ach, wie lachhaft war's, im nachhinein und bei Tageslicht betrachtet. Mußte es nicht lautlos bleiben, das Lachen, damals, da die Kollegin ihre banal pertinente Frage stellte und eine widerstrebend Heimgekehrte hinwegging mitten durch die vielen und die übrigen, die da versammelt sind, um zu tagen und ein Drumherum bilden aus Sitzungen und gesprächsweisem Herumstehen in einem großen, alten Hause und Garten in einer Rahmenstadt, die uneigentlich bleibt und nicht ganz wirklich wirkt selbst am hellen Vormittage...

An einem hellen Vormittage. In einer altberühmten Stadt Alteuropas unter alten Kastanien findet das bunte Gewimmel aus allen Weltgegenden statt. Es fluktuiert seit dem Frühstück und in ausgewogenen Intervallen, denn überwiegend sitzt man in den Sitzungen. Roter Salon, Grüner Salon, Konferenzzimmer: noch ein Bericht, noch eine Analyse, noch eine Diskussion. In den Pausen findet mit Kaffeetasse in der Hand das Zwischenmenschliche statt, alte Bekannte, neue Gesichter. Man vertritt sich die Füße und zeigt freundliches Interesse. Die einen wollen von den anderen etwas wissen; andere wollen am liebsten nur erzählen, denen nämlich, die im Lande blieben und sich redlich nährten, um von den Brosamen das Unternehmen am Leben zu erhalten. Einzelne sind eifrig dabei, Kluges zu sagen, sich zu profilieren und Beziehungen zu knüpfen von Gruppe zu Grüppchen. Es dreht sich im Kreise und tritt auf der Stelle den ganzen lieben Vormittag lang und wie üblich. Könnte nicht einzelnen Dabeiweilenden die Weile lang werden? Wer nicht aufzufallen wünscht, muß sich irgendwie einfügen.

Indes gibt es immer Einzelne, die nicht umhin können, Aufmerksamkeit zu erregen. Da ist zum Beispiel der Tagungsteilnehmer einer, der auffällt durch Witz und Charme und Kontaktfreudigkeit. Die akademisch betitelten Kollegen suchen das Gespräch mit ihm; die Krankenschwestern finden ihn interessant. Wer sein Alter kennt, mag sich wundern, denn er wirkt viel zu jugendlich. Das macht die klare, von den Jahren unberührte Gelehrtenstirn und das volle, dunkelblonde Gelock über unmerklich ergrauenden Schläfen. Zierlich wirkt er und fast wie ein Knabe neben so manchem Specksack.

Daher die Krankenschwestern – sollen sie. Im übrigen ist er verehelicht; leider oder wie man's nimmt. Manche Wohlwollenden sind der Meinung, man sehe das Ehepaar allzu selten Seite an Seite. In diesen Kreisen fällt so etwas auf, denn es gehört sich nicht nach frommer Vätersitte. Freilich ist selbst in diesem Hause die Zeit fortgeschritten, und manche Frauen gehen eigene Wege. Wege, die nicht unbedingt und immer Abwege sein müssen. Selbst dann nicht, wenn sie ins Abseits der Berge von Mbe führen.

Sie müßte um den Weg sein. Sie, die an der Seite eines interessanten Mannes nicht zu finden ist – am Rande des bunten Gewühls lustwandelt sie und findet Dahlien offenbar interessanter. Immer wieder absentiert sie sich und bisweilen ins Unauffindbare. Eine Kontaktscheue und Eigensinnige? Sie könnte doch, bei ihrer Qualifikation – Ja, freilich. Und wozu? Offenbar hat sie es nicht nötig, beruflich mit dem Eh'gemahl zu konkurrieren. Es will scheinen, als verweigere sich hier eine der Wiederverwendung. Als ziehe diese Frau, nach außen hin zu früh ergraut, den Rückzug vor ins Unvollendete bis an die Grenzen des eben noch Möglichen... Wer könnte dergleichen vermuten? Den wohlwollend Besorgten jedenfalls scheint sie nicht recht im Lot. Und was wird die Kollegin munkeln?

Frau Dings macht einen abwesenden Eindruck, finden Sie nicht? Dort hinten hängt sie herum, am Dahlienspalier und wie nicht ganz vorhanden. Und wenn man sie fragt, wie sie sich eingewöhnt habe, wissen Sie, was man da zu hören bekommt? Man höre: eine europaentwöhnte Seele schaukelt in einem Eukalyptusbaume. Lacht und geht davon. Und irrt umher wie ziellos, nicht wahr, liebe Kollegin, oder wie im Verwunschenen, im frühherbstlichen Garten und zwischen den Dahlien, die schulterhoch stehen wie anderswo das Elefantengras, und die richtiger Georginen heißen, in Erinnerung an anderes, das vergangen ist und schön und schmerzhaft war. Sie stehen da und blühen und können auch nichts dafür...

Die liebe Kollegin. Sie stört, und zwar empfindlich, das genußvolle Zurückschaukeln ins Wunderbare. Die einfühlsam entlarvenden Vermutungen. Der Schlüssellochblick ins Wohlverborgene. Es ließe sich zur Not mit Augurenlächeln vereinnahmen: Wir wissen, wie's steht, nicht wahr? Und wenn Sie unbedingt plaudern müssen, tun Sie, was Sie nicht lassen können.

Ansonsten wünschte ich in Ruhe gelassen zu werden.

Sie läßt nicht in Ruhe. Sie stört noch nachhaltiger durch impertinente Zwischenfragen und düstere Afro-Orakel. Wer soll sich das immer wieder anhören zur Zeit und zur Unzeit. Reicht es nicht, daß alle von Europa-Problemen reden; von Mittelstreckenraketen, saurem Regen und vergifteten Nudeln, zu schweigen ganz von allen übrigen Öko- und Gesellschaftskrisen, keine zwanzig Jahre vor dem Ende des Jahrtausends – muß da auch noch eine kommen, um abstruse und beleidigende Vermutungen und Meinungen über Dinge abzugeben, die sie aus eigener Erfahrung gar nicht kennt?! Muß da eine ihr Gift dazwischenzischeln – nein, nicht in den Diskussionen. Am Rande der Öffentlichkeit, in den Gesprächen zu zweien, zu dritt, gibt sie Dinge von sich als verstünde sie etwas von Entwicklungsproblemen südlich der Sahara. Sie steigert sich hinein und schwelgt geradezu in schwärzestem Pessimismus. Demoralisierend, wenn man es ernstnehmen würde. Das Dazwischenreden von einer, die noch nie einen Eukalyptus, noch nie einen Tulpenbaum blühen sah. Wo hat sie das alles her, aus welchen geheimen Quellen, aus welchem Kaffeesatz?

Dabei hört sich manches durchaus noch harmlos und fast humorig an. Etwa, wenn sie vermutet, daß man, um zu ‚reussieren in diesem Verein', schwarz und eine Frau sein müsse. Peinlich wird es erst, wenn sie mit dem Finger auf eine der geladenen Damen weist: ‚wie die gewichtige Mammie da drüben in ihrer pompösen Brokatrobe am hellen Mittwochvormittag'. Naiv und bissig mutet es schon an, wenn sie vorschlägt, das Geld, das die Flugreisen der anwesenden Vertreter Junger Kirchen kosten, unter die Ärmsten der Armen im jeweiligen Entwicklungslande zu verteilen. ‚Aber vermutlich wird auch hier, nach frommem Brauch, gegeben dem, der schon hat – oder?' Und beißt sich fest an einem wirklichkeitsfremden Begriff von Gerechtigkeit.

Es wird nicht besser, wenn sie anfängt, monologisch über die Sozialmoral der ‚jung-kirchlichen' Eliten nachzudenken – ob die etwa besser sei als die politische Moral der übrigen postkolonialen Eliten, die sich schamlos an den staatlichen Entwicklungshilfen der Ersten Welt bereicherten, ohne an das Wohl des eigenen Volkes zu denken. Sie verschwendet keinen kritischen Gedanken an das Eigennutzstreben der Eliten im eigenen Lande; erst recht nicht daran, wie die Erste Welt die Dritte ausbeutet und übervorteilt. Ob es in den Jungen Kirchen denn besser sei, will sie wissen; oder richtiger: sie will es gar nicht wissen – sie weiß es viel besser, nämlich daß es genau so schlimm ist und noch viel schlimmer wäre, wenn nicht weiße ‚brüderliche Mitarbeiter' (wo denn die ‚schwesterlichen' blieben, will sie nebenbei mit süffisantem Untertone wissen) – wenn die nicht ein wachsames Auge und eine verantwortliche Position hätten. Vermutlich hat sie von den Unterschlagungen erfahren, die immer wieder vorkommen.

Man müßte – da nun das Schaukeln unterbrochen und einfaches Weglaufen nicht möglich ist – man müßte sich die Zeit nehmen und die Geduld aufbringen, Dinge zu erklären, von welchen die Kollegin offenbar keine Vorstellung hat: was es für einem Familienvater mit fünf, sieben oder zehn Kindern und kaum hinreichendem Einkommen bedeutet, sich nicht an zu verwaltenden Kirchengeldern zu vergreifen. Es wurde versucht. Es war vergeudete Zeit.

Die sieben oder zehn Kinder scheinen, im Verein mit den Krankenschwestern, die Kollegin auf die Katastrophenspur geführt zu haben. Ihre diesbezüglichen Orakel jedenfalls führten an die Grenzen des Erträglichen und zu einer Kulturkritik, die Katastrophen konstruierte aus dem Geiste westlicher Humanität. Es führte zu dem Schluß: die das Gute wollen und es auch tun, bisweilen unter großen Opfern, sind mit schuld am ungeahnten Ausmaß kommenden Unheils.

Das war während der großen Kaffeepause, mitten im allgemeinen Lustwandeln unter den Kastanien und zwischen den Spalieren. Zu zweien, zu dritt schlenderte man dahin auf den Feinkieswegen und ‚tauschte Erfahrungen aus', wie man es nannte. Und eine von den jüngst Zurückgekehrten; eine, die nicht recht weiß, was sie hier eigentlich soll und will, fragt sich: Was hat man von anderer Leute Erfahrung, wenn man sich der eigenen nicht sicher ist – ob es so war oder anders oder alles nur Einbildung? Das viele Reden, fördert es gegenseitiges Verständnis? Kann es nicht zum Gerede werden und ablenken vom Eigenen und Eigentlichen?

Siehe, da näherte sich die Kollegin, schräg von hinten, anschleichend wie eine Schlange, mischte sich ein und besteht auf diesem unsinnigen ‚Austausch von Erfahrungen', wo sie doch gar nichts auszutauschen hat. Sie will nur ihre halblauten Halbwahrheiten und schnöden Verdächte unter die Gutwilligen streuen, und wo sind die Büsche, sich seitwärts hineinzuschlagen und fort zu sein? Die Kollegin, sie fing es indes diesmal so listig an, daß der Gedanke, sich zu entschuldigen und davonzumachen, auf den Feinkies fiel und da liegenblieb.

Ob es nicht auffalle, wie eng und stetig umringt von allen möglichen Leuten der Gemahl da unter den Kastanien festgewurzelt stehe. Na und? Ach so, die Krankenschwestern... Was denn für Probleme? Sr. Margareta kennen wir seit langen Jahren. Und es war immer beruhigend, sie in der Nähe zu wissen, im Malariaregenwald, so fern von Stadt und Krankenhaus. Frauen wie sie sind zu bewundern; fast zu beneiden. Warum? Das will ich Ihnen gerne sagen, wenn es Ihnen beliebt, so zu tun als wüßten Sie es nicht.

Und eine, die zehn Jahre lang mit Überzeugung dozierte; aus Büchern dozierte über ein Buch; Männer lehrend, keine Knaben; sie muß einer Kollegin, die sich hauptberuflich ebenfalls und immer noch mit Büchern und Belehrungen befaßt – sie muß ihr sagen, daß Frauen wie Sr. Margareta den Graswurzeln näher sind und Lebenswichtigeres leisten als Studierte wie ich und Sie, liebe Kollegin. Jeder weiß, was für eine harte und entsagungsvolle Arbeit diese Frauen, verzichtend auf Ehe und Familie, leisten. Welche Pionierleistungen ihnen zu verdanken sind in allen Entwicklungsländern. Europa kennt nur den einen, den großen Urwalddoktor mit der Kunst der Fuge. Patriarchal verdunkelnd fällt sein Schatten auf alle seinesgleichen und vor allem auf die Frauen im weißen Kittel. Nein, ich meine nicht die Ärztinnen: die Krankenschwestern meine ich. Wer kennt ihre Namen? Wer gedenkt ihrer, die das Heil durch Heilung gebracht haben allen Völkern und –

Das Heil? Was das sei auf längere Sicht, das Heil, das die Ärzte und Krankenschwestern in unterentwickelte Länder brachten? Die Kollegin denkt vor allem an die Geburtshelferinnen unter den Krankenschwestern und findet bei ihnen den Haken zu düsteren Prognosen. Wo es denn hinführen solle mit diesem Erfolg der westlichen Medizin und den rapide wachsenden Bevölkerungen der armen Länder. Sie wollen das Gute und bereiten den Weg, wo nicht dem Bösen, so doch dem Elend. Sie pfuschen Mutter Natur ins Handwerk (tut das Ihr Hausarzt nicht, beste Kollegin, wenn er Ihnen blutdrucksenkende Mittel gegen zu frühen Tod durch Infarkt verschreibt?) – ins Handwerk und stören das ökologische und gesellschaftliche Gleichgewicht. Und den Weg des kommenden Unheils zeichnet diese Sibylle vor mit der düsteren Genugtuung aller Unheilspropheten: wer soll den vielen am Leben erhaltenen Kindern ein menschenwürdiges Dasein, Nahrung, Bildung, Arbeit, verschaffen? Diese Wohltäterinnen sollen mitschuldig sein an Hungerkatastrophen, an Arbeitslosigkeit und Bürgerkriegen. Und der Katastrophenspur Bürgerkrieg folgend wie eine Verfolgerin:

Die Völker Afrikas werden ihre nachkoloniale Freiheit zu immer neuen Bürgerkriegen, schlimmer als die alten Stammesfehden, schlimmer als Biafra, ausnützen. Am schlimmsten da, wo sie am dicksten aufeinandersitzen, Völker ohne Raum, vermehrungsfreudig wie jedes unterentwickelte Volk. Es können nicht alle Asyl beantragen in diesem noch offenen Europa. Es können nicht alle eine weiße Frau ergattern oder sich ergattern lassen von einer exotisch faszinierten Weißen. Sie werden einander auf die Füße treten; das junge Volk wird arbeitslos herumlungern in den Städten, kriminell werden und sich rekrutieren lassen von jedem Rebellen. Man wird alte Stammesressentiments auffrischen und einander ungehemmt und in großem Maßstab umbringen, und Europa wird zuschauen, fast erleichtert: wieder ein paar weniger von den viel zu vielen. Europa hat seine Apokalypse gehabt; 30 oder 55 Millionen weniger. Vielleicht steht die nächste und letzte noch bevor. Afrika wird seiner Apokalypse nicht entgehen; auch ohne Mittelstreckenraketen. – Und so fort. Und das alles, weil westlicher, sozialistischer wie christlicher, Humanismus Krankenschwestern und Ärzte zur Erhaltung von Leben verpflichtet? Kaltschnäuziger Zynismus. Empörung? Gegenargumente?

Wenn sie mich doch in Ruhe lassen wollte. Bin ich hier, um mich auf diese Weise entwöhnen zu lassen vom Wunderbaren der afrikanischen Jahre? Sicher und gewiß: die Zeiten eines naiven Afro-Optimismus sind vorbei. Der Glaube an Entwicklungshilfe und Fortschritt zu Menschenwürdigerem ist angeschlagen. Der Zuversicht in die Lebenskraft junger, gesunder, von westlicher Dekadenz unverdorbener Völker mischt sich eine sicher nicht ungesunde Skepsis bei. Aber. Muß die Ernüchterung sogleich in schwärzesten Pessimismus ausarten? Der Stoff, aus dem die Kollegin ihre apokalyptischen Orakel formt, ist nicht neu. Darüber gibt es bereits Bücher von verantwortlichen Leuten. Neu ist der Ton und ganz ungeeignet die Kaffeepause.

Die Kollegin, wie kommt sie dazu, ihre Unheilsvisionen so laienhaft und wegelagernd zuzumuten einer, die eigentlich ganz woanders ist und sich nur wehren kann mit der Empfehlung, sich doch an die Krankenschwestern selbst zu wenden – oder an den, welchen dieselben so interessant finden. Da drüben, bittesehr, steht er noch immer, voll im Profil und gesellig umringt. Mich aber lassen Sie bitte in Ruhe.

Zweite Episode

Unterwegs zum Fluß

An bröckelndem Gemäuer, Brombeerhecken und Weinspalieren entlang, am entferntesten Ende des weitläufigen Gartens, wäre ein Ort zum Träumen. Die nächste Sitzung mag die Kollegin durchsitzen. Und sich hoffentlich zurückhalten. Irgendwie ist es peinlich, mit einer wie ihr so gut bekannt zu sein. Irgendwie – fühlt es sich so an, als zögen Unheilsorakel das Unheil herbei. Sie machen das Undenkbare denkbar. Was aber denkbar ist, ist möglich. Das Mögliche verdichtet sich zur Wahrscheinlichkeit; die Schlange sperrt den Rachen auf, die angstgelähmte Phantasie springt geradewegs hinein. Das muß nicht sein. Es läßt sich vermeiden.

Es knirscht. Ist es der Gartenkies? Ist es schon der geröllvermischte Sand? Wie lieblich schattet das Weinlaubspalier. Die Traubengehänge sind noch nicht reif. Reif sind die Brombeeren, die es zum Nachtisch gibt. Die dornig rankende Hecke: kaum unterscheidbar vom Gestrüpp am Wegesrand den Pfad hinab zum Fluß. Und die wilden Malven seitwärts im Elefantengras: um vieles dürftiger als die Pracht der Georginen...

Wie lange sind wir schon unterwegs? Seit runden drei Stunden? Es ist die erste und einzige Gelegenheit, die Gegend zu erwandern. Zwei Tage lang ist der Gast gefeiert und im Dorf herumgeführt worden. Es wurde besichtigt von einem Ende zum anderen samt Hühnern und Ziegen und einer verwirrend großen Anzahl von kleinen Kindern, die sich nackt und stumm verwunderten. Endlich nun eine Tageswanderung. Was will ich hier, wenn nicht Landschaft?

Am frühen Morgen, noch vor Sonnenaufgang, geschah ein Klopfen an der Tür, der unverriegelten. Im schwachen Lichtkegel einer Taschenlampe ließ sich das Erwachen in einer Schlafhöhle unter offenem Gebälk von Traumzuständen kaum unterscheiden. Wo bin ich? Wer tastet nach Strumpf und Schuh und steigt in die überweiten, staubbraunen Beinkleider, streift sich ein dunkles Batisthemd über den Kopf und knöpft mechanisch den engen Kasack durch bis über die Hüften? Wer bindet sich nach Gefühl und ohne Hast das lange Haar auf und versteckt es unter einem hellen Baumwollhütchen? Wer ist dieses Ich und in welchem Zustande befindet es sich? Könnte nicht alles gut und gerne nur geträumt und eingebildet sein? Nebenan wurde indes vernehmlich hantiert. Auf dem wackeligen Tisch stand sodann ein großer Topf mit schwarzem Tee und dampfte und inspirierte Abenteuerlust, und mit anbrechender Morgendämmerung brach man auf und ist unterwegs, und bis zum Fluß soll es noch eine Stunde Abstieg sein.

Unterwegs zum Fluß. Am besten nicht zu zweit allen. Am besten zu dritt. Ein Kind müßte dabei sein, um Eßbares zu tragen und das Schweigen auszufüllen. Hellblaues Kleidchen und Ringlein im Ohr, ein Mädchen also, sechsjährig – fast so alt wie die eukalyptusrauschenden Träume der späten Jahre. Es trippelt barfuß und in respektvollem Abstande hinterdrein und balanciert einen großen Korb auf dem kleinen Kopf. Und guckt mit großen Antilopenaugen, wenn man sich absichtslos umdreht und stehenbleibt –

Was gibt's? O nichts weiter. Landschaft gibt's, rechts und links von unserem schmalen Pfade und weit darüber hinaus – an der Biegung hier, wo der Wald sich lichtet und das hohe Grasdikkicht, das die Sicht behindert, abgehauen einer breiten Lücke weicht, um einem Acker Platz zu machen, schräg am Hange.

Komm. Hier könnten wir doch eine kleine Weile stehenbleiben. Hier wäre auch die eine oder andere Andeutung von Sprachvermögen sinnvoll. Zur Vergewisserung gewissermaßen. Nach so viel Schweigen, das als sandfarbenes Schlänglein zwischen vier Füßen mitschlängelt, seit zwei sich in der Morgenkühle aufmachten, zum Fluß hinabzuwandern, frei federnd der eine voraus, vorsichtig hinterdreintastend die andere… Fragen ließe sich dies und das, den Blick dahin oder dorthin gerichtet, mit dem Finger deutend – ins dunstige Geratewohl. Hinweg von zu naher Nähe. Vorbei an Auskünften kurz und knapp und eher mürrisch. Der Gastgeber, an Belehrung gewöhnt, will offenbar kein Belehrender sein. Sei es aus Trägheit; sei es, weil es sich allzu überflüssig anfühlt. Ob da Bohnen oder Erdnüsse wachsen oder wuchsen oder demnächst wachsen werden – was liegt daran inmitten einer Landschaft, die sich ohne weiteres hergäbe für jedwede Art von Beschreibung. Wohingegen anderes sich spachlicher Annäherung mit Bedacht entzieht...

Die Landschaft also. Sie muß beschrieben – nein, beschworen muß sie werden. Das große Gefühl, hier darf es sich dem Busen der Natur entgegenwerfen, der bedenkenlos standhält. Das Savannenbergland Westafrikas in den sprunghaften Launen der Übergangszeit; die Traumspielwiese der wunderbaren Jahre, die da abwärtsgleiten von des Lebens Mitte. Hier endlich, im Abseits und einsam, wenn schon nicht allein. Hier.

Oh! Wie war – wie ist alles so grün-in-grün ringsum beglückt über die Täler und über die Höhen hin so von halber Höhe herab! Waldgrün-Waldiges breitet sich aus zwischen Grasgrün-Grasigem. Palmen- und Raffiagründe, gefüllt mit Blaubeerschatten und dem Nixenlächeln der Bächlein, winden sich dahin zwischen baumlosen, von Äxten, Rodungsbrand und Sonnenglut kahlgeschorenen Hügelrücken. Es ist Oktober und die Trockenzeit beginnt. Das ist die Übergangszeit nächtlicher Stürme und überraschender Gewitterschauer. Da ist der Himmel an manchen Tagen überirdisch hoch und klar; die Horizonte rücken näher, die Weitsicht nimmt zu und die Genauigkeit der Linienspiele. Kein verwaschenes Regenzeit-Aquarell, kein staubiges Pastell, vom Harmattan verwischt, ermüdet den Blick. Jede wölbige Baumkrone, jede haarfeine Höhenlinie bietet sich liebevoll hingepinselt dem schweifenden Blick. Übersichtlich dehnt sich das Bergland; moosig hingekraust dämmern die dunklen Inseln der Waldreservate, die Talsohlen und Schrunden; die Buckel aber und die Kuppen, die Flanken und Hochflächen: eintönig und mit breitem Pinsel übermalt von der Grünphase einer ewigen Wiederkehr des Gleichen. Das Gras des Landes ist ein struppiges Ziegenfell mit einem fernen Hauch von Goldenem Vließ. Jede Regenzeit färbt es langhaarig grasgrün. Jede Trockenzeit läßt es ins Gelbgraue schrumpfen. Bisweilen jedoch und für landesfremden Blick changiert das

Gelbgrau ins Goldgelbe – es knistert, stäubt Funken und leuchtet. Es geht nicht ganz mit rechten Dingen zu... Hier, an diesem Hang und sieht man genauer hin, zeigt sich schon das beginnende Gilben. An den Steilabfällen, wo die Grasnarbe dünn ist, kündigt die Trockenzeit sich an –

– solches und ähnliches und alles übrige ringsum, es ließe sich beschreiben zum Zwecke der Mitteilung an liebe Freunde oder gar an die Kollegin. Am gegenwärtigen Vormittagshange hat die Übung einen anderen Sinn. Sie genügt sich selbst.

Nach einer Weile schweigender Landschaftsbetrachtung ist es Zeit, einen Anknüpfungspunkt zu suchen. Unten im Tal, das sind Reisfelder, die fortgeschrittene Existenzgrundlage des Dorfes neben dem Mais, der auch noch angebaut wird. Aha. Und der Fluß, der die Felder bewässert, tritt vermutlich während der Regenzeit über die Ufer. Dann sinkt er wieder und könnte bei beginnender Trockenzeit vielleicht schon so flach sein, daß – nun, könnte man nicht heute schon hindurch?

‚No, Na'anya.'

*

Die Sonne steigt und steht schon hoch. Es hat sich Dunst gesammelt; die Klarheit des Himmels beginnt sich einzutrüben. So kommt es, daß der Schatten ungenauer wird, der im gelbgrauen Sand vorausläuft und stetig sich verkürzt in sachtem Hin- und Hergeschiebe auf abwärtsgeschlängeltem Pfad. Ein Schatten, der an zwei Füßen klebt, die in abgetretenen Schuhen und mit ruhigem Gleichmaß sicher hinabfedern. Ein Schritt daneben – unvorstellbar. Das Federnde entspringt einer seltsam ungelenken Mitte – als sei die Bewegung da festgenagelt. Ein immobiles Rückgrat, viel zu gerade. Seitwärts hängen, lang und dünn, undenkbare Arme, und ein Buschmesser ist sicher im Griff. Und was sich oben breit über Schultern und Rücken spannt, spielt um die Hüften weit und locker und leuchtet vier Schritte vorauf – ferner als die fernsten Horizonte mit ihrem Hauch von Veilchenblau: ein edelsteinkühles Grün, klar, unnahbar; unvergleichbar allem Grün ringsum. Und endet goldgestickt und fransenbesetzt in der Gegend, wo das Ungelenke mit dem Federnden verklammert ist...

Und so im Abstieg verknüpft sich dies und jenes, und anderes mischt sich dazwischen im Widerspiel der Eindrücke, die der Sonnenbestrahlung ausgesetzt sind bei angespannter Aufmerksamkeit, einen Fuß vor den anderen und selten ein ganzer, ein umfassender Blick, wenn überhaupt, und die Sonne brennt aufs Baumwollhütchen, indes hoch erhobenen Hauptes und barhäuptig – wie kann man nur, man, Mann, so rund- und barhäuptig einem Sonnenstich aussetzen, was von hinten betrachtet an Gestalt einem – sagen wir – wer? wem? – einem Brom-Beeren, Brumm-Bären – so von schräg oben herab betrachtet im angespannten Abstieg herab von den Höhen der Zurechnungsfähigkeit –

Wenn es so weit wäre, dann wäre es vermutlich ein Sonnenstich, trotz hellem Baumwollhütchen. Und leichte Schwindelgefühle müßten sich einstellen. Wohl auch Hungergefühle. Denn zum Frühstück, was gab es da? Zwei Tassen schwarzen Tee und eine Handvoll Haferflocken, in heißem Wasser aufgebrüht, angerührt mit Salz, Kondensmilch, Zucker: eigens heraufgeschleppt für den Gast; während der Gastgeber, der Hausherr, mit aufgewärmtem Reis vom Vorabend sich den Bauch – 'Bauch'? den Magen füllte, der sich wölbt unter dem grünen Kittel, dem goldgestickten, und über dem Gürtel...

Wenn es also Hungergefühle wären, dann wo? In welcher Weltgegend? Hier, bei fünferlei Brot und sechserlei Konfitüre; bei Honig, Käse- und Wurstaufschnitten und wer will, kann auch sein Müsli haben? Bei den üppig-exquisiten Mahlzeiten in diesem Hause; den Bratenduftsinfonien und bunten Salatorgien; den Feinschmeckersuppen, Balsamsoßen und Edeldesserts, samt dem Exotischen dazwischen, flambierte Bananen zu pikantem Curryreis – ein genußvolles Schlemmen für die werten, tagungsgeplagten Gäste und warum nicht. Es fällt nicht auf, wenn der Gäste einer sich in Askese übt. Nur der heiße Kaffee danach, ein winziges Täßchen, zum Nippen, schwarz und süß und tropfenweise...

Eine jede Mahlzeit ein Fest. Und ein Anlaß zu leiser Verachtung
– ihr Armen, die ihr das nötig habt. Nötig ist überbordend wenig, wenn es zwitschert dunkelblaugefiedert und wohlverborgen im schwanken Eukalyptusbaume, in den haarfeinen Verzweigungen des Nervengeflechts. So wenig. Zwei hartgekochte
Eilein ohne Salz; eine große Tomate rot und rund und saftig.
Ein paar Bananen. Eine Zumutung allenfalls der kalte Maisbreikloß zu einer schleimigen-scharfen Gemüsesoße mit Kaulquappen als Fleischbeilage. Von dergleichen läßt sich träumen nur
am Rande des weitläufigen Gartens, zwischen Brombeerhecke
und Weinspalier.

Da ist der Fluß, überwölbt von Galeriewald. Ein wenig oberhalb
der dichtbewachsenen Ufer; einen schwungvollen Steinwurf
weit, wenn ein kräftiger Arm wirft, ist ein Lagerplatz ersehen
für die Mittagsrast. Seitwärts vom Fußpfade, unter schattigem
Gebüsch, das überhängt wie ein Baldachin, hat das Buschmesser mit ein paar kräftigen Rundumschlägen Raum und Bequemlichkeit geschaffen und Polster hingebreitet aus Elefantengras.
Grüne, raschelnde Wildgraspolster, luxuriöser als knisternder
Brokat auf den Sofas eines Sultanspalastes.

Hier sitzt es sich erholsam. Das Kind hockt in der Mitte und
packt den Korb aus. Das Korbtuch dient als Tischtuch, und
dann liegt da alles, was man braucht – weder Messer noch Gabel; nicht einmal ein Löffel. Die naive, im Wortverstand eingeborene Frömmigkeit spricht ein Dankgebet. Dann kneifen vier
Finger, zwei Daumen und zwei Zeigefinger, schweigend von
einem dicken Maisbreikloß Stück um Stückchen ab, tauchen es
in die grünliche Soße und stecken es in den Mund. Der Gast, die
Fremde sieht zu, und die kalte Soße zieht Fäden. Nein, lieber
nicht. Mit einem roten Taschenmesser läßt die Tomate, die einzige, sich in zwei gleichgroße Hälften teilen, mit dem Griff die
Schale der Eilein sacht zerklopfen. Weil Ei ohne Salz fade
schmeckt, ein zaghafter Versuch: ein winzig Weniges von der
scharfen Gemüse- und Kaulquappensoße – es reizt die Schleimhäute und benimmt den Atem. Das Ungewohnte brennt nachdrücklich. Und das Brennen kommt nicht nur dem Brechreiz
zuvor; es regt auch das Nachdenken an.

Unterbrechung
Teilen

Hier sitzt es sich gut. Hier oder in einer Weinrebenlaube, versteckt in einer Ecke des großen Gartens, während andere im großen Konferenzzimmer eine Sitzung absitzen zum Thema ‚Partnerschaft und Teilen', und die Kollegin vermutlich und wie üblich halblaut Orakel dazwischenstreut...

Was hieße hier teilen, wenn dem einen beides schmeckt, der anderen aber nur eines? Lassen sich Geschmack und Gewohnheiten teilen? Lassen sich Traditionen und Überzeugungen teilen und austauschen? Ist Teilen Anpassung? Von arm an reich? Kann die eine Seite geben und die andere nehmen, ehe man sich einig ist über den Verwendungszweck? Denn freilich geht es in erster und letzter Linie um einseitiges Mitteilen vom Vielzuvielen, das die einen haben und die anderen nicht.

Wie? Wäre es der schleichende Einfluß der Kollegin, sich Gedanken zu machen solcher Art? Ja, was wäre von ihr zu erwarten, entdeckte sie aufs neue die Absenz im Abseits? Ist es nicht vorstellbar – allzu lebhaft?

Siehe da – was machen Sie denn hier?! Warum haben Sie die Sitzung geschwänzt? Geht Sie das etwa nichts an – Partnerschaft und Teilen? Soll ich Ihnen etwas sagen? Wissen Sie schon das Neueste? Von Moratorium ist keine Rede mehr. Ihre Jungen Kirchen hängen am Busen der Mutterkirchen wie ewige Säuglinge. Und werden auch noch gehätschelt dafür. Der Erfolg? Immer weitere und größere Ansprüche. Und ein paar ganz Verwöhnte sind darunter: die Ihren. Zehn Jahre lang verwöhnt auch von Ihnen und Ihrer Dienstwilligkeit samt sämtlichen Almosen. Das hört nicht auf, sich zu bemitleiden. ‚We are suffering' – pausenlos. Diese schwarzen Herrschaften, wissen sie denn, wovon sie reden? Haben die einen Weltkrieg und Flüchtlingselend erlebt oder zerbombte Städte gesehen? Haben sie je gehungert und gefroren? Andere vielleicht in anderen Ländern. Die hier jammern, die nicht. Die sitzen da und bilden sich ein, sie seien die Ärmsten der Armen und warum? Weil nicht jeder einen Mercedes hat und nicht sämtliche Sprößlinge studieren können. Und was heißt hier Partnerschaft – was haben sie denn zu geben? Was wären sie denn bereit zu geben? Das ist doch beispielhafte Begriffsfalschmünzerei, was hier getrieben wird...

So tief ist der Kolleginnentonfall bereits ins Ohr gekrochen – wie ein widerwärtiges Insekt. Muß das wirklich dazwischenkommen und die grüne Idylle stören? Ließe sich darüber reden mit dem Gastgeber? Kaum. Gibt er nicht wortlos? Gibt nicht das ganze Dorf von dem, was sie haben: Gastlichkeit als Gegengabe für ein bißchen private Entwicklungshilfe? Wo wäre das zu haben für teures Geld, in welchem Reisebüro, im welchem exklusiven Weltenbummlerclub – das einsame Wohnen und Wandern im Abseits der Bergsavanne zwischen Niger und Nil? Denn einsam, das ist und bleibt es fürwahr. Einsam wie die wilden Malven im grünen Grasmeer. Einsam wie alles Wunderbare, das nur im Verborgenen blühen kann. Was ließe sich einer Kollegin davon sagen? Wenig. Nichts.

Ende der Unterbrechung

*

Eine geraume Weile sitzt man so und ißt und schweigt vor sich hin. Der Schatten ist angenehm. Das Ruhen nach der langen Wanderung tut gut. Gespräche beim Essen sind des Landes nicht der Brauch. Man ist beschäftigt mit dem fast sakralen Akt der Nahrungsaufnahme. ‚Beim Essen spricht man nicht' – das hat einstens bei Tisch der Großvater gesagt. Ein rituelles Schweigen, das Raum gibt dem Schweifen der Gedanken.

Auf dem hellen Tuch liegt die gehälftete Tomate. Sie leuchtet. Ein vorweggenommener Genuß: das saftige, durststillende Fleisch. Das Aroma. Die Farbe. Teilen, was eindeutig nur dem Gast zugedacht ist? Wie schwer fällt es, wie leicht? Gehört es sich; gehört es sich nicht? Einen ‚Paradeiser' zu teilen... Einseitiges Geheimwissen. Es könnte dem Teilen den Reiz des Wohlverborgenen geben. Ach, wie gut, daß niemand weiß – daß Na'anya sich etwas dabei denkt.

Bei der langen und der kurzen Weile der Zeremonie. Der Gastgeber nimmt entgegen, vorsichtig, mit zwei Fingern. Mit dem roten Taschenmesser, das griffbereit daliegt, zerteilt er die Hälfte in zwei Viertel. Soll der Genuß verdoppelt werden? Er soll; nur anders als gedacht. Ein Viertel davon bekommt das Kind. So war es nicht gemeint. Aber so gehört es sich. Die Fremde ist belehrt übers Teilen. Dem Gast wird dafür ein Stück Maisbrei hingehalten, abgezwickt zwischen Daumen und Zeigefinger, ohne Eintauchen in die grüne Schleimsoße: ‚Try native chop.' Der Gast nimmt, zögernd, mit zwei Fingern, schiebt es in den Mund und kaut langsam daran herum. Sucht nach einem Begriff – es schmeckt nach rein gar nichts. Fad.

Dieweil das Kind mit einer kleinen, rosaroten Zunge das Schüsselchen ausleckt, den Rest der scharfen Soße; sich hinlegt, zusammenrollt und wegschläft.

Das Korbtuch ist weiß. Mit blauer Bordüre. Das Blechschüsselchen ist gelb. Es wird in den Korb getan. Das rote Taschenmesser wird zugeklappt. Anders als aus der gemeinsamen Mahlzeit steigt das Schweigen aus dem Schlaf des Kindes. Unter dem grünen Baldachin wölbt es sich, ein Hohlraum wie aus dünnem Glas. Das Schälen einer Banane dauert eine Ewigkeit. Es schreibt dem Blick eine Bahn vor. Aus dunkel umfingertem Kelch, überlappt von Vanillegelb, enthüllt sich die leichte Krümmung, das Feste, das Nackte, das Fruchtfleisch bis zur Hälfte. ‚Eßt mehr Obst und' – ein gesunder, ein kräftiger Biß hinein – der Blick springt zurück. Über die Zunge hin schmilzt der Vorgeschmack sanft ausgereifter Süße, und Speichelreste sammeln sich. Wird die Gastlichkeit teilen? Eine einzige? Gibt es nicht wenigstens zwei? Ein Versehen? Wer wird hier um etwas bitten, was die Höflichkeit von selbst – und doch hält wie von selbst die Hand sich hin. Bittend nicht, fordernd.

Vom Biß bedächtig und säuberlich abgeschnitten, die andere Hälfte, wortlos dargereicht. Wer, außerhalb Afrikas, weiß, wie die banale Exportfrucht schmeckt, wenn sie in tropischen Landen ausreifen darf. Wie es schmilzt, süßsanft – und der Blick schweift ab in die wirr gestrichelte, grünzerblätterte Wildnis ringsum...

Es kommen noch zwei weitere zum Vorschein. Die Zeremonie mit der ersten als wär's die einzige – um Zeit auszufüllen? Das Kind schläft. Das Schälen und Verzehren zieht sich hin. Die Zeit zerbröselt in kleinen Bewegungen der Hände, die das Schweigen ausfüllen und zu überbrücken suchen. Diesmal wird Na'anya, die da weiß, daß sie gewöhnlich viel zu viel redet, sich kein Gesprächsthema einfallen lassen...

Unter dem grünen Baldachin wird man eine Weile der Ruhe pflegen. Rechts und links auf je einen Ellenbogen gestützt läßt sich, halb sitzend, halb liegend, die nähere Umgebung betrachten. Einfach so und alles andere als einfach, nämlich unbequem. Zum Ausstrecken und Entspannen fehlt es an Entspanntheit. Und zu reden gibt es auch nichts. Es ist da rein einfach gar nichts. Ist es die Landschaft, die alles schluckt und in sich saugt? Ist der dunstige Himmel, sind Elefantengras und Gestrüpp am Wegesrand dazu da, die Wahrheit zu offenbaren? Es ist da etwas; aber was? Das grüne Gebüsch, das ungewohnte Alleinsein und der Schlaf des Kindes scheuchen es noch tiefer und gründlicher zurück. Es fehlt, hier oben im Abseits, das vermittelnd Alltägliche. Es fehlt das vorgegebene Rollenspiel. Es ist unten geblieben im Waldland. Ist weit fort. Hier oben sind die Prüfungen spürbar andere. Darüber gibt es nichts zu lehren, nichts zu erklären, nichts zu fragen. Es gibt keine Antworten über das Selbstverständliche hinaus. Jenseits davon bleibt es sich selbst überlassen und übt sich in höflicher Vorsicht. Man sitzt nicht und man liegt nicht. Das Unbestimmte ist zu zweit allein und hält sich zurück. Was sich offenbart, ist Fremdheit. Und der Blick schweift.

Auf den linken Ellenbogen gestützt hat Na'anya den Blick zum Fluß hinunter frei, wo die Baumkronen einen Torbogen bilden und das jenseitige Ufer freigeben. Da hindurch und hinüber und zu dem Wasserfall, in dem die Ahnen hausen. Eine Furt; es ragen Steine aus dem Wasser. Was sollte hindern; was wäre gefährlich? Wer anderswo über Hängebrücken aus Lianen geklettert ist, wie sollte der hier nicht einen Fluß durchwaten? Ja, gerade hier und darum:

I want to see the waterfall.

Auf den rechten Ellenbogen gestützt hat der Gastgeber den Blick frei hinüber und hinauf zu dem Fußpfade, der herabführt. In Erwartung einer Antwort bemüht sich der Blick über das schlafende Kind hinweg und steht still vor einem Gesicht, das sich verschlossen hält, sich hinwegnimmt und abwest.

You hear me?
I hear you, Na'anya.
So what?
The bridge is far, and there may be a thunderstorm.
We could cross right here.

Ein fragender Blick findet den Weg herüber. Er scheint alsbald zu begreifen und verfinstert sich. Zieht sich zurück. Dann, geradlinig vorbei an stummem Insistieren, das auf Antwort wartet; starr vorbei, hinüber und hinauf zu dem Pfad, den man herabgekommen ist:

It may not be possible.

Wie? Was sollte hier nicht möglich sein? Wie kann man einem Gast so einfach einen Wunsch abschlagen? Muß hier wieder und wenn, zum wievielten Male schon, verzichtet werden auf das Wenige, das doch ohne Anstoß möglich sein sollte?

Unter dem grünen Baldachin versteift sich das Schweigen quer über das schlafende Kind hinweg, das da eingerahmt und zusammengerollt zwischen zwei Reglosigkeiten liegt. Die Sonne steht jetzt fast im Zenit. Das Dunstige hat sich verdichtet; von Wolkenbildung ist nichts zu sehen. Das kann freilich unversehens hinter einem Berg hervorquellen – und wenn? Wie lange soll das hier noch dauern in unbequemer Lage, parallel und mit gekreuzten Blickrichtungen an einander vorbei? Wie unmöglich sollte es sein, einem Bedenklichen Bedenken auszureden? Ein Gewitter – muß es zur Umkehr zwingen gerade hier, an diesem Fluß, der früher schon einmal da war, in den allerersten Erwähnungen des Dorfes? Umkehr an dieser Furt, die ein Traum vorwegdurchquerte? Hier und jetzt, da alles so nahe ist und in der Mittagslaube das angespannte Schweigen umzukippen droht – wohin?

Listen. We could –

Was ist? Was gibt's? Auf dem Fußpfade, auf welchem man herabgestiegen ist, hüpfen zwei – sind es Raben? Zwei größere Vögel. Rabenschwarz. Hüpfen hin und her und flattern lautlos aufgeregt gegeneinander und hinter einander her. Zanken die um einen Wurm? Ist das so interessant? Oder so ärgerlich, daß man die Stirne runzeln muß? Und um die doppelte, auf je einen Ellenbogen gestützte Reglosigkeit aufzulocken; um die Starrheit zu durchbrechen und einer Spannung, die unerträglich wird, wenigstens zwei Fingerbreit nachzugeben, wendet Na'anya sich – sie wendet sich dem schlafenden Kinde zu. Dazwischen bleibt die unendliche Entfernung einer Armeslänge. Eher weniger. Streckt die Hand aus, berührt mit flüchtigem Finger widerspenstiges Haar, wiederholt eigensinnig:

We could –

– und zuckt im gleichen Augenblick zusammen und zurück. Mit einem Ruck nämlich und sehr unerwartet hat das reglos Schwerfällige, es hat sich – er hat sich aufgerichtet. Ein Stein fliegt, linkshändig, aber zielsicher geworfen, und die Vögel, die Raben, oder was es sein mag – sie stieben auf und davon.

Was soll das nun wieder?! Der befremdete Blick bleibt unbeachtet. Zu beiden Seiten des aufgeschreckten Kindes sitzen aufrecht und *demure*, die Arme um die Knie gelegt, ein Fragezeichen hier, ein hartnäckiges Schweigen da. Dann, nach einer Weile und in betont gleichgültigem Ton:

They do damage to the rice fields. They must not –

Wie? Was? Must not what– ? Ach so.

Und eine mit Vorliebe abgründig Komplizierte kommt sich plötzlich lächerlich einfältig vor. Merkwürdig, trotzdem. Als ob die das nicht auch anderswo können – völlig ungestört von Steinwürfen. Vielleicht aber wäre die Vorgabe der Einfältigkeit ihrerseits einfältig. Je nachdem und wenn man es bedenkt im nachhinein. Was kann sich eine Weiße unter dem Harmattan nicht alles vormachen, unterwegs im gemäßigt Abenteuerlichen. Was läßt sich nicht alles einbilden – dies und jenes und ein Sonnenstich samt Brombären und Brummbeeren, assoziiert mit den Fransen eines grünen Kittels vermittels wilden Denkens unter einem hellen Baumwollhütchen und von halber Höhe herab – wo?

*

Wo? Da unten, es könnte Waldiges sein oder ein Garten; ein Fluß oder ein Streifen Feinkiespromenade. Und hier oben, es wäre Gebirgiges oder ein höheres Stockwerk. Wenn aber letzteres, dann hat das Bild wieder einen Rahmen, und es handelt sich um einen Blick aus dem Fenster der Bibliothek.

Mit anderen Worten: während des Abstiegs zum Fluß muß Ortsveränderung stattgefunden haben in völliger Geistesabwesenheit. Schlafwandelnd am hellen Tage stieg, die einer Sitzung fernblieb, von den Weinspalieren oder der Rebenlaube bei den Brombeerhecken hier herauf, vermutlich durchs Hinterhaus. In die menschenleere Bibliothek stieg sie und steht am Fenster. Da unten, die Georginen, sie stehen einsam längs der abgelegeneren Wege, auf welchen niemand lustwandelt, plaudernd ins Zwischenmenschliche vertieft. Niemand.

O Einsamkeit, volldoldig gerundet, oktoberlich reif, dunkelrot und purpurviolett, dem Überdrusse nahe, zwischen geflammtem Blütenblatte weiß und rot, so schön und so unverstanden wie vor vielen Jahren und zumal so von oben herab – es gibt sich ohne weiteres her, den inneren Abstieg zu einem Fluß damit zu umranden und abzurunden...

Und der Hoffnung sich hinzugeben, daß nach durchsessener Vormittagssitzung alle zumal samt der Kollegin auf die kulinarischen Köstlichkeiten des Hauses sich konzentrieren und niemand auf den Gedanken kommen wird, die Bibliothek heimzusuchen. Hier ist es gut sein. In der Verborgenheit; im Abseits zwischen den Bücherregalen. Hier genügt weniges: ein Apfel und eine Tafel Schokolade, feinherb.

Dritte Episode

Die Mittagsschlange

In einer menschenleeren Bibliothek läßt sich Zeit zubringen gänzlich ohne Bücher. Es bedürfte nur eines Häkchens, um die nächste Episode daran anzuknüpfen. Eine Kleinigkeit müßte sich finden, aus der das Schauerlich-Schöne sich entwickeln könnte mit den Hirnfrequenzen einer Halluzination.

Möge einzig die liebe Kollegin die Spur ins Versteck nicht finden. Ihr Gespür fürs Wohlverborgene ist das Gespür einer Schnüfflerin. Begreiflich freilich und sogar verzeihlich angesichts der Unverfrorenheit, mit welcher sie halbgare Meinungen zu überseeischen Partnerschaften von sich gibt. Begegnen müßte man ihr mit Zurechtweisung. Und mit ironischen Rückfragen da, wo ihre Neugier anzüglich wird. Zur Vertrauten ist sie leider ungeeignet.

‚Ach, Sie Ärmste!' Ohne Mühe läßt sich, würde sie ins Vertrauen gezogen, das mokante Mitleid vorstellen ob der Harmlosigkeit der Abenteuer im Purpurmalven-Elefantengras der wunderbaren Jahre – Ach Sie Ärmste! War's denn weiter nichts? Das macht, sie weiß nichts von dem Wenigen, das viel ist. Sie hat kein Ohr für Leises und für Zwischentöne. Sie kann Farbnuancen nicht unterscheiden. Sie sieht nur schwarz. Schwarz oder weiß – oder rot. Für Dämmerblau und Mondenschatten, für Grau- und Violettabstufungen ist die Kollegin blind. Und könnte vermutlich auch an dem Körnlein Unerfundenen nichts finden, an welchem Schlieren von freischwebender Seelensubstanz von immer neuem kristallisieren in nachempfindender Wiederholung...

Das Körnlein. Warme tropische Dämmerung. Die erreichte Talsohle. Der Fluß, die Bohlenbrücke und gleich danach, vorbei an den ersten Reisfeldern, das versumpfte Seitenrinnsal. Um die Füße des Hindurchwatens zu entheben, führt darüber ein Steg aus zwei krummen Ästen. Und die Knie, sie zittern noch von der Anspannung des langen Abstiegs. Ein Stecken als Stütze erscheint unzuverlässig; es ist schon beinahe dunkel und das Zögern begreiflich. Da steht der Gast, die Fremde. Steht als erwarte sie Beistand. Wer wird es zur Kenntnis nehmen? Einer, der ehelich dazu verpflichtet wäre, stapft wacker voraus, ohne sich umzusehen. Mag der Gastgeber zusehen, wie er Na'anya über den Sumpf hinweghilft. Ja wie? Wir sind hier nicht in Sankt Gallen und im 10. Jahrhundert. Wir wollen nur trockenen Fußes und ohne das Gleichgewicht zu verlieren hinüberbalancieren. Wir – in aller Ehrerbietung und Schicklichkeit wollen wir je eine Hand ausstrecken, herüber- und hinüber, hilfesuchend, hilfsbereit in aller Sittsamkeit und blauer Dämmernis kaum noch Unterscheidbares rechts in rechts verhakend; denn alles geht mit rechten Dingen zu. Und so über das Sumpfige hinweg ergibt sich unerwartet eine tänzerische Arabeske über das krumme Holz hinweg und hinein in eine Drehung über die linke Schulter des fürsorglich Führenden hin mit erhobenem Arm, so daß die erfaßte und im Balancieren festgehaltene Hand sich von selbst entziehen muß und im Loslassen etwas wie eine Verbeugung sich ergibt, spielerisch und ganz ungewohnt – ein verwunschener Augenblick..

Weniges, das beiläufig sich ergab, ineinandergriff, sich wieder entrankte und zurücknahm. Zu wenig. Ein Seitenrinnsal und versumpft. Wo es doch vorweg ein Fluß war in seiner ganzen Breite. Der Fluß, zu dem man seit der frühesten Morgenstunde schon unterwegs ist. Wie ließe es sich wiederholen so, daß es in der Schwebe bleibt und im Flimmern der Unwirklichkeit; im Zwielicht der Schattenspiele am hellen Mittag unter den Baumkronen über dem Wasser, das breit und kühl dahinströmt...

Wie, ohne dem Kinoklischee in die Falle zu gehen, wie übersteigt die Vorstellung das Vorgestellte?

Sie übersteigt es in einem grüngoldenen Frösteln, das plötzlich da ist, wenn die Mittagsglut an den Ufern des Flusses einen Augenblick innehält, ehe sie sehnsüchtig zögernd hinabsteigt und sich lustvoll vermischt mit der Kühle, die von unten entgegenweht. Ein Frösteln ist's, das kleine Wirbel bildet aus Licht und Wasser, die spiralig ineinandergreifen, hell und dunkel, unsichtbares Umarmen, spürbar auf der nackten Haut und von innen her über dem sprachlosen Dahinrauschen des Flusses. Ein Frösteln wie ein Schwarm von winzigen Fischlein, der durch die Maschen des Nervengeflechts schlüpft...

Wäre dies Arkadien, Pan wäre nahe und die Nymphen schliefen. Hier im Abseits Afrikas ist die Mittagsstunde eine träge aufgerollte Schlange aus feuchtwarmem Dunst, dösend auf einem heißen Stein, bis sie, plötzlich aufgescheucht, hinab ins Wasser gleitet und ans andere Ufer schlängelt –

Let me reach there.

I cannot prevent you.

Die Schuhe ausgezogen, die Strümpfe. Die Hosenbeine aufgerollt bis unter die Knie. Und dann – da hinein, allein, wo die Mittagsschlange vorausglitt...

Dazwischenkunft
Was ein altes Kinoheft enthüllt

So weit etwa wäre die Verdichtung der Halluzination gelungen. Die Fülle der Gesichte – Fluß, Frösteln, kleine Wirbel und das Voranschlängeln der Mittagsschlange – erfüllt dichtgedrängt die Bibliothek. Na'anya durchquert einen Fluß, barfuß und allein. Da öffnet sich, ohne warnendes Anklopfen, die Tür und hereingleitet wie ein böses Reptil – die Kollegin.

Verwünschtes Weib. Ungefragt und ungewollt zurückgeholt in eine unliebsame Gegenwart – ein kaum unterdrückter Fluch wäre durchaus denkbar. Die Flucht ergreifen, Entschuldigen Sie mich, ich habe in der Stadt noch Dringendes zu erledigen? Nichts wie weg, hinab zum Fluß, der durch Bethabara fließt? Warum begnügt eine Unwillige sich damit, der Unwillkommenen lediglich den Rücken zuzukehren? Funkelten sie nicht, die dicken Brillenschlangengläser, vor der Neugier ihres Blicks?

Wird nicht gleich die Litanei anheben; alles das, was vorweggenommen die Idylle störte, während der Mittagsrast unter dem grünen Baldachin? Müßte man ihr nicht zuvorkommen – Ach, Kollegin, hören Sie doch auf – vielmehr: fangen Sie nicht erst an! Sie gehen mir nämlich auf die Nerven. Gerade Sie. Was verstehen Sie von den inneren Schwierigkeiten einer Jungen Kirche und wie mißlich es ist, abhängig zu sein, angewiesen auf Hilfe von außen? Was kümmern Sie gewisse Verpflichtungen und menschliche Bindungen, die entstehen in langer Zusammenarbeit an einer gemeinsamen Aufgabe. Vor allem aber: was wissen Sie davon, wie gut und wie schön es war, und wie sinnvoll bis fast zum Rande. Wie wunderbar die Jahre waren; wie inspirierend und –

Aber sie sagt ja gar nichts. Wo ist sie denn? Hat sie sich, lautlos wie sie kam, wieder davongeschlichen? Ach leider nein. Hinten bei den letzten Regalen macht sie sich zu schaffen. Es raschelt und es knistert. Wahrscheinlich hat sie eine von den alten Überseekisten entdeckt. Was geht sie das an?

Wie viele solcher Kisten mag es geben auf den Speichern des großen alten Hauses. Nachlässe, Unaufgearbeitetes, Vergessenes. In einer Ecke der Bibliothek steht so eine, angefüllt mit alten Büchern und Zeitschriften. Obenauf ein Buch über Anna Wehrhahn. Für die Kollegin offenbar ein Anreiz zum Blättern und Weiterwühlen. Frommes und Gelehrtes wird da zum Vorschein kommen. Was interessiert sie das? Da kommt sie wieder hervorgekrochen und schwenkt ein Stück Papier.

Sehen Sie mal, liebe Kollegin – too funny, nicht wahr? Was ich gesucht habe? Ein Buch über *Rapid Social Change* in Afrika. Von einem Nigerianer; empfohlen in der letzten Sitzung. Aber die alte Überseekiste in der dunklen Ecke dahinten finde ich fürs erste interessanter.

Sie hält ein heftgroßes, bräunliches Stück Papier hin. Es muß zerknüllt gewesen sein; entknüllt und glattgestrichen ist es ein Kinoheft. Freilich merkwürdig. Und vor allem abgeschmackt. Wie mag so etwas zwischen Harnack und Warneck geraten sein? Was kann die Kollegin so interessant daran finden?

So ein Zufallsfund. Wie archetypisch es emportaucht aus der Steinzeit der Seele und den Schwarz-Weiß-Zeiten der Kinematographie, finden Sie nicht?

Man kann es wahrhaftig nur geschmacklos finden. Aber die Kollegin scheint ihre besondere Entdecker- und Analytikerfreude dran zu haben. Denn nun legt sie los, sichtlich fasziniert von ihren Entlarvungskünsten.

Peinlich, nicht wahr? Kaum zu sagen wie. Es kräuselt die Nervenenden des guten Geschmacks. Und warum? Es gleicht einer Entlarvung. Gerade weil es so völlig und eindeutig Nicht-Ich zu sein scheint. Hier, sehen Sie sich das an. Diese – Made. Weder Sie noch ich, nicht wahr? Dieses püppchenhafte Etwas, weiß und nackt, mit Wespentaille. Superdünn zwischen üppig drüber und üppig drunter. Ja, meine Liebe, das war Hollywood und ist lange her. Aber hier auf dem zerknitterten Papier strampelt es noch immer mit Armen und Beinen in der riesigen Tatze des Urwaldungeheuers. Ein pelziger Daumen krümmt sich um die dünne Mitte, und darüber quillt, nur knapp verhüllt, so ungeheuer Weib, und das schreit, weil es sich so gehört. Denn so weit ersichtlich, wird da doch kein Blondhärchen gekrümmt. Das Ungeheuer guckt auch, wie mich bedünken will, eher blöd als böse; ja, es schusselt da beinahe melancholisch vor sich hin. Jedenfalls sieht es nicht so aus, als ob es Menschen fressen wollte. Aber das ist nun freilich nicht Mensch, sondern Weib. Was hilft da das Pflanzenfressen. *La belle et la bête*? Der uralte Filmtitel, Sie erinnern sich vermutlich, er stabreimt anders, kehliger und knorriger. Ja, ganz urwüchsig. Und von der Leinwand herab fingerten Tentakeln hinab in die archaischen Tiefen des Unterbewußtseins gesitteter Bürger, mehr noch Bürgerinnen, denk ich, diesseits und jenseits des Atlantik. Wie war es doch so schön gruselig. Wie war es so exotisch faszinos.

Sie kann wohl nicht dafür. Was bezweckt sie? Wen oder was hat sie im Visier? Hat das blaugefiederte Gezwitscher im Eukalyptusbaum samt dem lautlosen Lachen sie so gereizt, daß sie sich rächen muß mit Anzüglichkeiten ganz abseitiger Art?

Was haben Sie, Kollegin? Was sehen Sie so pikiert drein? Hab ich etwas Falsches gesagt? Oder ist es allzu wahr? Natürlich geht es nicht immer um so eine Vergröberung ins Untermenschliche. Aber es geht doch immer um das besonders parfümierte Ineinander von Raub und Rettung. In jedem mittelprächtig altmodischen Abenteuerfilm darf der Held die Heldin in einem entscheidenden Augenblick retten, und das kommt fast immer einer Entführung gleich. Er darf, was er sonst und eigentlich nicht darf: zupacken und festhalten. Endlich wird klar, wozu er zwei Arme hat und eine breite Brust. Und daß darob der Schönen Busen bebt, läßt sich doch so schlicht nachempfinden – nicht nur von Lieschen Müller. Nur manchmal kommt die Trivialität, fast wie im Märchen, vom Wege ab und legt die Spannung schräg an. Da ist die zu Rettende dann eine geheimnisvolle Unbekannte oder eine hochwohlgeborene Prinzessin, während der Retter ein tumber Tor und irrender Ritter ist, arm und tugendhaft; einer, der nur seine Pflicht tun will und sonst nichts im Sinn und am Federhut hat und auch nicht ahnt, welch hochwohlgeboren delikate und nahezu unziemliche Gefühle ihn bedrängen müßten, wenn die Schöne so um seinen geduldigen Nacken die zarten Arme legt – er tappt da schlicht und brav vor sich hin und denkt nicht daran, seinerseits Unziemliches zu fühlen. Kein verzauberter Prinz. Ein Tor und willig nicht einmal dann, wenn eine Törin will. Ein tumber Tor eben, einfältig und fromm, blond und blauäugig, wenn Sie wollen. Zudem ist er vielleicht sogar ein reiner Tor; heißt, einer, der vom Weibe nichts weiß und das Fürchten auf diese Weise noch nicht gelernt hat – so einer, und zudem *aetate provectus*, um des Scheines einer Wahrscheinlichkeit willen. Geht es nicht eben darum?

Sie redet wie ein Wasserfall. Man muß sie wohl reden lassen. Diese Art von Geschwätzigkeit ist immerhin und einigermaßen harmlos. Vielleicht sollte man ihr freundlich zustimmen, erleichtert darüber, daß es nichts ausdrücklich Beleidigendes über Partnerkirchen oder politisch Apokalyptisches über Schwarzafrika ist. Warum ist sie überhaupt gekommen? Hat sie nicht ein bestimmtes Buch gesucht? Vielleicht sollte man ihr helfen, es zu finden, auf daß sie sich damit hinweghebe. Denn ihre Gegenwart –

Also: Was Sie da erzählen, liebe Kollegin, ist recht lehrreich. Das mit der Steinzeit der Seele. Vielleicht ist es so wie Sie sagen. Aber haben Sie nicht – ? Einen Augenblick. *Rapid Social Change* – Hier, bitte.

*

Sie ist wirklich verschwunden.

Wiederum Stille. Besinnung. Blick nach innen.

Wird es wiederkommen? Wird es sich von neuem an- und aufschaukeln lassen, hinüber ins Eigentliche und Wunderbare? Und wenn, kann es sein wie zuvor? Hat es nicht seine Einfalt verloren? Das Dazwischenschlängeln der Kollegin, es hat nicht nur gestört; es hat zerstört. Es hat reine und einfache Linien verzerrt. Wird die Schaukel zu quietschen anfangen?

Der Fluß läßt sich wiederfinden. Das flach und breit dahinströmende Wasser unter dem Gewölbe der Baumkronen. Die Furt, grüngoldene Pforte. Was sollte hier gefährlich sein? Bedenklich wäre allenfalls die Felsenrinne in der Mitte. Im vorgelagerten glatten Gestein wäre ein Ausgleiten möglich. Als erstes aber muß das traumhaft Schwebende sich wiederfinden; das Leichte, Geschmeidige, das Hineingleiten der Mittagsschlange, vom warmen Uferstein hinab ins kühle Wasser...

Die ersten Schritte lassen sich wiederholen: sanftes Sinken ins verführerisch Nachgiebige. Am Ufer entlang zieht sich ein breiter Streifen weißlicher Sand, sehr fein, sehr weich, fast samten. Er gibt dem Drucke heißer nackter Füße nach – wie überreifes Fleisch von Papaya oder Mangos. So müßte es sich anfühlen, das Unerfühlte, trotz staubbrauner Verschalungen... Im klaren Wasser, nur knöcheltief, vergehen die Fußspuren zögernd und als warteten sie auf Nachdruck. Wenn, im langsamen Vorantasten innehaltend, ein Blick über die Schulter möglich wäre, würde sich zeigen, wie sichtlich widerstrebend und den vorgeformten Spuren bedachtsam ausweichend der, welcher bislang voraufging, nachfolgt... Eine kleine, mit allen zehn Zehen bis in die Haarspitzen hinaufgezögerte Weile währt die Lust des Watens im nachgiebig weichen Sand. Ein Luxuspfühl für Wasserfrauen, sich zu aalen bei abgefiltertem Vollmondlicht, Arabesken schwänzelnd in den rieselfeinen Quarz...

Unerwartet dann, und die romantischen Wasserweiber stieben quietschend davon, der harte Druck glattgeschliffner Kiesel da, wo das Flußbett sich absenkt, die Strömung stärker fließt und fast bis an die Waden geht. Es schmerzt. Es geht zwei ratlose Augenblicke lang nicht weiter. Von hier an läßt es sich nicht wiederholen. Es zerstückt sich. Zerstreute Reflexe. Zuruf. Einholen. Ausweichen. Zögern und Schwanken. Schuhe, Buschmesser, eine Entschuldigung – und der Kollegin unverhohlen entlarvende Einsicht ins Triviale samt dem selbstgefälligen Geschwätz. Aber wie dann? Was ist es?

Es sind Kiesel. Kieselharte Kiesel. Graugesprenkelt rund und hart. Schmerzhaft Zersprengtes, das den Atem stocken und den Herzschlag am Rande des Stillstandes entlangstolpern läßt. Kieselhart, kieselrund, klopfend, tropfend, hämmernd – in einem Flußbett liegt es versteint ins Zeitlose. In einem Flußbett lagert es sich ab in der Form von Quarzgestein und wird da liegen in alle Ewigkeit. Die Kühle des Wassers strömt durchsichtig darüber hin, und von oben sickern Licht und Schatten aus dem Gewölbe der Baumkronen, die ineinandergreifen mit dichtbelaubtem Geäst und sich umschlingen mit Lianen...

Die Vorstellung übersteigt das Vorgestellte mit angehaltenem Atem und synkopiertem Herzschlag. Eine plötzliche Verdunkelung des Bewußtseins? Flackernde Wahrnehmung. Was da ist-oder-nicht-ist: in unregelmäßige kleine Stücke zerschlagen. Das Un-will-kürliche. Ein Gefühl, als ob Leichtes ins noch Leichtere sich aufhebt, wie Wasser aufhebt und leicht macht. Und ist es nicht schon leicht an sich? Ein Bündel dürres Holz; zwei Arme voll trockenem Schilf. Leicht und mürbe wie Zunder. Entzündliche Substanz in kaum gemilderter Mittagsschwüle unter den Baumschatten und trotz der Wasserkühle. Porös und paradox. Denn zugleich müßte es sich hinabziehend schwer anfühlen, überströmt und durchtränkt von blauvioletten Glücks- und Glyzinienschauern.

Es ist nur stückweise zu haben, zerfühlt und zerdacht ins Unzusammenhängende des Unwiederholbaren. Das erhebend Enthobene, Tropfende. Züchtig verhüllte Knie, an die der Blick sich heftet ‚wie an etwas sehr Fernes und Verwunderliches'. Geduld, warum ‚dunkle Geduld"? Und was für ein Anliegen oder Aufliegen oder ‚als sei da leere Luft'? Und wieder Schuhe, baumelnd zusammengebunden; und was sich im nachhinein auseinandernesteln ließe an Vorgängigem und Rückversicherndem. Ein Analysieren von Elementarsätzen samt einer knappen Begründung, die Ungewöhnliches aufhebt in die Idee und hinüberträgt auf die Ebene der Verpflichtung, langsam und mit angespannter Vorsicht vorwärts sich tastend Schritt für Schritt – *tantae molis*!

Was aber bei alledem so rauscht, das könnte der Wasserfall flußaufwärts sein. Wenn es nicht der Widerhall stürzender Fluten wäre im blauviolett verdunkelten Blutstrom...

Nach den Kieseln kommt grobes Geröll, braunschwarz und scharfkantig – von Hochwassern mitgerissenes Lavagestein? Wen interessiert das. Wichtiger sind ausgetretene Schuhe als Schutz vor dem Harten da unten. Der Fluß geht jetzt bis an die Knie. Dann, in der genauen Mitte, das sind die glatten Längsrippen des schwarzen Felsgesteins, die aus dem Wasser ragen wie Rücken von Krokodilen, die es hier nicht gibt. Da hinein, in die Mitte und Tiefe des Flußbetts, wo das Wasser schneller strömt, und der Atem noch einmal stockt, geschockt von lustvollem Erschauern vermischt mit Urvertrauen wie vorweggeträumt. Drei, vier energische Schritte quer zur Strömung, und die Fluten steigen kühl bis zu den Hüften und heben – erheben das Selbstgefühl. Was sonst. Sie umspülen, sie umspielen; sie saugen sich empor, dunkelfärbend im grünen Gewebe, und auch das Ufer hebt sich, das jenseitige, über die strömende Ebene, die da steigt, in der Mitte des Flusses, in der Mitte, ganz überflutend eine goldgestickte Borte mit Nixengesang in orplidischer Stunde – ‚Uralte heil'ge Wasser steigen / Verjüngt um deine Hüften, Kind' – Kind?

Das Kind mit dem leeren Korb wurde ins Dorf zurückgeschickt. Das hochpoetische Pathos kommt wie von ungefähr, zugedacht niemandem, der davon etwas verstünde oder wissen wollte. Es geht nur darum, das jenseitige Ufer zu erreichen. Wenn aber romantische Lyrik aus dem fernen Europa angeschwommen und in Frage kommt in verwunschener Stunde, warum nicht auch und erst recht eine Besinnung auf naheliegend Einheimisches? In dem Wasserfall ein wenig flußaufwärts sollen doch die Ahnen hausen, nicht wahr? Wer fragt da? Ach, die Kollegin! Sie kommt dazwischengeschwommen, eine miese kleine Kaulquappe, um der fast schon ans Ufer gelangten Halluzination das Wasser abzugraben und die Leuchtkraft zu verdunkeln. Sie kommt, ganz offenkundig interiorisiert, um sich zu mokieren –

Ja, wie wär's, meine Beste, wenn so ein Stück Lokalkolorit von Ahnen herbeigeschwommen käme, um nachzusehen, was da vor sich geht an der Furt aus früheren Zeiten? Und wenn sie kämen und sähen, was glauben Sie, wie nachsichtig sie wären? Sie würden sich wundern, zweifellos, und am Ende wäre es eine Groteske mit großen Nasenlöchern und aufgesperrtem Maul wie Karpfen bei Vollmond; sehr begreiflich. Viel Befremdliches ist ins Land gekommen und bis in diese Berge vorgedrungen, hat die Söhne fortgelockt ins Tiefland und die Sitten verändert. Aber daß da nun einer und quer zur Strömung und vor allem: ohne die früher übliche Begleitung – das wäre doch! Das ist – Ach, Kollegin, vous m'embêtez.

Wie kann es, ans jenseitige Ufer gelangt, heruntergespielt werden, wenn es herabgesetzt und seiner Einfalt beraubt wird schon im voraus? Die schöne Szene – das sorgfältige Hinunterkrempeln der Beinkleider; das Dastehen mit hängenden Armen und in einiger Entfernung, ‚blank, wie ohne Erinnerung; oder als suche einer zu begreifen, was es gewesen sein könnte'; das Packen eines Buschmessers am Griff, wie man einen großen Fisch am Schwanz packt: mit dem Kopf nach unten; der Zeitlupendoppelgriff und was davon ins Bewußtsein dringt. Das Triefende schließlich von da an, wo es anklebt und Blick und Vorstellung ausfransen... Die ganze schöne Szene samt der geistesabwesenden Geste und ihrer ‚Unfaßlichkeit – so unbefangen, so native, so naiv' – unmöglich. Es möge sich zurechtrücken und zu sammeln versuchen in wessen Augen auch immer, um sich da unterzubringen und zurechtzufinden. Der Blick wese an oder ab; er nehme wahr oder nicht oder es zeige sich ihm etwas ganz anderes, schlafwandelnd über den Fluß, schlafend mit offenen Augen – es ist schlicht unmöglich.

Dann aber, denn die Episode muß zu Ende geschaukelt werden; dann, im Handumdrehen Aufwachen und Abschütteln und der trockene Ton:

Don't worry. It will soon dry.

Und, mit einem Blick zum Himmel, der einer noch kaum zu sich selbst Gekommenen im Rücken steht:

It will come. It will surprise us.

Wie? Was? Oh!

Was für eine Überraschung! Weiße Wolkenberge sind emporgequollen – wer hat sie herbeigezaubert? Ist die Kunst des Regenmachens nicht wohlbekannt in diesem Klima und ganz einfach zu handhaben in Gegenden, wo das Wünschen und das Wortemachen noch hilft? Die Wolken sind emporgequollen, weil sie herbeigewünscht wurden. Einfach so und um die eine Episode an die andere zu knüpfen – ‚Über den Fluß und ins Gewitter'. Es muß sich nur mit einiger Wahrscheinlichkeit arrangieren lassen im Zeitrahmen eines einzigen Tages.

Nun ist es völlig klar, daß aus dem Wasserfall nichts werden kann. Man muß auf dem kürzesten Wege, und der führt über die Brücke flußabwärts, zurück ins Dorf und wird unterwegs in das Gewitter geraten.

Well, why not.

Die Füße, die da weiß im falben Ufersande stehen, sind schon trocken; der Sand ist leicht abgewischt; Strümpfe und Schuhe sind schnell angezogen, und dann folgt eine Regenmacherin hochgestimmt und in einigem Abstande dem, der wieder voraufgeht und dem Gewitter entgegen...

Vierte Episode

Kunst der Fuge und Tropengewitter

Eine Besinnungspause. Vorüberlegungen. Das Gewitter, wo soll es stattfinden? Nicht in der Bibliothek. Nicht in diesem Hause oder Garten, wo jederzeit die Kollegin dazwischenkommen kann. Wo wäre der öffentliche Ort, an dem sie nicht stören könnte? In einer Rahmenstadt voller Kultur gibt es auch geistliche Musik. An diesem Mittwoch findet in einer der vielen Kirchen ein spätnachmittägliches Konzert statt zur Entspannung und Erbauung der Tagungsteilnehmer. Das wäre eine schöne Gelegenheit, Seite an Seite zu erscheinen mit dem Gemahl: zur Beruhigung der Wohlmeinenden.

Ein sakraler Rahmen also, der inspirativ wirken könnte. Es sitzt da eine respektable Gattin neben einem respektablen Gatten in respektabler Gesellschaft, läßt es über sich ergehen und gibt sich hin dem Kunstgenuß: ein Orgelkonzert. Man hat es im Rücken. Oben ein neugotisches Gewölbe aus rötlichem Sandstein; ganz vorn aus zierlich geschnitztem Holz eine kunstvolle Wirrnis, die einen Hochaltar so museumsreif erscheinen lassen kann. Da ist es nun das Orgelbrausen, das dem Gewitter voraufgeht und es geradezu herbeibeschwört. Beinahe etwas wie Programmusik, eine Woge über die andere hinrollend; Aufgebäumtes, das sich wölbt und rauschend zusammenbricht unter der eigenen Schwerkraft –

– Fugenflut in unaufhörlicher Wiederholung und das Orkanartige des Tonvolumens, gebändigt durch barocken Kunstverstand, brandend gegen ein Sandsteingewölbe, das sich mühelos dehnt und weitet, und da ist es nicht mehr Verstrebungsstatik. Es ist der bewegte Himmel über den Bergen, über Tal und Fluß und Uferpfad. Und es war da zunächst und wie ein Vorspiel ein Rascheln im Elefantengras; ein Zischeln und Flüstern im grünen Dickicht, als ob es schon ganz gelb und trocken sei. Und steht doch wie ein Wald von biegsamen Speeren, und hier und da muß das Buschmesser den verwachsenen Pfad freischlagen. Was da flüstert, ist ein erster leiser Luftzug in der Schwüle, die den Schweiß hervortreibt, der so wohlig am ganzen Körper klebt. Und es flü-lü-lüstert: es ist schön. Endlich droht eine Gefahr, die Flucht nach vorne erfordert. Und es zi-zi-zischelt dazwischen, anders als das Zischeln der Kollegin, das böse. Fliederfarben zischelt es und verträumt, das Seelenschlänglein silbergraugeschuppt, seelig mit Doppel-ee ob des geglückten metaphorischen Abenteuers am Fluß. Es raschelt durchs Gras und hinterdrein und fühlt sich noch gar nicht müde. In der zunehmenden Dämmernis und wie eine überirdische Abweichung von allem irdischen Grün leuchtet der hüftlange Kittel voran; die goldene Borte, die Fransen, es ist alles bald wieder trocken. Bald – bald wird alles und bis auf den letzten Faden durchweicht sein. Von Westen zieht es herüber, und der Pfad führt geradewegs darauf zu.

Es beginnt zu donnergrollen wie zur Warnung. Die Luftbewegung verdichtet sich stoßweise, und das hohe Grasdickicht seufzt auf. Man muß sich beeilen, um die Brücke zu erreichen, ehe es da ist und losbricht. Die Brücke ist bald erreicht. Ein paar Bohlen sind morsch und andere schon weggebrochen. Das macht nichts. Man kommt ungefährdet hinüber, und der Fluß rauscht dunkel darunter hinweg. Die Gefahr, das Ungemütliche, sind die Abstände zwischen Blitz und Donner. Sie werden immer kürzer. Und bedenklich stimmen müssen auch die einzeln stehenden Bäume an der Ostflanke der ersten Vorberge; da, wo der Aufstieg beginnt. Sie sind offenbar stehengeblieben beim Roden, und einiges steht gespenstisch kahl und mit verkohlten Kronen und schwarzen Narben am Stamm entlang – aufgerissene Rinde von oben bis unten. Da vorbei führt der Pfad und nach Südwesten; linker Hand Abschüssiges, rechter Hand eine flach ansteigende Bodenwelle; abgewirtschaftete Felder, überwachsen von hartem, braunen Gras, und Gesträuch. Und dazwischen die einsamen Baumskelette, die viel zu hoch in einen tiefhängenden Himmel ragen...

Da fallen auch schon die ersten Tropfen, dick und warm, und ringsum ist es ganz fahl geworden. Das glänzend weiß Emporgequollene hat sich bleigrau verfärbt, ist tief herabgesunken und breitet schwere, dunkelfeuchte Schwingen, die das Sonnenlicht aufsaugen. Es wird gespenstisch fahl umher.

Bis hierher. Seit dem Orakel an der Furt ist kein Wort gefallen. Was sollen Worte, wenn man weiß, was kommt. Um aber der erkannten Gefahr zuvorzukommen, müßte jetzt etwas geschehen. Was? Den Aufstieg beschleunigen? Völlig sinnlos. Sich verkriechen im Gestrüpp? Schon eher denkbar. Aber das Gestrüpp ist dornig. Dann also – sich hinwerfen auf der Stelle und es über sich ergehen lassen? Es würde heißen: mitten in dem Sturzbach liegen, der dann auf diesem Pfade schräg nach unten rauscht. So etwas würde die wilde Romantik durch allzu realistischen Schlamm verderben. Nein, es muß sich spielerisch ergeben und schicklich zugleich: mit decorum. Es müßte an diesem sanften Hange eine passende Einbuchtung zu finden sein; eine kleine Bodensenke; eine Mulde wie ein Backtrog, leicht abwärtsgeneigt. Es wäre da einmal einer von den hohen Bäumen gerodet worden, und nun wüchse da, wie überall, das kurze, scharfkantige Gras. Auch nicht eben einladend zum Sichhinwerfen; aber, und darauf käme es an – Blitz und Donner ergäben einen Sinn und es würde sich reimen wie ein *parallelismus membrorum*...

Während solcher Betrachtungen vollendet sich die Metamorphose: aus barocker Orgelmusik entsteht das Tropengewitter. Es kommt dahergebraust mit elementarer Gewalt, Aufruhr der Natur wie seit Urzeiten, Schrecken verbreitend, Mythologien erschaffend, antike und exotische – die Donnergötter mit ihren Donnerkeilen und Zornesblitzen; die Sturmdämonen aller Himmelsrichtungen, und in diesen Breiten: der Himmelsstier, der sich brüllend daherwälzt, schwarz und massig und dampfend sein Blut verströmt, wenn er getroffen und aufgeschlitzt wird vom blitzenden Jagdspeer Schangos aus Yorubaland. Da gibt es nicht viel zu interpretieren; aber die Darstellung wird nobelpreisreif, wenn man in einer gebildeten Großstadt lebt und längst nicht mehr in den angestammten Hütten der Väter, und wenn man zu schreiben weiß wie ein Weißer. Ein Zurückgebliebener weiß von keinem Preis, um den zu schreiben sich lohnte. Um so mehr hat er mit dem Gewitter zu tun – hat er nicht gemacht, daß eine weiße Frau Regen machte und viele

Worte, um das Gewitter heraufzubeschwören aus Fugenfluten und Orgelbrausen? Allein um seinetwillen nimmt Mythisches Gestalt an, buckelt sich assoziativ über den Himmel hin, blauschwarz und kompakt, und die Abstände zwischen den Aufblitzen des Götterspeers und dem Brüllen des Wolkenstiers lassen kaum noch Zeit zum Zählen. Raum bleibt gerade noch für ein Fußballfeld, das sich dazwischendrängt in strömend warmem Regen, der alles bis auf weiße Shorts überflüssig macht. Wie gemächlich läuft sich's da dem Balle nach. Wie oft beobachtet aus graugrün verhangener Entfernung über Hibiskushecken hinweg von einer Veranda aus. Hier ist die Veranda endlich abgeschafft; alles ist nahe, auch die Gefahr, und daher – und was? Wie hat die Regenmacherin sich das gedacht? Zu welchem Zwecke hat sie das Gewitter inszeniert?

Was geschehen muß, muß sofort geschehen. Die ersten Tropfen sind bereits gefallen. Weiß einer nicht zu schreiben, soll er wenigstens einen Anlaß dafür geben und etwas Entscheidendes tun. Wozu etwa wäre ein grüner Kittel nicht gut – ! Im nächsten Augenblick werden Blitz und Donnerschlag nicht mehr unterscheidbar sein; der Wind wird aufspringen und der Wolkenbruch ist da und daher: Tu etwas! Vorbeugend, absichernd, sofort und auf der Stelle!

Die Frau, die Fremde, die ihr Abenteuer will, hat überholt, bleibt stehen, wendet sich um und – steht sprachlos. Auf eine Sprachlose dringt es ein, alles und auf einmal, ohne Vorbereitung. Ein einziger Blick muß alles zugleich erfassen und in eins empfinden, Bild über Bild in Kaskaden überstürzend eins ins andere geblendet noch einmal die Fülle der Gesichte, grandios und schaurig schön – siehe! Und sie sieht.

Von oben herabgeweht über die Bodenwelle zur Linken kommt eine breite, eisgraue Regenwand. Ein Sturm treibt sie vorwärts in schraffierter Schräge, wie Saiten einer Riesenharfe zwischen Himmel und Erde – das wird niederprasseln, und ein Schauder geht ihm voraus. Zugleich biegt es den Kopf in den Nacken und reißt den Blick nach oben: da strecken sich, gleißendes Weißgold, Strahlenarme streng und starr aus dem schwarzen Rachen des Wolkenstiers. Durch das dunkelgeballte Gewölk bricht das

Licht sich Bahn bis hinauf in den Zenit und taucht in eine Lagune aus theophanem Blau, plötzlich aufgerissen, und die es sieht, schwankt, als wollte sie nach rückwärts kippen. Die Strahlenarme halten die Schwankende zwar fest, ziehen sie indes zugleich in eine Drehung wie in einen Strudel. Wie soll das enden? In einer Blendung aus Gold und Blau? In einer Betäubung, um zu verschwinden im Wolkenschlunde? Ein Ruck, eine Gegendrehung –

Na'anya reißt sich herum, dem unteren Abgrunde zu.

Vor dem steht, finsterer als die Wolkenwand im Westen, breitbeinig ein einziger Vorwurf. Eine grimmige Genugtuung steht da – das haben wir jetzt davon. Ja, das: die Sprache müßte es verschlagen, und es wäre vollkommen Nacht. Es verschlägt aber nichts. Es steht aufgerichtet vor dem Abgrund, dicht am Rande, stämmig, hoch- und breitgewölbt. Im Gewitterzwielicht steht es da in blendend schwarzem Glanze: Torso, nackt bis zum Gürtel und nahe. Näher noch herangerückt durch den nächsten Blitz, der glatt und breit die Brust bespült, knisternd krauses Haar durchwühlt, die Düsternis der Stirne küßt – Merlin? Ach, nur ganz von ferne an diesem abgeholzten Waldeshang. Nur als Gedankenblitz, der sich kreuzt mit den Strahlenarmen der verschluckten Sonne, den schräg gespannten Saiten der Riesenregenharfe: ein einziger Blick und der Herzschlag stockend noch einmal, stolpernd – wohin? Ins schiere glückschaudernde Entzücken. Ein einziger Blick, alles auf einmal umfassend. So überwältigen Epiphanien. So übersteigt die Vorstellung das Vorgestellte. Und so erhebt sich –

Lie down!

Wie das? Aha. Der Herr der Situation. Kurz und knapp. Wahrhaftig wie ein Befehl. Die vertauschten Rollen. Das Ende der Verzückung. Richtig: die Gefahr und ‚Tu etwas, sofort!' Wie denn – sich hinwerfen? Wohin denn? Da täte einer doch besser daran, das Buschmesser aus der Hand zu legen. Der finstere Blick weist – wohin? Den Hang hinan, aha, in die herbeigewünschte Mulde. Da liegt hingebreitet der grüne Kittel, und vor dem nächsten Donnerschlag –

Das innere Kino. Die Intensität der Vergegenwärtigung. Die gemütseigene Regie. Noch nicht die beschwörende Macht der Verwortung. Vorerst und allein: die ansaugende Kraft der bloßen Vorstellung über Kontinente hinweg. Denn wo findet das alles statt? Die plötzliche Stille; das Rascheln der Programme; die unwirkliche Realität des Rahmens: kleine Pause. Das Publikum bleibt gesittet sitzen. Kaum ein Flüstern. Nichts stört. Allenfalls das eigene Dazwischendenken. Der Gedanke daran, wie es berühren müßte, wüßte das Schattenobjekt der Episoden um die ihm zugedachte Rolle. Welche Rolle? Ist es nicht eine schöne und ehrenwerte Rolle, inspirierend zu wirken? Als Muse?! Hat da die Kulturgeschichte nicht eine Lücke? Wiederum Aha. Will da eine Weiße sich etwas Apartes einbilden? Eine Muse mitten in Schwarzafrika – nicht eben wie ein Buma im Regenwald, aber dennoch – *fancy*! Was für ein Thema für die Kollegin, die da natürlich auch sitzt, seitwärts rechts und ohne Einmischungsmöglichkeit. Sie kann nicht von der Schaukel holen, und es geht schon weiter.

Endlich. Endlich *par terre* und auf dem Bauch. Lang und flach und mit angehaltenem Atem, wortwörtlich zu Boden geworfen von einem Befehl, der nichts als vernünftig ist und genau das Erwünschte: mit dem Gesicht nach unten, die Stirn auf die verschränkten Arme gedrückt, oben am Halsausschnitt des Kittels und seitlich, wo sich langbefranste Halbärmel ausbreiten und das Stachelige des Grases abmildern mit weichem Baumwollgewebe. Es reicht bis über die Hüften hinab und hat da eine goldgestickte Borte wie einen tiefsitzenden Gürtel.

Nun kann es losbrechen. Ein heftiger Windstoß; noch einmal Blitz und Donnerschlag, gleichzeitig und ohrenbetäubend; ein gewaltiges Krachen, ein Röcheln – jetzt hat der Speer des alten Yorubagottes den Himmelsstier getroffen, tödlich, und aus dem schwarzen Bauche strömt es warm und dick hernieder, und strömt und rauscht, und rauscht und strömt und es ist auf idiotische Weise wunderbar. *Wonderfoolish* ist es, so dazuliegen unter solchem Rauschen wie in einem Rausch, im voraus erschöpft, auf einem ausgebreiteten Kittel zu liegen, lauwarm durchweicht wie von einem abendlichen Bad, das entspannt und nichts zu wünschen übrig läßt. Oder kaum etwas. Es könnte genügen. So durchgeweicht zu werden von einem warmen Tropenregen von einem Augenblick zum anderen...

Trockenbleiben müßte allein der Kittel da, wo er so enge anliegt, der Länge lang und bis zu der Goldborte, da, wo es ausfranst... Verweile doch. Rausche, Regen. Alles übrige darüber, blind dem Körpergefühl überlassen – alles übrige müßte durchgeweicht sein. Es saugt sich ins Gewebe; von den Ellenbogen dringt es in die Achselhöhlen; von den Hüften abwärts um die Beine klebt es naß und warm. Und wie lange behütet so ein Baumwollhütchen? Haupt und Haar fühlen sich noch trocken an. Schultern und Rücken – täuscht das Gefühl? Macht das – natürlich; das macht der brave Kasack. Der läßt so schnell nichts durch. Aber wie lange? Und dann und am Ende des laulichen Bades – eine Lungenentzündung? Das rauschhaft Wunderbare eines tropischen Wolkenbruchs, wohlgeborgen in einer Erdmulde; in einem passend ausgehöhlten Backtrog: durchkreuzt vom Gedanken an Schnupfen und Schlimmeres? Und wo, nebenbei und des grünen Kittels entkleidet – ?

Das derbe Gabardinezeug hält doch wahrhaftig recht wunderbar dicht. Das Popelinehütchen merkwürdigerweise auch.

Wer soll sich hier wundern? Es regnet doch überhaupt nicht. Das da oben ist gotisches Sandsteingewölbe. Verstrebungen, Rippenbögen dunkelrötlich, daran die Orgelfluten branden. Es hört sich nicht an, als klatschten Wassermassen auf nacktes Felsgestein. Seitlich, das Halbhöhlenförmige, das könnten Romanikreste im Grundgemäuer sein. Es könnte sich die Vorstellung einer Höhle bilden; Geborgenheit ohne Beengung, wenn das umtoste Gewölbe, erweicht und bewegt von der Gewalt der Orgelorgie, sich herabsenkte und verengte zur Krypte, beschützend ohne Berührung – es braucht kein Sichwundern zusammenzustürzen. Und wie sollte hinter geschlossenen Lidern das Dunkel umflammen in Purpurrot, ‚ganz ohne Blitz und Donnerschlag'? Und was wäre es, das da ins Bewußtsein dringen sollte ‚wie ein *fait accompli*'? Die Architektur? Das Archetypische? Etwas, das an sich hält. Etwas, das zuviel von sich hat, dem Gesetz der Trägheit nachgibt und der Schwerkraft der Erde nachschwappt...

Im sakralen Gewölbe von Sankt Pankratius befindet sich freilich Überfälliges. Mürbes, das abgestützt werden müßte durch Verstrebungsakrobatik. Niedere Sockel, wie kniende Silene, neben Pfeilern, aufwärtsgestemmt, sehnige Atlasarme; Spannungsbögen diagonal wie von Hüfte zu Schulter in einem hohlen Koordinatenkreuz unter Orgelbrausen und Fugenfluten als wär's ein Tropengewitter. Es zieht sich hin und verweilt...

Wie lange? Wäre es nicht an der Zeit, sich der Wirklichkeit zu vergewissern? Freilich: welcher? Als erstes die Lider einen Spalt weit öffnen. Ein schmales Sehfeld, graugrünrötlich verhangen, denn es ist schon dämmrig geworden. Sehr fern da vorn: das Maßwerk des Hochaltars, die kunstvoll geschnitzte Wirrnis aus Türmchen und Spitzbögen. Quer dazu, breit und nackt zu Häupten, die Klinge eines Buschmessers im braunen Stachelgrase. Seitlich links ein gewölbetragender Pfeiler, der zerbrechlich wirkt im Verhältnis zu der Masse, die da lastet. Schmal wie das Handgelenk eines Mädchens. Und ganz unten, was wäre das? Es wären kleine schwarze Schlänglein, die sich bäumen, naß und glänzend, wie Geäder unter großer Anspannung. Nicht weit davon eine Handvoll flach gewölbter Perlmuttschuppen. Stumme Verwunderung gleitet darüber hin und entlang an zierlich Gegliedertem, unschöne Verdickungen übersehend – die unbescholtenen Hände der Heiligen längs der Pilaster, indes der Regen klatschend herniederrauscht...

Wie lange also? Nicht allzu lange. Wenn es Zeit bekäme, sich und die Situation zu überdenken, wäre der zweite Gedanke schon Absturz – aus der Archetypik ins Klischee. Zudem zieht so ein Tropengewitter schnell vorüber. Es ist vorbei und hat sich ausgerauscht, noch ehe es den Fluß erreicht. Schon müßte die Sonne wieder hervorbrechen und stehen, wo die Wetterwand stand. Aufhebung ohne Aufhebens.

We continue.

Langsam. Eins nach dem anderen. Hier muß eine, die da eine Weile lang am Boden lag, sich erst einmal mühsam wieder aufrichten. Verweilt vielleicht einen Augenblick zu lange kniend auf dem grünen Kittel, der den Eindruck zurückbehält.

Wäre da wirklich und wundersamerweise alles trocken geblieben, Hellgrün umrandet von Dunkelgrün? Warum sollte, wo das Regenmachen so einfach ist, nicht auch die Magie der Aussparung glücken? Vorsichtig löst, noch immer unter Fugenfluten und Sandsteingewölbe, löst sich eine Verwunderte von der Verwunderung und das weiche Gewebe vom harten Gras, erhebt sich aus der vorgestellten Mulde und steigt zögernd hinab und in die Wiederholung –

– in die Wiederholung des Anblicks danach; nicht ganz wie unten am Fluß; aber doch sehr ähnlich. Hier, mit dem Rücken zum östlichen Steilabfall, steht noch einmal die gleiche Reglosigkeit, an sich haltend mit hängenden Armen, statuenhaft abweisend, wie eh und je und zuvor. Hat sich das vom Fleck gerührt? Der Blick west ab. Er müßte der Sonne entgegensehen, wenn er Notiz nehmen wollte von Na'anya, die in einiger Entfernung ratlos verharrt und den grünen Kittel an sich drückt – vor Augen wieder Triefendes und einen Glanz wie ganz dunkle Bronze, davon das schräg auftreffende Licht blendend zurückspiegelt – kein Gefühl davon, daß es klatschnaß um die eigenen Beine trieft und klebt. Wie lange darf der Augenblick verweilen bei einem Anblick wie diesem? Auch keine Ewigkeit. Also umgehend den Kittel zurückgeben und nicht den Anschein erwekken, als wollte hier eine behalten für immerdar und an sich drücken, was ihr nicht gehört.

Aufwachen! Die eine wie der andere, und etwas Entzauberndes sagen. Denn gleich ist auch das Orgelkonzert zu Ende. Und Na'anya reißt sich wirklich zusammen, geht ein paar Schritte auf die statuarisch dunkle Bronze am Abgrund zu und hält den Kittel hin –

Your jumper. It protected me from below.
You must not catch a pneumonia.
And you?
I am used to it.

Alles eher düster und mürrisch. Wirft sich den Kittel über die Schulter und steigt wieder voran.

Bleiben noch wenigstens zwei Stunden für ein langsames Bergansteigen, zurück ins Dorf, während die Sonne abwärts wandelt ihre Bahn. Die Mühsal, noch einmal, des Steigens; mehr ein Gezogenwerden, Schritt für Schritt, und vorwärts zieht das smaragdene Grün des Kittels; denn ebenderselbe leuchtet wieder vorauf... Es atmet sich mühsam im Feuchten und Warmen, das der Regen kaum abgekühlt hat, und alles warm Durchweichte trocknet wieder.

Was bliebe zu wünschen übrig? Was wäre noch vorstellbar, so, daß die Ränder des Unvorstellbaren eben nur sichtbar, allenfalls gestreift würden?

Noch – ?!

Hast du nicht genug gehabt der Urfluten, liebe Seele, blaugefiedert, schaukelnd im Eukalyptusbaum der wunderbaren Jahre? Seelenschlänglein unersättlich, hast du nicht genug gehabt der Fluten von oben und unten, dazu der archetypischen Begebenheiten auf dieser langen Wanderung *nel mezzo del cammin?* Einen vorweggeträumten Fluß, über- und durchquert von eingeborener Ahnungslosigkeit und abenteuerlicher Metaphorik, die hineinglitt und hinübertrug. Ein mythisches Gewitter im Schutz einer Wölbung, eines Gewölbes, sei es Sandstein, sei es Einbildung unter barocken Fugenfluten. Was soll noch begegnen auf diesem Pfade, der steil bergan steigt auf schmalen Wegen, die zu Abwegen nicht taugen, weil ein Geradliniger auf ihnen wandelt unverrückten Gemüts – ?

Das Orgelkonzert ist nämlich zu Ende.

Fünfte Episode

Trankspende und Burgunder

Zurückgeworfen in die Rahmenstadt: Was wird aus dem Rest des Tages? Unbemerktes Davonschleichen ist zu dieser Abendstunde nicht mehr möglich. Man wird in ein Weinlokal gehen, das einer kennt und empfiehlt. Nach dem Kunstgenuß noch ein kleiner Imbiß und Alkoholisierung innerhalb der Grenzen des Gesitteten. Ein Grüppchen von beliebig netten und honetten Leuten an einem Ecktisch hinter Butzenscheiben. Ein leutselig aufgelegter Gatte, Roten oder Weißen, Lieschen? Wo warst du denn heute den ganzen Vormittag? In den Sitzungen hab ich dich nirgends gesehen.

Lieschen will Burgunder. Vormittags habe sie Kopfschmerzen gehabt. Und Ohrensausen. Augenflimmern auch. Während des Orgelkonzerts sei es besser geworden. Im übrigen habe sie erst im Garten bei den Brombeeren und dann in der Bibliothek gesessen. Warum guckt die eine der anderen Gattinnen so komisch? Warum lächelt sie so schief?

Die Unterhaltung mäandert durch die Themen des Tages. Es reden vor allem die Männer. Wie üblich, auch in diesem Verein. Da kann es kaum auffallen, wenn von den ehrenwerten Gattinnen die eine mit dem Anschein höflich lauschenden Interesses die Seelenwanderung fortsetzt und zurückschaukelt ins Eigentliche. Sie sollte lediglich von Zeit zu Zeit zustimmend lächeln, vielleicht auch einmal bedenklich die Brauen heben und, wenn möglich, eine Bemerkung dazwischenstreuen. Es wäre sogar ratsam, etwas Geistreiches zu sagen, um möglicherweise und zweifellos mit Befremden Vernommenes (die Klatschbase von Kollegin!) ins Scherzhafte zu verharmlosen. Denn wer weiß – wenn eine Frau in diesen Jahren vorgibt, die europaentwöhnte Seele sitze in einem Eukalyptusbaum, ‚blaugefiedert und zwitschert vor sich hin' (und die Kollegin wird wörtlich zitieren), und so etwas als Gattin und so sichtbar angegraut, dann könnte es zu penetrant besorgtem Kopfschütteln Anlaß geben – irgendeine Tropenschädigung, wer weiß, dergleichen soll vorkommen, die Ärmste, bei so langen Jahren und trotz Baumwollhütchen. Hüte dich also, liebe Seele; halte dich bedeckt und wohlverborgen und übe dich, wenn es sein muß, in der Kunst der Verstellung.

Zurück noch einmal ins Überwirkliche der wunderbaren Jahre. Zurück ins Savannenbergland einer Übergangszeit, wo das Karge und Wenige viel ist und Raum gibt üppigem Wuchern – von Einbildungen, Übertragungen, Unterstellungen; von Gemütszuständen ganz eigener Art. Das macht die Jahreszeit mit ihren plötzlichen Gewitterschauern und blendenden Erscheinungen am Rande des eben noch Wahrscheinlichen. Die schöne Zeit der Fata Morganen! Der Luftspiegelungen rund um den Horizont. Es geht ja gegen Abend. Und wunderlich spielt das Abendlicht, schier ununterscheidbar von Morgenröte, über die Seelenlandschaft hin.

Zurück in ein mühsames Bergansteigen. Eine langhingezogene Biegung nach der anderen; Kuppe um Kuppe auf halber Flankenhöhe in Schlangenwindungen überwindend. Zurück ins gewohnte Schweigen. Das abendliche Schweigen, es klebt am Gaumen. Denn während es Rotsamtenes zu trinken gibt in einem empfehlenswerten Lokal der Rahmenstadt, ergibt sich am Ort der Eigentlichkeit eine fünfte und letzte Episode und das ist der Durst.

Der Durst – ein alter Bekannter und wie auch nicht, in einem Lande so nahe am Äquator und wenn die Wanderlust immer wieder unterwegs ist. Da kann es geschehen, auf einer morschen Bohlenbrücke etwa, längs einer steinigen Piste in den Waldlandbergen, im Dezember oder Januar, mitten in den Gluten der Trockenzeit zwischen blühenden Kaffeefarmen und staubigem Elefantengras – auf einer solchen Brücke muß der Durst gestanden haben in praller Sonnenglut nach stundenlangem Marsch bergan. Durchglüht von sich selbst muß der Durst da stehen und das Wasser hüpfen und plätschern sehen über ein felsiges Bachbett herab; helles, weißes Wasser wie aus dem Schneegebirge – um zu begreifen, wie eine Gottheit entsteht für den müden Wanderer. Wie Bäche und Quellen sich beleben mit Numina. Da wird begreiflich, wo die Nixen und Nymphen herkommen und die Grenzen zu fließen beginnen zwischen Gott und dem Göttlichen. Da stehen sie, der Wanderer und sein Durst, versunken, angehaucht und angemurmelt vom Wort- und Begrifflosen des reinen Wasserseins und seiner Unverborgenheit einen ewigen Augenblick lang...

Hier nun, nach Flußdurchquerung und Tropengewitter; auf abendlichem Wege zurück ins Dorf; nach langen Stunden des Wanderns, kommt, was wäre natürlicher, der Durst und bleibt. Er bleibt als ständiger Begleiter, und so wäre man wieder zu dritt. Die er angeht, begleitet und zu martern beginnt, sind gewohnt, ihn zu ertragen, unterwegs und auch sonst. Aber er wird, der ertragene Durst, und wie sollte er nicht, er wird zu einer ins Abseits driftenden Vorstellung und Versuchung. Im Abseits rinnen die Bächlein. Sie rinnen, besondern nach einem solchen Gewitterregen, nicht rein. Daher die Vernunft des Widerstehens; um nicht zu sagen: der Entsagung. Es ist nicht ratsam, aus einem Flusse zu trinken. Oder aus einem Bach am Wegesrand. Oder gar aus einem beliebigen Rinnsal.

Das leuchtet ein. Aber gibt es nicht Quellen in diesen Bergen? Quellen, die rein aus dem Ursprung springen und rieseln? Es muß sie geben, hier der Nähe. Und ergibt sich daraus nicht wie von selbst ein letzter Wunsch, eine letzte unwiderstehliche Vorstellung? Der Durst beschwört sie herbei, die Vernunft läßt sie zu: die Vorstellung, Wasser aus einer Quelle zu trinken. Weiter oben, dort, wo der Wald wieder anfängt, müßte sie zu finden sein, und der Kreis würde sich schließen.

Der Kreis des Tages, mündend in die vorletzte der Nächte in diesen Bergen. Heißer Tee, schwarz und stark, am frühen Morgen. Am hohen Mittag das leuchtend fruchtfleischsaftige Rot eines ,Paradeiser', die vanillegelb schmelzende Süße einer banalen Banane, geteilt und mitgeteilt unter dem grünem Baldachin. Nun gegen Abend und gegen quälenden Durst eine Handvoll, zwei Hände voll kühles Wasser aus einer Quelle, die da murmelt und rinnt aus reinem Felsgestein...

Zwischenspiel
Hermeneutik der Innerlichkeit

Wasser aus reinem Felsgestein, und dies hier ist das dritte Glas von einem verführerisch süffigen Abendrot-Burgunder. Oder wäre es schon das vierte? Und worüber geht die Rede inzwischen? Hermeneutik wird verhandelt. Es gibt auch wieder einer den Ton an, und die anderen versuchen, mit- und nachzusingen. Die Gattinnen, die anderen beiden, scheinen ein Flüsterthema für sich gefunden zu haben. Sie sitzen dicht beieinander im Eck gegenüber; nicht so isoliert am Rande, linker Hand hinter der kühlen Schulter und dem hermeneutisch erhitzten Haupt eines tonangebenden Gatten.

Hermeneutik also, und was wäre das? Hermes, Seelengeleiter, Rinderdieb, Götterbote; Verständlichmacher des Unverständlichen – in der abendlichen Runde hinter Butzenscheiben ist er offenkundig nicht anwesend für eine, die im Geiste abwest und ganz vergessen hat, daß sie Geistreiches dazwischenzubemerken beabsichtigt hatte.

Hermeneutik als Kunst des Verstehens fremder Kulturen befachsimpeln die Herren Kollegen. Sie sind auf der Suche nach dem objektiven Geist Afrikas; sie möchten seiner habhaft werden zu wissenschaftlicher Verwurstung. Da muß freilich alles subjektiv Empfundene suspekt erscheinen; überflüssig, ein Luxus; eine Marotte. Vielleicht sogar ärgerlich; peinlich ob mancherlei Mißverstehensmöglichkeiten; auf jeden Fall ungeeignet für kommunikative Zwecke. Und recht haben sie. Was nützt die Innerlichkeit einer schönen Seele dem Verstehen fremder Kultur? Sie will nur sich selbst erbauen; sie nimmt das Fremde nur rein ästhetisch wahr; sie saugt es aus und ‚macht' etwas daraus. Poetisiert es. Verwurstet es auf ihre Weise.

Wäre es also nicht gut, so still für sich hin- und herzuschaukeln zwischen den Wirklichkeiten; zwischen Eingewöhnung ins Gewöhnliche und Entwöhnung vom Wunderbaren? Und wie, wenn eines späteren Tages eine letzte, eine verwortende Wiederholung versucht würde, eben desselben verinnerlicht Wunderbaren, das dann schon längst nicht mehr das selbe wäre?

Worüber zu reden wäre mit einem tonangebenden Hermeneutikspezialisten; was zu klären sich lohnte in labiler Übergangsphase, es wäre die Frage: unter welchen Voraussetzungen von jemand anderem (von den flüsternden Gattinnen etwa; von den Herren Kollegen; vor allem aber von dem langjährig nahen und vorübergehend etwas ferner gerückten Angetrauten) – der bunte Jahrmarkt literarisch verarbeiteter Innerlichkeit verstehend nachvollziehbar wäre. Und zwar nicht sowohl das Was, sondern mehr noch das Wie: Das Beschwörende des Stils und was dabei herauskäme an Hypertrophem, Manieriertem, Barockem; an Mystifikation und schlicht Unverständlichem. Schreiben als Wiedererweckung sanft entschlafener Obsessionen; Schreiben zur Vertiefung und Überhöhung von an sich Harmlosem und Trivialem – warum, wozu, und vor allem: für wen? Wie und von wem ließe sich dergestalt veräußerlichte Innerlichkeit verstehen? Die hier versammelten Gelehrten interessiert es nicht. Psychotherapeuten verdienen den Lebensunterhalt damit. Normalerweise aber überläßt man es dem Zahn der Zeit, den mahlenden Molaren der Notwendigkeit; der Mühle und Mühe des Alltäglichen...

Hermeneutik also wird geredet. Über Wege und Abwege des Verstehens von fremden Kulturen versucht man sich zu verständigen, und statt geistreiche Bemerkungen dazwischenzustreuen (zu einer Hermeneutik des Schweigens etwa), hat eine schweigende Gattin, soeben noch von Durst geplagt und mit dem Auffinden einer Quelle beschäftigt, sich ablenken und verleiten lassen auf den Nebenweg des Theoretisierens. Ein Absprung von der Schaukel. Schade. Ist es ein Zeichen beginnender Ernüchterung – beim vierten Glase Burgunder?!

Die fünfte und letzte Episode sollte doch zu einem Höhepunkt führen; zu einer tiefbedeutungsvollen Symbolhandlung, umrahmt von vielsagendem Schweigen, überstrahlt vom Abendstern. Der Seelenvogel sollte noch einmal unhörbar, aber herzinniglich zwitschern und schaukeln im schwanken Eukalyptuslaub – oder nicht?

Ende des Zwischenspiels

Wo in der einbrechenden Dämmerung ist der Weg zurück und bergan? Wo im Verfließen der Zeit ist der Rhythmus der Beschwörung, der den Durst in der Schwebe halten, die Versuchung hinhalten soll auf der Suche nach einer Quelle und einer Handvoll Wasser? Wie künstlich muß das Zurückschaukeln angeschaukelt werden?

Mit einem Rhythmus, einen Schritt um den anderen begleitend, ermüdend unermüdlich und zugleich über der Mühseligkeit schwebend wie der Anfang eines Liedes, das herüberhüpft aus alten Zeiten, inspiriert von der Vorstellung des entweichenden Tageslichts und der Vorwegnahme des Wiedererscheinens der achtstrahligen Hierophanie des ersten Abends: elfsilbig, sapphisch; in der Mitte eine Zäsur und ein Doppel-Hüpfer, Quantitierendes umgesetzt in Akzentuierendes – mit solcherart Künstlichkeit muß das Zurückschaukeln angeschaukelt werden.

Poi-ki-lothr-on a-tha-nat' A-phro-di-ta Bun-ten Thro-nes, e-wige – und da ist sie wieder, einsam flimmernd über erblassendem Abendrot in amethystener Dämmerung – *pai Di-os, do-lopl-o-ke*.

Göttliche, listenflechtend. Nein, kein Anflehen; als Beistand ist sie hier nicht gefragt. Noch liegen nicht Trübsinn und Überdrüsse lähmend auf dem Gemüt. Nur das Schaukeln wird etwas mühsam und bedarf poetischer Beihilfe. Sie, die Schaumgoldene, mag immerhin erscheinen und zwinkern. Das ergibt ein schönes Bild, wenn die Aussicht nicht gerade behindert ist. Ein schönes Bild ergäbe sich freilich auch, wenn sie herbeigeeilt käme in goldenem Wagen, gezogen von schönen Sperlingen, ‚dicht mit den Flügeln wirbelnd über die schwarze Erde hin durch den Äther' – das ist wiederum Ablenkung, nur diesmal durch Poesie statt Theorie.

Wo ist der rote Faden der letzten Episode?

Der Durst war da und eine Quelle – eine Quelle aus reinem Felsgestein muß gesucht und gefunden werden. Nicht mit List, nicht aus Lust am Abenteuer, sondern aus schierer Erschöpfung und weil der Durst dieses eine Mal unerträglich wird.

Wenn es da also eine Quelle gäbe vor der letzten Steigung. Eine Quelle, erreichbar und verfügbar einem, der ihren heimlichen Ort weiß und wie man daraus schöpft, ohne knirschenden Sand und faulendes Laub mitzuschöpfen – nichts als reines, kühles Wasser zu vollkommenem Genuß: da wäre es denkbar, an der nächsten Wegbiegung stehenzubleiben, ein Taumeln abfangend, ähnlich wie das Stolpern am Abend der Ankunft, und mit Bestimmtheit kundzutun:

Wait, I am terribly thirsty.

Und der da voraufgeht, müßte innehalten, sich umwenden, warten. Gibt es keine Möglichkeit, sich irgendwo anzulehnen am Wegesrand? Es gibt keine. Ringsum steht nichts als dorniges Gestrüpp und Elefantengras, in das man sich fallen lassen müßte. Die narbig aufgerauhten Stämme der Kokospalmen stehen zu weit entfernt an den Böschungen. Zudem. Es wäre durchaus unangebracht, Schwäche zu bekunden unter einem Blick, in dem Besorgnis so sichtlich sich mit Argwohn mischt – was fällt Na'anya nun zu guter Letzt noch ein? Na'anya wird – eine Erschöpfte wird sich zusammenreißen; aufrecht standhalten wird, was am Umkippen ist. Die wortlose Weigerung, weiterzugehen, wird einen Zögernden hinabzwingen in die Seitenschlucht, da an der Wegbiegung, wo der Wald wieder anfängt und eine Quelle zu finden sein muß.

Schweigen prallt an Schweigen. Wortlos wird er gehen und hinabsteigen, und wie Kletten werden nachgeworfene Blicke in dem grünen Kittel kleben bleiben. Die Zeit, die warten muß, wird den Wegrand absuchen nach etwas, das sich zum Daranklammern eignet. Irgendetwas Dürres, Krummes; abgebrochen von einer Krüppelakazie und vom Gewittersturm hierhergetragen, wird zu finden sein. Und das Warten stünde notdürftig abstützt am Wegesrand, während die Sonne sich im Abendgebüsch verkriecht und die Täler vollaufen mit blauen Schatten. Das Elefantengras rückt zusammen von beiden Seiten, bergauf bilden die Bäume des Waldes Arkaden über dem schmalen Pfad, und das Warten fließt hinüber in träumende Vorwegnahme der Zurückkunft. Ein Gastgeber ging, zwei Handvoll Quellwasser zu holen für einen vor Durst erschöpften Gast.

Die letzte Episode – hat die Einbildungskraft sich nicht verbraucht in unzähligen Vergegenwärtigungen? Etwas, das ob seiner freundlichen Harmlosigkeit nicht völlig im Bereich des Unmöglichen lag und daher nicht gänzlich undenkbar gewesen wäre. Vielleicht läßt es sich ein letztes Mal wiederholen beim fünften Glase Burgunder hinter Butzenscheiben (es sind nur Zehntel-Gläschen); aber es ist da ein Gefühl-von-etwas, das in sich zusammensinkt. Die Einbildungskraft mag einen letzten Klimmzug versuchen. Die Verwortung, wenn es einmal so weit sein sollte, wird ins Schlingern geraten. Der letzte Rest des Absoluten – schon Sand in den Scharnieren der Schaukel.

Es knirscht und schlingert beim Heraufsteigen, so vorsichtig wie müde, aus dem Dunkelblau der Schlucht und der Wirrnis der Gebüsche. Was sich nähert, in sinkender Dämmerung, erscheint auch müde: ein gelbgrau abgeblaßtes Resedagrün; nicht länger ein faszinoses Smaragdgrün. Dann, von nahem: Hände, zusammengelegt zu einer Schale, die das Ersehnte dunkelumrandet faßt. Zwischen den Fingern tropft es hindurch – wortlose Aufforderung. Möge es umfassend sich ineinanderwölben, außen feucht und heiß, schweißverklebt; livide Adernäste, durch die das Blut sich hindurchquält unter der fahlen Haut. Häßlich. Schön der Schale Inneres: gebrannter Ton, durchzogen von haarfeinen Linien längs und quer, Unleserliches, hieroglyphisch. Dazwischen der ästhetische Kontrast: verdeckt, unsichtbar, aber vorstellbar und spürbar, hingebend, hinnehmend. Etwas, worauf es nicht ankommt. Nein, überhaupt nicht. Es geht um das reine Wasser einer Quelle.

Trinke also, liebe, durstige Seele. Schlicht und dankbar. Und widerstehe im nachhinein der Versuchung, die Szene zu überladen mit Manierismen und weithergeholten Anspielungen (‚und wer die ist, die zu ihm spricht: Gib mir zu trinken' – !). Der Gast mag trinken, und dann weiter. Es wird dunkel.

Gut. Beiseite bleibe, was ursprünglich an Formulierungen möglich schien, ‚tropfendes Glück', ‚Erfüllung einer letzten Sehn- oder was immer die Seele sucht', und ähnliches. Durch die heiße Kehle mag es immerhin rinnen ‚unvergeßlich in alle Ewigkeit' – bis zur nächsten Durstphantasie.

Bleibt nichts übrig? Es sollte doch etwas übrigbleiben – für eine Trankspende. Der Wissende weiß, daß eine Libation gemeint ist; ein Opfer – für Tote. Für längst nicht mehr verehrte Ahnen. Für die aus dem Wasserfall.

Das ist nun freilich ein Grund so unsicher wie das sumpfige Seitenrinnsal des Flusses bei den Reisfeldern unten im Tal. Hier müßte sich noch einmal von der anderen Seite zeigen, wie fremd einander die Gedankenwelten und Traditionshintergründe sind und an welcher Grenze zum Peinlichen und Beleidigenden Halb- und Mißverstandenes angesiedelt sein könnte. Zwar werden die Ahnen von einem christlich geformten Gewissen nicht mehr verehrt mit Gebet und Opfer. Darf man darum ein ihnen einstmals zugedachtes Ritual vollziehen im Scherz und als leere Formalität? Im Waldland unten darf man es. Bei fast jedem geselligen Beisammensein: der erste Schluck Palmwein, Bier oder Brandy auf die Erde, und sei es zementierter Fußboden. Darf man es deswegen auch hier oben in den Graslandbergen?

Eine solche Überlegung bekundet einige Nüchternheit bei Burgunder hinter Butzenscheiben (und ohne weiter zu beachten, was die Gattinnen flüstern und die Kollegen inzwischen behecheln mögen). Die Überlegung, angestellt, um die letzte Episode ohne Anstoß und *cum decore* zu Ende zu bringen, mag zurückgreifen auf das Körnlein Unerfundenes unten am Fluß. Wie da aus unsicherem Balancieren über Sumpfiges hinweg eine schöne Geste sich ergab, so vielleicht auch hier über ein Gefühl der Ungehörigkeit hinweg der spielerische Versuch einer Anpassung an die Kultur des anderen. Der scherzhaften Salonverbeugung vor der Dame entspräche eine ebenso unernst gemeinte Trankspende für die Ahnen – von dem Rest, der in schweigend hingehaltenen Händen übrig bleibt.

In der immer tiefseeblauer werdenden Dämmerung, vor der letzten Steigung, stehen zwei, und am Westhimmel steht die Sternin und zwinkert. Nun sag etwas. Sag ‚Thank you', unbefangen dankbar aufblickend, aufatmend, lächelnd – wie wunderbar belebend war diese Handvoll Wasser! Und damit der Augenblick verweile, vergißt Na'anya, sich zurückzunehmen.

Es wird ihr bewußt, ehe Verwirrung daraus erwachsen kann. Mit Geistesgegenwart und ohne loszulassen, läßt es sich eben noch abbiegen ins Scherzhafte:

We forgot the ancestors.

Der Ahnen Nachkomme steht reglos und stumm. Weiß wieder nichts zu sagen. Schade. Ach, wie wär das Glück so nahe. So nahe am nahen Ende des langen Tages, in sternblinkender Dämmerung, die Gewißheiten verwischt und Täuschungen möglich macht – will sich doch ein Wenigstens ergeben: ein Geradliniger biegt den Blick nicht ab.

Ein Standhafter hält stand. Unwillig? Zwielichtig berührt? Nein. Nicht. So nicht. Geistreich und einfältiglich zugleich mit Scherz und Lächeln bedacht, wagt hier ein Gutwilliger etwas Seltenes: er versucht, das Lächeln zu erwidern. Aus schmalgeschweiftem Augendunkel steigt es zögernd wie aus großer Tiefe und mit großer Vorsicht steigt es auf – Widerschein von Mondlicht hinter Mitternachtsgewölk, umrandet von und sofern oder so nah es denkbar wäre: von einer Anwandlung verhaltenen Mitgefühls, ach, Na'anya, du Arme. Gesäumt von einer Spur Verträumtheit am äußersten Wimpernrande. Etwas, das schon einer Grenzübersschreitung gleichkäme. Ein kühles Gespinst, feinmaschig, weht herab. Ein Schleierlein legt sich behutsam über eine große Müdigkeit und über schweißverklebtes Haar. Eine Unziemlichkeit? Na'anya, von oben her seltsamlich berührt, weicht aus zu den Ahnen:

Let us – let us give them what is due ...

Ahnenlibation als Scherz und Spielerei: wäre es denkbar? Das Ineinandergefügte, das den Rest länger als notwendig festgehalten hat, nimmt sich auseinander. Was darin übrig blieb, tropft auf die Erde, die schon den großen Regen getrunken hat. Sand, Lehm, Steinchen, dürre Gräslein, sie nehmen das Getröpfel schweigend hin. Was sollte sie auch sagen, die dunkle Erde, wenn ein *autochthonios* nichts zu sagen weiß. Das Schweigen bleibt uneindeutig. Was da geschah und wie, ist schmaler Pfad im Zwielicht und am Rande linker Hand – Absturz.

Überdies, und das fällt jetzt erst auf, liegt auf der Erde nicht nur der gebrechliche Stecken, den eine Erschöpfte sich auflas. Es liegt da, breit und quer und nackt zwischen zwei Paar Füßen, auch das Buschmesser. So zufällig. So überflüssig. Wahrhaftig. Eine Spur zu – literarisch.

*

Man erreicht das Dorf und das Haus am Abhang, an dem der Eukalyptusbaum steht. Der Schaukelbaum, das Hochsymbol. Es ist ganz dunkel. Ist der Himmel inzwischen bedeckt? Verhüllt eine große, einsame Wolke den irritierlichen Stern? Die flache Schwelle verursacht diesmal und trotz großer Erschöpfung kein Stolpern. Ob der Gast noch etwas essen möchte? erkundigt fürsorglich sich der Hausherr. Nein, die Müdigkeit macht satt. Die Handvoll Quellwasser soll – übers Sinnliche und Bildliche hinaus und der Unwahrscheinlichkeit zum Trotz, hinreichen. Überlebenswichtig ist allein der Schlaf, des Lebens Hauptmahlzeit.

Well, good night.

Good night.

Die enge Höhle. Das breite Bett. Das warme Dunkel.

Nichts als sich fallen lassen, der Länge lang und einfach so, unausgekleidet, schweißverklebt und plötzlich wie ein Stück Holz, ächzend, mit steifen Beinen. Nebenan das Knarren der Bambuspritsche: sehr fern.

Müdigkeit wie ein rauschender Wasserfall; ein Taumeln in die Umarmung des Schlafes. Es tut sich auf wie ein warmer, ein eukalyptusduftender Abgrund – willkommene Erschöpfung.

Absturz ins Purpurdunkel und wie für immer...

Nachspiel mit Kollegin

Eukalyptusduftender Abgrund hinter Butzenscheiben bei Spätburgunder und Gesprächen über Hermeneutik. Eine gepflegte Runde mit Gattinnen am abendlichen Rande der Tagung. Auf dem Rückweg, zu zweit und zu Fuß durch die nächtliche Stadt der Gatte:

Lieschen, du warst so stille. – Ach ja? Ich bin müde. – Müde wovon? – Wer das wüßte. Vom Zuhören vielleicht. Vom Alkohol vermutlich. Und überhaupt...

*

Bethabara am folgen Morgen. Grüner Salon, Roter Salon, Konferenzzimmer und Garten – verlassen. Die Tagung gönnt sich eine Exkursion. Wer will, kann im Hause bleiben. Ausschlafen. Tagebuch schreiben. Einiges notieren. Für später. Auch der Kollegin Dazwischenkünfte. Wie sie störte mit ihrer banalen Frage nach der Eingewöhnung. Wie sie, noch ehe die Zeit darüber hinwegging und die Erscheinung floh, die Fülle der Gesichte in Frage stellte mit schnöden Verdächtigungen und zynischem Dazwischenzischeln.

Im Grünen Salon, am offenen Fenster mit Blick hinab in den Garten, in die Kronen der Kastanien, hinüber zu Dahlien und Brombeerhecke, läßt sich geruhsam die Zeit hinbringen.

Die geruhsame Zeit und das leere Papier füllen sich unversehens mit Anflügen poetischer Inspiration. Worte flügeln herbei, die Episode am Fluß nimmt Gestalt an – ‚Wie übersteigt die Vorstellung das Vorgestellte? Sie übersteigt es in einem grüngoldenen Frösteln... wie ein Schwarm von winzigen Fischlein, der durch die Maschen des Nervengeflechts schlüpft...'

Die Geruhsamkeit und das Herbeiflügeln der Worte dauern eine knappe Stunde. Dann kommt es unerwartet, noch einmal und ohne Anklopfen. Die Flügeltür fliegt auf. Die Kollegin. Da ist sie. Zurückgeblieben, und es sieht nach Absicht aus. Ferngehalten von Tropengewitter und Trankspende, muß sie offenbar nachholen, was ihr entgangen ist. Sie kommt herbei und schwenkt, diesmal kein Kinoheft, sondern ein Buch.

Endlich finde ich Sie, meine Beste. Und wieder so allein. Ich wußte doch, daß Sie nicht mitgefahren sind ins schöne Rebenland. Hier habe ich noch etwas, worüber ich mir von Ihnen Auskunft erhoffe. Aus derselben alten Kiste übrigens, wenn Sie sich erinnern...

Was ist da zu machen. Die Höflichkeit muß das Gesicht wahren. Was ist ihr diesmal in die Hände gefallen?

Nach der gestrigen Offenbarung aus der Steinzeit der Seele ist der Kollegin nunmehr das Buch über Anna Wehrhahn in die Hände gefallen. Was denn das für eine gewesen sei. Hier kann Auskunft im Verein mit Belehrung vielleicht heilsam sein.

Eine alleinstehende Frau und Missionarin war das, liebe Kollegin. Eigenwillig, eine Europäerin in Schwarzafrika. Eine, die unter anderem fand, ein afrikanischer Stammesfürst sei auch ein Mensch, und sogar einer gleich an Würde mit einer Europäerin. Das war damals ein gewagter Schritt vorwärts.

Fancy, murmelt die Kollegin. Vorwärts – wohin? Eine Menge Aufnahmen hat sie gemacht von den Eingeborenen. Sogar hier und da etwas wie Porträtstudien. Von dem edlen Fürsten etwa. Und hier – von einem sehr schönen, melancholisch blickenden jungen Mann. Und trotzdem war es undenkbar, nicht wahr, damals, noch keine hundert Jahre her. Und heut? Und morgen, übermorgen? Wo soll es hinführen, das wahllose Vermischen der Rassen und der Kulturen? Das kann doch nicht gutgehen auf Dauer. Oder was meinen Sie?

Es sieht zunächst so aus, als gebe es einen Hoffnungsschimmer Vernunft und Einsicht. Ja, sie habe den ‚Scharlachroten Gesang' gelesen. Das Buch dränge sich einem geradezu auf in diesem Hause. Die Geschichte einer tragisch scheiternden schwarzweißen Liebe und Ehe, geschrieben von einer Senegalesin. Die Kollegin gesteht zu, daß Ehen auch ohne Unterschied der Rasse scheitern können und man aus der Rassenverschiedenheit kein Negativargument machen könne. Aber dann.

Dann wird es mühsam und schier unerträglich. Statt mit grüngoldenem Frösteln, aufsteigend aus weißsandigem, schwarzgerölligen Fluß, füllt sich der Grüne Salon mit einem Frösteln ganz anderer Art. Schwüle und üble Dämpfe von Halb- und Mißverstandenem, vor allem aber: von Angst und Abwehr und massiven Vorurteilen, das ganze Affektarsenal rassistischer Xenophobie verpestet die Luft.

Auf Vorhaltungen und Verweise auf Menschenrechte kontert die Kollegin: Ich weiß, meine Liebe, was man laut nicht mehr sagen darf. Hier nicht, in diesem frommen Verein, und bald vermutlich überhaupt nicht mehr in der Öffentlichkeit. Die Maulkörbe mehren sich. Aber ich weiß auch, was die normalen Leute hierzulande denken und was für ungute Gefühle Mischehen wecken. Was sagen Sie da? Starke Charaktere, die sich durchsetzen gegen Vorurteile?

Der in die Extreme schleudernde westliche Individualismus sei ein Zeichen von Schwäche und Rücksichtslosigkeit zugleich. Von Schwäche: der angeblich starke Charakter erliege widerstandslos der Faszination des Fremden, Exotischen (aha; da ist die Querverbindung). Anarchische Rücksichtslosigkeit: ein zerstörerischer Mangel an Achtung vor den Traditionen einer in Jahrhunderten gewachsenen Gemeinschaft gegenüber. Kurz und gar nicht gut: das mehr als tausendjährige Europa gerate ins Rutschen. Es werde in einem trüben Einheitsmatsch enden. Noch etwas? Schwarz-weiße Ehen seien gegen das natürliche Empfinden der Leute – immerhin sagt sie ‚natürlich' und ‚Leute' und redet nicht von ‚gesundem Volksempfinden'. Sie verfällt auch nicht geradezu in den Jargon des Rassenwahns; jede Kultur habe ihre besonderen Werte, keine sei besser als die andere; aber man solle sie unvermischt lassen. Es ändert also nichts an der Unerquicklichkeit ihrer Verdikte gegen ‚Mestizentum' und ‚kulturelle Entwurzelung'.

Ist sie endlich am Ende? Nein. Nach kurzem Luftholen etwas, das offenbar ein letzter Trumpf sein soll:

Ob es die natürliche Abwehr gegen das Fremde nicht in jeder intakten Gesellschaft gebe. Ob die Gegenwehr der ‚Traditionalisten' nicht berechtigt sei. Sie will gehört haben, daß es auch unter Afrikanern (immerhin redet sie nicht von ‚Negern') Leute gebe, die man hierzulande Rassisten zu nennen beliebe: Schwarze, die verächtlich auf Schwarze blicken, die sich von einer Weißen einfangen lassen, um ‚mulattos' in die Welt zu setzen. Ob dem so sei, will sie wissen.

Es fehlt der Kollegin offenbar jedes Feingefühl und jedes Gespür für Menschenwürde. Ist sie schon zu alt? Fehlen ihr nur bestimmte Erfahrungen? Ist es, weil sie nie aus Europa herausgekommen ist? Oder macht es ihr einfach nur Vergnügen zu provozieren? Empörend? Es ist eher merkwürdig. Warum erzählt sie ausgerechnet mir das alles? Und gäbe es eine Verpflichtung, wenigstens den Versuch zu machen, sie zur Vernunft zu bringen? Sie hat doch das Buch über *Rapid social change in Africa* –

Beschleunigter Kulturwandel, auch in Europa: die Kollegin ist doch nicht völlig unbeleckt von Geschichtswissen. Sie müßte wissen, was sich alles verändert hat in diesem Jahrhundert und nach zwei Weltkriegen. Wie offen westliche Gesellschaften geworden sind, nachdem sie als Kolonialmächte geschlossene afrikanische Stammesgesellschaften gewaltsam geöffnet und ihre Kulturen zerstört, zumindest überfremdet, verwestlicht haben mit materiell überlegener Zivilisationsmacht und Christentum. Die Kulturen haben sich einander angeglichen, einseitig freilich. Als selbstverständliche Folge davon müßte doch die Annäherung von Schwarz und Weiß einleuchten da, wo es um die Elementarteilchen gegenseitiger Anziehung geht. Die exotische Faszination, liebe Kollegin, driftet ab ins Unverantwortliche allenfalls da, wo junge Europäerinnen meinen, sie müßten ein apartes afrikanisches Abenteuer haben, und junge Afrikaner nach einer goldenen Gelegenheit suchen, mit einer weißen Freundin oder Frau in Europa Fuß zu fassen. Ja gewiß und leider kommt es gelegentlich zu peinlichen Exzessen der Vorurteilsfreiheit in Gestalt blondbezopfter Entwicklungshelferinnen, die sich emanzipiert vorkommen, aber im afrikanischen Gastlande als ‚free women' im anrüchigen Sinne verstanden und verachtet werden. Sind nicht Frauen die Einbruch- und Abbruchstelle einer jeden Kultur? Wenn es zu bröckeln beginnt – wäre das Wasser auf die rückwärtsdrehende Mühle der Kollegin? Auch nur von ferne den Gedanken zu denken: wenn das Schicksal einer Kultur den Untergang bestimmt, dann emanzipiert es als erstes die Frauen – ?

Das alles und noch sehr viel mehr müßte der Kollegin zu bedenken gegeben werden in der Hoffnung, sie zu Einsicht und Vernunft zu bringen. Leider fehlt es dazu an der richtigen Stimmung. Nach allem, was die Schnüfflerin ins Wohlverborgene; die pessimistische Sibylle und insinuierende Schlange schon dazwischengezischelt hat, erscheint es, nach dieser schlimmen Attacke, ratsam, sich unter einem beliebigen Vorwande zu entfernen.

*

Das ehelichen Gästezimmer, hinter vorsorglich abgeschlossener Tür, ist der einzige Ort der Sicherheit in diesem Haus. Das Doppelbett zwar stört; aber auch hier ist ein Blick in den Garten hinab möglich, und vielleicht kommt sie wieder, die Inspiration und erste Skizzen könnten –

Sie kommt nicht wieder. Der Kollegin dritte und letzte Dazwischenkunft, ihr wo nicht dummes, so doch böses Gerede hat die Schaukel endgültig zum Quietschen gebracht und angehalten. Ihrem Einfluß muß es zweifelsohne zugeschrieben werden, wenn statt poetischer Inspiration kritische Fragen ad se ipsam sich aufs Fensterbrett drängen und da hin- und herzulaufen beginnen mit langen Spinnenbeinen. Fragen, die zu stellen die Kollegin keine Möglichkeit hatte, weil sie zur Vertrauten nicht taugte und allenfalls mit dem peinlich blöden Kinoheft den Rand der Tagträume streifte.

Es fragt sich zum Beispiel: wie kann, wenn die Welt voll ungelöster Probleme ist und drohender Katastrophen, der zurechnungsfähige Einzelne sich zurückziehen ins Private und Poetische; in arkadisch anmutende Landschaften und empfindsame Phantasien? Gibt es eine Erklärung dafür, die einer Rechtfertigung gleichkäme?

Es gibt sie zum Glück und zur Beruhigung eines empfindlichen Gewissens. Es gibt etwas, das während des Schaukelns nicht ins Bild kommen durfte. Es mußte ausgeblendet bleiben, um nicht zu stören. Denn gestört hätte es, wenn auch anders als die Kollegin störte: es hätte das an-und-für-sich Schöne und Sinnvolle der poetischen Imagination gestört. Es gab einen inneren Bedingungsrahmen der ganz überwiegend imaginierten Episoden. Es gab den nicht-imaginierten nächtlichen Halbkreis aus abwartend stummer Neugier, der da zum Empfange bereitstand am Abend der Ankunft unter dem Abendstern. Es gab die Erwartungen der Leute in dem unerfundenen Dorf in den Bergen. Erwartungen rein materieller Art.

Es gab ein dörfliches Entwicklungsprojekt, für das der Gast, welcher da ins Abseits heraufgestiegen kam, in Europa um Hilfe warb mit Schilderungen des mühseligen Daseins in einer entlegenen Gegend ohne Straße, ohne Wasserleitung, ohne Elektrizität und einfachste Gesundheitsversorgung, ausmalend mit bewegten Worten, wie das vor allem zu Lasten der Frauen gehe, dort hinter den sieben Bergen.

Das hört sich gut an. Und was hätte die Kollegin mit entlarvendem Scharfblick dazu gesagt? Ungutes vermutlich. Zumindest Ernüchterndes. Haben Sie sich da nicht ganz selbstsüchtig etwas recht Apartes herausgesucht, meine Liebe? Als Kulturheroine wollten Sie wohl im Gedächtnis ‚Ihres' Dorfes überleben? Und außerdem machen Sie sich wirklichkeitsfremde Vorstellungen vom Gutestun, von Mitmenschlichkeit und vor allem von der Dankbarkeit der Almosenempfänger, meine Beste! Sie als bessere Gastarbeiterin in einem fremden Lande, wo man sich nach zehn Jahren zu Hause fühlt, weil es so wohlig warm ist und das Leben etwas einfacher und übersichtlicher. Da wollen offenbar viele Ihresgleichen nicht mehr zurück in die kalte, entfremdete Heimat, wo sich inzwischen Millionen Gastarbeiter und deren Nachkommenschaft so heimisch fühlen und gar nicht mehr als Gäste. Aber was sind Sie in dieser Ihrer ‚zweiten Heimat' Afrika? Willkommen sind Sie, so lange man von Ihnen profitieren kann; als Fachkraft und vor allem materiell. So lange Leute wie Sie eine gute Beziehung sind, die man ausnützen kann für ein Dorf, eine Großfamilie, oder als Steigleiter für den höchsteigenen Aufstieg. Als Mensch und rein menschlich? Sind Sie uninteressant, meine Liebe, und auswechselbar. Überdies und da Sie einerseits verheiratet sind und Prinzipien haben und auf der anderen Seite, was Prinzipien überflüssig macht, auch nicht mehr die Jüngste sind, und auch keine Krankenschwester: sind Sie eher peinlich, meine Beste, wenn es um menschlich Näheres geht. Ich meine das Peinliche einer Beziehung, die von der einen Seite idealisch-freundschaftlich (mit Ober- und Untertönen, warum nicht), von der anderen Seite aber rein nach ihrem materiellen und sozialen Nutzeffekt betrachtet wird. Lassen Sie sich das gesagt sein, meine Liebe. Ganz so engstirnig, wie Sie vermutlich meinen, bin ich vielleicht doch nicht.

Das ist der Original-Ton der Kollegin. Ernüchternd wirken solche Überlegungen zweifellos. Und wenn es so ernüchternd wirken kann, muß wohl etwas Wahres daran sein. Das wäre dann der Kater nach dem Rausch des Schaukelns. Der Gedanke, eigentlich ungewollt zu sein und lästig zu fallen mit allem, was sich so poetisch anfühlt. *Needed, but not wanted.* Gebraucht wird das Geld, die materielle Hilfe. Der Mensch, die Fremde, Na'anya, die so bereitwillig diese Hilfe bringt und nichts verlangt außer ein wenig Gastlichkeit und wandern dürfen durch die Landschaft, ist eigentlich ungewollt. Unwillkommen. Unerwünscht. Wo ist einer, der sagen würde, so sei es nicht, gewesen und noch immer?

Müßten Naivität und Idealismus an diesem Punkte nicht umkippen in den Zynismus der Desillusionierung? In einen Zynismus ähnlich dem der Kollegin? Das wäre ein Sturz von der Schaukel mit tödlichen Folgen. So etwas darf nicht sein. Aber eine gewisse Ernüchterung wäre sinnvoll. Ein klarer Kopf und Durchblick. Ein Verstehen fremder Kulturen nicht nur, sondern auch Verständnis für Menschlich-Allzumenschliches querbeet durch alle Kulturen.

Schön und gut und weise. Die kritischen Fragen haben ihre Schuldigkeit getan; die langen Spinnenbeine können vom Fensterbrett verschwinden. Statt ihrer mögen ein paar Silberfäden Altweibersommer aus dem Garten heraufdriften und der Rückbesinnung auf die Spur des Wesentlichen verhelfen. Sie führt, gegen den Strich der Ernüchterung, zu einem wesentlich anderen Ergebnis.

Es ergibt sich nämlich, daß eine Fremde in fremdem Lande nicht nur gab und nichts als gab, Almosen, Arbeitskraft, die besten Lebensjahre. Sie nahm auch. Sie nahm, wessen sie bedürftig war. Sie nahm, ohne zu fragen. Sie bekam, ohne daß einer gab.

Es ward ihr zuteil.

Der Eukalyptusschaukel hochberauschte Stimmungsbögen; das Staubrosenglück der wunderbaren Jahre – Landschaft, Savanne, hügelwogendes Grasmeer, freies Schweifen durch weite Seelenlandschaften, die den Horizont umstellen ‚in leuchtender Gegenwart, farbig und theophan'. Und am Rande, selten genug, dünn wie Spinnenfäden, die ungenaue Gegenwart, wortkarg, eines Gastgebers, wie der Anhauch einer Muse, die da schläft in dunkler Bronze und traurigen Molltonarten und kaum eine Ahnung hat. Ist es nichts, nur weil es wenig ist? Nach vielen Jahren erwacht es noch einmal, belebender Hauch, wiedererweckend lange Vergangenes, wiederholend Verlorengeglaubtes in einer gebildeten Sprache. Ist das weniger?

C'est une âme faite papier. Es ist nicht mehr nur Seele und zwitschernder Seelenvogel, blaugefiedert. Es ist schwarz auf Weiß: Druckerschwärze und Papier.

*

Schwarzschattende Kastanie im Vormittagslicht, am Rande des Sommers, im unteren Drittel des Fensters. Dritter Stock. Eukalyptusduftender Abgrund der vergangenen Nacht. Die Müdigkeit; der Alkohol; die lange Wanderung über den Fluß und durchs Gewitter mühsam bergan zurück ins Dorf. Dunkelroter

Burgunder. Quellwasser, handgeschöpft. Angelangt in einem Häuschen am Rande des Abhangs und bei einer großen Erschöpfung samt Absturz ins Purpurdunkel des Schlafs und ‚wie für immer'.

Und was dann und zu einem schönen Schluß?

Dann, nach dem ersten, abgrundtiefen Schlaf, müßte der Seelenvogel wieder erwachen und durch den Spalt zwischen Wellblechdach und Lehmgemäuer hinüberflattern in den Eukalyptusbaum, wo im Wipfel nicht mehr, schon tiefer gesunken, zwischen Wolkeninseln die Sternin thront, unsterblich, achtstrahlig, oszillierend zwischen Schaum und Gold; zwischen einem ewigen Gefühl und schierer Vergänglichkeit. Zuviel von dem Burgunder hat sie getrunken, eine ehrbare Gattin und respektable Kollegin, und nichts zur Unterhaltung beitragen, vertieft in die Hermeneutik des Inkommunikablen im Horizont der reinen Innerlichkeit, und überhaupt...

Auf dem Heimweg, entlanglavierend an der Grenze zu einem mäßigen Alkoholrausch, hat sie wohlweislich für sich behalten, was da berauschender wirkt als Wein, in der Jahreszeit der unmerklichen Übergänge, davon das Schaukeln kommt, hin und her, ohne Ziel und Ankunftsmöglichkeit. Und wie es das Dasein eine Weile in der Schwebe halten kann, zuvorkommend dem pathetischen Absturz ins Unzurechnungsfähige; bewahrend vor dem Versumpfen im geschäftigen Stumpfsinn des Gewöhnlichen und Alltäglichen. Und wie es die Tage ausfüllen kann und die Jahre, ehe es vergeht und sich anfühlt wie etwas, das sich nicht gehört.

In einer Nacht so ungewöhnlich mag dann noch manches durcheinandergeraten sein – das kühle Wasser und der dunkle Wein, das Äußere und das Innere, der Rahmen und das Bild. Und als die liebe Seele schließlich in einem Bette lag, wie sollte sie wissen, wo – ob neben einem leise befremdeten Ehemann und Hermeneutikspezialisten, der vielleicht manches ahnt und freundlich-ironisch umgeht, aber wenig versteht; oder alleine und auf einem viel zu breiten Bett, in einem Lehmhäuschen unter offenem Gebälk, wo hinter unverriegelter Tür der Herr des Hauses, gegürtet mit Rechtlichkeit, gewappnet mit einem guten Gewissen, auf schmaler Bambuspritsche schläft. Ob es eine Nacht war nahe bei den Sternen, in einem kleinen, idealtypisch abgelegenen Dorf hinter den sieben Bergen, oder in einer realpragmatisch großen Stadt und ganz woanders – wie sollte das unterscheidbar gewesen sein so im Dunkeln, wenn die Gegenden sich verwechseln und das Bild aus dem Rahmen fällt in halluzinatorischer Wiederholung des Niemaligen –

– in einer Nacht wie der vergangenen Oktobernacht; im Dunkeln des großen Gartens, wo die Georginen von damals mannshoch durcheinanderwogen mit dem Elefantengras der Savanne und einer kaum vergangenen Gegenwart. Wo aus Händen dunkelrund kühles Quellwasser tropfte, während durch erhitztes Hirn und dickes Blut der rote Burgunder gärte. Von fern rauschte eine Orgel; aus Gewitterwolken brachen Strahlenarme, und in den Fluß, überhangen von Glyzinienschauern, glitt die Mittagsschlange...

Der Stern aber, der große, einsame, der abends im Westen stand – er ist der nämliche, hier und dort und allezeit und eigentlich, wer weiß es noch, ist's der Unsterblichen eine. Die liebe Seele aber, die blaugefiederte Erfindung, sitzt in einem Eukalyptusbaum und zirpt im Halbschlafe vor sich hin, und ringsum im nachtschwarzen Sichellaub springen die eisernen Kapseln der Blütenknospen auf und es quillt hervor, seidigweiß, wie Veilchen träumerisch und duftet doch anders – absinthgrün, streng und abweisend, und stäubt ins Unendliche und Absolute, und krallt sich fest und beginnt zu schaukeln unter dem Blinken und Blinzeln der Schaumgoldgeborenen, und schaukelt von einer Episode in die andere –

– und später läßt sich nicht mehr sagen, ob es wirklich anders war oder anders wirklich, und wie die Vorstellung das Vorgestellte übersteigt. Und wie der Entschluß zustande kam, letzte bröckelige und fast schon zu Staub zerfallene Reste einer inspirativen Übergangskrise aufräumend einzusammeln
        im lockeren Korbgeflecht
        der Verwortung.